LA CITÉ D'ÉMERAUDE

Biographie

Adepte des séries coréennes et des histoires d'amour, Luna Sol apprécie les scénarios étoffés dans lesquels chaque détail peut prendre une importance capitale. Alors, plonger dans l'univers de Luna Sol, c'est prendre le risque de se faire surprendre à chaque page !

LUNA SOL

LA CITÉ D'ÉMERAUDE

ADDICTASY

« Pour devenir le berger de sa vie, il faut avant tout cesser
d'être le mouton de celle des autres. »
Marina Bougaïeff

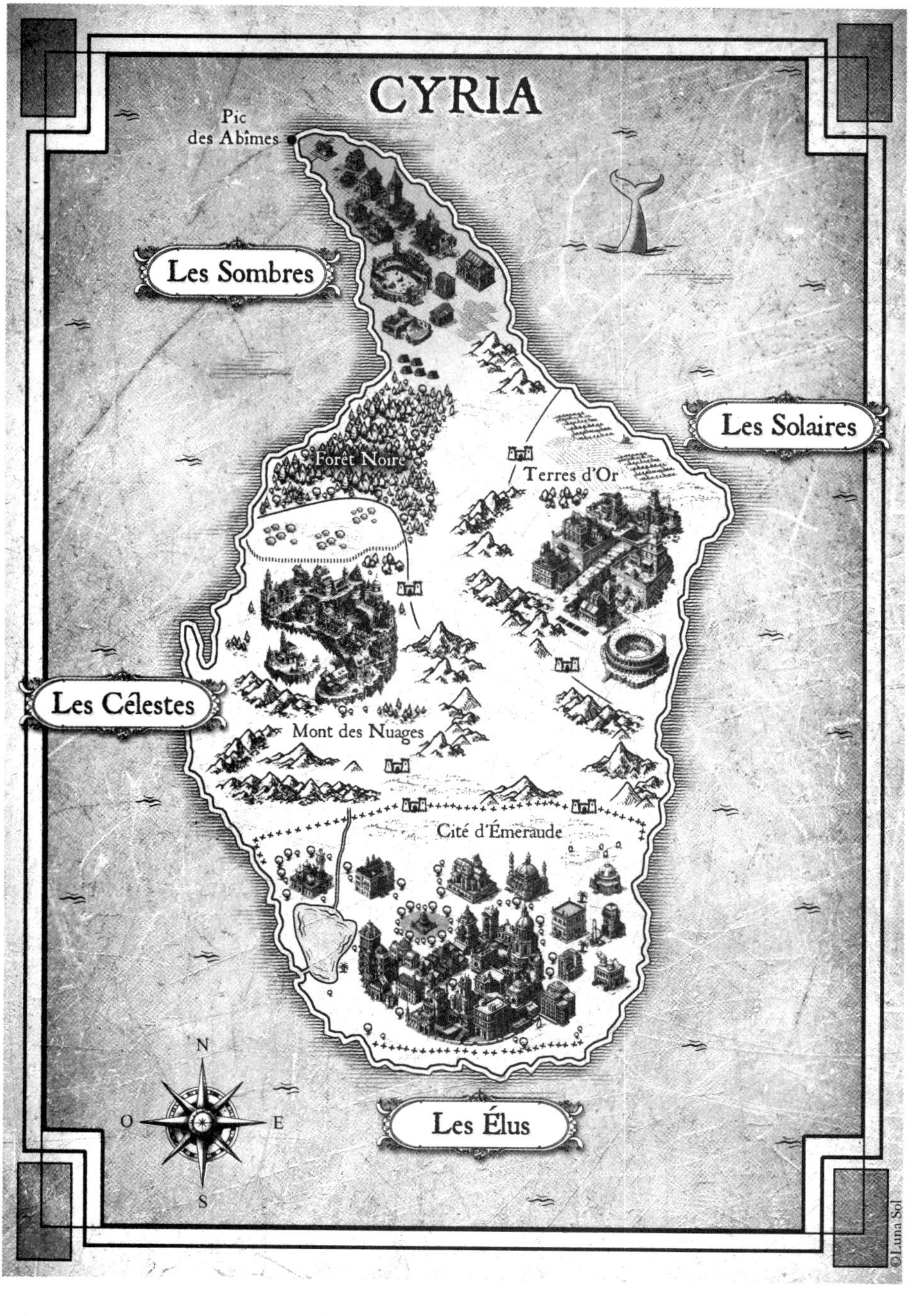
CYRIA
Pic
des Abîmes
Les Sombres
Les Solaires
Forêt Noire
Terres d'Or
Les Célestes
Mont des Nuages
Cité d'Émeraude
N
O
E
S
Les Élus
©Luna Sol

I

L'INSTITUT

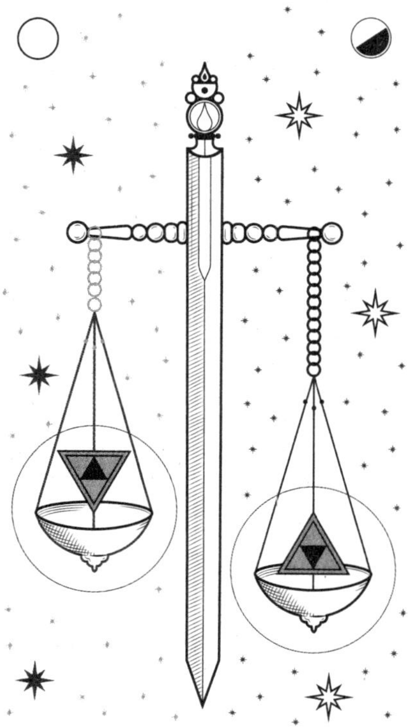

PROLOGUE

Je pensais que la Cité d'Émeraude n'affecterait pas qui je suis, que ma vision du système et des communautés resterait inchangée. Je m'étais voilé la face, sur ça, et sur bien d'autres choses aussi.

Tant d'efforts et de sacrifices pour faire partie des leurs, ou plutôt, pour être tolérée parmi eux. Jamais une Sombre ne pourrait appartenir à la communauté des Élus. Une Céleste peut-être, et encore, mais une Sombre, c'était exclu.

Mon avenir était pourtant tout tracé : obtenir la bourse, réussir brillamment cette école d'élites et me hisser au pouvoir. Le savoir, c'est le pouvoir. La capacité de changer le système hors de la cité de lumière et d'établir enfin un semblant de justice, à savoir l'équivalence des droits et l'accès aux connaissances.

La rumeur disait qu'aucun boursier n'était revenu dans sa communauté, qu'ils étaient restés dans la cité fortifiée pour profiter des privilèges et qu'ils avaient oublié leur origine. Je savais personnellement que c'était faux, car j'en connaissais au moins une qui avait réintégré son foyer, et pourtant, rares étaient les individus de notre collectivité à acquérir cette bourse.

Dès la colonisation de l'île, les Élus avaient établi les lois et les règles et s'étaient toujours positionnés en sauveurs de notre belle planète Cyria. Ils avaient permis grâce à leur fortune de s'implanter sur ce promontoire rocailleux perdu au milieu de l'océan, à des milliers de kilomètres de tout et surtout du continent. Une poignée d'entre eux avaient sélectionné des scientifiques et des philosophes qui s'étaient divisés en Élus et Célestes. La communauté Solaire avait regroupé les artistes : écrivains, peintres, sculpteurs, musiciens, danseurs… afin de préserver un minimum d'art et de culture. Étaient venus ensuite les artisans et corps de métiers du bâtiment, de la fabrication, de l'alimentation et des services. Certains avaient rejoint la communauté Solaire et les plus pauvres, la communauté Sombre.

Quatorze mois, c'est le temps dont ils avaient disposé pour façonner l'île et la rendre viable. Pour construire les immeubles, pour intégrer les technologies, pour acheminer les ressources suffisantes et rendre les sols fertiles. Ce laps de temps n'avait pas vraiment suffi pour implémenter les dernières technologies en matière de communication, de transport, et surtout la technologie de pointe dans le secteur de la santé.

Quand l'astéroïde a touché le continent, mes ancêtres se trouvaient heureusement sur l'île. Il paraît que l'onde de choc a été si violente que le continent s'est embrasé et que les eaux alentour ont détruit des villes entières. Ce sont les dernières images des satellites que les colons ont pu récupérer. Notre peuple a perdu au moins un siècle de technologie, mais surtout, presque huit cent mille de nos semblables. Quelques milliers seulement ont pu être sauvés. Ce n'était pas seulement une question de moyens, mais aussi une question de place. Cette île aux antipodes du continent était la seule chance pour notre espèce de survivre au cataclysme. Malheureusement, elle n'était ni grande ni viable dans son état d'origine. De plus, les falaises de tous côtés ne permettaient pas d'accoster par bateaux. Ils ont dû utiliser des avions-cargos pour tous les transports.

Ces cargos, j'ai pu les voir en peinture. Après le dernier voyage, ils ont été démontés et toutes les pièces ont été récupérées pour servir aux travaux de construction ou transformées pour créer des moyens de locomotion sur l'île. Plus de carburant, plus d'avion. À l'heure actuelle, nous utilisons l'énergie solaire, éolienne et l'hydrogène vert. Dans la banque de données stockée à la cité, ils ont pu répertorier de la documentation et des articles scientifiques.

Les Élus se croient au sommet parce qu'ils ont financé le projet, mais ce ne sont pas eux qui l'ont réalisé sur le terrain. Pour se protéger des autres communautés et maintenir le pouvoir, ils ont fortifié la cité avec une grande muraille et créé une armada d'agents de sécurité.

La sécurité, tu parles ! Leur sécurité, leur monopole !

En réalité, leur pouvoir réel, ils le tirent des connaissances. La station d'épuration d'eau en est un bel exemple : elle est commandée par des codes que seuls les dirigeants haut gradés possèdent. Lors de la première rébellion des communautés Sombre et Solaire, ils n'ont eu qu'à couper l'accès au système d'assainissement et très vite la vie est devenue impossible pour les rebelles.

Après les quatre-vingts premières lunes, la population a augmenté de manière exponentielle et les Élus ont établi une nouvelle règle : celle de l'enfant unique. Chaque femme ne peut donner naissance qu'une fois dans sa vie. Cette nouvelle loi a permis d'enrayer la surpopulation et de maintenir une pérennité dans les denrées alimentaires.

Les jeunes Élus sont éduqués dans une hiérarchie de pouvoir et, pour eux, la Sombre que je suis n'est qu'une bouche à nourrir et des bras pour servir. Ils ont l'esprit bien trop étriqué pour comprendre que nous sommes nécessaires à leur subsistance.

Je les haïssais bien avant de rejoindre l'Institut, avec leurs bracelets émeraude tellement chargés d'autosuffisance. Ces bracelets représentaient déjà une inégalité et une altérité que je rêvais de détruire. J'étais d'ailleurs galvanisée et déterminée en arrivant à l'Institut, mais c'était compter sans les montagnes russes auxquelles mon cœur allait devoir s'accrocher.

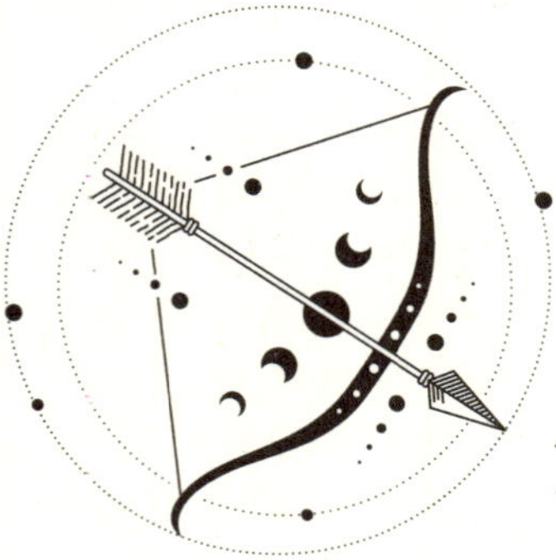

1

Chani

Je prends une grande inspiration avant de franchir l'immense porte d'entrée faite d'un alliage de métal poli et de verre transparent et encadrée de colonnes imposantes ornées de souvenirs de l'ancien continent. Le hall principal s'étend sur plusieurs niveaux et des passerelles sont suspendues au-dessus d'un atrium central baigné de lumière naturelle. La vue est impressionnante, mais je tente de paraître indifférente.

Déjà, je ne me sens pas à l'aise dans cet uniforme bleu marine bien coupé, même si, malgré son épaisseur, le tissu est agréable au toucher, laissant parfaitement respirer la peau. Rien à voir avec les vêtements que j'ai pu porter jusqu'à présent, mais c'est un uniforme, et je hais les uniformes ! Je déteste être une parmi tant d'autres. Tous semblables, de prime abord, et pourtant tous tellement différents à l'intérieur.

Et surtout, je comprends vite que malgré cette tenue, je ne leur ressemble pas. *Ils* me le font *comprendre*. Leur regard passe de l'étonnement à l'aversion dès qu'ils aperçoivent le bracelet noir à mon poignet. Je suis une Sombre et je suis dans leur cité. Dans leur école. Dans leur couloir. Je respire le même air qu'eux.

Oui, regardez-moi bien, je ne suis pas près de partir.

Je ne courbe pas l'échine, ne baisse pas les yeux. Cette place, je la mérite bien plus que la plupart d'entre eux. J'ai le niveau pour être là. J'ai passé d'innombrables tests et me suis distinguée parmi tant d'autres. Je suis la seule Sombre à obtenir la bourse au cours de cette lune, de ces dix dernières lunes pour être précise, je suis donc bien décidée à maintenir le niveau et conserver cet avantage jusqu'au bout.

J'ai l'impression d'avoir une maladie contagieuse tant les étudiants restent à distance, fuyant le moindre contact physique.

Ma mère m'a bien recommandé d'être discrète et de ne pas faire d'histoires pour pouvoir terminer sans encombre mon cursus. J'évite donc de croiser leurs regards et me force à garder la tête haute. Enfin, jusqu'à ce que les yeux perçants d'un étudiant accrochent les miens et que mon cœur rate un battement. Je ne sais pas si c'est parce qu'il occupe tout l'espace – pas physiquement, quoiqu'il ait l'air sportif et bien bâti –, mais je ne vois plus que lui. Je manque presque le numéro de mon casier, mais je m'arrête juste à temps. Le sien est situé à deux pas du mien.

– Hash, se plaint une fille aux longs cheveux blonds tressés, je suis malheureusement dans la classe d'Ordre Mineur. On se retrouvera sur le temps de midi.

Je n'ose plus relever les yeux vers lui.

– Nous avons une étudiante boursière dans notre classe. Elle provient de la communauté Sombre.

« Une Sombre », je les entends murmurer entre eux avec surprise et dégoût.

Ouais, et alors ? Ça vous pose un problème ?

– Les autres, asseyez-vous, ordonne le professeur, m'exposant au reste du groupe. Voici Mlle Chani Erati. Elle a obtenu les meilleurs résultats des six élèves boursiers et son examen d'entrée l'a placée avec vous dans cette classe de niveau supérieur : l'Ordre Stratégie.

Cet ordre dont tous les parents rêvent pour leur progéniture permet en fin de cycle d'accéder à l'une des fonctions clés dans le rouage du système au pouvoir. Et j'ai bien l'intention de m'y distinguer !

En tournant la tête avant de m'asseoir, j'aperçois à nouveau ce regard noir et méprisant. Il me scrute des pieds à la tête. Même de loin, il pue la famille influente et l'arrogance de ceux qui se croient supérieurs. Je le hais déjà et pourtant, il se dégage de lui une aura particulière, comme une force intérieure qui m'attire. Sa beauté, un peu animale, a quelque chose de sauvage. Ses cheveux ébène sont presque aussi foncés que ses yeux de braise que je trouve hypnotisants. Par bonheur, je reprends rapidement mes esprits, me rappelant que cet Élu est né dans la cité fortifiée et qu'il a bénéficié des privilèges dus à son rang. Même si ma chevelure est aussi noire que la sienne, nous ne pouvons pas être plus différents. Je détourne finalement la tête. Pourquoi faut-il qu'il soit dans la même classe que moi ? Et pourquoi mon cœur bat-il de façon si déraisonnable ?

2

Hash

Je la vois traverser le couloir, la tête haute, avec ses cheveux noirs détachés qui bougent sur ses épaules à chacun de ses pas. Elle est si prétentieuse !

Je crois qu'elle a oublié que ses ancêtres n'étaient rien et qu'elle n'existe que grâce à la bonté des miens. Son bracelet noir est une injure à cet Institut. Elle n'est pas à sa place ici. Je pense qu'elle va vite s'en rendre compte et baisser enfin ses yeux insolents qui viennent de fixer quelques instants les miens.

À côté de moi, Myra se plaint d'être en classe d'Ordre Mineur ; j'en suis ravi, ça m'évite de l'avoir sur le dos pendant les cours. Même si ses différents attributs corporels ont pu me plaire au début, je me suis lassé assez rapidement de ses caprices et de ses bavardages incessants.

La classe Stratégie ne regroupe que l'élite. Ceux qui ont réussi les épreuves écrites et physiques avec brio. Je n'imaginais pas être dans une autre classe. Même le nom de Bless n'ouvrait pas les portes, seuls les résultats aux tests comptaient et j'avais remporté la palme haut la main parmi les étudiants. Je me dois de consolider ma position et de renforcer l'héritage familial au sein du régime.

Quelle n'est pas ma surprise, en entrant dans le local, de découvrir la Sombre parmi nous ! J'observe en silence le sourire qui étire ses lèvres quand le professeur nous parle de ses brillants résultats.

Qu'elle ne s'imagine pas un seul instant réussir le cursus dans cet ordre supérieur ! Les Sombres ne siégeront jamais au conseil. C'est bien trop dangereux de leur donner accès à la technologie qui nous maintient en vie et de leur permettre de gérer les ressources. Ils n'ont aucune vision globale à long terme. Les deux rébellions qu'ils ont menées depuis l'installation des communautés sur l'île en témoignent.

Chani, Chani Erati. Je vais te faire ravaler le rictus suffisant que je lis sur ton visage.

Je ne la connais pas, mais je la hais déjà. C'est bien simple, je maudis tous les Sombres. Ils pourraient au moins être reconnaissants d'être en vie, mais ils ne sont jamais satisfaits. De vrais parasites. En réalité, ils ne sont bons qu'à nous servir.

Elle me fixe et je soutiens son regard.

Mais pour qui se prend-elle ?

Elle baisse finalement les yeux et contre toute attente, je sens que je vais bien m'amuser durant cette formation.

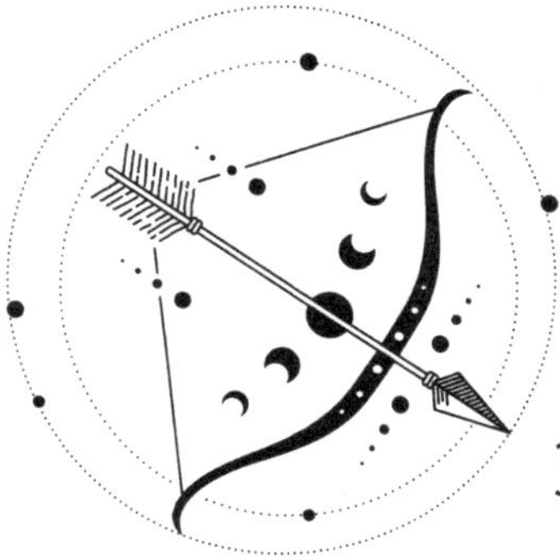

3

Chani

J'émerge de l'eau avec une satisfaction des plus complètes. Deux lunes durant lesquelles je n'ai pas eu l'opportunité de nager, mais mon cerveau s'est rapidement rappelé les mouvements de base et, après quelques longueurs, je nage à nouveau comme un vrai poisson.

Je glisse dans l'eau, libre de mes mouvements, le poids léger et l'esprit clair. Le silence extérieur me plonge dans une paix profonde que seule ma respiration vient perturber. Certes, il a fallu que je me lève bien avant les autres pour profiter pleinement et surtout seule de la piscine intérieure de l'Institut. Je sais qu'elle est peu fréquentée, car les Élus préfèrent de loin la baignade en plein air par beau temps. Mais le but est de ne pas me faire remarquer. Une Sombre n'est pas censée avoir appris à nager.

Notre collectivité, qui se situe le plus au nord de l'île, est la communauté Sombre. Ce nom lui a été attribué car la terre est humifère, noirâtre et légère. Ce sol fertile permet l'installation et la culture de nombreux végétaux qui y puisent les éléments essentiels à leur croissance. Les légumes feuilles verts profitent de l'azote présent naturellement dans le sol pour bien se développer, et tous les autres légumes racines peuvent tranquillement s'y enfoncer et y germer. Nous nous trouvons juste à la lisière d'un bois qui regroupe plus d'une dizaine d'espèces de grands arbres. Si le vent n'était pas si fort et les embruns moins présents, l'endroit serait sans doute idéal. Les rochers qui bordent l'océan ont aussi la teinte foncée du charbon. Ils sont cependant abrupts et coupants, si bien qu'il est impossible de franchir les falaises pour aller se baigner.

Petite, je suis parfois restée pendant des heures avec mon père au sommet du pic, à scruter le grand bleu et à écouter le bruit assourdissant des vagues qui venaient se jeter et mourir sur les récifs. Certains ont bien essayé d'atteindre l'eau salée, mais ils ont chuté lors de la descente ou se sont noyés dans l'immensité des déferlantes.

À bien y réfléchir, l'eau m'attire profondément, en permanence. Beaucoup trouvent que le tumulte tapageur des vagues empêche une certaine concentration, irritant nos sens et nous rendant nerveux ou agressifs, mais j'ai toujours trouvé ce son apaisant. La vue des rouleaux d'eau qui s'échouent contre le récif m'hypnotise, me rappelant que l'on est finalement peu de chose sur Cyria.

Ne pas pouvoir nager dans cet océan qui brillait de mille feux sous les rayons du soleil m'avait frustrée, jusqu'à ce que je découvre la piscine dans cette magnifique propriété sur les terres des Célestes. C'est ce jour qui m'a fait prendre conscience des différences avec les autres communautés. Bien évidemment, je n'avais pas encore mis un pied dans la Cité d'Émeraude, et j'étais loin d'imaginer les privilèges dont disposent certains Élus.

Je sors de la piscine pour rejoindre les vestiaires. Je me sèche et passe rapidement mon uniforme. Je regagne en vitesse le dortoir afin de récupérer mes affaires de cours. Si, pour les Élus, ce dortoir ressemble à une modeste chambre, c'est presque du luxe pour une Sombre, mais je n'ai pas besoin de plus ; j'ai même une petite cuisine et une douche. Tous les frais sont pris en charge. Les boursiers reçoivent un passe pour séjourner dans la cité, deux uniformes scolaires, une tenue pour le sport, une carte de repas et, cerise sur le gâteau, une tablette tactile reprenant le programme pédagogique et l'immense bibliothèque numérique de la cité. On peut même contacter n'importe quel résident grâce à la messagerie. Je reste émerveillée par cette technologie récupérée de l'ancien continent. La tablette est non seulement dotée d'une interface holographique qui se déploie en un instant, projetant des images et des commandes devant nous, mais elle reconnaît aussi automatiquement les gestes et les mouvements des doigts pour une interaction fluide. De plus, sa surface tactile intelligente s'adapte à la pression et à la chaleur des mains, offrant une expérience totalement immersive et intuitive. C'est un tout autre niveau que les écrans minuscules, sans la moindre connexion possible entre eux, que nous avons chez nous.

Les cheveux détachés encore légèrement humides, je déboule en trombe dans la salle de classe. Je fais un grand sourire à tous ces regards condescendants.

Je vous emmerde tous.

Assimilant aisément le chapitre de cryptographie, j'entame le travail à rendre pour la fin de la semaine. La fille assise à côté de moi jette un bref coup d'œil à mon travail, mais ne s'y attarde pas. C'est déjà tellement difficile pour elle d'être placée à côté d'une Sombre qu'il faut à tout prix maintenir ce mur imaginaire dressé entre nous. Son bracelet émeraude m'apprend qu'elle s'appelle Erynda Tale. Si elle est dans cette classe, c'est qu'elle a réussi les évaluations d'admission. Même si tous les Élus peuvent suivre les cours de l'Institut, l'attribution des groupes dépend des résultats aux tests d'entrée. Je regrette d'être la seule parmi les six boursiers.

Quand j'arrive au réfectoire des première, je trouve rapidement une table de deux au fond de la salle, à l'abri des regards. Je mange isolée depuis deux semaines maintenant et je commence presque à m'y habituer. En revanche, le silence des autres la journée me pèse, mais je suis bien trop fière pour le leur avouer.

Je viens d'engloutir ma première bouchée quand j'entends racler sur le sol la chaise en face de moi. Je relève rapidement le visage pour découvrir Elis, un boursier métis de la communauté Céleste. Une figure ronde, des cheveux courts, des yeux d'un bleu si clair qu'on peut y voir le ciel et un sourire d'une blancheur incroyable, Elis a été gâté par la nature. S'il avait à son poignet un bracelet émeraude et non blanc, je suis certaine qu'il ferait tourner beaucoup de têtes, ici, à l'Institut. Mais les Élus ne se mélangent pas avec les autres communautés. Il pourra peut-être gagner la couleur tant convoitée s'il réussit brillamment son cursus et trouve un emploi dans la Cité d'Émeraude.

Elis Tarque est l'un des quatre boursiers de la communauté Céleste à l'ouest de l'île. Elle est appelée ainsi, car leur collectivité a été bâtie au pied de la montagne dont la cime se perd dans les nuages.

– Tu n'as pas peur de devenir un paria ?

Elis rigole et s'assied en face de moi, sous le regard assassin des autres étudiants.

– Je le suis déjà... mais c'est vrai qu'ils sont plus enclins à sympathiser avec notre communauté plutôt qu'avec la Solaire ou la Sombre. Et puis, reprend-il en coupant son petit pain en deux, tu es la seule à m'offrir un sourire sincère.

– Et toi, le seul à m'avoir parlé depuis mon arrivée.

– Et, chose non négligeable, tu manges vraiment.

Nous éclatons de rire. Mon assiette est remplie à ras bord. Il faut avouer que la nourriture est excellente à l'Institut. De plus, elle est gratuite, alors j'en profite comme je peux. Les Élues ont l'air de faire une fixette sur leur poids et beaucoup s'alimentent de peu. Avec mes longueurs de piscine en début de matinée, je suis affamée. Mes kilos sont bien le dernier de mes soucis.

Nous conversons tout en mangeant sans voir l'heure passer. Elis me parle avec mélancolie de sa petite amie qu'il a laissée dans la communauté Céleste. Il doit beaucoup tenir à elle, alors je le laisse discourir et il semble plus léger après notre conversation.

De retour en classe, nous entamons le cours d'Expression qui regroupe la philosophie, les techniques de l'information et la transmission des valeurs de l'élite. Je suis sceptique quant au programme, ça ressemble plus à un contrôle de l'information et une propagande pour manipuler les habitants. Le professeur nous propose un travail en binôme afin de nous familiariser avec le matériel et – je cite – découvrir notre potentiel créatif.

Rien que ça !

Je pince les lèvres de nervosité lorsqu'il m'associe à Hash. Le regard noir de ce dernier me transperce aussitôt, m'incendiant sur place. Je n'ai pas plus envie que lui de réaliser cet exercice ensemble. Il semble tellement sûr de lui, si vaniteux et hautain.

Je dois cependant reconnaître que son regard brûlant et ses cheveux en bataille lui donnent un air irrésistiblement séduisant et je m'en veux d'avoir de pareilles pensées.

– Votre travail consiste à mettre en évidence un point que vous auriez en commun et qui ne serait pas spécialement manifeste au premier coup d'œil. Vous le réaliserez sous forme d'une vidéo de cinq minutes maximum. Tout le matériel est disponible dans la salle vidéo et le local de mixage.

Un petit rire s'échappe de mes lèvres malgré moi. Un point commun entre nous, tout me semble tellement ridicule. J'attire directement l'attention. Je me racle la gorge et fais mine de taper les notes sur ma tablette.

Dans le couloir, je m'aperçois que j'ai oublié le câble de recharge de l'appareil. Pas moyen d'alimenter ma tablette sans cet outil indispensable pour se relier à l'énergie solaire emmagasinée au bâtiment des boursiers. Je fais demi-tour et dans l'embrasure de la porte, je surprends la conversation de Hash avec notre professeur, M. Dorka.

– N'importe qui d'autre, mais pas elle ! C'est tout ce que je vous demande, professeur Dorka.

Ce dernier lève la tête et remarque ma présence sur le pas de la porte.

– Je suis désolée de vous interrompre, j'ai laissé mon câble branché.

Je passe calmement devant eux, même si à l'intérieur je dois avouer que la tempête fait rage et que j'ai envie de dire à Hash ma pensée à propos de son attitude.

Con. Abruti. Triple idiot prétentieux.

– Au contraire, je crois que votre collaboration sera des plus intéressantes sur cette thématique.

« Intéressant » n'est peut-être pas le mot que j'aurais employé. Hash est fort contrarié et me propose un point commun stupide: Exa, la boisson acidulée légèrement alcoolisée. D'abord, je n'y ai jamais goûté, et ensuite, je compte réaliser ce travail sérieusement. Je ne peux pas me permettre de récolter de mauvais résultats, sous peine de voir ma bourse annulée.

– C'est n'importe quoi. Si tu te moques de ta note, ce n'est pas mon cas. Alors on prendra le temps nécessaire pour trouver un sujet qui en vaut la peine.

L'Élu me dévisage froidement et me plante devant le casier en grommelant que nous n'avons de toute manière rien en commun.

Là, c'est moi qui suis contrariée. Je bous littéralement de l'intérieur, je suis sur le point d'exploser. J'attrape mon sac et monte à tire-d'aile les trois étages qui mènent au toit de l'immeuble. Cette dernière partie est normalement interdite aux élèves, mais j'ai besoin d'être seule et de laisser s'exprimer ma rage et ma colère. Je me dirige vers le bord du toit et hurle à pleins poumons.

– Rhaaaaaaa !

J'expire ensuite longuement, cela me fait un bien fou.

– On ne peut plus être tranquille nulle part. Moi qui cherchais juste le silence.

Je me retourne précipitamment pour découvrir un étudiant qui émerge de derrière le pilier central. Il a les cheveux blond foncé un peu bouclés et des yeux verts qui coïncident parfaitement avec la couleur de cette cité. Je ne l'ai jamais rencontré parmi les première classe. Sa présence me déstabilise et je reste coite.

Il passe avec une extrême lenteur juste à côté de moi. Les autres étudiants me fuient, mais lui me frôle sans hésiter. Il a relevé les manches de sa chemise et je peux sentir la douceur de sa peau tiédie par les rayons du soleil. Ses grands yeux émeraude me fixent avec une telle intensité que j'en oublie de respirer. On dirait un ange sorti de nulle part. Il lui pousserait des ailes dans le dos que je n'en serais même pas étonnée. Il disparaît derrière la porte de la cage d'escalier et je peux enfin décompresser. Pendant plusieurs minutes, je me demande si j'ai rêvé, mais je sens encore la note d'iris de son parfum dans l'air ambiant.

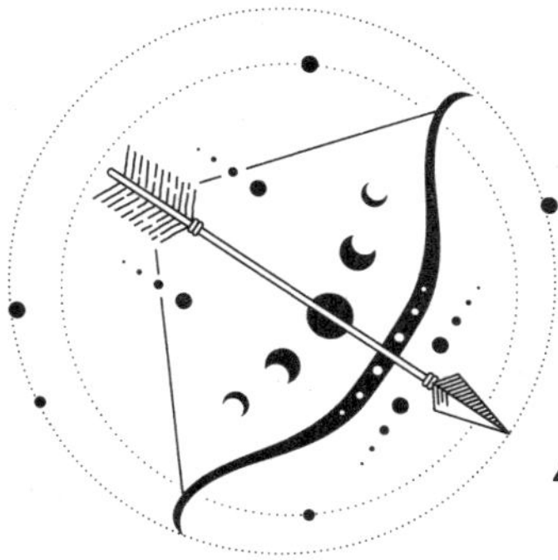

4

Chani
Un mois plus tard

Après ce mois mouvementé à l'Institut, je profite du long congé qui se profile pour rentrer chez moi. Je cogite durant ce trajet en transporteur public. J'ai le temps, le premier arrêt a lieu chez les Célestes qui peuplent la communauté la plus proche de la Cité d'Émeraude. Les voyageurs des terres de l'Ouest seront les seconds à descendre du véhicule pour rejoindre la communauté des Solaires. Il faudra encore deux bonnes heures avant d'atteindre notre communauté située en plein nord de l'île.

Ces quatre dernières semaines ont été éprouvantes. J'ai fait face au silence et au rejet, j'ai affronté les moqueries et les mauvaises blagues, mais c'est surtout le mépris que je pouvais lire dans les yeux des autres étudiants qui m'a fait le plus mal. Je pensais qu'au moins ils me respecteraient au vu de ma réussite, mais mes performances intensifiaient plutôt leur antipathie à mon égard.

La Cité d'Émeraude a été une vraie découverte pour moi, malgré tout ce que ma mère avait pu en dire. Après tout, elle n'y a plus mis les pieds depuis plus de vingt lunes. Je pensais bien découvrir une cité moderne, à la pointe de la technologie, mais je n'envisageais pas des différences aussi profondes. Alors que l'envoi d'un simple message au nord pose problème, tout est connecté dans la cité de lumière. C'est comme si la technologie ne les avait jamais quittés, allant de la tablette tactile au robot de ménage. Je n'en avais d'ailleurs jamais vu auparavant dans les autres villes visitées en compagnie de ma mère. J'ai sursauté la première fois que l'un d'entre eux a failli me percuter en plein couloir à l'Institut. Cet épisode a bien évidemment attiré les railleries des autres étudiants.

J'ai aussi été terriblement surprise par les engins qui circulaient à toute allure dans les ruelles du centre-ville. Ces biplaces sont dotés de capteurs avancés et d'un système de navigation intelligent. Je n'avais jamais vu ce type de véhicule. C'est bien simple, je ne savais même pas qu'un particulier pouvait posséder ce genre de machine. Le système en place nous bassine depuis toujours avec le fait de préserver l'énergie, mais ici, dans cette cité de privilégiés, ils l'exploitent pour le simple plaisir de se balader ou de gagner un peu de temps.

Le plus exceptionnel reste la nourriture. Tant de denrées à portée de main sans avoir à bouger le petit doigt ! Elis se bidonne sans cesse à la vue de mon assiette, mais, sérieusement, avoir accès à toutes ces bonnes choses sans avoir à sortir un ticket de rationnement de ma poche, ça tient du miracle. À l'Institut, j'ai avalé plus que quiconque des tranches de penet trempées dans une sauce savoureuse et goûteuse à souhait. Cette petite créature au corps dodu et aux pattes courtes présente un pelage soyeux, d'un blanc neigeux parsemé de taches brunes, qui contraste avec ses grands yeux expressifs et ses oreilles rondes, ce qui le rend irrésistiblement mignon. Sous cette apparence attendrissante, sa chair tendre est réputée pour sa délicatesse, faisant de lui un mets de choix sur l'île. Chez nous, nous avons rarement de la viande dans nos assiettes et si, par bonheur, c'est le cas, la chair coriace du gotra a intérêt à être préparée en ragoût pour en masquer la saveur.

L'incident qui s'est produit à la sortie de la Cité d'Émeraude ne cesse de me hanter. Mon cœur se serre au souvenir du visage ravagé par la douleur de cette femme avec son enfant dans les bras, qui priait le garde de les laisser passer le portique. Elle semblait désespérée, mais sans bracelet émeraude ou sans badge, elle n'avait aucune chance de pouvoir se rendre à l'hôpital. C'est pourtant le seul endroit sur l'île suffisamment équipé pour des soins spécifiques ou adapté pour toute opération importante. Ma mère, guérisseuse réputée, est bien placée pour le savoir.

Les trois cités sont régies par un système d'identification. Seule ma communauté est ouverte aux autres habitants. À chaque entrée de la cité de lumière au cœur de la muraille de pierre sont érigés d'imposants portiques de sécurité, telles des sentinelles technologiques, scannant les bracelets d'identité ou les badges d'accès avec une précision clinique. Les dirigeants nous font croire que ces dispositifs de contrôle préservent l'ordre et la stabilité et que la vigilance est de rigueur. Mais ils renforcent surtout les clivages entre nos communautés, tout en contrôlant nos faits et gestes.

Je tente de respirer profondément pour calmer le trouble qui m'assaille, toutefois l'air saturé de terre soufrée me fait tousser. Malgré le voyage épuisant jusqu'à la côte, je n'arrive pas à m'endormir. J'adore cette région du Nord, même si les embruns font friser mes cheveux et que le temps ne facilite pas toujours la vie des habitants. Mais j'aime l'océan, cette côte sauvage que personne ne peut dresser, le tumulte des vagues qui cognent avec énergie les rochers lugubres. Je suis une Sombre, j'en suis fière et les Élus ne pourront jamais changer ça.

Dans la soirée, je sors de la maison sans bruit pour me réfugier au bord de la falaise avec une lanterne. Ma mère ne tarde pas à me rejoindre.

– Comment as-tu pu tenir tous ces cycles là-bas ?

– Il est tard, tu devrais essayer de dormir. Demain, c'est la fête de la communauté. Je t'expliquerai, je te montrerai. Ne lambine pas, ajoute-t-elle en repartant vers notre foyer.

Elle a été sélectionnée, comme moi, il y a plus de vingt lunes. Elle a effectué son cursus et choisi la médecine. Elle est ensuite revenue dans sa communauté pour aider et soigner les gens. Je crois qu'elle est surtout rentrée pour mon père. Il était pourtant prêt à se sacrifier.

Il lui a conseillé de rester dans la Cité d'Émeraude et de bénéficier de tous les privilèges qu'elle pouvait obtenir. Il a déclaré qu'elle avait assez travaillé, que ses efforts allaient payer, qu'elle n'avait qu'à profiter de la vie et l'oublier ! Mais elle est revenue. Elle est revenue pour lui. Par amour pour lui. Même si elle n'est pas très démonstrative, mon père l'est pour deux. Il l'aime d'un attachement sans faille. J'adorerais un jour vivre ce genre d'amour inconditionnel.

Drax m'a souvent fait des avances, j'ai même fini par l'embrasser, mais il ne m'a pas encouragée pour les tests et l'obtention de la bourse l'a contrarié. Il ne comprend pas ma soif de connaissances et ma volonté de changer le système.

Un bruit de pas me fait sursauter, me ramenant à la réalité. Mon paternel s'assied à mes côtés et nous regardons, ou plutôt écoutons, à la faible clarté de la lanterne et des deux lunes, la clameur de l'océan. Il est mon pilier, il l'a toujours été. Même si ma mère m'a guidée, c'est mon père qui m'a soutenue.

– Chani, ma chérie, je t'aime tellement et je suis si fier de toi. Quel que soit ton choix, si tu décides de continuer ou de rentrer, rien ne changera mes sentiments pour toi.

Il se penche et m'embrasse sur le front. Je me blottis dans ses bras, là où je me sens appréciée et comprise.

– Moi aussi, je t'aime, papa.

Je l'admire, autant pour sa générosité que pour sa bienveillance. En plus d'être mon pilier, il est mon modèle.

Debout dans la cuisine, je gratte avec mes ongles une partie de mon bras droit. Je me demande si je ne fais pas une réaction au matériau.

– Tu as un problème ? questionne mon paternel.

– Je ne sais pas, ça me chatouille depuis qu'ils m'ont injecté cette puce.

– Une puce ? Quelle puce ? s'enquiert-il, soudain inquiet.

– La puce contraceptive. Franchement, m'exclamé-je, comme si j'allais coucher avec un Élu à l'Institut !

– C'est obligatoire, intervient ma mère qui arrive dans la cuisine avec du matériel à apporter à la salle.

– Tu n'en portais pas, toi ! lui fait remarquer son mari.

– Non, le procédé n'était pas encore au point. Dans tous les cas, ajoute-t-elle en se tournant vers moi, c'est plus efficace qu'un bout de plastique qui peut se déchirer, et surtout, les médicaments libérés luttent aussi contre les deux maladies transmissibles répertoriées.

– N'empêche, ils auraient dû lui demander son avis, c'est son corps après tout. Ils décident de tout à notre place. Et puis tu es sûre que ce n'est pas toxique ? Regarde comme ça la démange.

– La puce est fabriquée à partir de matériaux biocompatibles et ultraminces, capables de s'intégrer facilement sous la peau sans provoquer de réactions immunitaires. En plus, ce microprocesseur est équipé de capteurs capables de surveiller les niveaux hormonaux et d'autres paramètres physiologiques en temps réel, et...

– Et si tu expliquais ça simplement ? la coupe mon père.

Je ne peux retenir un rire. Aussitôt, ma mère me foudroie du regard, toutefois le grand sourire satisfait de mon père ne m'aide pas à garder mon calme.

– Elle ne peut faire de mal, déclare-t-elle alors pour couper court aux remarques de cet homme aux cheveux noirs et à la barbe naissante. De toute manière, les matériaux utilisés sont conçus pour se dégrader naturellement après deux lunes, éliminant ainsi le besoin de retrait chirurgical.

– C'est bizarre, tu es toujours au courant de toutes les avancées technologiques dans la cité alors que tu ne peux pas y entrer.

– Chani, c'est mon métier et mon devoir, répond-elle avec un certain ton de reproche dans la voix. Bon, il est temps d'y aller, je ne veux pas arriver en retard à la fête de la communauté.

Les festivités ont lieu dans la grande salle près du temple. Mes parents sont allés donner un coup de main pour l'organisation pendant que je m'avançais cet après-midi sur mes devoirs et travaux pour l'Institut. J'ai hâte de retrouver mes amies d'enfance et aussi Drax, même s'il n'est pas venu me saluer à mon départ. Cela fait quatre semaines que je ne les ai pas vus ou que je ne leur ai pas parlé et j'ai beaucoup à leur raconter, surtout à Ulcie.

Les Sombres m'ont toujours trouvée un peu singulière, pour ne pas dire extravagante. Il est vrai que j'ai à maintes reprises accompagné ma mère dans les communautés Solaire et Céleste ; ces séjours m'ont changée et m'ont ouvert l'esprit. J'ai vu tellement de possibilités, tellement d'occasions pour notre communauté, mais souvent, mes idées n'ont pas été bien perçues. Les habitants les trouvaient irréalistes, ils avaient peur de défier le système actuel et le pouvoir en place. Certains me traitaient même de prétentieuse quand je leur promettais de changer le système de l'intérieur, pourtant, au fond de moi, je restais persuadée que c'était ma mission. J'apercevais le potentiel que les autres communautés avaient à offrir et je voulais simplement que chacun ait droit aux mêmes avantages.

Je rentre avec entrain dans la salle et le brouhaha général me redonne aussitôt le sourire. À l'Institut ou dans le quartier des boursiers, tout est si calme qu'on ose à peine parler et encore moins crier.

Je suis chez moi.

Je repère les filles de mon ancienne classe regroupées sur deux bancs en bois foncé autour d'une table. Je leur fais un signe de la main et m'empresse de les rejoindre. Les quelques adultes que je croise au passage et que je salue avec politesse semblent ravis de me voir à cette fête et me sourient cordialement. Ce n'est cependant pas le cas des filles autour de la table, censées être mes amies. Quand j'arrive, elles se déplacent légèrement sur les bancs pour occuper tout l'espace. J'essaie d'engager la conversation, comme si de rien n'était, mais les sujets reviennent aussitôt sur des événements survenus depuis la rentrée scolaire et je deviens une simple spectatrice. Je me sens exclue du groupe. Je me demande comment je dois réagir quand Drax fait son entrée, main dans la main avec Ulcie. Ils s'avancent vers mes voisines attablées, lancent un « Salut » et les filles reculent pour leur faire place autour de la table. Les discussions reprennent de plus belle. Je suis toujours debout face au groupe, comme une idiote. En tout cas, c'est ainsi que je me sens : idiote et transparente. Drax attrape finalement Ulcie par la nuque et l'embrasse devant tout le monde. Je ne sais plus où me mettre tant je suis mal à l'aise. Je feins l'indifférence, les prie de m'excuser puis rejoins ma mère qui prépare les boissons pour la communauté. Dans le Nord, personne ne dispose d'un robot assistant.

Elle semble ravie de l'aide que je lui propose et ne se rend pas compte du trouble qui m'habite.

– Regarde-les, dit-elle en les montrant tous de la tête, c'est pour eux que je suis revenue. C'est pour eux que j'ai tenu tout ce temps. Pour notre communauté. Pour leur apporter les meilleurs soins de santé possible. Tu feras une formidable guérisseuse, Chani, j'en suis sûre.

Je suis sur le point de lui répondre que je ne souhaite pas suivre la même voie qu'elle, que j'envisage de changer le système de l'intérieur, que j'ambitionne de prodiguer à tous le savoir pour qu'ils le cultivent.

Si tous les habitants avaient accès au même niveau d'enseignement, je suis certaine que ça changerait la donne. Dans le Nord, nous n'apprenons que les tâches pour lesquels nous sommes prédisposés. Comme si les gènes héréditaires pouvaient tout expliquer ! Des études en généalogie menées sur l'ancien continent avaient bien démontré l'influence du mode de vie des grands-parents sur leur descendance. C'était la première information que j'avais apprise au cours de chroniques ancestrales, mais même si nous sommes influencés par notre milieu, croire que nous ne pouvons pas faire des choix différents représente une vision très étriquée de la situation. Quoi qu'il en soit, les dirigeants de la nouvelle Cyria prônaient l'eugénisme et tentaient par tous les moyens d'isoler les habitants des différentes communautés.

J'observe ma mère à la dérobée, je suis en effet très surprise de son explication. Je pensais qu'elle était avant tout revenue pour son amour de jeunesse. Je suis sur le point de le lui faire remarquer quand plusieurs personnes la sollicitent, alors je m'en vais rejoindre mon père qui discute avec des amis. Leur accueil est nettement plus chaleureux, certains me félicitent et m'encouragent dans la voie de la réussite.

La soirée me paraît interminable, je prétexte une quelconque fatigue pour sortir de cet endroit. Je croyais que ce retour aux sources serait bénéfique, mais je me sens complètement perdue. J'ai la sensation d'être coincée entre deux mondes sans appartenir à aucun d'eux. Rejetée par les miens, ignorée ou raillée par les Élus.

Je n'ai ma place nulle part.

Je regarde mon bracelet. Je n'ai qu'une envie : le retirer et le jeter au milieu des rochers coupants, là où les vagues viennent mourir dans un fracas assourdissant. Parfois, je me dis que ce serait si simple de plonger du pic et de goûter cette eau salée.

5

Hash

Perdu dans mes pensées, je sursaute quand ma mère tape la paume de la main sur l'îlot central de la cuisine. Les traits tendus, son visage semble rougi par la colère.

– Tu n'entends pas quand je te parle ? crache-t-elle, énervée.

Je n'ai pas le temps de répondre qu'elle enchaîne :

– Évite les aliments sucrés au petit déjeuner ! Et, de grâce, assieds-toi pour manger !

Exaspéré, je souffle bruyamment en guise de protestation.

– Je compte sur toi pour te distinguer en stratégie, ne nous déçois pas, ton père et moi.

Elle quitte aussitôt la pièce, emportant avec elle sa boisson vitaminée qu'elle glisse dans sa mallette en cuir aux effigies de sa famille. D'après les artisans de la communauté du Nord, il n'est pas possible de trouver une qualité de peau similaire sur l'île, ce qui rend cette serviette héritée de sa grand-mère maternelle si précieuse aux yeux de la grande Talia, directrice du comité.

C'est de mauvaise humeur que j'arrive à l'Institut et que je rembarre d'un simple regard assassin la Sombre qui s'avance vers moi alors que je tape le code d'ouverture de mon casier.

Je reste perdu dans mes pensées toute la matinée et je suis surpris lorsque la sonnerie de midi retentit. J'étire les bras, débranche ma tablette puis bouscule cet empoté de Brissor en sortant de la classe. Il s'excuse, ce lèche-pompes ! Il ferait tout pour ne pas se mettre un Bless à dos.

Insensible, je rejoins la cantine de l'université. Je suis à peine assis que Myra fonce s'installer sur la chaise voisine, escortée de ses deux amies qui la suivent comme son ombre. Son père est aussi un membre influent du comité de la cité, ce qui attire inévitablement les sangsues, je suis bien placé pour le savoir. Il est rare de se faire des amis quand on porte des noms comme les nôtres.

Après le déjeuner, Chani fait une seconde tentative quand je récupère mes affaires dans le couloir.

– On peut discuter du sujet à traiter maintenant ? Tu as enfin une minute ?

Son effronterie me donne juste envie de l'attraper par le cou et de la coller contre les casiers ! Elle devrait s'estimer heureuse qu'on la tolère dans cette université d'élite ! Du moins, qu'on tente de le faire, car elle ne nous simplifie pas la tâche avec son regard méprisant et son rictus de satisfaction.

– Je t'ai proposé plusieurs sujets que tu as refusés catégoriquement.

– Des sujets ? Des propositions absurdes ! J'ai une bourse à préserver, je ne peux pas faire n'importe quoi !

– Casse-toi ! maugréé-je, exaspéré par ses paroles.

La Sombre ne se le fait pas dire deux fois. Les lèvres plissées de rage, elle tourne les talons pour se diriger vers notre classe.

Je souffle l'air par les narines avant de rejoindre le local, mon cœur bat comme un forcené, faisant monter et descendre ma poitrine à chaque inspiration. J'en profite pour croiser les doigts et tendre les bras pour dénouer les tensions. De légers craquements se font entendre, ils me rappellent de mauvais souvenirs.

Mon traitement.

Ma maladie.

Je sens les aiguilles parcourir mon corps et le liquide se répandre dans mes muscles, causant d'atroces douleurs qui semblent ne jamais finir.

– Il reste encore deux injections, précise l'homme en blouse blanche.

Je lui souris, mais à l'intérieur, je hurle, priant le ciel pour que ça s'arrête.

Je repousse de toutes mes forces les images du passé, refoulant l'angoisse qui commence à m'étreindre. Je refuse de laisser ce cauchemar m'atteindre à nouveau. Ces souvenirs sont derrière moi, je suis plus fort à présent.

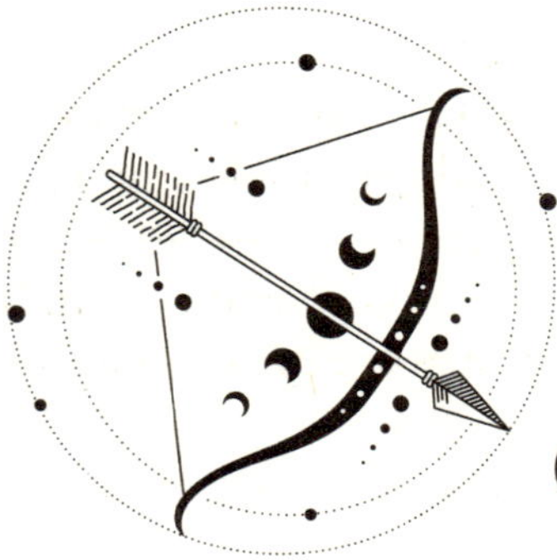

6

Chani

J'ai beau harceler Hash pour que nous nous mettions au travail, il m'évite comme la peste, ne voulant pas être vu avec moi.

– Allume ta tablette, on va se connecter et on pourra s'envoyer des messages en toute discrétion, finit-il par me dire après que je l'ai une nouvelle fois interpellé.

Il fait semblant de régler la sangle de son sac et se connecte sans me regarder. Dès que la liaison est établie entre nos appareils, il agit comme à l'accoutumée et me plante sur place.

Les messages échangés durant la journée sont très froids et non productifs. Je me demande comment on va réussir à s'entendre sur le sujet, quand j'apprends qu'un tournoi de tir à l'arc a lieu dans l'immense jardin verdoyant de l'Institut et que Hash y participe.

Aurait-on finalement un point commun ?

Mon père a toujours fait du tir à l'arc, du plus loin que je me souvienne. Depuis toute petite, il m'a transmis son savoir. Un de ses amis m'a fabriqué un arc dans un bois tendre qu'on ne trouve que dans la communauté Solaire. Sa précision est loin de valoir ceux forgés en métal allégé de la cité, mais ce cadeau est d'une valeur inestimable pour une Sombre. Malheureusement, je ne l'ai pas emporté avec moi à la cité.

À l'entrée du jardin, je visualise les cibles au fond du tapis vert, mélange d'herbe et de mousse. Elles doivent être disposées à soixante-dix mètres à vue d'œil. Hash est en place et s'exerce. Je remarque qu'il détient un arc à poulies avec un viseur de précision. Personne n'en possède dans la communauté Sombre, mais j'en ai déjà vu lors de certains tournois dans la communauté Céleste quand j'escortais mon père qui avait obtenu un passe. Je n'en ai essayé qu'un, une seule fois, mais je sais très bien comment cela fonctionne.

Je rejoins Hash sous les regards médusés et interrogateurs des autres Élus.

– Oui ?

– Peut-être un point commun.

– Ah ! Parce que tu tires, toi ?

Je lui offre mon plus beau sourire.

Oui, je tire ! Idiot prétentieux !

– Et où est ton arc ?

– Je ne l'ai pas ici et il s'agit d'un arc traditionnel avec un viseur à pointe, pas d'un arc à poulies avec un viseur à loupe.

– Tu veux l'essayer ? demande-t-il en désignant son arc.

Soit il souhaite jouer, soit il désire tester mes connaissances. Je ris doucement.

– Même si le mien est en constante tension, ça m'étonnerait que j'arrive facilement à bander le tien, et puis il semble un peu haut pour moi.

Son regard change. Est-ce que je lirais de l'intérêt dans ses yeux noirs ?

Un signal retentit pour annoncer le premier tour. Je me recule dans la foule agglutinée. Hash est qualifié tout de suite, de même qu'un autre grand gaillard roux qui est, paraît-il, le favori du tournoi. Avant la troisième et ultime salve, je m'avance à nouveau vers mon binôme pour lui faire discrètement observer que son coude est un poil trop haut. Ma remarque semble l'énerver, aussi, il n'en tient pas compte. Il tire les deux premières flèches et obtient de bons résultats, mais son adversaire est légèrement en avance sur lui. Hash tire sa dernière flèche et la cible s'illumine, signifiant le tir parfait et la note maximum. Il égalise le score avec son adversaire, une ultime flèche peut les départager. Comme pour le tir précédent, il abaisse de peu son coude et la cible s'illumine à nouveau. Il vient de remporter cette partie à trois volées.

Il se retourne et l'euphorie gagne son groupe d'amis proches ! Il me cherche du regard et, quand ses yeux trouvent les miens, je lui souris avec une pointe de malice en haussant les épaules.

Je te l'avais bien dit.

Je fais demi-tour pour me frayer un chemin vers la sortie du parc parmi ces étudiants excités.

Le soir même, un message de Hash apparaît sur ma tablette.

ALORS, ON A FINALEMENT TROUVÉ NOTRE SUJET.

TU PARLES DU TIR À L'ARC?

DE QUOI VEUX-TU QUE JE PARLE D'AUTRE?

EN FAIT, JE PENSE AVOIR UN THÈME BIEN PLUS INTÉRESSANT.

???

RDV DEMAIN MATIN, QUINZE MINUTES AVANT LE DÉBUT DES COURS, SUR LE TOIT DE L'INSTITUT.

TU ES AU COURANT QUE LES ÉTUDIANTS NE PEUVENT PAS SE RENDRE SUR LE TOIT?

OH, TU SUIS LES RÈGLES !
C'EST TROP MIGNON.

Je sais d'office que mon message va l'énerver et le faire réagir.

SEPT HEURES QUARANTE-CINQ.
NE SOIS PAS EN RETARD.

J'arrive un peu en avance, j'ai l'habitude de me lever tôt avec la natation. J'entends la porte de la cage d'escalier s'ouvrir sur Hash qui s'avance nonchalamment vers moi.

– Alors, tu as trouvé autre chose que le tir à l'arc ? demande-t-il avec sarcasme.

– Bonjour, Hash.

Il semble décontenancé par mon accueil dénué de toute agressivité, mais reste néanmoins silencieux.

– Effectivement, j'ai remarqué hier un autre point commun très particulier et qui me paraît intéressant. Je pense que nous allons aussi être notés sur l'originalité de notre proposition.

Il tend les bras latéralement, dans l'attente de mon explication.

– À part moi, tu es le seul à porter ton bracelet à l'envers. Je peux connaître les raisons qui te poussent à le faire ?

On ne peut lire ni ses nom et prénom ni son numéro d'identification. C'est contre les règles établies par le système. Le bracelet, c'est en quelque sorte notre identité.

– Ça, dit-il en montrant son poignet, ça fait bien chier mon paternel.

Il doit probablement déchiffrer l'étonnement sur mon visage, car il spécifie :

– C'est le chef de la sécurité de la Cité d'Émeraude. Attends, ne me dis pas que tu ne le savais pas.

Il commence à rire, je comprends directement que ce n'était pas une bonne idée de lui révéler mon manquement au règlement.

– De toute manière, à quoi bon le mettre à l'endroit ? Ici, tout le monde connaît mon nom, pas besoin de le lire sur le bracelet.

Je secoue la tête, ce n'est pas possible d'être aussi imbu de sa personne.

– Quoi ? Tes motifs ne sont pas les mêmes, je suppose.

– Tu joues au rebelle, en fait. Ma raison est effectivement différente et bien plus profonde. Si je le mets à l'envers, c'est parce que je ne suis pas un numéro. Personne ne l'est ou ne devrait l'être. Nous sommes tous des êtres humains avec nos pensées, nos espoirs, un cœur, une âme, quelle que soit la couleur de notre communauté. Le système ne peut pas nous définir avec un matricule. Et pour mon nom, ceux qui m'apprécient pour la personne que je suis réellement le connaissent. Les autres, quelle importance finalement ?

Mon débit est si rapide qu'il n'arrive pas à en placer une, aussi je continue sur ma lancée.

– Alors, pour une fois, nous sommes d'accord, ce bracelet ne peut pas être notre point commun.

– Décidément, on ne peut jamais être au calme ici.

Je me retourne pour tomber presque nez à nez avec cet Élu aux yeux verts que j'ai déjà croisé sur ce même toit.

– Tu étais encore caché derrière le pilier.

– Rectification, j'étais tranquille derrière la colonne jusqu'à ce que vous veniez tous les deux vous chamailler sur le toit. Hash, ajoute-t-il sèchement en le regardant.

– Iman.

Le ton que Hash emploie est glacial et je comprends qu'ils se connaissent mais ne s'apprécient pas. Il semble même ennuyé de découvrir sa présence.

– Je crois que, si vous avez bien un point en commun, c'est votre fierté personnelle. Il n'y en a pas un pour rattraper l'autre.

Je me décale pour le laisser passer, mais avant de partir, il murmure dans mon oreille :

– Tu aimes enfreindre les règles, Chani.

J'écarquille les yeux et le regarde quitter le toit.

Qui est-il ? Était-ce une menace ?

Cela avait plutôt l'air de l'amuser.

Et comment connaît-il mon prénom ?

– Tu fréquentes Iman ?

Je fais « non » de la tête.

Qui est cet Élu qui semble me connaître ? Dois-je m'inquiéter de sa présence ou de sa remarque ?

– Tu n'as pas l'air de l'apprécier, lâché-je pour en apprendre plus.

– Ton avis ne m'intéresse pas. Reste à ta place.

Sa réponse me fige littéralement et il en profite pour s'en aller.

Pendant la journée, les paroles du grand blond tournent en boucle dans mon esprit. En y réfléchissant bien, je pense qu'il a raison. Hash et moi, nous sommes tellement fiers tous les deux ! Je lui envoie un message.

IMAN A RAISON. ON DEVRAIT CHOISIR L'ORGUEIL COMME SUJET.

PERSONNE NE TRAVAILLERA UNE QUALITÉ QUI PEUT AUTANT ÊTRE UN DÉFAUT.

C'EST NORMAL, CE N'EST PAS LE BUT.

TU PRÉSUMES ? OU TU N'AS PAS COMPRIS L'EXERCICE ?

TU CROIS TOUT SAVOIR.

COMME TOI.

TU M'ÉNERVES.

JE SUIS CONTENTE QU'ON SOIT D'ACCORD SUR LE SUJET.

TU M'ÉNERVES VRAIMENT.

ON SE VOIT À LA FIN DES COURS EN SALLE VIDÉO.

POUR QUE TU M'EXPLIQUES COMMENT FONCTIONNE LE MATÉRIEL ET POUR QU'ON SE METTE D'ACCORD SUR LES GRANDES LIGNES POUR LE TOURNAGE.

TU PENSES QUE TU VAS TOUT DÉCIDER?

DISONS QUE C'EST TA FAÇON DE ME REMERCIER.

POUR LE TUYAU LORS DU TOURNOI.

JE TE HAIS.

OK.
À TOUT À L'HEURE, HASH.

Je me bidonne toute seule en tapant sur ma tablette dans la classe. Quand je relève le menton, ses grands yeux noirs me fixent durement et m'enlèvent toute envie de sourire. Mais je ne baisse pas les yeux, le dévisageant à mon tour. Le professeur de technogénèse toussote et hausse les sourcils quand nous nous tournons en même temps dans sa direction. Je baisse la tête et me replonge dans le développement du problème : « Comment améliorer les cultures de précision avec les outils technologiques à notre portée ? » Un exercice difficile mais ô combien intéressant pour l'avenir de notre île. Je suis heureuse de pouvoir enfin poser ma première pierre à l'édifice du changement.

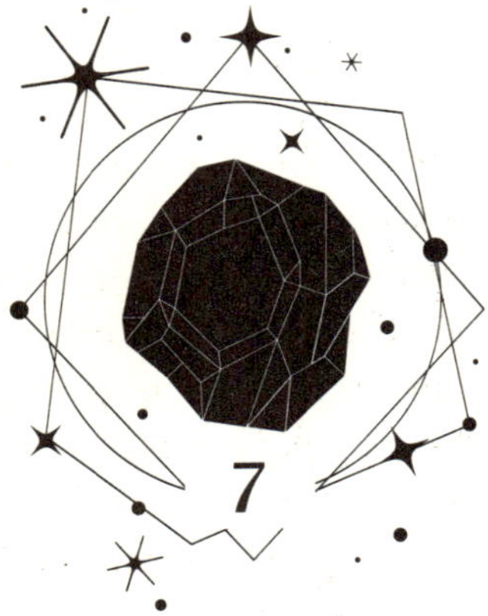

7

Hash

TOUT VA BIEN?
TU AS LE MATÉRIEL?

JE T'ATTENDS
COMME CONVENU.

Nous avons rendez-vous dans une ruelle à quelques minutes à pied de l'Institut. Un endroit pas dangereux pour une Sombre et discret pour moi. Gamin, j'adorais déambuler dans les venelles du centre pavées de dalles de pierre naturelle et désireuses de capturer l'essence de l'ancien continent. Ma mère me prenait par la main, et nous étions accueillis par des mélodies d'un autre temps provenant des échoppes et des boutiques d'artisans, aux devantures charmantes et aux vitrines interactives, qui nous plongeaient dans une expérience sensorielle où le passé et le futur s'entrelacent avec finesse. Les bâtiments visités étaient un mélange harmonieux de structure néoclassique et de technologie avancée, avec des façades décorées de scènes représentant l'histoire de nos ancêtres. Le soir, des lampadaires dotés de luminaires à énergie solaire dissimulée diffusaient une lumière chaude et douce, créant une atmosphère nostalgique.

Mon enfance a été teintée d'histoires du monde englouti, je rêvais d'explorer l'océan à la recherche d'un bout de terre qui aurait pu subsister. Je me surprenais même à voyager dans l'espace en pensée. Mais avec l'âge, la réalité m'a rattrapé. Ma mère a commencé à accepter des postes à responsabilité et nous avons partagé de moins en moins de temps ensemble. Notre relation s'est étiolée, tout comme mes envies de refaire le monde.

Mes parents me mettent la pression de toute part pour asseoir notre autorité au sein du conseil. Provenant de deux familles fondatrices, je ressens plus que quiconque le poids sur mes épaules. Tout porte à croire que je suis destiné à régner parmi l'élite, et mon père aspire à ce que je reprenne son flambeau. Depuis ma maladie, j'avoue que je ne sais plus trop ce que je veux.

Ce qui est certain en revanche, c'est que je ne souhaite pas être vu avec une Sombre dans l'établissement. J'ai eu assez de mal à gérer les autres qui m'ont chambré hier après que je lui ai sommairement expliqué comment utiliser l'équipement dans la salle vidéo. Elle n'a jamais généré d'hologrammes, alors notre collaboration risque d'être explosive si je dois tout lui montrer. Aussi je lui ai proposé de réunir chacun de notre côté des images, textes ou données en rapport avec notre thème.

Dans la pratique, ça commence à devenir compliqué de mener notre travail en Expression. Je vais donc l'emmener aujourd'hui dans le parc à l'autre extrémité de la ville pour tourner certaines scènes dont nous serons les principaux acteurs. Je suis passé chercher le matériel à l'école avant de la rejoindre, mais je suis vraiment en retard.

HASH ?

HASH,
MERDE !!

Elle s'impatiente et m'envoie des messages avec des points d'exclamation.

Non, mais pour qui elle se prend ?

– Activation de la commande vocale : « Tu m'énerves. »

TU M'ÉNERVES.

EST-CE QUE TU SAIS
DIRE AUTRE CHOSE ?

Je ne réponds pas et déboule une minute plus tard dans la ruelle. Je m'arrête juste à sa hauteur.

– Monte.

Elle s'assied à l'avant de mon biplace customisé.

– Oh, bonjour, Chani ! Je suis vraiment désolé d'être en retard et de t'avoir fait poireauter pendant quarante minutes sans te donner de nouvelles, dit-elle avec sarcasme.

– On dirait presque ma mère.

– Je la plains.

Sa remarque me fait marrer. On voit qu'elle ne sait pas à qui elle a affaire.

– Qu'est-ce qui te fait rire ?

– On en redébattra quand tu l'auras rencontrée.

Pendant le trajet, elle m'énonce des idées pour le tournage et me parle des informations qu'elle a pu réunir. C'est un vrai moulin à paroles ! Je ne peux pas m'empêcher de la couper.

– Tu es toujours aussi bavarde ?

– Pardon ?

– Je me suis levé plus tôt pour aller chercher le matos et j'ai vraiment besoin d'un petit déjeuner.

– Non, mais t'es sérieux là ?

– Ouh là là, la Sombre qui s'énerve, dis-je en ricanant.

– Arrête-toi !

Je me tourne vers elle, surpris.

– Arrête-toi, je te dis ! Je veux descendre maintenant !

– C'est parce que je t'ai appelée la Sombre ? demandé-je naïvement.

Elle me fusille du regard en haussant les sourcils. Elle pose le doigt sur la commande de la portière afin d'enclencher l'ouverture. Je freine net et m'arrête sur le bas-côté de la ruelle. Je me penche, passe le bras devant elle puis appuie sur le bouton de fermeture. Ma mâchoire est crispée, je suis furax.

– Non, mais t'es dingue ou quoi ? J'étais en train de conduire !

Je vois ses yeux qui parcourent mon visage, son attitude change. Elle paraît gênée et promène sa main dans ses longs cheveux noirs. Elle entrouvre la bouche, mais aucun son n'en sort. Son souffle est chaud et semble plus court. Elle détourne ensuite la tête, regarde droit devant elle. Elle est silencieuse et c'est moi qui suis mal à l'aise.

Je me repositionne au fond du siège conducteur et remets le transporteur en route.

– C'est imprudent. Tu nous as mis en danger, ajouté-je sur un ton plus calme.

Elle ne répond toujours pas. Elle ne ressemble plus à la fille arrogante qui circule dans les couloirs de l'Institut.

– Chani ?

Les lèvres pincées, elle respire fort par le nez. Je me demande pourquoi elle est fâchée. On appelle systématiquement les habitants du Nord « les Sombres », et tous les étudiants la nomment de cette façon. Je décide néanmoins d'apaiser la tension en lui proposant un repas.

– Ça te dit, un petit déjeuner ? C'est moi qui régale.

Elle se racle légèrement la gorge et je prends directement ça pour un oui. Je meurs de faim, je serais prêt à avaler une assiette entière de crêpes au jus sirupeux de baies rouges.

Je m'arrête à l'Ouvre Monde : buffet à volonté allant du sucré au salé, avec des tonnes de jus de fruits fraîchement pressés. J'adore cet endroit, mais ma mère ferait une crise cardiaque devant l'analyse nutritionnelle des plats. Moderne et branché, le lieu diffère des restaurants ou bars qui veulent à tout prix reproduire les bâtiments de l'ancien continent.

Chani s'extasie d'abord devant ce buffet appétissant, avant de baragouiner un : « Et dire qu'il y en a qui crèvent de faim dans le Nord. » Son assiette qui déborde fait toutefois honneur au lieu et j'en viens à me demander comment elle arrive à engloutir toute cette nourriture sans être malade. Contrairement à moi, Chani ne suit visiblement aucun plan nutritionnel.

Pendant notre pause, nous parlons librement de notre travail et de nos recherches. Étonnamment, nous nous accordons rapidement sur beaucoup de points. C'est très agréable de travailler avec Chani, elle est ouverte et professionnelle.

– Finalement, on a bien fait de manger, ça a rechargé nos batteries et je trouve qu'on a bien avancé.

Je lui offre, sans doute pour la première fois, un grand sourire qu'elle me rend instinctivement. Sincèrement, je dirais, et je suis troublé.

Déconcerté par sa spontanéité, mais aussi par la façon qu'elle a de rayonner, je m'attarde un instant sur ses lèvres entrouvertes. Elles sont charnues et dépourvues d'artifice. La plupart des filles que je connais massent leurs lèvres avec une pommade hydratante teintée afin de les embellir et de leur donner une touche rouge. Chani a des lèvres naturellement rosées qui contrastent avec sa peau claire et ses cheveux noirs.

Mais qu'est-ce que j'en ai à foutre de son physique ? C'est une Sombre, on n'appartient pas au même monde !

8

Chani

Quand son visage s'est approché du mien dans le biplace, mon cœur a commencé à s'emballer. Je n'ai pas vraiment compris ce qu'il m'arrivait. J'ai soudain eu chaud et j'ai trouvé qu'il sentait bon. J'avais des palpitations et du mal à respirer.

– Chani ?

Il a murmuré mon prénom avec une lenteur et une douceur que je ne lui connaissais pas. Sa voix était légèrement rauque, j'ai perdu le fil de mes idées. J'ai fermé les yeux et je ne voyais plus que ses lèvres et son regard qui me pénétrait.

Arrête ! Pense à ce qu'il représente.

C'est un Élu. Un Élu que je déteste. Il se croit supérieur. Et je suis là pour lui prouver le contraire. Le battre sur son propre terrain. Les battre tous.

Après le petit déjeuner, nous nous rendons au parc pour décharger le matériel. Hash est méthodique et consciencieux ; il sait ce qu'il fait. Je me surprends moi-même à admirer son efficacité et aussi ses muscles qui se gonflent sous l'effort.

Chani, c'est un Élu. Tu le détestes.

Nous filmons les premières séquences dont nous avons discuté. Hash règle ensuite le cadre et met le VisioTracker en mode automatique.

Nous ferons les découpages nécessaires avant le montage et l'insertion des hologrammes.

Nous tournons à présent la scène où nous nous faisons face. Nous nous avançons l'un vers l'autre, mais notre fierté nous empêche de faire le dernier pas et nos mains se repoussent pour s'éloigner. Nous sommes assez proches, il reste à peine cinquante centimètres entre nos deux corps. Je relève la tête et plonge mes prunelles dans les siennes. Hash positionne ses paumes à hauteur des épaules, mais je remarque que son regard ne reflète pas la fierté. Ses yeux sont aussi noirs que la nuit, j'ai l'impression d'y apercevoir une sorte de mépris. Je devrais y être rodée, mais, pendant un instant, je me sens pitoyable, et je me déteste de ressentir ça…

– Qu'est-ce que tu fous ? Tes mains ! gronde l'Élu.

Je lève les paumes puis le repousse avec violence. À l'intérieur, mon cœur bat à un rythme effréné et mes jambes tremblent légèrement. Il paraît surpris de mon agressivité.

– Sérieux ? Tu as un problème avec moi ?

– Moi, j'ai un problème ?

– Je savais que c'était une mauvaise idée de nous associer pour ce projet.

– Tu veux dire de nous associer tout court ! « Oh, professeur Dorka, n'importe qui d'autre, mais pas elle », ajouté-je sur un ton ironique. Tu crois que je ne t'ai pas entendu l'autre jour quand tu as dit que les boursiers n'avaient pas leur place à l'Institut ? Alors, ouvre bien grand tes oreilles : les trois quarts des Élus n'y ont pas leur place. Ils y sont, car leurs parents paient l'inscription, mais ils n'ont pas plus de cervelle que les primates sur lesquels vous réalisez des expériences. Et encore !

– Ah, voilà la magnifique inimitié des Sombres à notre égard ! dit-il avec un sourire sardonique qui se dessine sur ses lèvres.

– Je pense qu'on a terminé.

– Et comment ! Tu trouveras bien le chemin jusqu'à l'Institut. Tu es une grande fille, non ?

Je ressens une furieuse envie de le gifler. Une grande vague me parcourt des pieds à la tête ; elle me rappelle celles qui déferlent sur les rochers près de chez moi, leur frénésie, leur force, leur violence. J'imagine l'océan, les falaises, la maison… ma maison, et je retrouve peu à peu mon calme.

Cet arrogant personnage a presque fini d'entreposer le matériel dans le coffre du véhicule quand je prends place à l'avant de cette merveille technologique. Il n'y a que dans la Cité d'Émeraude qu'on peut trouver des véhicules avec des matériaux ultralégers et si résistants. Il passe la tête de son côté et hausse les sourcils pour me questionner sur ma présence.

– Tu as voulu venir ici pour filmer. La moindre des politesses est que tu me ramènes.

– Attends, tu as dit « politesse » ?

– Le jour où tu me montreras du respect, je ferai de même.

– C'est la meilleure !

– On peut y aller maintenant ?

Je l'entends fulminer et grommeler en fermant le coffre. Quand il regagne l'habitacle, son regard est froid et dur. Retour à la case départ.

9

Hash

Cette fille est douée pour me mettre hors de moi. Elle a proposé de décharger le matériel, mais j'ai refusé son aide. D'habitude, je suis quelqu'un d'assez posé. À bien y réfléchir, je dirais que c'est plutôt une question de contrôle, et je suis passé maître dans cet art. En tout cas, je l'étais, jusqu'à son arrivée à l'Institut. Cette satanée Sombre échappe à mon autorité, je n'ai aucune prise sur ses faits et gestes et même mon nom ne semble pas l'intimider. En fait, je crois qu'elle s'en moque complètement.

Elle est parmi nous, car elle a réussi avec virtuosité les tests. D'ailleurs, ses notes sont sacrément élevées. Si elle imagine que je vais lui céder la première place sans me battre, elle se trompe cruellement.

Je me demande d'où elle connaît Iman. Je ne sais pas ce qu'il lui a chuchoté dans l'oreille, mais j'ai pu saisir son prénom. Rares sont ceux qui l'appellent Chani à l'Institut. Ils parlent surtout d'« elle », la « Sombre », ou éventuellement l'« Erati ». Mais je suis certain qu'il a prononcé son prénom.

Il m'a à l'inverse toisé avec indifférence, comme si je n'avais jamais rien représenté pour lui. Je devrais être habitué, à force. Les lunes se sont superposées plusieurs fois, nous séparant un peu plus chaque jour. À l'époque, je me suis senti trahi, mais avec le recul, je dois bien avouer que c'est l'abandon qui m'a fait le plus souffrir. J'avais besoin de mon meilleur ami, le seul ami en qui j'avais confiance, mais il n'était pas là pour moi. Mon cœur saignait en silence alors qu'il récoltait les lauriers de la gloire en montant sur le trône. Comment peut-on profiter du malheur d'un proche ? Finalement, a-t-il jamais été mon ami ? Quand sa mère est décédée, j'ai voulu lui rendre hommage, mais, sur le trajet de sa maison, je me suis souvenu de ces deux lunes d'épreuves et de douleur et j'ai rebroussé chemin. Je suis rentré chez moi, je me suis assis sur mon lit et j'ai pleuré. J'ai pleuré longtemps. Alors que mes yeux se sont asséchés, je me suis promis de ne plus jamais ressentir cette sensation qui vous bouleverse, qui vous prend à la gorge et qui vous empêche de respirer. Je l'ai sorti de ma vie comme il m'a sorti de la sienne, même s'il a essayé quelques fois de me faire croire le contraire. Je n'avais plus confiance. Quand cette dernière est brisée, que reste-t-il ?

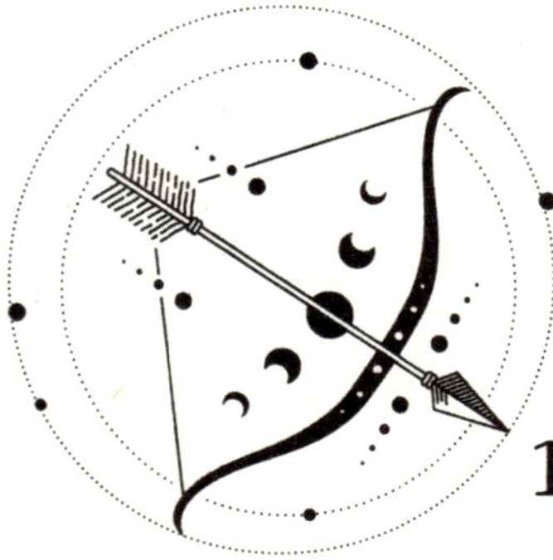

10

Chani

Une fête est organisée par les étudiants de première au bord de la piscine intérieure. Des tables ont été dressées le long du mur et proposent des en-cas et de l'Explosion, cette boisson pétillante alcoolisée et légèrement sucrée que l'on ne peut trouver que dans la cité fortifiée.

Je rejoins mon ami Elis près d'une table à l'entrée et nous sifflons plusieurs verres en ingurgitant la moitié des collations. Je crois que, si nous ne portions pas de bracelet qui montre l'appartenance à notre communauté, on pourrait facilement nous repérer à notre façon d'engloutir la nourriture offerte. Mais à cet instant précis, je n'en ai rien à faire.

Un camarade de classe vient lui parler de leur projet en commun, je me recule un peu pour les laisser discuter. Je longe avec calme la piscine, quand la blonde platine habituellement collée à Hash me pousse tout à coup, avec un petit « Oups » qu'on pourrait croire innocent.

Je tombe en arrière, dans un grand « splash » qui ne passe pas inaperçu. Les têtes se tournent dans ma direction, alors que j'émerge lentement. La plupart des regards sont rieurs, certains semblent perdus, voire affolés, mais aucun ne pense à plonger dans la piscine pour m'aider. Je me débats en agitant les bras, mais, intérieurement, c'est un vrai conflit qui a lieu. Le combat pour l'heure de vérité. L'un des Élus va-t-il venir à ma rescousse ? Vais-je leur révéler à tous que je sais nager ?

Ma mémoire m'amène à nouveau dix lunes en arrière, quand ma mère s'occupait de la fameuse Alia, un membre respecté et influent de la communauté Céleste. Elle souffrait d'une maladie qui nécessitait des soins réguliers. Même si ma mère appartenait à la communauté du Nord, sa renommée de guérisseuse avait fait le tour des Solaires et des Célestes. Ses apprentissages en tant que boursière à l'Institut lui avaient permis d'emmagasiner la théorie sur les remèdes de l'île et elle avait pu en reproduire certains avec des mélanges d'herbes médicinales. Elle avait dès lors accepté de s'occuper du traitement en échange de quelques privilèges, dont celui que sa fille apprenne à nager en même temps que celle d'Alia. Je m'étais ainsi retrouvée dans la seule piscine des Célestes, un bracelet noir autour du poignet et un sourire jusqu'aux oreilles, moi qui avais toujours tant rêvé d'être dans l'eau.

J'aperçois Elis, aux abords de la piscine, qui me donne des conseils pour regagner le bord. Je comprends qu'il n'a pas appris à nager et qu'il ne peut malheureusement pas m'aider. Je découvre ensuite le regard de Hash posé sur moi. Non, plutôt ses prunelles agrandies qui m'observent presque avec stupeur. Il semble hésiter.

Je devine à l'autre bout du bassin un nouveau regard. Je ne le vois pas immédiatement, mais j'ai conscience que quelqu'un m'observe. Je tourne la tête et j'aperçois Iman, debout, tout sourire, avec une grande serviette ouverte entre les mains. J'ai besoin d'un quart de seconde, mais je percute néanmoins. Il sait. Il sait que je peux nager jusqu'à lui. Il attend… il m'attend. Alors je me fie à mon instinct. Je plonge la tête sous l'eau et parcours le reste du trajet en apnée. J'arrive au bord de la piscine, à ses pieds, et soudain ses mains attrapent mes bras, me soulevant hors de l'eau. Je ne pensais pas qu'il avait une telle force. Il s'empresse d'enrouler la serviette autour de moi et me conduit, une paume passée derrière les épaules, vers les vestiaires au bout du local. Les autres étudiants restent ébahis.

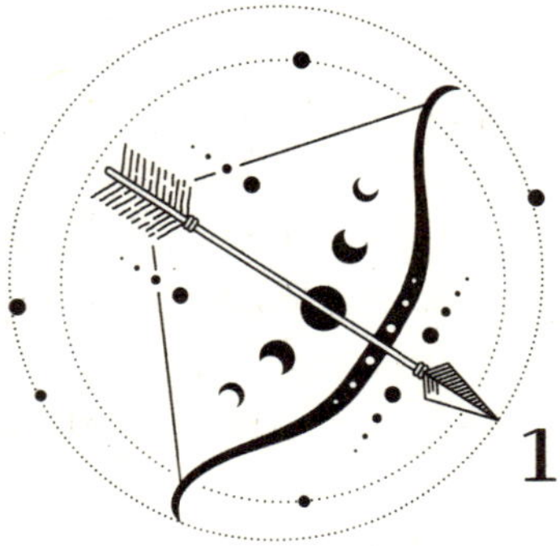

11

Chani

— Il est fichu, lâché-je en considérant mon uniforme.

Je ferme les yeux et soupire. Je n'ai pas les moyens de m'offrir un nettoyage en profondeur du tissu et encore moins une nouvelle tenue. Mon sauveur tire alors un étui en cuir marron de la poche intérieure de sa veste et en sort un ticket qu'il me tend avec un sourire amical.

– C'est un coupon pour la laverie professionnelle qui se situe dans l'aile est.

– Je ne peux pas accepter, soufflé-je, gênée, en baissant les yeux.

– Franchement, Chani, ce n'est pas grand-chose. Je l'ai reçu et je ne l'utilise pas. Ce serait idiot de s'en priver, non ?

Ces tickets de rationnement, distribués chaque mois par les autorités gouvernementales, peuvent être utilisés dans n'importe quel magasin ou lors de distributions dans les communautés où les produits essentiels sont disponibles en quantités limitées. Les habitants ont la possibilité de les échanger contre des produits alimentaires de base, chacun étant marqué d'une valeur correspondante en tickets ou encore pour un service particulier. Le conseil impose des contrôles stricts, et des sanctions sévères dissuadent de toute fraude ou contrefaçon. Ce bout de papier ne représente rien pour un étudiant comme Iman, mais pour moi, il tient du sacré.

– Comment sais-tu comment je m'appelle ? demandé-je, alors que mon cerveau carbure à plein régime.

Son regard se porte sur mon bracelet d'identification, mais je le porte toujours à l'envers. Il se racle la gorge, ne sachant quoi répondre.

– Et pourquoi m'appelles-tu par mon prénom ?

– Et comment voudrais-tu que je t'appelle, si ce n'est par ton prénom ? répond-il, un peu étonné.

– Tu es bien le premier, dis-je d'un ton las.

– Alors c'est un privilège !

Sa réplique, combinée à son petit sourire en coin, m'apporte une grande joie, et j'éclate d'un rire franc et spontané. J'ai l'impression de le connaître, qu'il a toujours fait partie de ma vie, et ce sentiment étrange me déstabilise.

– Merci, Iman, prononcé-je en lui rendant la serviette.

– Je t'assure, ce n'est pas grand-chose, réplique-t-il d'une voix rauque en s'emparant du linge.

Alors que nos doigts se frôlent, ses yeux s'écarquillent. Il lâche la serviette puis place ses paumes chaudes sur mes joues gelées.

– Mais tu es glacée ! Il faut aller te changer, sinon tu risques d'attraper froid.

J'acquiesce d'un signe de tête, avant de réajuster ma veste trempée. Nous allons devoir repasser par la piscine, il n'y a pas d'autre sortie.

– Tu es prête pour les affronter ?

– Toujours !

Je suis mon sauveur dont la chevelure me fait penser aux champs de blé de la communauté des Solaires.

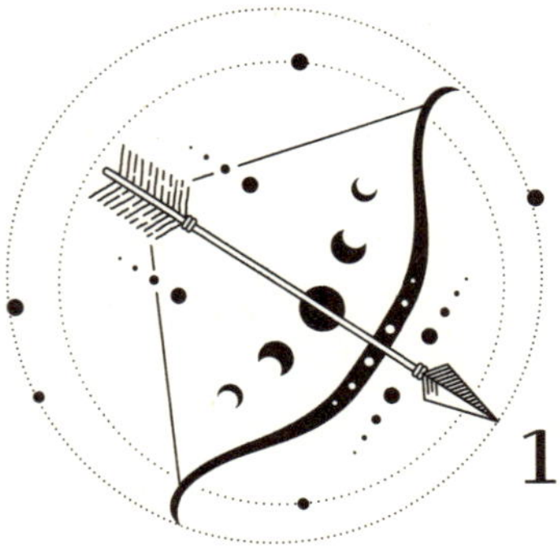

12

Chani

Les cours reprennent après deux jours de repos bien mérités. Je m'abandonne de bon matin à mon sport préféré : la natation, mais même cette activité n'arrive pas à calmer mon mental trop présent. J'ai l'impression de ne plus être la même depuis que je suis arrivée dans la Cité d'Émeraude.

Certains disent que cette cité fortifiée, place des Élus, est baignée d'une atmosphère bien particulière. Que derrière cette grande muraille, la magie opère. Pour parler avec sincérité, je n'ai jamais cru aux sortilèges ou à la magie. Ma mère utilise beaucoup de potions, mais toutes ne comportent que des éléments naturels. J'imagine surtout que les habitants des autres castes s'émerveillent devant la beauté de la cité. Les monuments en pierre de roche aux grandes baies vitrées en verre intelligent, les Élus hauts en couleur avec le scintillement des perles brodées sur leurs vêtements, la fontaine sur la Grand-Place, les transporteurs biplaces qui parcourent aisément les ruelles de la ville. Cette cité vit à un rythme effréné, et ceux qui ont la chance d'avoir un passe pour quelques heures n'ont pas assez de leurs deux yeux pour tout découvrir.

Et dire que cinq générations plus tôt cette île était déserte et presque inhabitable. Je dis presque, puisque nos ancêtres sont parvenus à la changer, à la modeler, à la transformer pour nous sauver de l'extinction.

J'ai tout appris dans les souvenirs qu'ils nous ont laissés. Des textes, des dessins, des fichiers audio ou vidéo. J'ai tout regardé, tout emmagasiné. Un astéroïde a anéanti le continent. Notre belle planète Cyria n'est plus que l'ombre d'elle-même. L'onde de choc à l'impact a été tellement violente qu'elle a embrasé l'étendue de terres et créé des tsunamis. Cette île, loin du continent, au beau milieu de l'océan, était notre seul refuge. Mais peu étaient ceux qui avaient tiré le numéro gagnant pour s'y réfugier.

Les batteries en énergie récupérées de l'ancien monde avaient été stockées dans la centrale au nord-est de la cité. Juste à côté avait été bâti l'épurateur d'eau qui nous permettait de survivre sur cette île. Seul le petit filet d'eau qui prenait sa source dans la montagne des Célestes était potable, mais il n'était pas suffisant pour approvisionner les habitants. La source avait été redirigée vers le temple et est à l'heure actuelle utilisée par les Célestes ou les Cyrians qui ont un badge d'accès afin de méditer dans cet endroit baigné d'une atmosphère emplie de paix et de tranquillité.

J'abandonne mes pensées pour me concentrer sur mes mouvements de nage. J'en suis à ma vingtième longueur quand j'aperçois Iman accroupi à l'entrée de la piscine, non loin des marches. Je nage jusqu'à l'escalier.

– Tu étais au courant pour moi ? Je veux dire pour la natation, demandé-je en arrivant près de lui.

– Je t'ai vue.

– Quand ?

– Tous les matins.

– Tu m'espionnais ?

– T'espionner ? répète-t-il en riant. Non, j'ai l'habitude d'arriver tôt et de lire sur un transat à l'extérieur, près de la baie vitrée.

– Tout seul ?

– Pour lire, c'est plus facile.

Il continue de se marrer et son rire est contagieux.

– Je vois que tu t'es changée, c'est plus confortable pour nager.

Je fronce les sourcils, ne comprenant pas bien où il veut en venir.

– L'uniforme, c'est moins pratique.

Son rire résonne entre les murs de la piscine et je bouge mes mains dans l'eau afin de l'éclabousser. Il se redresse et fait un pas en arrière.

– Oh, Chani ! Je ne ferais pas ça si j'étais toi.

– Et qu'est-ce que tu vas faire ? demandé-je sur un ton ironique, forte de ma position dans le bassin.

Des bruits nous parviennent de l'extérieur, je comprends alors qu'il est grand temps que je sorte et que j'aille me changer. Dans ma précipitation, je ne fais pas attention où je marche et je glisse sur l'eau que je viens de lancer. Iman me rattrape de justesse et je me retrouve dans ses bras. Mouillée, en maillot de bain, contre son uniforme. Je me recule d'un pas et constate que sa chemise est imbibée d'eau. J'étire mes lèvres en une grimace de pardon et Iman rit à nouveau devant ma mine contrite. La complicité qui se crée entre nous me rend euphorique. Je ne sais pas si c'est son côté protecteur ou la bienveillance de ses gestes que j'apprécie le plus, mais sa sincérité me touche plus que je ne voudrais l'admettre.

Soudain, une ombre se dessine dans l'embrasure de la porte. Je distingue très nettement les yeux foncés de Hash qui nous trucident sur place.

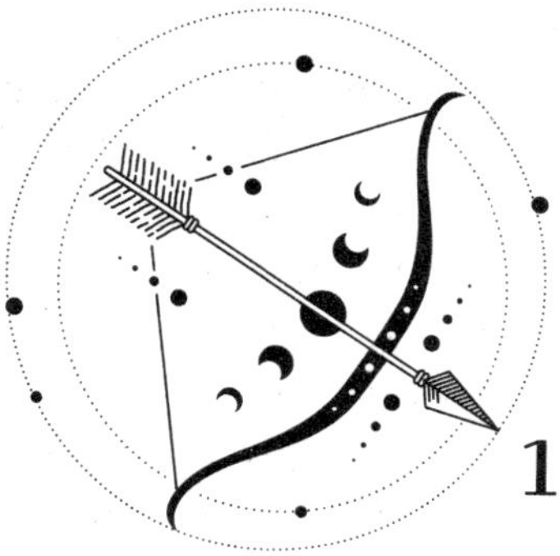

13

Chani

J'attends Hash depuis une plombe à la salle vidéo. Nous étions convenus de clore le travail après les cours, mais depuis qu'il nous a aperçus ce matin à la piscine, il m'évite.

Erynda arrive avec son binôme dans le local et, même s'ils ne m'adressent pas la parole en temps normal, je décide de les interpeller pour avoir des nouvelles.

– Erynda, je ne veux pas te déranger, mais tu n'aurais pas vu Hash, par hasard ?

– Non, répond brusquement l'autre étudiant en jetant un regard entendu à sa camarade.

– D'accord, merci, dis-je simplement, même si je sais pertinemment qu'il me ment, mais à vrai dire, je n'ai pas envie d'ajouter de l'huile sur le feu.

Je commence à travailler sur l'assemblage et la création d'hologrammes. Le temps file à toute vitesse, car je m'attarde à comprendre le système et, surtout, à le maîtriser. J'en suis au montage des séquences quand je sens une présence derrière moi. Je me retourne en fulminant :

– Hash…

Mais je m'arrête aussi sec : c'est Erynda qui se tient debout devant moi. Son binôme range leurs affaires, ils ont terminé leur devoir.

– Je ne crois pas qu'il va venir. Il est parti boire et faire la fête chez

Ramon qui célèbre ses 20 lunes.

– Je te remercie de ta franchise.

– Ça va aller avec le montage ? Je…

Son collègue se racle la gorge et lui fait un signe de tête pour partir.

– Je vais me débrouiller, c'est très gentil d'avoir demandé.

Je vois qu'elle hésite un peu, mais suit finalement l'autre étudiant dont je peine à me rappeler le nom. Néanmoins, son action me donne une énorme bouffée d'espoir. C'est la première fois qu'elle me parle. Qu'elle me parle vraiment. Et je crois même qu'elle a essayé de m'aider. Un grand bond en avant dans ma vie d'étudiante à l'Institut.

Je me concentre et peaufine le travail. Je suis une perfectionniste. On n'arrive pas en tant que Sombre à avoir une bourse dans la classe Stratégie en laissant faire les choses. On les analyse, on les développe, on les produit, on les déclenche. Il faut y passer du temps. Du temps et de l'énergie. Et pour cela, nul besoin d'être un Élu. Juste être prêt à faire des sacrifices. Faire passer ses études avant l'amusement, avant les autres. Et des sacrifices, j'en ai réalisé. Je ne vais sûrement pas baisser les bras maintenant, ce n'est pas une machine qui va m'empêcher d'atteindre le but que je me suis fixé.

Il fait nuit depuis un certain temps quand je termine enfin le travail. Je le protège puis le sauvegarde sur le serveur mis à disposition. J'éteins l'appareil et le rallume ensuite pour vérifier que le fichier est bien là où il doit se trouver avant que le professeur bloque l'accès au serveur.

Je sursaute quand je reçois un texto sur ma tablette. J'ouvre les yeux, le soleil n'est pas encore levé. J'ai peu dormi et je suis encore fatiguée.

ON SE RETROUVE DANS UNE HEURE POUR NOTRE TRAVAIL À LA SALLE VIDÉO.

Non, mais sérieux, il se fout de moi, ma parole !

Je tape frénétiquement une réplique cinglante sur la tablette, mais me ravise au dernier moment. C'est lui donner trop d'importance. Je pense même à ne pas répondre, et puis la voix de ma mère dans ma tête me rappelle de ne pas faire de vagues.

LE TRAVAIL EST TERMINÉ ET POSTÉ.
MERCI DE ME LAISSER DORMIR.

COMMENT ÇA,
TERMINÉ ?

QU'EST-CE QUE TU N'AS
PAS COMPRIS DANS «MERCI
DE ME LAISSER DORMIR »?

De rage, j'éteins ma tablette et la petite lumière près de mon lit puis essaie de me rendormir, en vain. Non seulement il a gâché ma soirée, mais aussi ma nuit. Je le hais.

14

Hash

Ce matin, quand j'ai émergé, j'ai bondi du lit en repensant au travail à rendre. Mais Chani m'a assuré que tout était déjà fait.

C'est quoi cette histoire ?

Et en plus elle s'est déconnectée.

Je la hais.

Hier, mon sang n'a fait qu'un tour dès que je *les* ai vus à nouveau ensemble à la piscine. Lui, mon faux frère, et elle, la Sombre qui veut ma place. Lui en uniforme, et elle en maillot de bain, dégoulinante avec ses mains sur son torse. Il la mangeait du regard et elle riait. Ça m'a gavé au plus haut point !

Pourquoi lui accorde-t-il tant d'attention ? Elle porte un bracelet noir, tout le monde la fuit, mais Iman enroule sa serviette autour de ses épaules et l'entoure de ses bras. Une première classe ! Il lui chuchote dans l'oreille. Il la dévore des yeux et lui sourit tendrement. Je ne comprends pas.

Je ne comprends pas non plus pourquoi ça me met dans un tel état. Je devrais être content. Les rumeurs circulaient déjà hier soir sur leur éventuelle liaison. Cette histoire ne peut que m'être bénéfique. La popularité et la crédibilité d'Iman vont chuter et la légitimité de la place de Chani pourrait être remise en cause.

Je ne suis pas allé au rendez-vous convenu, trop en colère. Je me suis rendu à l'anniversaire de Ramon. J'ai beaucoup bu. Beaucoup trop en fait. Je ne sais même plus comment j'ai atterri chez moi. J'ai un mal de crâne épouvantable, mais ce travail va être noté, alors il faut que je me bouge.

Je n'ai pas accès aux dortoirs des boursiers, mais je peux me rendre à la salle vidéo pour vérifier et améliorer le travail. J'enfile un survêtement de sport, avale à la hâte un grand verre d'eau et file à l'Institut.

Pas moyen d'accéder au fichier déposé. Il est effectivement bien sur le serveur, mais il est protégé. D'un côté, je me dis que c'est plutôt intelligent, car les autres binômes n'y ont pas accès, mais je ne peux pas voir ce qu'elle a fabriqué. Au fond de moi, je sais que c'est ma faute, mais je ne lui donnerai jamais cette satisfaction.

Quand je la croise enfin dans le couloir avant les premiers cours de la journée, elle me jette un regard assassin et ne m'adresse pas la parole. Je remarque néanmoins que ses yeux sont cernés et je me sens un peu, juste un peu, coupable.

Dans la classe, je constate qu'elle discute discrètement avec Erynda et…

Ce n'est pas un sourire que je vois sur leurs lèvres à toutes les deux ?

L'alcool me joue des tours ou le monde a basculé en une soirée ?

Perplexe et n'ayant plus aucune raison de lui parler puisque notre devoir est déjà sur le serveur à disposition de notre professeur, je décide de demeurer loin d'elle le reste de la journée. Et la semaine passe de la même façon, sans que ni elle ni moi ne nous adressions la parole. Mais je ne peux m'empêcher de temps à autre de la regarder rire avec Elis, converser avec Erynda ou l'imaginer dans les bras d'Iman.

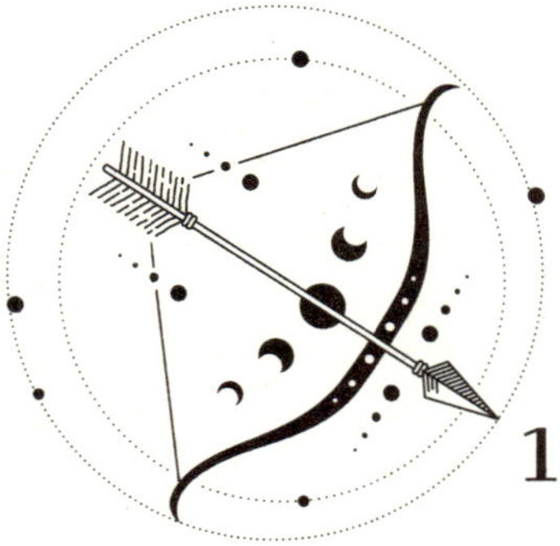

15

Chani

Hash ne me parle plus et la situation me convient parfaitement, sinon je pourrais m'énerver et mes mots dépasseraient ma pensée. Je me suis rapprochée des trois boursiers de la communauté Céleste, surtout d'Elis, c'est un blagueur invétéré, il m'aide à relâcher cette pression constante que je ressens à l'Institut. Je lui raconte mes mésaventures avec Hash et Elis me confie le manque qu'il ressent de ne pas voir sa famille ainsi que Nissa qu'il chérit tant.

En classe, je discute de temps à autre avec Erynda, et c'est plaisant de ne plus être une paria, même si en passant dans les couloirs j'entends encore des réflexions désagréables, notamment des rumeurs sur ma supposée liaison avec Iman. Nous ne sommes même pas amis, du moins pas encore, alors amants !

Aujourd'hui, nous recevons les résultats du travail en binôme. Le Pr Dorka prend un malin plaisir à divulguer les notes et à les commenter. Pour garder la bourse en Stratégie, je dois maintenir une certaine moyenne, et je suis anxieuse au vu des évaluations assez mitigées des différents groupes.

– Alors, le fameux binôme Mlle Erati et M. Bless.

J'entends déjà les autres qui gloussent tout bas, mais Erynda me fait un petit signe de tête pour me notifier que tout va bien se passer.

– Thème assez particulier et plutôt osé. Quant à la réalisation, je n'ai jamais vu quelque chose d'aussi… comment dire… original et professionnel.

Le talent, ça ne s'apprend pas.

Je me marre mentalement, à défaut de changer les lois, je pourrai toujours manipuler leur propagande oppressive. Le silence s'établit dans la classe, Hash me foudroie du regard et je retiens mon souffle. Vite, je vais bientôt suffoquer.

– Je vous ai mis un dix-neuf, c'était brillant.

J'essaie de rester humble, mais à l'intérieur c'est toute une kyrielle de sensations qui s'empare de moi. D'abord l'apaisement, suivi de la joie puis une profonde fierté du travail bien accompli.

Quand nous quittons la classe pour nous rendre au réfectoire, Hash est sur mes talons, mais je n'ai pas envie de lui adresser la parole. Toujours est-il qu'il me rattrape facilement.

– On peut se parler ? prononce-t-il tout bas près de mon oreille.

Je secoue négativement la tête, mais il pose la main sur mon épaule. Je stoppe net ma marche. Mon cœur n'en fait encore qu'à sa tête et je mets ça sur le compte de l'énervement que ce triple idiot me transmet.

– Sur le toit dans cinq minutes. S'il te plaît, ajoute-t-il.

Je rejoins doucement mon casier pour étudier sa proposition et répéter en boucle, dans ma tête, son « S'il te plaît ».

Je suis assise sur le rebord du toit quand il ouvre la porte de secours. Il m'aperçoit aussitôt et ses yeux s'agrandissent.

– Chani, c'est dangereux, tu ne devrais pas t'asseoir là.

J'ai bien entendu ? Il m'appelle par mon prénom et s'inquiète pour moi.

Il s'avance vers moi et me tend la main. Je me relève néanmoins sans son assistance et vais me poster au milieu, dos au pilier central. Hash en fait le tour pour s'assurer que, cette fois, nous sommes seuls.

– Je te félicite pour le travail. Je t'en dois une, sincèrement.

Je le regarde, perplexe. Je m'attendais à un autre discours.

– C'est tout ?

– Pardon ?

– C'est ce dont tu voulais me parler ? « Bravo, je te revaudrai ça », c'est tout ?

Il opine de la tête et ça me met franchement hors de moi.

– Je crois que je vais aller manger, lancé-je avec une légère ironie.

Je lui tourne le dos et m'avance vers la porte quand j'entends à nouveau le son de sa voix.

– Chani… je… je suis désolé. Je t'ai fait faux bond et ce n'était pas réglo de ma part. Tu as travaillé longtemps ?

– Assez, oui.

Je suis encore de dos quand je lui réponds, mais je décèle ses pas qui se rapprochent.

– Tu as fait un excellent travail. C'est une note que le Pr Dorka n'attribue pas facilement.

Je fais volte-face et me retrouve presque nez à nez avec lui. Je ne bouge pas d'un pouce, le fixant la tête haute. Cependant, malgré mes efforts pour paraître impassible, mes joues trahissent un léger embarras.

– Oh, tu pourras toujours faire circuler une rumeur sur une éventuelle liaison avec le professeur si tu as peur que je te fasse de l'ombre.

– Je n'écoute pas les rumeurs, et, ajoute-t-il avant que je puisse le lui demander, je n'en crée pas non plus.

Je suis bêtement soulagée de l'apprendre.

– Alors, tu m'en dois une ?

– Oui.

– Fais en sorte de ne pas l'oublier.

– J'ai une très bonne mémoire, Chani Erati, répond-il en enlevant du bout des doigts une mèche en travers de mes yeux.

Son regard intense me fait vaciller un instant. Je feins un sourire pour ensuite m'éloigner le plus rapidement possible. Je dois mettre de la distance entre son corps et le mien. Tout de suite ! Entre ses doigts et mon visage. Ne plus penser à ses yeux qui fixent ma bouche, sa langue qui lèche sa lèvre inférieure.

Je vais aller m'empiffrer au restaurant avec Elis et oublier tout ça. Oublier que mon cœur bat trop vite en sa présence. Oublier sa voix qui prononce mon nom en entier. Oublier la chaleur de ses doigts sur ma peau. Oublier son « S'il te plaît ».

Vite, que la journée finisse et que je puisse aller dormir. Je suis fatiguée, trop fatiguée, ce doit sûrement être la raison de ma sensibilité.

16

Hash

Oh, la claque ! Comment a-t-elle fait ? Ou plutôt qu'a-t-elle fait ? Un dix-neuf chez Dorka, c'est plutôt rare.

Les yeux se sont braqués sur Chani et moi en un éclair. Elle a fait semblant de rien, elle est restée humble, mais moi, je l'ai vue, cette petite lueur dans ses grands iris marron, cette lueur de triomphe. Erynda l'a félicitée de façon cordiale et spontanée, ce qui n'était pas du goût de tous les autres.

Je devrais être le premier ébranlé. Non pas que je ne sois pas content de notre note, loin de là, mais pour le moment c'est elle qui mène la danse en stratégie et je ne peux me le permettre. Ma mère m'a bien fait comprendre ce matin, quand je me suis levé avec la gueule de bois, que j'avais intérêt à assurer. Qu'elle n'avait pas réalisé tous ces efforts pour rien ! Des efforts… comme si moi je n'avais rien fait pour m'en sortir. Qu'est-ce qu'elle connaît de la souffrance que j'ai endurée ? Je ne parle pas simplement de la souffrance physique avec le traitement, je parle aussi des bouleversements qu'on m'a reprochés, ceux que j'ai apportés dans la petite vie bien organisée de Talia, directrice du comité de l'Institut, attachée aux forces spéciales de la cité, compagne du chef de la sécurité et… ma mère. Intelligence : cent, compassion : zéro. On ne peut pas tout avoir dans la vie.

Chani me fait à présent face. Si j'avançais de quelques centimètres, je pourrais lui embrasser le nez, tellement elle est proche. Elle pense que j'ai lancé la rumeur et je la coupe net dans sa réflexion. Je ne souhaite pas qu'elle se méprenne. D'accord, j'ai manqué à mes devoirs hier, mais quand j'ai quelque chose à dire sur quelqu'un, j'ai au moins le courage de le lui dire en face.

Elle dresse la tête avec insolence et j'aurais presque envie de…

Pourquoi ai-je soudain l'impression que ses yeux me transpercent l'âme ?

Son regard est envoûtant. De près, je remarque que ses yeux sont légèrement mordorés. L'iris contient plusieurs pigments de couleurs différentes. La base est effectivement marron foncé, mais elle est entourée d'une sorte d'auréole légèrement dorée. Sa peau est étrangement pâle et contraste à merveille avec la noirceur de ses cheveux. Elle est tout le contraire des filles avec qui je sors d'habitude et pourtant, à cet instant précis, je la trouve belle, belle à en mourir.

Je balaie du bout des doigts une mèche venue lui cacher la moitié du visage. Mon geste a toutefois l'air de lui déplaire. Elle se force à sourire, mais décampe rapidement du toit. Elle me hait comme je la hais. Enfin, je crois, je n'en suis plus si sûr. D'un côté, elle m'énerve et je la déteste et de l'autre, elle me fascine et je l'admire.

Je dois bien admettre que je ne sais plus vraiment quoi penser à son sujet. Mes doigts ont frissonné au contact de son épiderme frais et cette proximité ne m'a pas déplu. Pour tout dire, j'avais envie de toucher sa bouche et d'y plonger ma langue. J'y pense sans arrêt depuis que je l'ai aperçue avec son uniforme trempé qui lui collait à la peau.

Quand j'arrive au réfectoire, je la vois en grande discussion avec les trois boursiers de la communauté Céleste. À deux tables d'eux, je tends l'oreille et je me rends compte qu'ils sont en train de parler de la fête des Élus qui doit avoir lieu dans trois semaines pour clore la saison du soleil et annoncer celle des vents.

Durant cette période, les champs des Solaires pourront être coupés. Les récoltes seront engrangées dans les silos de notre cité près de l'épurateur d'eau pour résister au froid qui s'installera doucement sur les terres. La plupart des animaux élevés dans la communauté de l'Ouest seront regroupés dans les abris aménagés en fonction de leur utilité. Dans le Nord le bois sera rentré, les légumes récoltés mais stockés dans les entrepôts régulés à la cité. Les Sombres répartiront des pièges en lisière de forêt pour capturer les gotras qui osent s'aventurer hors des taillis à la recherche de nourriture. Les Élus s'occuperont de la gestion du stock et de la répartition des denrées comestibles ou non. Cette période venteuse est aussi l'occasion pour notre communauté de se focaliser sur les avancées technologiques, surtout en matière de santé. Les recherches en laboratoire et les tests sur le terrain se poursuivent, mais nous sommes loin de pouvoir reproduire la technologie d'avant le cataclysme. Je pense notamment à la nanotechnologie médicale ou encore au diagnostic par IA.

La fête des Élus correspond à ce changement de saison, mais elle est donnée en mémoire de nos ancêtres qui ont sauvé notre peuple en formatant cette île hostile. Avec leur passe permanent, les boursiers peuvent y participer, mais je ne pensais pas qu'ils s'y rendraient, surtout elle. Avec son franc-parler et ses manières un peu brusques, je l'imagine mal dans une soirée huppée d'Élus. Elle ne sait probablement pas à quoi s'attendre, dans tous les cas, elle risque d'être déçue. Surtout si elle y rencontre ma mère, fervente opposante aux bourses que le mécène Laxos offre aux autres communautés.

En même temps, la voir en robe de soirée m'intrigue au plus haut point. Je me demande pour quelle couleur elle va opter. Puisqu'elle ne peut pas porter les couleurs des autres communautés qui nécessitent un passe, à savoir le vert émeraude, le blanc et le jaune, le parme s'harmoniserait parfaitement avec sa peau laiteuse. Je me l'imagine sans effort et je souris bêtement.

– Qu'est-ce qui te met de si bonne humeur ?

Pff, j'avais oublié que Myra s'était assise juste à côté.

– Je parie que c'est ta notation en Expression. Tout le monde est déjà au courant.

J'expire et mon sourire s'élargit. Si tu savais, Myra…

– Elle a vraiment de la chance d'être tombée avec toi ! dit-elle sur un ton ironique.

– En réalité, c'est uniquement grâce à elle si on a obtenu cette note. Je n'y suis absolument pour rien.

Les yeux de Myra s'arrondissent tandis que sa mâchoire s'affaisse. Elle est stupéfaite de voir que je prends la défense de Chani. C'est la preuve qu'elle ne me connaît pas du tout, en définitive. J'ai peut-être des défauts, mais le mensonge n'en fait pas partie. Pour rien au monde je ne souhaite être un opportuniste. Je construis moi-même ma route.

17

Chani

De sortie en ville avec Elis, je déambule dans les rues commerçantes du centre. L'uniforme de l'Institut ouvre beaucoup de portes, encore plus avec notre veste de costume qui cache nos bracelets d'appartenance. Nous profitons de l'instant présent, détendus et insouciants. Et sincèrement, c'est pile ce dont j'avais besoin pour me sentir un peu plus légère. Lorsqu'un orage éclate au beau milieu de l'après-midi, nous nous mettons à courir pour rejoindre le bâtiment des boursiers. Trempés, nous atteignons les logements et apercevons Iman, debout devant l'entrée, l'eau ruisselant sur sa chemise mouillée.

– Viens, lâché-je en attrapant son poignet pendant qu'Elis ouvre la porte avec son badge. Tu vas attraper froid.

– Je t'ai apporté une petite surprise, dit-il dans le hall en m'offrant un sachet de baies qui a pris l'eau lui aussi.

– C'est trop gentil, Iman. J'adore ces petits fruits sucrés. En plus, ils sont rares dans ma communauté.

Elis réapparaît à nos côtés dans le hall, il s'est changé en un rien de temps et, avec une serviette, il éponge ses cheveux qui frisent avec la pluie.

– Je ne veux pas vous déranger, mais vous feriez mieux de vous sécher pour ne pas tomber malades.

– Il a raison. Suis-moi, Iman, je vais te passer une serviette.

Nous empruntons le couloir jusqu'à l'escalier, montons les marches jusqu'au premier étage, puis nous nous arrêtons devant la seconde porte à gauche.

– C'est ma chambre.

Ses yeux s'agrandissent, il ne sait quelle attitude adopter. Son hésitation me fait beaucoup rire alors que j'ouvre la porte et pénètre dans la pièce.

Je passe une serviette à Iman qui inspecte ma chambre du coin de l'œil. Tout à coup, la pièce me semble petite, modeste, mal rangée. J'en viens à me demander si j'ai bien fait de l'inviter, quand ses lèvres s'étirent en un sourire chaleureux.

– Retire ta chemise, je vais te passer un de mes hauts en attendant qu'elle sèche.

Ma proposition lui tire un haussement de sourcils, je ris devant sa mine ahurie.

– Je ne vais pas te reluquer, précisé-je. Je vais en profiter pour me changer dans la salle de douche.

Iman acquiesce avec un sourire farceur entendu. C'est tellement facile avec lui, il n'est ni hautain ni arrogant comme le sont la plupart des Élus. Et j'ai toujours cette impression de le connaître depuis toujours.

Dans l'attente d'un rayon de soleil, nous nous laissons choir sur le lit. Mon nouvel ami me donne des conseils pour les cours, puis me met en garde contre la méchanceté, voire l'agressivité de certains Élus à l'Institut. Je croirais entendre ma mère ! Après deux heures de discussion, il prend congé et j'en profite pour me préparer une boisson chaude. J'éternue à nouveau, alors je me frictionne énergétiquement le corps pour ensuite m'emmitoufler dans une sorte de pyjama en tissu duveteux que je me suis procuré durant le shopping avec Elis.

Je me couche sur le lit, m'enroulant dans les couvertures pour avoir bien chaud. Je ferme les yeux et m'endors en plein milieu de l'après-midi.

Quand je me réveille en début de soirée, je suis en sueur. Non pas que je sois malade ! Mais mon rêve m'a emmenée vers des contrées encore inconnues. Je sens mon cœur tambouriner dans ma poitrine.

Les sciences et la tactique n'ont plus de secrets pour moi, mais le regard enflammé de Hash ainsi que ses doigts cuisants sur ma peau me font ressentir des sensations nouvelles, troublantes et ambiguës. Serait-ce le goût du risque ou celui de l'interdit qui me pousse à fantasmer sur lui ?

18

Hash

— Libère-toi de la prise ! crache Lucinda.

Plus facile à dire qu'à faire ! Mon adversaire est un vrai géant, hyper entraîné, qui doit bien peser trente kilos de plus que moi. Je peste intérieurement de m'être fait prendre aussi facilement. Je suis trop distrait ces derniers temps. J'ai beau tenter de penser à autre chose, mon esprit reste focalisé sur *elle*. Ses yeux mordorés, sa bouche gourmande rosée, ses longs cheveux de jais qui flottent au gré du vent, son image me hante de jour comme de nuit maintenant.

– Bless, t'es qu'une fillette ! gueule un autre gars des forces spéciales.

Il en profite, jamais il ne pourrait dire ça en présence de mon père. Ma réaction ne se fait cependant pas attendre. J'amorce une technique afin de rompre l'équilibre de mon adversaire et, ainsi, le rendre vulnérable à une projection. Je libère mon bras droit en pivotant sur son appui. Je place aussitôt mon bras libre sous son aisselle droite. Avant qu'il puisse se libérer, je plie le coude et m'abaisse pour le projeter au-dessus de mon épaule en tirant sur son bras. Le grand gaillard pousse un juron quand son dos atterrit lourdement sur l'épais tapis d'entraînement.

– Qu'est-ce que tu fous, Clovis ? hurle la responsable en projetant des gouttelettes de salive tant elle est énervée.

Ledit Clovis ne proteste pas. Ses yeux, par contre, me lancent un regard assassin. Je hausse les épaules.

Fallait pas me chercher, mon gars !

– C'est bon, Bless. Tu as fini pour aujourd'hui, lance Lucinda qui peine à retrouver son calme.

Je salue les agents présents et file sous la douche. Mes muscles se détendent peu à peu sous l'eau chaude. Je profite de ce moment d'accalmie. Quand ma mère a appris que « la Sombre » – comme elle aime appeler Chani – cartonnait aux tests à l'Institut, elle m'a inscrit à des cours particuliers. Je subis cette pression constante depuis que je suis tombé malade durant l'adolescence. Comme si porter le nom de Bless ne suffisait pas, je dois aussi faire honneur à la famille de ma mère. Parfois, j'ai l'impression de vivre à travers les désirs de mes parents.

Avec nostalgie, je me rappelle ma visite dans la famille maternelle d'Iman pour la fête des Moissons. La grand-mère de mon ami d'enfance avait joué dans l'amphithéâtre un chant traditionnel au violon. L'acoustique était idéale, grâce au plafond réalisé dans un bois souple. Lors de la prestation, subjugués, les Solaires s'étaient rapprochés de la scène. Iman l'avait ensuite rejointe, du haut de ses 11 lunes. Ses doigts avaient effleuré la harpe alors que le chant des habitants s'était élevé dans la salle. Puis les musiciens avaient interprété des airs endiablés sur lesquels les Solaires avaient dansé jusque tard dans la nuit. J'envie cette allégresse qui les transportait, ils semblaient si légers, si libres, si heureux malgré leur précarité. Je pense qu'ils n'ont aucune idée du poids des responsabilités qui incombent aux Élus, particulièrement aux descendants des familles fondatrices. C'est comme si tout l'avenir de l'île dépendait de nos choix et de nos actions. C'est la raison pour laquelle les membres de nos familles vouent leur existence à la survie de cette île et maintiennent l'ordre établi pour réguler la gestion des denrées. Les rébellions précédentes ont poussé nos dirigeants dans leurs retranchements et les ont exhortés à plus de discipline et de règles. Je suis destiné à les rejoindre et les aider dans leur mission.

Ayant terminé l'entraînement plus tôt que prévu, je profite de ce laps de temps pour aller rejoindre Ramon à l'Universe, un entrepôt récemment transformé en un centre de réalité virtuelle.

Au départ, ce projet a eu l'aval et même le soutien du comité. Certaines simulations permettent en effet d'affronter ses propres peurs : acrophobie, achluophobie, claustrophobie, et j'en passe. Toutefois, un jeune Élu est mort d'une crise cardiaque lors d'une partie et tout a été remis en question. Le centre n'a pas fermé, mais il a été déconseillé par le comité, et, bien entendu, interdit par nos parents.

– Hash ! crie Ramon, assis sur un tabouret fluorescent devant le bar illuminé, en faisant signe de la main dès que je pénètre dans l'enceinte de l'établissement.

– Salut, soufflé-je en me laissant tomber sur le siège d'à côté.

– T'as l'air crevé, mec !

– M'en parle pas ! Entre l'Institut, les cours supplémentaires et l'entraînement au combat, j'ai à peine le temps de me poser.

– T'en as parlé à ta mère ?

– T'as déjà essayé de discuter avec *ma mère* ?

– Je comprends, souffle-t-il en hochant la tête. Franchement, ta mère, elle me fait grave flipper.

Aussi sec, je recrache la bière que j'étais en train de boire. Sa plaisanterie a au moins le mérite d'améliorer mon humeur.

– Plus que mon père ? demandé-je, amusé.

Il acquiesce en pinçant les lèvres tout en secouant le menton.

– C'est pourtant le chef de la sécurité.

– Oui, il en impose, mais *elle*, elle est vraiment effrayante.

Devant son air sérieux, je ne peux m'empêcher de rire, même si, au fond de moi, je sais de quoi elle est capable. C'est ce que j'apprécie chez Ramon : sa franchise et sa spontanéité.

– J'ai réservé la salle Escape, tu m'accompagnes ?

– Il reste des capteurs ?

Le type derrière le comptoir me montre du doigt le dernier casque qui pend sur le rail.

– Vendu !

Escape est ma simulation préférée. D'abord pilotes d'un vaisseau, on atterrit sur une planète inconnue où l'on peut découvrir une végétation luxuriante et une faune hors du commun. Les senseurs disposés sur le corps permettent de discerner les obstacles et de recevoir de réelles sensations à travers les capteurs. Il m'est déjà arrivé de sortir de la partie avec des hématomes.

Après s'être amusés comme deux gosses, on se sépare sur le trajet de retour. Je me suis blessé à la cuisse, aussi, je marche lentement. Il fait froid dehors, mais je profite du calme de la nuit tombante pour me replonger dans ce décor spectaculaire de réalité virtuelle.

– Où étais-tu ? me questionne ma mère alors que je passe en vitesse devant la cuisine.

– À l'entraînement.

– Plus à cette heure-ci !

– J'ai du boulot pour l'Institut.

– Ne me dis pas que tu étais à l'Universe ?

– Alors, je ne te le dis pas, soufflé-je, excédé par son besoin de tout contrôler.

– C'est dangereux.

– Et qu'est-ce que tu vas faire ? M'inscrire à des cours ? M'enrôler dans un parcours athlétique ?

Surprise par ma répartie, elle me regarde, les yeux grands ouverts, la mâchoire tombante.

– Ah non, c'est vrai, tu l'as déjà fait ! dis-je, énervé, mettant un point final à notre conversation.

Je rejoins d'un pas pressé ma chambre, laissant l'imposante Talia muette. Ce jour est à marquer d'une croix blanche ! Je me laisse tomber sur le lit et masse doucement ma jambe endolorie. Quand je ferme les yeux, une bouche rosée vient susurrer mon prénom de façon coquine. J'expire un grand coup puis me tourne sur le côté.

« Hash… »

Sa voix est sensuelle et légèrement rauque. Son uniforme trempé laisse entrevoir son sous-vêtement et la naissance de sa poitrine.

– Putain ! grommelé-je, m'asseyant d'un coup sur le matelas. Tu vas me laisser tranquille ?

Ce n'est qu'une maudite Sombre. Je ne dois pas l'oublier.

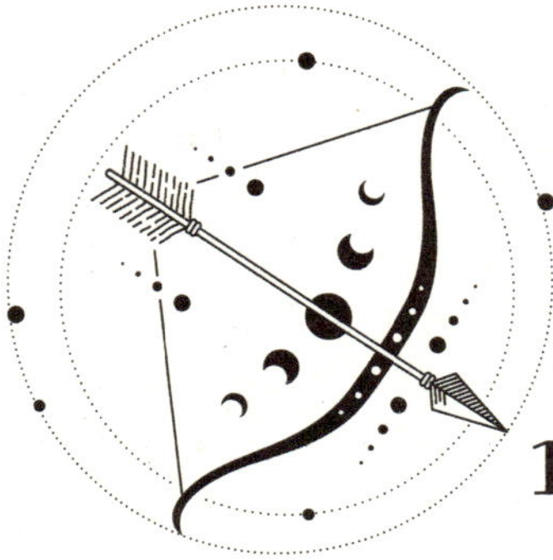

19

Chani

Cela fait plus de trois mois que je côtoie ces privilégiés. Aujourd'hui, c'est le grand soir, le bal des Élus à l'Empire Consort, le bâtiment le plus imposant et le plus moderne de la cité. Les lumières extérieures se reflètent dans les nombreuses fenêtres miroirs, faisant briller l'édifice de mille feux. Je prends une profonde inspiration avant d'entrer. J'ai revêtu la robe de mariée noire de ma mère, symbole de notre communauté.

– Tu es sûre de toi ? m'a-t-elle demandé le week-end passé.

– Elle a raison d'être fière de ses origines, a rétorqué mon père.

Il a toujours su la modérer, tout en étant à l'écoute. Je crois que finalement il me connaît mieux qu'elle. Je lui ai souri, il n'y avait rien d'autre à ajouter. Nora, la vieille couturière, a ajusté avec rapidité et dextérité la robe à mes mensurations. Elle a cousu dans de la mousseline une petite capeline à déposer sur mes épaules pour faire mon entrée. La robe bustier moule le haut du corps et commence à s'évaser aux hanches pour un tombé plus fluide. J'ai retrouvé dans une armoire les sandalettes noires à hauts talons que j'avais reçues pour mes 18 lunes et je me suis entraînée à marcher correctement. Ma mère a voulu essayer un chignon relevé, mais j'ai souhaité rester moi-même, sans artifices. J'ai juste accepté les boucles d'oreilles en pierre précieuse qu'elle avait reçues d'un professeur réputé, pour sa fin de cursus. Un Élu ! Elle devait être sacrément douée.

J'ai bénéficié plus d'une fois de sa notoriété, car elle était appelée régulièrement par les communautés Céleste et Solaire. De temps à autre, elle me faisait profiter d'un passe-droit. C'est ainsi que j'ai pu découvrir les deux autres villes et également apercevoir depuis la colline des Célestes la muraille qui encerclait la Cité d'Émeraude.

Lorsque j'accompagnais ma mère, je remarquais nettement les différences avec les deux cités adjacentes et les privilèges dont les habitants disposaient et que nous ne connaîtrions jamais si le système ne changeait pas de l'intérieur. C'était peut-être présomptueux de ma part de croire que je pouvais être l'instigatrice de ce changement, mais en réalité, au fond de moi, je sentais que j'en étais capable, cela sonnait comme un devoir.

Je voulais aussi absolument découvrir la cité fortifiée. Être au sein des Élus, obtenir les mêmes prérogatives, avoir accès à leur enseignement d'élite, grimper petit à petit parmi cette caste, me hisser au pouvoir et ouvrir les vannes. Accorder à toutes les communautés l'accès aux connaissances et aux technologies. Leur offrir la chance d'être les individus qu'ils souhaitaient devenir. L'égalité, tel était mon but. Je voulais les regarder dans les yeux et leur montrer, non, leur *prouver* que j'étais leur alter ego. Oui, je suis une personne orgueilleuse, je le sais très bien. Je crois que c'est le défaut que j'ai le plus hérité de ma mère, mais il en faut une solide dose pour affronter tous les jours ces Élus la tête haute.

Je monte lentement la dizaine de marches qui me séparent de l'entrée, même si le vent me glace la peau jusqu'aux os. L'Empire Consort est encore plus impressionnant de près. La multitude de vitres reflète le halo des lunes dans le ciel. En journée, cet imposant édifice flamboie de toute part, le verre en aluminium réfléchissant une part de lumière verte. C'est un véritable joyau architectural et le bâtiment emblématique par excellence dans la Cité d'Émeraude. Je rassemble mon courage pour pénétrer dans leur sanctuaire. Surpris par ma tenue, le Céleste en haut des marches recueille toutefois mon invitation et me souhaite une bonne soirée en récupérant le carton.

Les visages se tournent en un éclair à la vue de ma silhouette sombre, j'essaie de ne pas trop m'en formaliser, avançant en douceur entre les tables hautes et secouant amicalement la tête. Par chance, Elis, tout de blanc vêtu, vient à ma rescousse et me guide jusqu'à ses comparses boursiers dont la plupart sont habillés en blanc et bleu marine. Seule Carrie de la communauté Solaire est habillée en crème. C'est dommage, car le jaune aurait magnifiquement fait ressortir ses cheveux couleur feu. La peau bronzée d'Elis contraste à merveille avec son costume blanc, quelques Élues le regardent avec un certain intérêt.

Les personnalités les plus influentes font leur apparition et mon ami nous propose d'aller saluer notre mécène, l'éminent Pr Altar. Je laisse les autres boursiers me précéder pendant que j'examine Hash en compagnie de ses parents. Son père porte l'uniforme de la garde, logique pour le chef de la sécurité. Ses traits sont durs, il est assez impressionnant. Le visage de sa mère ne m'est pas inconnu. Hash tient d'elle. Elle est d'une beauté sans pareille. Son corps sculpté est drapé dans du trevour vert émeraude, un tissu épais, doux et très rare sur l'île. Ses traits fins sont dessinés à la perfection et un chignon noir relevé avec soin vient parachever l'œuvre d'art. Majestueuse, c'est le premier terme qui me vient à l'esprit en la voyant.

Hash est à présent en train de me fixer, ça me met mal à l'aise. À l'Institut, je suis dans mon élément, mais en soirée, parmi tous ces dirigeants dont les ancêtres ont permis à notre espèce de survivre, mon estomac se noue et je ressens des difficultés à rester naturelle. Je détourne les yeux. Depuis qu'il s'est à moitié excusé, nous nous sommes très peu parlé ; pour tout dire, je l'ai évité comme je le pouvais.

Le mécène Altar me serre vigoureusement la main. Il ne regarde pas mon bracelet, mais contemple mes boucles d'oreilles avant de me dévisager un instant.

– Professeur Altar, articulé-je d'une voix un peu étranglée. Je suis enchantée de faire votre connaissance.

– Mademoiselle Chani Erati. Vous ne passez pas inaperçue, c'est le moins que l'on puisse dire. Il en est de même à l'Institut et aussi auprès de certains Élus.

Je le regarde avec surprise. Ses yeux ne me lâchent pas, guettant ma réaction. Ses cheveux sont aussi noirs que les miens, mais ses iris verts me semblent familiers. Il dégage une aura particulière, presque envoûtante. J'ai comme la désagréable sensation qu'il lit en moi, je ne sais pas vraiment quel comportement adopter. Heureusement, il rompt ce silence pesant.

– Mon fils a été impressionné par vos notes aux tests. C'est d'autant plus de pression de maintenir ces résultats parmi l'élite des Élus. Je pense que les boursiers doivent se focaliser sur leurs études, c'est la priorité, ne croyez-vous pas ?

Je ne saisis pas bien où il veut en venir, mais, malgré son rictus de façade et le calme de sa voix, son ton a changé et semble beaucoup moins cordial. Je lui réponds par un hochement de tête avec un petit sourire forcé.

– Parfois, ajoute-t-il, l'attribution des bourses ne tient qu'à un fil. Il suffit d'une note médiocre pour voir sa subvention s'échapper. C'est déjà arrivé auparavant.

Il jette un œil par-dessus mon épaule et offre un large sourire à la personne qui s'approche de nous.

– Ah, le voilà. Chani, je crois que vous connaissez mon fils qui est en seconde à l'Institut, dit-il en attrapant Iman par l'épaule et en le secouant affectueusement.

Quand je les vois côte à côte, ça me semble tellement évident. Les mêmes iris émeraude ! Je comprends rapidement la situation. Le Pr Altar, chercheur influent de la cité, est mon mécène et le père d'Iman. Je me rends surtout compte qu'il est au courant de notre amitié et qu'il ne l'approuve pas. Pire, je devine que ma bourse est en jeu et que je peux la perdre si je continue de fréquenter son fils.

– C'est exact. Bonsoir, Iman, salué-je en tendant la main de la façon la plus neutre possible.

Iman la serre tendrement sans lâcher mes prunelles du regard. Son sourire est doux et serein, contrairement à moi qui suis anxieuse, prête à exploser sur place.

– Je vous souhaite une bonne soirée, ajouté-je difficilement, tournant les talons et m'éloignant des deux hommes le plus rapidement possible.

Le bar me semble l'endroit indiqué pour faire une pause, aussi, je demande un alcool d'Atol, à base de sève d'arbre. Le liquide me brûle la gorge, mais c'est exactement ce dont j'ai besoin. Je le descends d'une traite et je commence à me sentir mieux, plus légère, moins stressée, quand Iman se poste à mes côtés.

– Ça va, Chani ?

Ça va ? Non, ça ne va pas ! Je dois m'éloigner de toi, tu ne comprends pas ?

Je commande un autre verre, mais Iman fait un signe de tête au serveur derrière le bar et demande une eau aromatisée.

– Je crois que tu devrais plutôt boire ça, objecte-t-il en m'offrant la boisson d'une teinte légèrement rosée. J'aimerais que tu m'expliques ce qu'il se passe.

– C'est plutôt à toi de me le dire !

– Je ne comprends pas.

– Ton père, c'est le Pr Laxos Altar ? Le mécène ?

– Oui, je pensais que tu le savais.

– Évidemment, répliqué-je de mauvaise foi, tout le monde le sait. Tout le monde, à part moi.

Il secoue négativement la tête, la situation lui échappe. Il me regarde de façon interrogative.

– J'ai sacrifié tant de choses pour être ici, tu n'as pas idée.

Il veut répliquer, mais un autre Élu l'interpelle, car le discours officiel va bientôt débuter. Il se penche vers moi et me chuchote à l'oreille :

– Je te retrouve dans deux heures au bâtiment des boursiers, tu pourras m'expliquer le problème.

Il part rejoindre le petit comité mis à l'honneur sur l'estrade. J'ai besoin d'air. Pendant qu'un attroupement se forme devant la tribune, je me dirige en sens inverse et sors sur le balcon, dans l'air glacé de la saison des vents.

Je me sens perdue. Je suis arrivée en noir, la tête haute, le torse bombé, mais à présent ma poitrine est comprimée et je peine à respirer. Je ne suis pas la bienvenue ici. Pourquoi ai-je souhaité assister à cette cérémonie ? Je ne suis pas des leurs. Pour eux, je suis juste une Sombre et je leur ai rappelé ma différence en pleine face en m'habillant de cette façon. J'ai voulu jouer et en fait, j'ai perdu. Je sens mes yeux qui s'embuent.

La vue de ce balcon est pourtant à couper le souffle. La Cité d'Émeraude s'étend majestueusement devant moi. Je peux distinguer les toits de l'Institut et ses dômes transparents qui capturent la lumière en journée et reflètent les rayons des deux lunes le soir. Le dédale de ruelles en contrebas est illuminé à plusieurs endroits grâce aux lampadaires à énergie solaire. L'air est imprégné d'un parfum délicat de fleurs exotiques plantées avec précision pour ajouter des touches de couleur éclatante à travers la ville, contrastant avec la froideur industrielle de l'Empire Consort.

J'aimerais être un oiseau et tournoyer dans le ciel. Être libre, aller où je veux. Pourquoi pas, même, voler au-dessus de l'océan et rejoindre l'ancien continent. Peut-être existe-t-il toujours ? Peut-être y a-t-il des survivants ?

J'apprécierais de trouver ma place. Je me sens seule. Seule et triste. Quand je sors de mes pensées, je me rends compte que mes joues sont humides.

20

Hash

— Comment ose-t-elle ? lâche ma mère sur un ton cinglant. Non seulement se pointer ici, mais tout en noir ! Pour qui se prend-elle ? Elle n'est qu'une poussière sur la semelle de mes chaussures !

Pour qui se prend-elle ? C'est exactement la réflexion qui m'était venue en l'observant la première fois dans les couloirs. Mais en réalité, il existe deux Chani. La fille crâneuse, présomptueuse, à l'Institut, et la fille qui souhaite changer le monde, l'idéaliste, celle qui me sourit avec sincérité. Je me souviens du jour où elle m'a avoué qu'elle retournait son bracelet d'identification.

Je la suis des yeux dans sa scandaleuse robe noire. Personne n'a envie de voir une Sombre ici, et si Elis dans son costume blanc ne l'avait pas accueillie à son arrivée, elle aurait peut-être perdu de sa superbe et fui cet endroit. Pour le moment, elle semble surtout bouleversée et file vers le balcon. Sans réfléchir, je la suis à quelques pas de distance. Ses cheveux se soulèvent au gré du vent et je vois les poils se dresser sur sa peau.

Qu'est-ce que je fais là ? Je devrais être sur l'estrade, avec ma famille.

Je suis sur le point de faire demi-tour quand je discerne, à la clarté de la lune, des larmes ruisseler le long de ses joues.

Ce n'est pas ton problème, Hash, casse-toi ! Qu'est-ce que tu fous ?

Je franchis lentement la distance qui nous sépare et elle s'empresse de frotter ses pommettes avant de me faire face.

– Hash, qu'est-ce que tu fais là ? Tu ne devrais pas être à l'intérieur pour le discours ?

– Et toi ?

– Tu m'as dit que tu m'en devais une, dit-elle soudain d'une voix songeuse. C'est toujours d'actualité ?

Je confirme de la tête en regardant les lunes se refléter dans ses jolis yeux mordorés.

– Je veux repartir chez moi. Je dois rentrer. Maintenant.

Elle semble si lasse. Éteinte aussi. Et tellement triste.

– Suis-moi, lui dis-je sans réfléchir davantage, en prenant sa main et en empruntant l'escalier qui mène du balcon à l'arrière du bâtiment.

Elle ne dit mot et se laisse traîner dans les sentiers du parc jusqu'à l'entrée ouest où stationnent les transporteurs. Sa main est toujours dans la mienne et, contrairement à l'idée que je m'en faisais au départ, je trouve cette sensation agréable.

Après quelques paroles au chauffeur, je la laisse prendre place à l'arrière d'un des véhicules.

– Tu ne vas pas avoir d'ennuis ? s'enquiert-elle.

– Je respecte toujours mes engagements.

– Merci, Hash, ajoute-t-elle sincèrement. Je me débrouillerai pour rentrer avant les cours de la semaine.

Je regarde le véhicule démarrer et s'éloigner dans la pénombre de la nuit. Je sais d'avance que ma mère va mal réagir en apprenant le service que je viens de lui rendre, mais sa punition ne sera jamais à la hauteur du regard empli de gratitude et de douceur que Chani vient, à l'instant, de poser sur moi.

21

Chani

Mon retour tardif en transporteur privé alerte mes parents, mais je n'ai pas envie de m'appesantir sur la situation. Je les informe que je suis souffrante. Ma mère insiste pour m'ausculter, mais je la tiens à distance, prétextant la fatigue accumulée. Ce qui n'est d'ailleurs pas totalement faux.

Je mets longtemps à m'endormir. Les deux lunes sont proches et se superposeront dans quelques jours. Un nouveau cycle commencera et mes 20 lunes ne seront bientôt plus qu'un souvenir. J'aimerais revenir à mes 10 lunes, quand la vie était simple, quand je ne me posais pas toutes ces questions, quand le seul point important était d'être plus rapide à la course que les garçons. J'étais vraiment heureuse à cette époque. La nourriture n'était pas très variée ou abondante, mais j'avais l'impression d'être libre dans cette communauté. Ce n'est qu'en visitant les autres castes en compagnie de ma mère que mon point de vue a changé.

Depuis que je suis les cours à l'Institut, je me rends compte des discriminations que les autres communautés vivent quotidiennement, surtout les Sombres, ici, dans le Nord. Tous les Élus sont-ils au courant de la situation dans les autres villes ? Réalisent-ils qu'une partie de la population vit dans la précarité ? La tenue de Talia Bless me laissait interdite. Le tissu de sa robe datait du temps de la colonisation de l'île. Nous ne produisons pas de trevour depuis presque cent cinquante-trois lunes. C'est dire la rareté d'un tel tissu et aussi sa valeur, même si nous utilisons très peu l'unité monétaire. Ce sont les biens et les services que les gens monnaient, parfois la nourriture.

Je savais que vivre parmi les Élus allait être aussi difficile qu'intéressant, et jamais je n'aurais imaginé pouvoir ressentir autre chose que de l'aversion pour l'un d'entre eux. Pourtant, ce soir, les grands doigts de Hash qui se sont refermés autour des miens ont fait battre mon cœur bien plus qu'à l'ordinaire.

Je me réveille en sursaut. Ma nuit a été peuplée de rêves étranges, voire dérangeants. Le soleil est déjà haut dans le ciel. Je m'étire et profite de ce calme avant de regagner la Cité d'Émeraude.

J'apprends lors du déjeuner que l'assemblée des Sombres rend hommage à mon père ce soir pour sa bravoure durant l'éboulement de la partie centrale de l'école.

– Et tu comptais me le dire quand ?

– Cette soirée, ce n'est pas grand-chose.

– Je ne parle pas de l'hommage, papa, je parle de ta vie que tu as mise en jeu. Tu as l'air de boiter, tu es blessé ?

– La blessure n'est pas très profonde, intervient ma mère.

– Mon père a failli mourir et je ne le savais pas.

– L'information ne circule pas comme à la cité, nous n'avons pas de point de relais.

– Vous auriez pu dépêcher un coursier, je serais revenue hier.

– C'est ce que tu as fait ! s'exclame ma mère.

– Tu vois très bien où je veux en venir. Je ne serais pas allée à cette stupide soirée et je serais venue vous aider.

– Chani, je vais bien, je t'assure. Je ne vais pas utiliser un coursier pour si peu. Les enfants sont sains et saufs et je suis toujours en vie, ajoute-t-il sur le ton de la plaisanterie.

– Encore heureux ! Tu dois faire attention à toi.

Il se lève et vient me prendre dans ses bras. Je me laisse aller contre son épaule avant de pleurer doucement.

– Je vais bien, chuchote-t-il à mon oreille, c'est plutôt pour toi que je m'inquiète.

Je resserre mon étreinte. Je n'ai pas envie d'en parler, mais il a toujours su lire en moi et me réconforter dans les pires moments.

Le soir venu, ma mère m'invite à porter la robe noire de la veille.

– Tu es sûre ? Elle n'est pas un peu trop habillée pour l'occasion ?

– Au moins, elle n'aura pas été réajustée juste pour une soirée, enfin un début de soirée.

Je suis très sceptique quant à sa proposition, d'autant que la plupart des jeunes de la communauté m'ont déjà tourné le dos, je ne voudrais pas qu'ils croient que je parade dans cette toilette.

– Ça fera plaisir à ton père. Tu vas le rendre fier.

Fier ? Fier de quoi ?

Je ne comprends pas où elle veut en venir, mais nous entendons le son de la cloche de la communauté, signe que le rassemblement va bientôt débuter, et je m'empresse de passer la tenue. Heureusement qu'ici je porte une grosse cape en laine pour rejoindre la salle au centre du village, car le vent s'est levé pour nous fouetter jusqu'aux os.

Comme je l'ai prévu, les regards se font insistants dès que j'enlève ma pèlerine. Je me sens encore moins à l'aise qu'à l'Empire Consort hier soir. Pourquoi ai-je de nouveau l'impression d'être entre deux mondes et de ne pas vraiment appartenir à l'un ou à l'autre ?

Après que notre communauté a remercié mon père chaleureusement, les enfants qu'il a sauvés viennent lui serrer la main et lui remettre des belles tiges de trassi, un arbuste aux branches fines, droites et robustes, pour la fabrication des flèches, ainsi que des plumes pour l'empennage. Je le sens ému et cette attention me va droit au cœur.

Il me fait ensuite signe de le rejoindre et je marche doucement vers lui avec un sourire un peu figé.

– Vous connaissez tous ma fille, Chani, qui a été admise à l'Institut grâce à la bourse d'études, dit-il en s'adressant à l'assemblée et en s'attardant sur le visage gracieux de ma mère. Elle s'est rendue hier à la fête des Élus dans cette robe noire, la tenue de mariée de mon épouse.

J'entends la foule qui s'exclame, surprise. Je suis réellement mal à l'aise devant les membres de la communauté qui m'examinent à la loupe.

– Je suis tellement fier d'elle. Je pense qu'il est important, aujourd'hui encore plus qu'hier, d'être fiers de nos origines et de ne pas oublier d'où nous provenons.

Ils lèvent tous leurs verres. Mon père se tourne vers moi et m'embrasse sur le front. Je voudrais être n'importe où sauf ici. Mes lèvres se plissent machinalement en un sourire, mais je n'ai qu'une envie : fuir !

J'avale rapidement le verre que l'on me tend et je me mêle aux bavardages, jouant le rôle que l'on m'attribue, malgré moi.

Je ne dors pas davantage cette nuit-ci, un tas de questions m'assaillent et j'en viens même à me demander qui je suis et ce que je veux au plus profond de mon cœur.

Après le déjeuner, je décide d'aller me balader le long des falaises. Le bruit de la houle me berce, c'est ce que je connais le mieux, ce qui me recentre malgré le clapotis que les vagues font quand le vent les projette sur les rochers.

Quand je me résous à revenir vers la maison, je distingue le transporteur avec lequel je suis arrivée. Le chauffeur en sort et me salue poliment.

– Mademoiselle Erati, M. Bless m'envoie vous chercher pour que vous puissiez être rentrée pour les cours qui débutent tôt demain.

– Je… Vous voulez parler de… Hash Bless ?

– En effet, mademoiselle. J'ai ordre de venir vous chercher et vous conduire jusqu'au bâtiment des boursiers de l'Institut.

Il doit lire la stupéfaction sur mon visage, car il enchaîne :

– Je vous attendrai dans le véhicule. Faites à votre aise, j'ai tout mon temps.

Je le remercie chaleureusement. À vrai dire, je suis heureuse de pouvoir partir. J'appréhendais le long trajet avec le transporteur commun. Je rassemble prestement mes affaires. J'explique à mes parents que je dois terminer un travail en binôme et que c'est la raison de ce transport particulier. Je mens rarement, pour ainsi dire jamais. Je ne sais pas s'ils le remarquent, mais je tâche d'être la plus naturelle possible.

Je ferme les yeux durant le trajet et je finis par m'assoupir. Quand nous arrivons à l'Institut, je me rappelle que demain, je devrai renoncer à l'amitié d'Iman et remercier Hash pour son aide. Si la première action m'attriste, la seconde me rend nerveuse.

Pourquoi ? J'ai juste à lui dire merci.

Les pulsations de mon cœur s'accélèrent rien qu'au souvenir de sa main qui m'a entraînée loin et de son regard sombre qui m'a submergée.

22

Chani

À l'heure du déjeuner, Iman apparaît dans les couloirs du bâtiment des première.

– Tu ne devrais pas être ici, chuchoté-je en m'écartant du groupe.

– J'ai appris pour ton père, est-ce qu'il va bien ? C'est pour cette raison que tu es partie de la soirée ? s'empresse-t-il de demander.

Je secoue la tête et lui montre la classe déserte afin de poursuivre la conversation à l'abri des regards indiscrets.

– Je ne suis pas partie à cause de mon père, mais à cause du tien.

– Chani, écoute...

– Laisse-moi finir, je t'en prie. Je... je pense que c'est préférable que nous gardions nos distances.

– Qu'est-ce que tu racontes ?

– Je crois sincèrement que tu n'as pas idée du travail que j'ai fourni et des sacrifices que j'ai dû faire pour arriver jusqu'ici, à l'Institut, parmi vous. Je ne peux pas me permettre de perdre ma bourse.

– Pourquoi la perdrais-tu ? Je n'ai pas trafiqué les résultats, tu mérites ta bourse et personne ne te reproche rien...

– Iman, le coupé-je, je ne pense pas que tu comprennes. L'Institut, cette chance d'être parmi l'élite et de pouvoir gagner un bracelet émeraude, c'est tout ce qu'il me reste. À force d'avoir un pied dans chaque communauté, je n'ai ma place nulle part, mais surtout je me crée des ennemis. Je ne veux pas qu'on m'enlève ma bourse.

– Que fais-tu de cette connexion entre nous ? Tu l'as aussi ressentie, non ?

Les lèvres serrées, j'acquiesce en silence.

– Notre amitié compte si peu à tes yeux ?

Mon cœur se serre, la gentillesse d'Iman va me manquer. Depuis le début, il est un peu mon protecteur à la cité.

– Ne rends pas les choses encore plus compliquées, soufflé-je avant de tourner les talons et de m'enfuir dans le couloir.

23

Hash

— Il paraît qu'Iman était dans les couloirs à la recherche de la Sombre, lâche Frerik à un autre étudiant de la classe.

Pourquoi j'ai l'impression de ne plus respirer ?

Je me concentre sur mon souffle et range doucement mes affaires dans le casier, quand tout à coup elle apparaît à mes côtés. Le regard soucieux, elle a l'air fatiguée.

– Je tenais vraiment à te remercier pour les trajets. Encore plus pour celui d'hier, car il n'était pas prévu.

– Je me suis dit que tu aurais assez à penser avec ce qui est arrivé dans ta communauté. Comment va ton père ?

– Il est légèrement blessé, mais il va bien.

Elle ferme les yeux et secoue un peu la tête en soupirant par les narines. Elle les ouvre à nouveau et m'avoue qu'elle n'était pas au courant de l'incident.

– Il n'y a pas moyen d'envoyer des messages, comme à la cité avec les relais. Mes parents n'ont pas jugé utile de me tenir informée de la situation. Pour mon père, ce n'est pas une priorité, car personne n'est mort.

– Il pensait bien faire. Il ne voulait pas t'inquiéter.

– Oui, peut-être.

– Pourquoi étais-tu pressée de rentrer alors ?

– Parce que je n'arrivais plus à respirer.

Je la regarde avec compassion. Je sais de quoi elle parle, je ressens ça presque tous les jours. Chaque fois que je passe le seuil de la maison et que j'aperçois ma mère, le malaise s'installe. Je ne suis pas assez bien, je ne serai jamais assez bien. J'éprouve une drôle de sensation, j'ai l'impression que ma gorge se serre et j'arrive à peine à ouvrir la bouche pour respirer.

Enfant, je me sentais pourtant aimé et choyé, mais mon insouciance a vite laissé place aux responsabilités qui vont de pair avec le rôle contributeur de ma lignée. J'étais persuadé que c'était un moindre sacrifice pour la survie de notre peuple, toutefois, aujourd'hui, je le trouve bien lourd.

Alors j'approuve en hochant la tête et ses magnifiques yeux noisette se perdent un instant dans les miens.

24

Chani

Garder mes distances avec Iman s'avère plus compliqué et douloureux que je ne l'aurais cru. Je ressasse sans cesse ses paroles. Il ne comprend pas que je doive tout faire pour conserver ma bourse, et même si notre amitié compte aussi à mes yeux, je n'ai pas droit à l'erreur.

Je retourne nager après quelques jours. Cette activité me permet d'apaiser les tensions. Tant que je suis dans l'eau, j'ai l'impression d'être légère. Légère et libre.

Je sors de la piscine pour rejoindre les vestiaires. Soudain, une Élue s'éclaircit la gorge, me désignant la grande pendule à l'avant au-dessus de la porte d'entrée. Mon sang ne fait qu'un tour. Perdue dans mes pensées, je n'ai pas vu le temps passer. Je lâche la serviette et m'empresse de remettre mon uniforme. Je n'ai pas le temps de repasser par les logements. Je pends mon maillot humide dans le casier en espérant qu'il arrivera à sécher jusqu'à la pause du déjeuner. Je promène en vitesse la brosse dans mes cheveux pour les démêler et cours vers le bloc des première.

Dans le couloir, j'aperçois Frerik qui ferme la porte avec un sourire jusqu'aux oreilles.

Petit con ! Élu et petit con !

J'entre sans frapper ; heureusement, le professeur est en train de déballer son matériel. Dans ma hâte, je heurte le banc de Drek et Frerik qui pouffent comme des idiots. M. Mirar lève les yeux, m'observant des pieds à la tête. Avec mes cheveux qui dégoulinent sur mon uniforme et mon léger retard, je m'attends à ce qu'il fasse une remontrance ou même m'expulse de la classe. Mais il hausse juste les sourcils et finit de se préparer pour donner sa leçon. Je m'installe à côté d'Erynda, branche ma tablette et relève la tête.

Hash, qui se trouve dans mon champ de vision non loin de l'entrée, me dévisage. Je ne dois pas avoir fière allure avec mon uniforme réajusté à la va-vite et mes cheveux qui perlent sur mes épaules. Cependant, son regard n'est pas moqueur. Il semble plutôt doux, même bienveillant. Je l'observe plus en détail. Ses yeux, d'une teinte foncée profonde, sont intimidants. Son nez est bien dessiné et ses lèvres sont charnues et sensuelles. Il est… incroyablement séduisant.

Oups, c'est moi qui ai pensé ça ?

Oui, je trouve que Hash est… comment dire… beau, canon, irrésistible ! Mon cerveau ne tourne pas rond ! Pourquoi Hash m'obsède-t-il tant depuis cette fameuse soirée ? Peut-être est-ce le fait que son regard sur moi a aussi changé. Il ne ressent plus de mépris ou de colère quand il me regarde, mais plutôt de l'intérêt, voire de l'attirance ? Je dois prendre mes rêves pour des réalités. Je dis bien mes rêves, car ces dernières nuits, de grandes prunelles foncées viennent me hanter.

À la sortie de la classe, les étudiants se dirigent vers le hall pour découvrir le tableau du classement partiel avant les examens. Je vois immédiatement que je mène toujours la danse, suivie de trois points par Hash. Le reste du groupe vient bien après. Le ténébreux Bless paraît préoccupé par les résultats. Il est à deux pas de moi. Ses traits sont tendus et il fait une sorte de grimace avec sa bouche. Un de ses compagnons lui marmonne quelque chose dans l'oreille qu'il approuve de la tête. Il se tourne à présent vers moi, son regard semble plus froid que tout à l'heure. En réalité, il me déteste toujours autant. C'est moi qui divague complètement à son sujet.

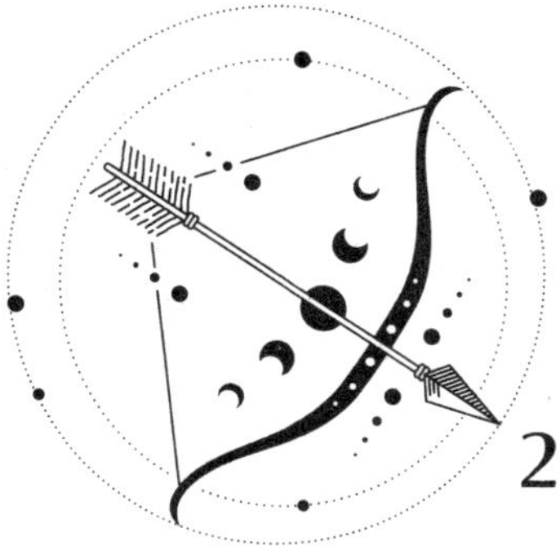

25

Chani

Je reçois un passe-droit pendant la période de révision pour les partiels. Je l'envoie à ma mère qui pourra enfin retrouver la cité qu'elle a quittée voilà plus de vingt lunes maintenant. Mais c'est finalement mon père qui débarque, prétextant des soins pour certains malades qu'elle ne peut pas reporter.

Je suis évidemment heureuse de le voir, mais à la fois tellement déçue par la décision de ma mère. En définitive, ses patients et les communautés comptent plus que sa famille. Elle s'investit corps et âme dans son travail et, même si je respecte son engagement, il est parfois dur à gérer de passer après les autres.

Je profite de cette pause pour visiter la cité avec mon père. Nous nous promenons dans le superbe parc arboré de l'Institut, jouissons de l'imposante vue extérieure de l'Empire Consort et déambulons dans l'une des ruelles commerçantes du centre. Mon père s'émerveille des mets sur certains étals et des senteurs qui s'en dégagent et nous dégustons une tonne de petites douceurs avec une boisson chaude aromatisée aux baies rouges.

Il souhaite offrir un cadeau à ma mère et me propose de retourner étudier au bâtiment des boursiers pendant qu'il part en quête du présent idéal dans le quartier des bijoutiers et drapiers. Je lui suggère mon aide, mais il insiste sur l'importance de mes partiels. Je suspecte une éventuelle surprise pour moi, alors nous nous donnons rendez-vous deux heures plus tard en face de la fontaine.

Mon père a maintenant plus d'une demi-heure de retard, je commence à m'inquiéter. Je reviens sur mes pas et le cherche activement dans les ruelles commerçantes. Deux dames d'un certain âge sont en pleine conversation animée au coin d'une bijouterie. J'entends dans la même phrase les mots « Sombre » et « arrestation ». Je m'avance un peu, joignant les mains dans le dos, ne laissant voir que mon sourire et l'uniforme bien connu de l'Institut.

Trois hommes de notre communauté auraient été interpellés par la garde et placés dans le centre de surveillance près de l'entrée de la cité. Je m'y rends le plus rapidement possible, mais l'accès m'est refusé malgré mon passe. Le vigile m'informe d'une effraction dans la centrale en énergie, suivie de l'arrestation de plusieurs individus suspectés d'appartenir à la faction rebelle.

Mon cerveau turbine à cent à l'heure. J'essaie de trouver une solution pour pouvoir m'introduire dans le bâtiment et identifier mon père, s'il est bien là. Et surtout le libérer. Il n'est pas question qu'il porte le chapeau pour je ne sais quel incident juste parce que les gardes sont tombés sur un homme au bracelet noir.

Je pense d'abord appeler Iman, mais, au dernier moment, je change d'avis. Ce n'est pas raisonnable de le mêler à cette histoire et c'est le meilleur moyen de faire croire à une faveur de sa part et d'annuler ma bourse. Je réfléchis à toute vitesse, mais mon choix d'options est limité. À vrai dire, je n'ai pas vraiment le choix.

26

Hash

Trois bips d'affilée retentissent sur ma tablette et je suis surpris d'en découvrir le contenu et surtout l'expéditrice.

HASH, J'AI BESOIN DE
TOI DE TOUTE URGENCE.

VIENS ME RETROUVER AU POSTE
DE SURVEILLANCE À CÔTÉ
DE LA GRANDE PORTE NORD.

FAIS VITE,
JE T'EN SUPPLIE.

Chani semble avoir de sérieux problèmes, mais j'hésite à m'y rendre. Ma mère me tuerait sur-le-champ si elle savait simplement que je lui parle. Alors répondre à son appel à l'aide serait une effroyable erreur. Mais l'idée de m'opposer à la grande Talia m'excite au plus haut point. En même temps, Iman est proche de Chani et elle ne l'a pas appelé. Une raison de plus pour y aller.

– Je ne comprends pas, m'explique-t-elle quand je la rejoins, on s'est séparés à peine quelques minutes. On cherchait un cadeau pour ma mère. Ensuite, il a disparu et j'ai entendu que trois de nos hommes… enfin, je veux dire, que trois Sombres ont été arrêtés. Les gardes ne veulent pas me laisser entrer et ne m'ont pas confirmé qu'il s'agissait de mon père. Je ne sais pas quoi faire. Je me suis dit que… comme tu es connu… ton père est le chef de la sécurité…

– Attends, Chani, que je comprenne bien ce que tu me demandes. Tu veux que j'intervienne en tant que fils du chef de la sécurité ?

– Tu pourrais dire qu'on était ensemble et qu'on visitait les boutiques.

– Tu plaisantes, là ? Tu ne comprends pas…

– C'est toi qui ne comprends pas, me coupe-t-elle en fulminant, ma parole n'a aucune valeur ici. Pour eux, je ne suis qu'une Sombre. Une moins-que-rien qui porte un bracelet noir.

– Ce n'est pas un petit service que tu sollicites ! Tu me demandes de mentir et d'user de mon rang.

Elle me regarde droit dans les yeux. Je vois ses lèvres trembler et sa bouche s'entrouvrir légèrement sans qu'aucun son n'en sorte. Son souffle est court, elle paraît énervée et en même temps si fragile.

– C'est une immense faveur que je suis sur le point de t'accorder. J'espère que tu en es consciente.

Je l'attrape par le poignet et me dirige vers le centre de détention. Mon bracelet nous fait franchir le sas avec facilité. Le responsable de la cellule de surveillance essaie d'abord de me rembarrer, mais me présente des excuses dès que mon nom s'affiche sur le scanneur.

Alors que nous passons le portail de sécurité, Chani est chamboulée par la vision de son père dans la cellule avec deux autres hommes de la communauté du Nord. Je demande des explications sur la détention de M. Erati. Le responsable me précise qu'une alarme s'est déclenchée dans la centrale en énergie et que son équipe a repéré ces suspects non loin du bâtiment.

– Vous avez appréhendé M. Erati à côté de la centrale ?

– Eh bien, commence-t-il, nous avons d'abord arrêté les deux autres

Sombres, mais sommes tombés sur celui-là deux rues plus loin. Il était seul, souligne-t-il, et semblait pressé.

– Il ne vous a pas montré son passe-droit ?

– Si, mais, monsieur Bless, certains arrivent à trafiquer ce type de carte de nos jours.

– Eh bien, représentant Gifar, dis-je en me penchant vers son badge pour y lire son nom, il possède bien un passe-droit pour ce jour, accordé par sa fille qui étudie à l'Institut.

– Sa fille est vraiment à l'Institut ?

– C'est une boursière qui fait partie de ma promotion et de ma classe.

– Vous êtes en train de me dire, continue Gifar, que vous étiez avec M. Erati et sa fille dans la cité ?

– C'est peut-être sa petite amie, essaie l'un des agents de sécurité en pouffant.

– On couche ensemble, réponds-je du tac au tac sur un ton sec qui ne laisse place à aucune surenchère.

– Qu'est-ce qu'il raconte ? enchaîne le père de Chani en se tournant vers sa fille.

– Papa, ce n'est ni le moment ni l'endroit, prononce-t-elle simplement d'un ton las.

Les deux agents haussent les sourcils et se marrent entre leurs dents. Gifar décide de le libérer, mais lui retire son passe-droit.

– Je vous note sur la liste des Interdits. Vous n'êtes pas près de remettre les pieds dans la cité avant un bon bout de temps, monsieur Erati. Il se retourne ensuite vers moi et ajoute : Je ne vous retiens pas, monsieur Bless.

27

Chani

C'est incroyable comme la couleur d'un bracelet et surtout le nom d'une personne peuvent renverser une situation. Le responsable a rapidement exposé les faits et j'ai compris à quel point les Sombres pouvaient être vulnérables dans cette cité.

J'avais pourtant bien senti cette animosité à mon arrivée, mais à force de déambuler avec mon uniforme, j'avais fini par oublier cette insécurité permanente. Accompagnée d'Elis et récemment d'Erynda, j'ai profité des merveilles que la cité offrait sans penser à la couleur de nos bracelets.

À l'intérieur du centre, j'ai été étonnée de découvrir l'identité des compagnons de cellule de mon père. L'un d'eux n'était autre que Panos, l'un de ses amis qui l'accompagnaient souvent pour les tournois de tir à l'arc dans les autres communautés. J'ai fait semblant de rien.

Son passe-droit retiré, mon père doit immédiatement quitter la cité. Nous le raccompagnons vers la porte de contrôle.

– C'est quoi cette histoire ? demande-t-il, énervé.

– Je t'en prie, papa. Je pense plutôt que tu devrais chaudement remercier Hash qui vient de te tirer de ce mauvais pas.

– Je te suis reconnaissant, Hash… Hash Bless, c'est bien cela ? Un quelconque lien avec Siun Bless ?

Le jeune Élu esquisse un sourire qui ressemble plus à une grimace forcée et répond simplement :

– Je vais faire valider vos papiers auprès des contrôleurs, vous pourrez emprunter le prochain transporteur.

Mon père se racle la gorge, observant les terres de l'Ouest à travers l'ouverture des portes de la cité. La terre aride s'étend à perte de vue, contrastant avec la cité colorée et animée. Seule la cime de la montagne des Célestes se dessine dans ce paysage désertique. Les routes serpentent sur le sol craquelé, contournant les roches, évitant les obstacles. Certains rochers ont dû être pulvérisés pour permettre le passage du transporteur public.

Je remarque qu'il évite mon regard et je me sens de plus en plus mal à l'aise. Une boule enserre ma gorge, je peine à trouver mon souffle. L'air me semble trop froid, la douleur me pénètre quand j'inspire. Alors j'essaie de respirer par petits à-coups, mais ce halètement empêche mon cœur de battre de façon régulière. La tristesse commence à m'envahir, je me décide donc à lui poser la question tant que Hash ne peut pas nous entendre.

– Tu fais partie de la rébellion ? demandé-je tout bas.

Je ne sais pas grand-chose au sujet des rebelles, juste des rumeurs qui circulaient sur l'île. Les deux précédentes rébellions avaient été de cuisants échecs, menant des dizaines de jeunes Sombres à l'abattoir. Je reste persuadée que, même si certaines de leurs revendications sont justifiées, l'affrontement n'est pas la solution. À vrai dire, à cet instant précis, je suis perdue.

Le visage de mon père se tourne à présent vers moi, il semble revenir à la réalité. Ses yeux s'enfoncent dans les miens, mais il ne répond pas.

– Tu étais avec Panos et vous avez accédé à ce bâtiment ? Voilà pourquoi tu m'as renvoyée à mes études un moment et pourquoi tu es venu à la place de maman ?

Il prend doucement mes mains dans les siennes et me sourit tendrement.

– Chani, ma fille…

– Ta fille, répliqué-je avec hargne, tu l'as utilisée !

Je retire prestement les mains de son emprise et recule d'un pas. La déception me gagne à présent. La déception et l'amertume. Elles sont d'autant plus grandes que j'ai toujours mis mon père sur un piédestal.

– Tu m'as manipulée pour entrer dans la cité. Ta propre fille !

– Tu ne comprends pas, chuchote-t-il, c'est bien plus grand que nous, que toi ou moi. Le mouvement est en marche. N'oublie jamais tes origines, n'oublie jamais qui tu es et d'où tu viens. Je le fais aussi pour toi, je t'aime tellement.

Je me sens dévastée. La journée avait merveilleusement commencé, j'étais à mille lieues de penser qu'elle finirait ainsi. Hash nous rejoint puis délivre les papiers cachetés à mon père. Celui-ci lui tend la main en signe de remerciement et mon camarade la lui serre rapidement à contrecœur.

– Fais attention à toi, et bonne chance pour tes examens.

Je souris. J'en ai mal aux mâchoires tellement je me force à sourire. Mes examens, il ne manque pas de culot ! Je lui fais signe machinalement. Je ne sais pas si j'ai envie de rire ou de pleurer, tant la situation m'échappe, mais je continue à jouer mon rôle, car Hash ne me quitte pas du regard. J'inspire doucement pour retrouver mon calme et prendre la parole.

– Je te remercie. J'ai une dette envers toi.

– Un jour, je viendrai te la réclamer et tu feras exactement ce que je te demanderai de faire, sans poser de questions.

28

Hash

Les deux premières semaines d'examens passent à un rythme infernal. Entre l'Institut et le programme que ma mère a mis en place pour les révisions, je n'ai pas une minute à moi. Cours, sport, diététique, séances de questions, ma mère va finir par me rendre fou.

J'ai croisé plusieurs fois Chani dans la classe ou les couloirs, mais nous n'avons échangé que des formules de politesse. Entre sa gêne et ma retenue, nos regards se perdent dans le vide. Nous sommes presque redevenus des étrangers. Elle la Sombre, et moi l'Élu.

Quand j'arrive ce soir-là dans la salle à manger, ma poitrine se comprime lorsque je vois mon père assis droit sur une chaise et ma mère derrière lui, debout, une main sur le dossier et un verre d'alcool dans l'autre. Elle a eu accès aux résultats et me fait remarquer que « cette satanée Sombre » se classe actuellement première avec trois points d'avance.

– Il reste l'examen final. Débrouille-toi comme tu veux, mon fils, mais je veux que tu arranges cette petite erreur de répartition pour l'exposition du tableau définitif. Tu as déjà perdu une lune, ne nous fais plus honte, ajoute-t-elle sur un ton glacial.

Si le fait d'être premier prouve bien au conseil que je peux succéder à mon père, c'est avant tout l'origine de la première de l'Ordre Stratégie qui pose un problème. Si les autres communautés se mettent à penser qu'elles ont la possibilité de diriger, le système sera remis en question. La suprématie des Élus ne tolère aucun doute.

Je m'attable et finis par manger le repas préparé par Omalie, notre cuisinière nutritionniste, dans le calme. Dans ma tête, je repasse les images de Chani à la soirée des Élus, sa main gelée au creux de la mienne, son sourire, son remerciement. Sa spontanéité est une vraie bouffée d'air frais pour moi. Elle m'aide à tenir le coup. Ça m'ennuie d'autant plus de devoir briser ses rêves pour contenter ma mère et enfin trouver la paix.

Le lendemain matin, je l'aperçois au bout du couloir et je m'arrête sur place. Elle est en train de ranger ses affaires dans le casier. Ses cheveux d'ébène sont relevés dans un chignon bas légèrement décoiffé, et elle a enfilé des bas sous sa jupe.

Pourquoi est-ce qu'elle m'attire ? Qu'est-ce que je lui trouve ?

Je me dis que c'est un mauvais moment à passer. Je peux le faire. Je sais que je peux le faire. Je l'ai déjà fait plein de fois. Pourquoi est-ce différent ? Je n'ai pas à m'en vouloir, à me sentir coupable, elle m'en doit une, elle m'en doit vraiment une.

– Bonjour, Hash, lance-t-elle quand j'arrive à sa hauteur.

Arrête d'être gentille ! Dans deux minutes, tu vas me détester.

– Il est temps de payer ta dette. Tu vas rater l'examen final de cet après-midi.

Je lui parle de façon glaciale, je veux qu'elle comprenne que c'est sérieux. Elle me regarde, interdite. Elle ne saisit pas, ses sourcils s'arquent en fronçant son front.

– Si je rate l'examen, je perds ma bourse. Je ne peux pas faire ça.

– Je ne te demande pas si tu peux le faire. Tu m'as fait une promesse, le temps est venu de la tenir.

29

Chani

— Je ne te demande pas si tu peux le faire. Tu m'as fait une promesse, le temps est venu de la tenir, me dit Hash avec une froideur qui me glace le sang.

Il tourne les talons et va rejoindre son petit groupe d'amis. Il me faut quelques instants pour réaliser ce qu'il vient de se passer. Et quelques secondes supplémentaires pour que l'air retrouve enfin le chemin de mes poumons. Je me réfugie dans les toilettes, ferme la porte et m'assieds sur la planche. Je sens les larmes qui affluent et je n'arrive pas à les retenir. Je clos les paupières avant de pleurer en silence.

En fin de matinée, je me rends au secrétariat afin de me procurer le formulaire pour renoncer à la bourse.

– Je… vous êtes sûre, mademoiselle Erati ? me demande Alexia, l'assistante blonde aux lunettes à monture carrée.

C'est une Céleste et une personne bienveillante. Son aura vous enveloppe directement, son sourire est franc et sincère. Je prétexte des problèmes familiaux, lui expliquant qu'ils requièrent ma présence au sein de mon foyer. Elle me précise bien que je ne pourrai pas faire marche arrière par la suite et que ma bourse sera définitivement perdue. Quand j'aurai rempli puis fait approuver ma demande, je ne pourrai plus revenir à l'Institut ou dans la cité.

Je m'assieds dans la petite salle d'attente. Mon cœur bat à tout rompre. Je complète le formulaire, mais je dois m'y reprendre à plusieurs fois, car mes mains tremblent. Je vais perdre cinq mois de travail acharné à la cité et tous mes rêves et mes espoirs. Je suis en train de renoncer à tout ce pour quoi je me suis battue, tout ce temps à étudier et m'instruire. Je ne réalise pas bien, mais je n'ai qu'une parole.

Je termine enfin de remplir le formulaire quand Hash débarque en trombe et m'ordonne à voix basse de le rejoindre sur le toit. Déconcertée, je le suis néanmoins le plus discrètement possible.

Il ouvre la porte à grande volée, le vent s'engouffre sous mon uniforme et me fait frissonner. Il part rejoindre le bord du toit et lance d'un ton énervé :

– Je ne t'ai pas demandé de renoncer à ta bourse, j'ai fait en sorte de libérer ton père du centre de détention, tu es censée me rendre la pareille et faire exactement ce que je te demande.

– Je ne comprends pas.

– Je ne veux pas que tu te retires de la course, je veux que tu la perdes !

– C'est complètement insensé ! Tu as une idée de la difficulté d'obtenir une bourse ? tonne une voix grave.

Hash et moi pivotons ensemble pour découvrir Iman qui marche dans notre direction.

– Hash a passé 21 lunes, il devrait être en seconde. Il a raté une classe à cause de sa maladie, ajoute le grand blond.

Sa maladie ? Je n'étais pas au courant. Cette remarque transforme les yeux de Hash en un regard assassin en une fraction de seconde.

– Il ne souhaite pas que tu renonces, il veut que tu rates afin d'être le premier en classe Stratégie. Tu imagines, une boursière de la cité du Nord qui réussit mieux que les Élus dans cette école d'élites ? Beaucoup se poseraient des questions sur les occasions que ça peut représenter et surtout sur l'espoir qui pourrait naître parmi les Sombres ou encore les Solaires. L'impétueuse et ambitieuse Talia ne peut pas se permettre que son seul fils soit second ! C'est déjà une honte pour les Bless qu'il soit en retard d'une…

– Ferme-la, Iman ! Qu'est-ce que tu en sais de ma maladie ? Tu n'étais pas là ! Tu n'étais plus là ! Une honte, tu dis !

– Mais combien de fois devrai-je t'expliquer que c'était ta mère qui…

– Qui quoi ? Qui t'a poussé à prendre ma place ?

– Ça suffit ! hurlé-je. Vous réglerez vos différends à un autre moment. Je ne souhaite pas être mêlée à vos histoires.

– Chani, écoute… débute mon protecteur aux yeux verts, mais je le coupe dans son élan.

– Je vais te demander de nous laisser, Iman.

Ce dernier me fait les gros yeux, il ne semble pas vouloir bouger d'un millimètre, alors je m'avance vers lui, pose délicatement la paume sur son épaule et plonge le regard dans ses yeux d'un vert presque abyssal.

– Je te le demande. Laisse-moi régler ce problème. Je n'ai besoin de l'aide de personne.

Il hésite, mais finit par acquiescer. Il serre mes doigts entre ses mains pour me rassurer avant de notifier :

– Je serai en bas de l'escalier si tu as besoin de moi.

30

Chani

Hash semble tendu, quasi au bord de l'explosion.

– Que s'est-il passé ? questionné-je sur un ton qui se veut rassurant et doux. Tu as souffert d'une maladie par le passé ?

– Souffert, répète-t-il. Oui, on peut dire ça.

J'ai l'impression qu'il est à des milliers de kilomètres d'ici, dans ses lointaines pensées, et que ce souvenir l'attriste plus qu'il ne veut l'admettre. Montrer sa fragilité, c'est être faible, et pour un Élu qui descend d'une famille aussi puissante et influente, je comprends que cela représente une faille dans son armure que certains pourraient exploiter. Néanmoins, ce n'est pas mon cas. Hash a été là pour moi, il y a peu, et m'a rendu un fier service. Plus qu'un service, un vrai cadeau. Il ne peut pas être aussi mauvais ou impitoyable que beaucoup le laissent penser. Les personnes qui se sont construit des armures sont souvent celles qui ont le plus souffert et qui ont décidé de se protéger. Je me rapproche dangereusement de lui. Dangereusement, car si mon esprit semble clair, mon cœur, lui, n'en fait qu'à sa tête. Je prends ses mains dans les miennes. Elles me paraissent si grandes, mais elles sont si douces. Mon geste le surprend, mais il me laisse faire. Il resserre même la pression autour de mes doigts. Ses prunelles se rivent aux miennes, je sens un frisson monter le long de ma colonne vertébrale. Je me décide à lui reposer la question.

– Que s'est-il passé, Hash ?

– J'ai attrapé la maladie de Tendera. Je venais de fêter mes 15 lunes. Parfois, les symptômes apparaissent lentement, mais dans mon cas, l'affection a été foudroyante.

– Tu as suivi le traitement par injection ?

Ses yeux s'arrondissent. Certes, la maladie de Tendera est rare, mais je sais très bien qu'il s'agit d'une maladie dégénérative des muscles qui se transmet uniquement sur l'île. Ma mère l'a étudiée, car elle a eu un cas à traiter dans notre communauté, un homme d'une trentaine de lunes. Les scientifiques sur l'île pensent que c'est peut-être dû à une plante toxique, mais ils n'ont jamais pu le prouver ou déterminer la cause exacte. Ils ont fini par mettre au point un traitement, mais celui-ci est assez lourd, contraignant et surtout douloureux. Il faut injecter directement dans les muscles une sorte d'anabolisant pour augmenter la synthèse des protéines dans les cellules, entraînant un accroissement des tissus cellulaires. Ce médicament a été transformé grâce à une toxine produite par une fleur sur l'atoll afin de réduire les effets secondaires à long terme. C'est assez ironique, quand on y pense, d'utiliser une toxine pour contrecarrer les effets d'un autre poison. Quoi qu'il en soit, le traitement a fait ses preuves, mais les patients ont dû endurer des injections à répétition dans tout le corps, sans oublier la douleur causée par la toxine. Je me souviens du sujet de notre communauté, un grand gaillard, bien bâti, qui suppliait ma mère d'arrêter le traitement et qui pleurait comme un bébé après les intramusculaires. Je n'ai aucune idée de la façon dont elle était arrivée à se procurer les injections, elle avait simplement expliqué qu'elle avait aidé des personnes qui lui rendaient service à leur tour. Un jour, ce malade m'a confié que, si son traitement avait dû encore durer plusieurs mois, il aurait préféré mourir. Il était sérieux quand il m'a fait cet aveu et ça m'a fait froid dans le dos.

– Oui, pendant plus d'une lune, et de la rééducation par la suite.

– C'est tout à fait légitime que tu n'aies pas pu suivre les cours avec ce traitement. Une classe, ce n'est pas bien grave. Tu es brillant, tu peux tout réussir.

– Brillant ? dit-il avec ironie. Je ne suis pas premier.

– C'est normal, me moqué-je gentiment, pour cela il faudrait que tu sois aussi talentueux que moi.

– Ma mère, elle…

Sa voix s'étrangle et du bout du pouce, je lui caresse le creux de la main. Mon regard compatissant l'invite à poursuivre.

– Elle passait voir tous les jours les résultats du traitement et me faisait réciter les cours qu'un autre étudiant m'apportait.

– Les résultats ? Elle n'était pas à tes côtés lors des traitements ?

– La première fois uniquement, et, quand j'ai hurlé, elle m'a dit que j'étais faible et que je devais m'endurcir.

– Je suis vraiment désolée, Hash.

– Je… je ne sais pas pourquoi je te raconte tout ça, enchaîne-t-il en déliant ses mains.

Ses yeux se détournent vers le ciel. Il passe ensuite les doigts dans ses cheveux en soupirant bruyamment.

– Avec cette saloperie de politique de l'enfant unique, lâche-t-il après, énervé, le seul héritier Bless ne peut plus décevoir sa famille. Il les a déjà déshonorés en perdant une classe avec sa maladie. Alors, imagine si aujourd'hui il n'était pas premier de sa promotion. Et que la personne qui le battait, c'était une Sombre. Une fille de la communauté du Nord qui n'a pas eu accès à l'excellence de notre enseignement, mais qui s'est néanmoins hissée à la tête du podium !

Je l'imagine bien, en effet. Je n'ai rencontré ses parents qu'à la soirée des Élus, mais le regard froid de Siun Bless et le mépris de Talia Aiden m'ont glacé le sang. Je me rends compte que Hash subit une pression constante chez lui et que sa mère réclame à chaque instant la perfection. Moi qui pensais que les Élus possédaient tout, je réalise que c'est loin d'être le cas. Cet apollon bénéficie de certains avantages et du pouvoir, mais il n'a jamais reçu l'attention ou l'amour qu'un enfant est en droit d'attendre de ses parents.

– Tu me trouves pathétique, prononce-t-il doucement en plongeant à nouveau ses yeux foncés dans les miens.

La tristesse que je lis au fond de ses prunelles me touche en plein cœur. Je voudrais le prendre dans mes bras et rassurer l'enfant qui sommeille en lui.

– Au contraire, tu as eu beaucoup de courage. Je t'admire d'avoir surmonté cette épreuve. Tu ne devrais pas ressentir de la honte, tu devrais être fier de t'en être sorti et d'avoir pu retrouver une vie normale.

– Je suis désolé d'en arriver là.

– En réalité, on n'est pas obligés d'en arriver là, Hash. Je n'ai pas à rater mon examen pour que tu sois en tête du classement. Je n'ai qu'à faire suffisamment de fautes pour que tu puisses combler l'écart qui nous sépare et me dépasser de quelques points. On sera tous les deux gagnants. Tu procures à ta mère ce qu'elle demande et je ne perds pas ma bourse.

– C'est risqué, tu n'as aucune idée du nombre de fautes que je risque de faire. Et qui me dit que tu es sincère ?

– Je pensais qu'on avait dépassé ce stade. Si tu n'as pas confiance, dépose-le au secrétariat, annoncé-je en lui remettant le formulaire, et tout sera terminé. Pour moi en tout cas. Je descends déjeuner, Elis doit m'attendre.

Après le repas, je ne vois pas Hash dans les parages, alors je passe au secrétariat demander s'il a déposé un formulaire. La secrétaire me confirme qu'il est bien passé, mais qu'il ne lui a rien remis. Il a utilisé la déchiqueteuse pour détruire un document.

31

Hash

Je la vois avancer vers moi, les iris flamboyants et un sourire reconnaissant aux coins des lèvres. Elle est rayonnante, comme si une aura lumineuse l'enveloppait. C'est ce côté bienveillant qui m'a captivé chez elle, et sa beauté naturelle, il faut bien l'avouer.

Chani, pourquoi es-tu aussi attirante ?

– Je tiens vraiment à te remercier pour ta décision. Au vu de mes résultats, je peux descendre jusqu'à quatre-vingts pour cent sans perdre ma bourse en Stratégie, ça devrait te laisser suffisamment d'avance.

– Si tu fais ça, avec ce que j'ai révisé, tu auras facilement dix points de retard sur moi.

– Quelle importance, dit-elle en haussant les épaules. Je voulais simplement être dans cette classe pour pouvoir choisir la voie que je me suis fixée. Et c'est chose faite. Lorsque je t'ai contacté, tu es venu aussitôt m'aider, sans connaître le motif. Pour cette raison, je vais baisser ma note. Ma dette, je la paierai plus tard, quand tu auras vraiment besoin de moi. Ici, c'est un service que je te rends. Je le fais juste pour toi.

Je reste sans voix. Elle se retourne puis se dirige vers son casier pour y ranger sa tablette. Je regarde ses cheveux danser sur ses épaules ainsi que ses longues jambes élancées et musclées. Cette fille va me rendre fou. Je ne peux plus nier mes sentiments. Je la trouve incroyable.

Je ne peux pas faire ça. Je ne peux définitivement pas faire ça !

En quelques enjambées, je la rejoins près de son casier. Elle me sourit tendrement. Je veux pouvoir me regarder en face le matin dans le miroir. Je n'ai pas souffert le martyre pendant plus d'une lune pour faire semblant maintenant. Il est temps d'assumer mes propres choix. Ce n'est que de cette façon que je pourrai me sentir en paix.

– Oublie ce que je t'ai demandé. Je veux que tu donnes tout ce que tu as. Je veux que tu sois brillante. Vraiment brillante.

– Quoi ?

Étonnée par ce revirement, elle semble perdue, quelques minutes avant cet examen final.

– Tu as dû travailler énormément pour gagner cette place. Tu la mérites, mais je tiens à t'informer que je vais te battre. Et je vais te battre à la loyale. En réalité, ce ne sont que des partiels, nous aurons à nouveau des évaluations en seconde période pour clore cette première formation. Rien n'est joué encore. Alors, épate-moi !

Je sens une joie profonde m'envahir, comme un sentiment de plénitude. C'est la deuxième fois que je me fais happer par cette sensation. C'est agréable, presque grisant, et je souris. Je souris et je n'arrive pas à détacher mon regard de ses jolis yeux mordorés.

Elle pose la main sur mon bras pour être sûre de ma décision.

– Tu es certain que c'est ce que tu veux ?

– Oui, c'est ce que je veux, dis-je plus sérieusement.

Nos camarades ne nous lâchent pas du regard. Ils sont surpris que je laisse une Sombre me toucher, encore plus quand je lui souris à nouveau. Je sais que je ne devrais pas ressentir ça, que ce n'est pas une bonne idée de la laisser m'approcher, que je ne peux pas la laisser pénétrer ma carapace, mais le plus déroutant est que je me sens étrangement bien.

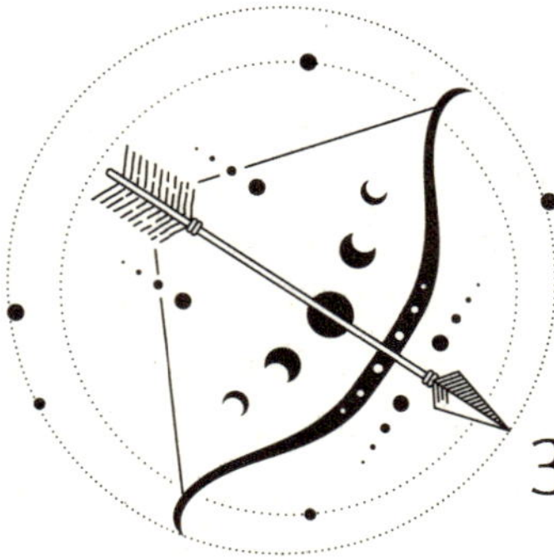

32

Chani

Je sens l'exaltation et la gaieté me gagner des pieds à la tête et je lui rends son magnifique sourire.

Je ne sais que penser de notre relation. Même si Hash a été élevé dans une indéniable hostilité envers ma communauté, il semble combattre ce sentiment et venir à ma rescousse dès que je suis en difficulté.

Nous pénétrons finalement dans la classe, nous installons devant les écrans, entrons nos identifiants et accédons à l'examen. Le moniteur s'illumine et j'aperçois la série de questions sans vraiment les lire.

Je suis submergée d'un coup par une vague d'émotions contradictoires et je me sens désemparée. Je repense à la maladie de Hash, à la souffrance qu'il a dû subir. Je me souviens de son aide à la fête ainsi que de son intervention au centre de détention. Je revois mon père derrière les barreaux, son acolyte de la communauté à ses côtés. J'entends à nouveau ses paroles et sa trahison me fend le cœur.

Je tourne lentement la tête vers l'emplacement de Hash, je m'arrime à ses prunelles qui me scrutent. Sourcils froncés, il avance légèrement le menton pour m'interroger sur la situation. Il penche son visage vers l'avant et me fait les gros yeux. Il se demande ce que je fous, pourquoi je ne remplis pas ce questionnaire. Mes yeux se gonflent de larmes, et son regard s'adoucit. Il cesse de pianoter sur le clavier, s'appuie sur son dossier et croise les bras.

Le temps s'est arrêté. Je n'entends plus ni le cliquetis des touches de clavier ni le bruit régulier de la pendule de la classe. Je n'entends plus que les battements de mon cœur qui s'accentuent au fur et à mesure que son regard m'inonde, telle une déferlante qui n'en finit pas, comme s'il voulait me pénétrer avec une lenteur et une douceur incommensurable. Ses lèvres se retroussent légèrement sur le côté droit et mon palpitant rate cette fois un battement.

La réalité me rattrape de plein fouet. Je ne peux plus faire taire mon cœur. Je suis bien obligée de l'admettre.

Oh, mon Dieu ! Je suis amoureuse de Hash !

Comment ai-je pu tomber amoureuse d'un Élu ? Je vais devoir essayer de prendre un peu de recul et comprendre les bouleversements que mon cœur me fait subir.

Je m'essuie les yeux du revers de la main et décide de démarrer l'examen. Je vois qu'heureusement il m'imite. J'ai cependant besoin de trois minutes supplémentaires pour calmer le martèlement de mon petit cœur et libérer mon esprit afin de répondre aux questions.

33

Chani

Les résultats doivent tomber aujourd'hui. Trois jours se sont écoulés depuis l'examen. Trois jours qui m'ont donné à réfléchir sur ma relation avec Hash et les aveux silencieux de mon père.

Je revois ce dernier à la porte, qui presse mes mains dans les siennes, et ma façon brutale de me soustraire à son contact, comme s'il me brûlait. Je devais mettre de la distance entre nous. Le simple fait qu'il m'ait utilisée, qu'il ait profité de mes privilèges limités m'a blessée plus qu'il ne peut le comprendre. Je ne l'ai pas repoussé parce qu'il faisait partie de la rébellion. Je l'ai rejeté parce qu'il a abusé de moi. Il m'a trahie de plusieurs manières, d'abord en ne me faisant pas confiance, ensuite en me mentant, et pour finir en utilisant mon cadeau, un passe-droit pour la cité, à mauvais escient.

Je n'ai pas compris grand-chose à ses explications : c'est en marche, c'est plus grand que nous. Qu'insinuait-il ? Je ne suis pas rassurée, même si je ne m'attends pas à un conflit armé depuis que toutes les armes ont été détruites hors de la Cité d'Émeraude. À la maison, il n'a jamais fait part de son appartenance à un quelconque groupe ni même donné son avis sur la politique de notre île, alors je suis vraiment confuse.

En réalité, je n'attendais qu'un mot de sa part à la sortie du centre : « Pardon. » Mais il ne semblait pas attristé par la brûlure qu'il m'infligeait.

Il avait plutôt l'air ennuyé de s'être fait prendre. Je ne pense pas retourner dans notre communauté pour l'instant. La colère et l'amertume que j'éprouve à son égard ne m'ont pas encore quittée. J'ai besoin de temps, de plus de temps.

Quant à Hash, son comportement a changé. Il ne m'évite plus et ce rapprochement en douceur ne m'aide pas à y voir plus clair dans mes sentiments. J'ai conscience de l'attirance brute et indéniable que je ressens pour lui.

Je me tiens devant mon casier ouvert, pensive, quand je sens une main se poser sur mon épaule. Mon corps le reconnaît avant même que je puisse le voir, car il m'envoie une décharge en plein cœur. Je le laisse s'approcher. Même si son corps est à quelques centimètres du mien, je perçois déjà sa chaleur se répandre sur moi, autour de moi, en moi. J'inhale doucement son parfum, fragrance masculine teintée d'encens, de bois et de mandose, un fruit charnu sucré qui pousse sur le versant est de l'île. Son souffle chaud parcourt mon cou pendant que sa bouche vient murmurer à mon oreille.

– Les résultats vont être affichés au tableau. J'espère que tu as assuré.

– Toujours, dis-je en me retournant si précipitamment que mon nez touche le sien et que ma bouche se retrouve à quelques centimètres de la sienne.

Mes yeux s'agrandissent, je sens le rose me monter aux joues. Il ne se départit pas de son calme, attrape sa lèvre inférieure entre ses dents en esquissant un sourire puis recule doucement d'un pas, la main calée sur la porte de mon casier.

Cette familiarité nouvelle n'échappe pas aux autres étudiants. J'aperçois du dégoût dans les yeux de Frerik qui passe juste derrière Hash au même moment. Je pense que certains Élus ne changeront jamais d'avis sur nous, les Sombres. Dans le cas de Frerik, cette animosité a été nourrie par l'attribution de la classe d'Ordre Mineur à son meilleur pote, à un étudiant prêt pour la classe d'Ordre Stratégie. C'est dire si ma présence dérange, voire horripile certains, surtout au vu de mes notes.

Hash ferme mon armoire sans me lâcher du regard. C'est qu'il joue avec moi, en tout cas avec mes nerfs. J'essaie de rester calme, mais le feu s'est emparé de moi et me consume. Je tape le code du casier à l'abri des regards en superposant ma main aux touches, ce qui amuse beaucoup ce type sexy posté à côté de moi. Nous nous rendons ensuite dans le hall, côte à côte, en silence, nos doigts se frôlant à chacun de nos pas. Je savoure cet effleurement, même si au fond de moi, je me rends compte du gouffre qui nous sépare. Mais, à vrai dire, je ne veux pas y faire face. Pas maintenant. Je ne suis plus seule. Il est là et ses magnifiques prunelles foncées me suivent, où que j'aille.

Le tableau nous ramène tous deux à la réalité du moment. Le même score s'affiche en face de nos deux noms. L'écart reste donc inchangé, et tous s'étonnent quand Hash commence à se bidonner à côté de moi qui le suis dans son délire. C'est un véritable instant de complicité que nous partageons, jusqu'à ce que le charme soit rompu par la voix de la secrétaire.

– Mademoiselle Erati, vous êtes attendue dans le bureau de la direction.

Le silence s'établit immédiatement dans le hall et je lis la stupéfaction sur le visage de mon Élu, ce qui ne présage rien de bon.

– Je vous prie de me suivre.

Hash fait mine de nous emboîter le pas, mais la secrétaire lève directement la main et clame :

– Seule !

Je le rassure d'un sourire, même si nous savons tous les deux que je vais sûrement au-devant d'ennuis. Les couloirs me semblent d'un coup plus obscurs et plus étroits, et étrangement longs. J'ai l'impression d'aller à la potence, je me demande à quelle sauce je vais être mangée. Je repasse en mémoire tous mes faits et gestes depuis mon arrivée, mais je ne vois pas la raison de cette entrevue, sauf… Mon cœur s'emballe et mes mains deviennent moites. Sauf s'ils sont au courant pour mon père, alors j'ai des raisons d'avoir peur.

Quand j'entre dans le bureau de la direction, je fais face à Mme Ortega, la directrice de l'Institut. Elle m'invite à passer dans le petit salon qui jouxte son bureau. Je m'assieds sur le fauteuil bordeaux et salue l'autre invitée avec le plus de respect possible.

– Madame Bless, enchantée de vous revoir.

– Mademoiselle Erati, répond-elle sèchement.

Il est clair qu'elle ne m'apprécie pas. Je me demande la raison de sa présence quand la directrice s'adresse à moi.

– Mademoiselle, vous êtes soupçonnée d'avoir triché au dernier examen.

– Pardon ? m'exclamé-je tellement je suis stupéfaite, alors que je ne suis pas invitée à parler.

– Une de vos camarades est venue nous faire part de votre attitude étrange pendant l'évaluation et elle prétend que vous utilisiez votre tablette.

Je me tourne vers mon interlocutrice. Ses yeux vifs acier me fixent de façon agressive. Ce regard… je me souviens enfin où j'ai aperçu la mère de Hash pour la première fois. Ce n'était effectivement pas à cette fameuse soirée des Élus à l'Empire Consort. C'était ici, à l'Institut. Dans la galerie des portraits d'honneur. Comité de direction. Elle fait partie du comité de direction. Pourquoi a-t-il fallu que je me rapproche des deux seuls Élus dont les parents ont le pouvoir de me nuire ?

– Sans vouloir paraître désobligeante ou présomptueuse, je pense que mes résultats parlent d'eux-mêmes depuis le début : je n'ai nul besoin de frauder pour réussir les tests. Jamais je ne me serais permis de tromper le système, continué-je en m'adressant personnellement à la directrice Ortega. J'ai travaillé d'arrache-pied pour décrocher cette bourse et j'espère, en toute transparence, être à la hauteur de cette occasion.

– Peut-être devrions-nous écouter la version de sa camarade de classe.

Ce n'est pas une question, et Mme Bless appuie directement sur le bouton de l'interphone pour demander à la secrétaire de faire entrer l'autre étudiante.

Quelle n'est pas ma surprise quand je croise le regard d'Erynda ! Son visage est impassible, affichant un air prétentieux. Elle se tient bien droite et salue poliment les deux membres de la direction. Elle explique en effet que, lors de l'examen final, elle m'a vue utiliser ma tablette, et qu'elle pense que j'ai accédé à des informations extérieures pour répondre au questionnaire.

Les bras m'en tombent. Je ne comprends pas pourquoi elle agit ainsi. Nous étions plutôt proches ces dernières semaines. Je ne sais si je dois hurler ou pleurer devant tant de mensonges et de sournoiserie. J'ai du mal à répondre tant mon sang pulse à la vitesse de l'éclair dans mes veines.

– Je ne sais pas pourquoi tu mens, dis-je en fixant Erynda dans les yeux, je ne pensais pas que le fait d'avoir une boursière dans la classe te posait un problème. Ou peut-être est-ce le fait que mes notes sont supérieures aux tiennes ? Quoi qu'il en soit, tes accusations sont graves, Erynda, prononcé-je en appuyant bien sur son prénom, je pourrais perdre ma bourse, est-ce que tu t'en rends compte ?

Je sais très bien qu'elle en est consciente, mais je tente par ces insinuations de faire comprendre les éventuelles motivations d'Erynda à Mme Ortega.

– Et donc, continué-je, selon toi, j'ai utilisé ma tablette dans la classe pendant l'examen à la vue de tous, y compris de notre professeur qui chapeautait l'évaluation. Parce qu'il faut bien l'avouer, une tablette, ça ne passe pas inaperçu. Et pourquoi ne pas en avoir informé notre superviseur directement ?

Erynda me scrute, le visage impassible. Je suis énervée, je ne comprends pas ce qui est en train de se passer.

– Oui, intervient alors la directrice, si vous pensiez que Mlle Erati était en faute, il aurait fallu le faire attester durant l'examen. C'est votre parole contre la sienne. Cependant, nous n'avons jamais été confrontés à de telles accusations, surtout dans votre classe d'excellence. Mademoiselle Tale, vous pouvez disposer.

Erynda salue Mme Ortega et Mme Bless, et moi, je retiens mon souffle, dans l'attente de sa décision. Je dois être blême. Je remarque du coin de l'œil que la mère de Hash semble satisfaite de la situation. Sur son visage se dessine un léger rictus qui me fait froid dans le dos. Ce n'est pas que cette femme ne m'apprécie pas, elle me hait. Tout dans son attitude en témoigne. Je suis amoureuse de Hash et sa mère qui m'exècre tente de me faire expulser de l'Institut. Quelle ironie du sort !

– Mademoiselle Erati, vu votre parcours sans faute et le manque de preuves, je ne vais pas vous dénoncer au conseil de discipline, mais aux prochains tests, le superviseur vous aura à l'œil.

Au ton qu'elle emploie, je comprends qu'elle me tend une perche et que je dois la saisir immédiatement.

– Je comprends bien, madame la directrice. Je vous sais gré de votre décision.

– Pour dissiper tout malentendu, intervient Mme Bless, je pense qu'il serait préférable que Mlle Erati repasse cet examen, avec d'autres questions, cela va sans dire.

Que m'a dit Hash la première fois qu'il a mentionné sa mère ? Ah oui, je m'en souviens : « On en redébattra quand tu l'auras rencontrée. » Je comprends mieux sa réflexion. Elle s'applique à rester flegmatique, mais je vois bien qu'elle jubile intérieurement. Je n'ai pas d'autre choix que d'accepter, sinon mon refus paraîtra suspect. C'est qu'elle est maligne et rusée ! Je l'ai trouvée majestueuse à la soirée, je sais maintenant qu'on peut être majestueux et détestable.

– Vous avez raison, madame Bless, je souhaite que ma réputation ne soit pas entachée par les mensonges d'une étudiante jalouse.

Après que nous sommes convenues de me faire repasser l'examen demain matin, je prends congé et me dirige vers l'escalier qui mène au toit. J'ai besoin d'air ! Besoin de respirer un grand coup, besoin de faire retomber la pression !

Je tombe au détour du second couloir sur la cause de mon malheur. Elle a intérêt à dégager vite fait, car ma patience a été mise à rude épreuve et je n'ai plus un gramme de compassion dans le sang.

– J'étais obligée de le faire ! lâche-t-elle.

Je m'arrête net sur place. Je la regarde avec tellement de virulence qu'elle recule d'un pas et déglutit péniblement.

– Je n'avais pas le choix, Chani, dit-elle alors avec une voix chevrotante.

– Pas le choix ? Tu n'avais pas le choix ?! Tu es une Élue ! Tu sais tous les choix que tu as déjà pu faire et que moi, je n'ai jamais pu ? Ne m'adresse plus jamais la parole. Ne prononce plus jamais mon prénom. Et dire que j'ai cru un instant que tu étais mon amie… Je suis bien trop naïve, en fin de compte, mais je ne ferai pas l'erreur une seconde fois.

Je continue ma route sans écouter sa réponse. Je suis en pleine ébullition, je vais bientôt arriver à mon point d'implosion. Je cours presque dans les marches. Lorsque j'accède au toit, la pluie gelée se déverse sur moi. Le vent est glacial dehors, mes vêtements sont vite trempés, mais je suis toujours en pleine agitation intérieure et j'attends. J'attends que le calme revienne, que mon cœur s'apaise, que ma respiration redevienne régulière et que mes pensées noires me quittent.

La pluie a cessé. Je n'ai aucune idée du temps que j'ai passé à cet endroit, jusqu'à ce qu'il déboule et qu'il déchiffre les restes de ma rage et de ma peine.

34

Hash

Je suis dans une colère monstre. J'ai croisé ma mère qui m'a expliqué la situation. Chani n'est pas venue en dernière heure de cours et dès la sonnerie, j'emprunte le chemin vers l'endroit où elle se réfugie d'habitude. Quoique j'aie certains doutes, car une trombe d'eau s'est abattue pendant la première demi-heure.

Quand j'atteins enfin le toit, je la découvre ruisselante et gelée. J'avance vers elle, mais sur les derniers mètres j'hésite quand je croise son regard foudroyant. C'est ma mère qui lui a fait ça. Je le sais. Ce regard, je le connais, il ressemble tellement à celui que j'aperçois dans le miroir par moments. Talia est passée maître autant dans l'art de l'intimidation que dans celui de l'humiliation. Une Sombre qui battait un Élu, son propre fils de surcroît, elle ne pouvait pas laisser faire. Je ne sais pas comment elle a convaincu Erynda, mais elle devait détenir une information sur elle. Une information qu'Erynda voulait protéger à tout prix. Elle a fait dénoncer Chani par sa seule amie en classe, d'une pierre deux coups.

J'ai cru qu'elle allait s'étrangler lorsque j'ai proposé de repasser l'examen avec Chani, car j'étais persuadé qu'elle n'avait pas fraudé. Mais la secrétaire est venue à sa rescousse en expliquant que je n'étais pas suspecté de tricherie et que tout était déjà planifié.

Ce qui arrive à Chani n'est pas juste et, pour la seconde fois de ma vie, je ressens de la compassion pour une Sombre, une personne de la communauté du Nord. Je croyais tous les détester. Tous, sauf elle.

Oh, Chani, ne me hais pas !

– Je suis désolé, arrivé-je seulement à articuler du plus profond de mes tripes, vraiment désolé.

– Ça va aller, assure-t-elle en grelottant.

Je franchis les derniers mètres qui nous séparent, ouvre ma veste et la referme sur elle. Elle est complètement frigorifiée.

– Tu vas être tout mouillé, murmure-t-elle.

– Je te demande pardon.

– Ne t'excuse pas pour elle, ça va aller, répète-t-elle.

Je resserre mon étreinte, tentant de lui transmettre ma chaleur comme je peux. Elle pose la tête au creux de mon épaule et ferme les yeux. Mon cœur se presse, j'ai mal pour elle. Je ne sais pas comment elle est arrivée à s'insinuer doucement en moi, mais je comprends qu'il est déjà trop tard pour faire marche arrière. Je suis foutu, complètement foutu.

35

Hash

Adossé contre son casier, j'attends dans le couloir qu'elle arrive. Son examen est prévu ce matin, même si c'est relâche pour les étudiants et que nous n'avons pas cours ces deux prochains jours. Je lui ai pris une boisson chaude sucrée, j'espère qu'elle n'est pas tombée malade, car elle était toujours frigorifiée quand je l'ai reconduite hier au pied du bâtiment des boursiers. Nous avons croisé Elis qui s'est beaucoup inquiété. Il m'a remercié de l'avoir raccompagnée puis m'a congédié en m'informant qu'il allait prendre la relève.

Ma mère m'est tombée dessus au repas du soir et mon père l'a soutenue, comme à son habitude. Les conseils du jour : ne pas fricoter avec les Sombres et ne pas se laisser dépasser par une autre couleur. Des conseils ? Ma mère n'a jamais conseillé personne, elle a toujours ordonné. Je n'ai pas répondu, j'ai à peine écouté ses remontrances. J'étais trop absorbé par le souvenir du corps humide de Chani contre le mien, ses mains sur mon torse, les pointes de ses seins que je devinais sous sa chemise trempée et son cœur qui tambourinait presque aussi fort que le mien.

Je n'ai pas beaucoup dormi. En plein milieu de la nuit, j'ai envisagé d'aller la rejoindre, puis je me suis dit que ses ardeurs étaient peut-être différentes des miennes. Je me suis souvenu de ses joues roses et de son embarras quand ses lèvres ont failli toucher ma bouche. J'ai ensuite songé à Iman, je me suis demandé jusqu'où ils étaient allés tous les deux.

Je la vois arriver dans le couloir, son visage s'illumine dès qu'elle m'aperçoit. En tout cas, c'est l'impression que j'ai, et j'oublie tous mes doutes. Je lui offre la boisson avant de l'encourager pour son examen.

– Tout va bien se passer, Hash.

C'est elle qui passe l'examen et c'est elle qui me rassure. Et mon prénom dans sa bouche, c'était… comment dire… sensuel.

Ouais, t'es foutu, mec !

C'est évident qu'elle m'attire, beaucoup plus que je ne suis prêt à l'avouer. J'ai envie de la tenir dans mes bras, de l'embrasser et de respirer son odeur. Mes mains sur sa peau, sur son corps, j'en rêve. J'aime sa voix chaude et douce et j'ai tellement hâte d'entendre ses gémissements.

Je veux qu'elle m'appartienne.

Oui, je l'ai dit. Je veux qu'elle soit mienne, qu'elle s'abandonne sans réserve, je veux la posséder entièrement. Je ferme les yeux, me laissant choir contre son casier. Pendant qu'elle remplit son questionnaire dans la salle d'à côté, je rêve à toutes les choses que je lui ferai bientôt, et ça m'exalte. Une heure plus tard, je suis excité comme ce n'est pas possible. J'essaie de me calmer avant qu'elle ne sorte du local. Je patiente encore une demi-heure qui me paraît une éternité, avant d'apercevoir sa jolie silhouette se dessiner dans l'encadrement de la porte. Elle discute avec le superviseur tout en hochant la tête.

– Tu m'as attendue, dit-elle en revenant à son casier.

Je réponds positivement par un geste de la tête.

– L'examen était plus compliqué que le précédent ?

Elle s'empare de sa tablette dans le casier et la fourre dans son sac. Son silence commence à m'angoisser.

– Les questions étaient plus difficiles, c'est bien ça ?

– Tout va bien, ne t'inquiète pas, assure-t-elle avec un sourire timide, j'ai réussi l'examen.

– Comment tu peux en être sûre ?

– Le superviseur a tout de suite calculé mes résultats, voilà pourquoi ça a pris plus de temps.

– Combien as-tu obtenu ?

– Assez pour ma bourse.

– Chani ! Combien ?

– Quatre-vingt-un.

– C'est seize points en dessous de notre précédente note.

– C'est un point au-dessus de la note que je devais décrocher pour préserver ma bourse, c'est tout ce qui compte, Hash.

– Oui, mais moi, ma note est maintenue.

– Tu la mérites.

– Tu la méritais autant que moi, voire plus.

Elle s'approche, se met sur la pointe des pieds et murmure un « Merci » dans mon oreille. Ma main agrippe son poignet avant qu'elle ne repose les talons par terre.

– Merci pour quoi ? lui susurré-je dans le creux de l'oreille.

– D'être là.

C'en est trop. Le couloir est désert et sincèrement, je me moque de ces caméras qui vont nous enregistrer. J'attrape son visage en coupe dans mes mains et ma bouche fond sur la sienne. Nos langues se rencontrent et commencent une danse langoureuse. Mes mains quittent son visage pour descendre sur ses épaules et finir dans le creux de son dos, pendant qu'elle passe ses bras autour de ma nuque. Mon cœur devient fou. J'essaie de me calmer mais je ressens alors d'autres battements, les siens. Et ils sont aussi rapides que les miens.

Je vis un instant suspendu dans lequel nos souffles s'entremêlent, nos corps vibrants de désir se rapprochent davantage. Chani est contre moi, tout contre. Je l'embrasse avec fougue et elle me rend mon baiser au centuple.

Pourtant, au creux de cette étreinte passionnée, des doutes surgissent en moi, comme une ombre envahissant ce moment parfait. Alors je romps notre baiser, lui lâche un « Je suis désolé » et prends mes jambes à mon cou.

36

Chani

Une journée passée à cogiter seule dans ma chambre. Une journée à me remémorer chaque seconde de notre baiser, repenser à nos corps qui s'attirent comme des aimants pour voir Hash y mettre fin de façon un peu inattendue.

Mon cerveau s'est mis en position off dès que ses lèvres ont touché les miennes. Il s'est emparé de ma bouche et simultanément de ma volonté. Celle de lui résister, de ne pas céder à un Élu. La promesse que je m'étais faite et que je brise en une fraction de seconde.

Elis frappe à ma porte, ils vont manger ce midi près de la boutique aux fleurs que j'apprécie tant et me demande si je souhaite les accompagner. Mais je ne suis pas d'humeur, je suis trop occupée à essayer de comprendre la réaction de celui qui fait battre mon cœur. Je décide d'en avoir le cœur net et lui envoie un message.

EST-CE QUE TU M'ÉVITES? SI TU REGRETTES NOTRE BAISER OU SI TU ES GÊNÉ, TU DEVRAIS ME LE DIRE. JE NE T'EN VOUDRAI PAS. MAIS NE ME LAISSE PAS AINSI.

Je patiente bien quarante minutes et lui renvoie, désespérée :

JE T'EN PRIE.

La réponse ne se fait heureusement pas attendre.

JE SUIS EN BAS.
JE T'ATTENDS.

Quoi ? Je cours dans tous les sens pour enfiler des vêtements présentables puis me coiffe en vitesse. Je me brosse à nouveau les dents, on ne sait jamais. En réalité, j'espère que ce n'est qu'un malentendu et que comme moi, il a envie de remettre ça. Je me sens un peu honteuse de mon comportement, mais je ne suis plus moi-même quand je pense à lui. À ses deux grands yeux noirs qui me pénètrent et me font fondre. À ses mains qui courent sur mes épaules et dans mon dos. À sa bouche qui s'empare de la mienne et me dévore. Je me sens fébrile et troublée à ce souvenir. Peut-être m'attend-il en bas pour mettre un terme définitif à notre histoire ?

J'ouvre la porte principale du bâtiment pour le découvrir appuyé contre la colonne. Il semble de plus en plus nerveux quand il m'aperçoit, alors ma gorge se serre. Son agitation est contagieuse.

– Suis-moi, indique-t-il simplement, les mains dans les poches et la capuche relevée.

Je marche dans ses pas en silence depuis quinze bonnes minutes quand je constate que nous sommes dans un quartier résidentiel que je ne connais pas, où les maisons construites sont plus imposantes et partiellement cachées à l'abri des regards par de grands talus ou des palissades. Quelques mètres plus loin, il retire sa capuche et pivote vers moi.

– À partir d'ici, il n'y a plus de caméras.

Je le regarde, intriguée, je ne comprends pas.

– Viens, dit-il en prenant ma main dans la sienne.

Nous bifurquons au milieu de la ruelle, empruntons un petit sentier qui mène à une porte imposante munie d'un code d'entrée. Il tape le code et une caméra scanne sa rétine avant d'enclencher l'ouverture de la porte.

– Où sommes-nous ? tenté-je tout bas.

– Chez moi, répond-il avec un large sourire.

– Mais tu es fou…

– Chut, fait-il, plaçant un doigt sur mes lèvres. Personne ne peut nous surprendre ici.

Son simple contact m'envoie des frissons dans tout le corps. Je le suis à l'intérieur du bâtiment, presque sur la pointe des pieds. Sa maison est vaste, bien plus grande que la mienne. Nous longeons un couloir avant de pénétrer dans la salle à manger. Elle est ouverte sur la cuisine et donne accès à un living de l'autre côté, séparé par une marche en contrebas. Les meubles et la décoration sont plus design et plus aboutis que ceux dont nous disposons dans le Nord. Ils bénéficient aussi de tapis dans le salon ainsi que d'un écran combiné à un projecteur d'hologrammes. Je n'ai pas le temps d'assimiler tout ce que je vois que Hash m'entraîne déjà dans un autre couloir, s'arrêtant devant une porte. Juste avant de l'ouvrir, il lance :

– C'est ma chambre. Mes parents sont absents, ils participent à une réunion.

Je pénètre dans son antre. Quoi qu'il essaie, quoi qu'il se passe, je suis consentante. J'en suis déjà consciente alors qu'il ferme seulement la porte. La pièce est agencée avec goût, dans des tons plus masculins allant du bleu marine au blanc cassé et mélangeant des matières comme le bois, le métal, la fourrure et le coton.

Ses mains glissent autour de ma taille et l'encerclent. Il colle son torse contre mon dos et je sens sa joue se lover contre ma tempe. Je pose alors mes bras par-dessus les siens et profite du moment.

– Regretter ? Tu crois que je regrette ?

– Tu es parti sur un « Je suis désolé. »

C'est un Élu et moi une Sombre. Tout nous oppose. Pourtant, il prononce ces mots qui me transpercent le cœur et m'embrasent entièrement :

– Oui, je suis désolé de t'avoir laissée. Désolé de t'avoir embrassée dans le couloir de l'Institut malgré les caméras. Désolé de t'avoir mise dans une situation embarrassante. Désolé de n'avoir pas pu me retenir. Désolé de penser à toi, à ta bouche, à tes courbes. Désolé de rêver de tes seins dans mes mains et de ton corps contre le mien.

À ces mots, mon organisme se contracte violemment et je me plaque contre lui. Mes mains remontent le long de ses bras pour venir agripper sa nuque à l'arrière. Sa main droite glisse le long de ma chemise et vient caresser mon sein à travers le tissu. Je soupire fort, je commence à avoir chaud. Sa bouche aspire le lobe de mon oreille pendant que ses doigts parcourent le reste de mon corps, retirant un à un mes vêtements. Chaque cellule de mon être frissonne. Je n'ai plus toute ma raison. Le feu me consume peu à peu et j'ai l'impression de fondre sous son étreinte. Nos bouches se rassemblent ensuite en un baiser sensuel et passionné, je ne suis plus que fièvre et envie. Il me retourne puis glisse en douceur ses doigts dans le pli sous ma fesse. Sa main empoigne ma chair ferme alors que mon bassin tout entier part en avant contre son entrejambe. Il ancre ses magnifiques yeux noisette dans les miens, où je peux lire le désir qui l'habite. Son souffle est saccadé, j'ai l'impression que son corps tremble autant que le mien.

Ses doigts caressent mon flanc avant de remonter pour venir effleurer mon sein. Le bout de mon mamelon durcit sous la pression qu'il lui fait subir. C'est légèrement douloureux mais tellement excitant. Ma respiration s'accélère, j'en redemande en gonflant le torse. Cette fois, ce sont ses lèvres qui parcourent mon cou jusqu'à la pointe de mes tétons, déposant une pluie de baisers sur leur passage.

Je ne comprends pas bien ce qu'il m'arrive, j'ai l'impression de ne plus vraiment contrôler mon corps. Je pousse un léger gémissement quand ses lèvres se referment sur mon mamelon et en aspirent le bout pendant que sa langue vient lécher le contour. Je passe mes doigts dans sa chevelure noire en bataille, tirant sur ses mèches rebelles à chaque coup de langue, plaquant mon bassin contre son corps tendu. L'une de ses mains se faufile vers mon mont de Vénus et ses doigts experts finissent par appuyer sur mon bouton de chair avant de glisser entre mes jambes. Ils s'insinuent entre mes plis, me caressent jusqu'à ce que mon intimité devienne humide. Je n'en peux plus, ma bouche se plaque sur la sienne avec une passion nouvelle. Je m'enivre de son parfum boisé, le corps en feu. L'un de ses doigts s'enfonce alors en moi. Si je perçois une gêne les premières secondes, elle est vite remplacée par un plaisir inconnu et intense.

– J'ai très envie de te faire l'amour, Chani, murmure-t-il au creux de mon oreille.

Nos prunelles s'accrochent, suspendant le temps. Je me perds un instant, oublie où nous sommes. Je ne vois plus que ce jeune homme au regard endiablé, le souffle court, qui attend ma décision. Finalement, cette puce contraceptive va servir. Je hoche doucement la tête sans lâcher ses yeux noirs qui me dévorent.

Si j'ai envie de lui ? Oh, je crois que je n'ai jamais eu autant envie de quoi que ce soit !

Pendant qu'il retire ses vêtements, je ne me gêne pas pour le mater, alors ses lèvres s'étirent en un sourire triomphant.

– La vue te plaît ? demande-t-il, joueur.

– C'est le moins que l'on puisse dire.

– Elle ne sera jamais à la hauteur de celle que j'ai sous les yeux.

Ses lèvres rejoignent les miennes pour un baiser plus doux. Son corps se frotte tout contre le mien tandis que Hash aspire les plaintes lascives qui s'échappent de ma bouche. Ma peau est brûlante sous ses doigts qui la caressent et la malaxent. Ses mains finissent par descendre sous mes cuisses pour me soulever et me déposer sur le lit. Nos corps convergent vers un plaisir commun, se délectant l'un de l'autre. Ma peau laiteuse contraste avec son épiderme légèrement mat. Il se positionne ensuite entre mes cuisses. Mes prunelles se rivent aux siennes et nous fusionnons, emmêlés, endiablés, haletant de plaisir et de voracité. Car notre étreinte est sauvage, presque brutale, tant nos corps ont un besoin et une envie irrépressibles l'un de l'autre. La peur de ne pas être à la hauteur et la douleur liée à cette expérience inédite sont si vite oubliées que j'ai l'impression d'être à ma juste place entre ses bras.

37

Hash

Chani est dans mes bras. Sa peau est douce et fraîche. Mes doigts se sont promenés sur elle et se sont attardés sur ses seins, bien fermes, et ses mamelons, bien durs. Elle a poussé de petits gémissements quand je les ai glissés entre ses cuisses, ça a provoqué en moi une excitation sans précédent. Mes sens étaient aiguisés et j'ai pris possession de son corps avec une telle ardeur, comme si demain n'existait pas. Nos yeux ne se sont pas lâchés et notre fusion était explosive.

– Tu n'as pas froid ? demandé-je en passant doucement mes doigts dans ses cheveux humides entremêlés.

– Je suis bien, déclare-t-elle tout bas.

Elle est bien dans mes bras !

Cette réponse, si banale de prime abord, me transporte de joie. Mes inquiétudes au sujet d'Iman s'envolent et je resserre mon emprise. Elle soupire d'aise pendant que je l'embrasse sur le front.

Des bruits dans la maison nous parviennent et nous font sortir de cet état léthargique. Chani se redresse d'un bond et ses yeux s'écarquillent. Je lui fais signe de ne pas bouger. J'enfile rapidement ma tenue de sport puis me dirige vers la porte. Quand je jette un œil vers elle avant de rejoindre le couloir, je la vois debout, dans le plus simple appareil. Elle regarde le lit, me soufflant un « Je suis désolée » silencieux. Je reviens sur mes pas pour constater une tache de sang sur les draps. Mon cœur ne fait qu'un bond dans ma poitrine. Je m'avance vers elle. Elle semble confuse d'avoir souillé le tissu, mais moi, je m'en moque éperdument. Je retiens juste qu'elle s'est donnée entièrement et que personne d'autre avant moi ne l'a possédée. Je l'attire dans mes bras et la serre fort contre ma poitrine.

Des pas dans le couloir me forcent à la lâcher et c'en est presque douloureux. Je sors de ma chambre et tombe nez à nez avec ma mère dès que je referme la porte.

– Je ne savais pas que tu étais rentré.

– Je reviens d'une séance de sport, je vais prendre un verre d'eau dans la cuisine et ensuite une généreuse douche.

– Fais à ton aise, nous ne mangerons pas avant deux bonnes heures, dit-elle posément en me scrutant des pieds à la tête. Tout va bien ?

– Bien sûr, affirmé-je en feignant un large sourire.

Elle repart dans l'autre sens lorsque mon père lui demande de venir jeter un œil à des documents.

Je rejoins Chani dans la chambre. Je m'aperçois qu'elle s'est habillée à la hâte et tente de retirer les draps.

– Tss-tss, sifflé-je entre mes dents en l'attrapant par la taille. Et si on allait prendre une douche ?

Elle me regarde à présent comme si j'étais devenu fou. À vrai dire, elle n'a pas tort. Je suis devenu fou. Fou d'elle. Et fou aussi de ne pas suivre la requête de mes parents, mais, peut-être pour la première fois de ma vie, je me sens heureux. Elle me rend heureux.

Je lui enlève ses vêtements sous ses magnifiques yeux médusés qui m'ensorcellent avant de la porter jusqu'à la douche. Je commence par lui laver les cheveux. Elle essaie de m'en empêcher, mais je lui demande dans le creux de son oreille de me laisser faire. Et c'est ce qu'elle fait. Elle s'abandonne à ma volonté. Mes mains ne peuvent rester bien longtemps loin de sa peau. La pulpe de mes doigts glisse le long de son flanc, la faisant frissonner malgré la chaleur de l'eau.

Mes paumes empoignent ensuite ses fesses et je la hisse à ma hauteur. Elle referme les jambes autour de ma taille puis se pend à mon cou.

– Tu as bien reçu la puce contraceptive ? interrogé-je soudain, me rappelant seulement que cette méthode n'est appliquée qu'au sein de la cité.

– C'est maintenant que tu le demandes ? demande-t-elle d'un ton hilare en gloussant.

À son attitude, je comprends que nous ne risquons rien et je l'embrasse pour la faire taire. J'avance jusqu'à ce que son dos soit collé au mur. Je la pénètre doucement, de peur de lui faire mal maintenant que je sais qu'elle a saigné. Mais elle aspire sa lèvre inférieure entre ses dents et pousse son bassin à ma rencontre en lâchant un petit râle.

– Je vais te prendre, je vais te prendre fort, l'informé-je avant de mettre cette provocation à exécution.

Ses prunelles s'accrochent aux miennes et elle m'offre un léger sourire espiègle, avant d'enfoncer sa langue dans ma bouche. À nouveau, la fièvre s'empare de mon corps. Je la possède sans ménagement, encore et encore, pour notre plus grand plaisir à tous les deux. Ma bouche trouve la sienne et nos cris finissent étouffés, avalés par le souffle de l'autre.

38

Chani

Hash caresse ma joue, ses lèvres charnues s'étirant tendrement, avant de m'accompagner sans bruit dans le couloir. Nous sommes obligés de repasser par la salle à manger, alors je prie pour que ses parents soient toujours dans le bureau, comme il l'a précisé cinq minutes auparavant.

Les pièces à vivre sont bel et bien vides et calmes. Sa main se cale dans le creux de mes reins, entraînant mon corps vers la porte d'entrée. Le couloir est plus large près de l'entrée et un petit buffet se dresse dans le coin à droite. Je remarque certains objets que je n'avais jamais vus précédemment. En tout cas, pas en vrai. Seulement dans les archives que les anciens habitants du continent ont pu sauver.

Un cadre attire particulièrement mon attention. Il comporte une photographie de l'ancien monde. Un vrai cliché de l'époque, pas une simple copie comme on peut en trouver dans la communauté Solaire. La route est large et de grands édifices sont dressés de part et d'autre de la voie.

– Mes ancêtres possédaient les trois immeubles que tu peux voir sur la droite, chuchote-t-il.

Il semble fier de sa branche ascendante, mais ça me rappelle notre différence et je n'ai qu'une envie : sortir de cette maison. Ne pas le quitter, *lui*, mais cette maison, ce qu'elle représente, ce que tous ces souvenirs dépeignent : la richesse et le pouvoir. Tout ce que je souhaite combattre.

Avant que j'atteigne la poignée, la porte s'ouvre sur Mme Bless. Elle paraît choquée de me voir. Je me sens aussitôt embarrassée, en plus d'être intimidée par son regard d'acier pénétrant.

– Qu'est-ce que tu n'as pas compris dans « Reste loin de cette fille » ? siffle-t-elle à Hash, verte de rage, avant que je puisse dire quoi que ce soit.

Son cri alerte M. Bless qui se précipite dans le hall et me découvre en compagnie de son fils. Machinalement, je lâche la main de Hash, pas de honte, mais plutôt par instinct de survie. Mon cœur bat à tout rompre, aucun son n'arrive à sortir de ma bouche.

– Je peux savoir ce que vous faites dans cette maison ? me demande M. Bless d'un ton tranchant.

– Elle est mon invitée.

– Ton invitée, répète sa mère en riant.

– J'allais partir, précisé-je en retrouvant subitement un peu de courage.

– Pars. Et ne t'avise plus jamais de mettre les pieds dans cette maison, avec ou sans invitation.

Ses yeux me fusillent sur place. Je trouvais son air méprisant dans le bureau de la directrice, mais là, il est plutôt incisif, voire agressif.

– C'est aussi chez moi…

– Tu n'es qu'un idiot, le coupe sa mère. Qui crois-tu qu'elle est ?

Je n'attends pas la réponse et me précipite hors de la résidence. J'aimerais pouvoir contrôler ce que je ressens, mais ce n'est pas du tout le cas. Les émotions m'envahissent et se superposent : rage, haine, honte, chagrin. Des larmes s'échappent malgré moi.

Je veux fuir, sortir de cette zone et enfin respirer. Je cours sans m'en apercevoir, jusqu'à ce que mes poumons brûlants n'en puissent plus, m'obligeant à ralentir. Hash ne m'a pas suivie. Je ne sais plus où j'en suis. Autant dans ses bras, je me sens à ma place, autant devant son bracelet émeraude, je m'éloigne de lui.

Je repense aux paroles de mon père. « N'oublie pas d'où tu viens, n'oublie pas qui tu es. » Je n'oublie pas d'où je viens, mais qui je suis, je n'en suis plus tout à fait sûre. Si l'on me donnait le choix, là, tout de suite, de porter un bracelet émeraude, le ferais-je ? Probablement pas. Là n'est pas le réel souci. Le vrai problème est le bracelet en lui-même, pas sa couleur.

39

Hash

Chani est déconnectée de sa tablette et je n'ai aucun moyen de la contacter jusqu'à demain matin à l'Institut. Je lui ai envoyé un nombre incalculable de textos, mais elle ne les a toujours pas ouverts.

Quand m'a mère l'a insultée, j'ai voulu riposter, mais elle m'a ensuite traité d'idiot ainsi que de tous les noms des insectes de cette charmante île. Mon paternel m'a rappelé que Chani était une Sombre, qu'elle n'avait pas les mêmes valeurs et habitudes que nous. En tant que chef de la sécurité, il ne pouvait pas prendre le risque qu'une personne étrangère obtienne des informations sur notre demeure ou encore puisse pénétrer dans son bureau. J'ai évidemment tu mon rôle dans la libération de son père, qui n'aurait fait qu'attiser leur colère.

J'ai joué le crétin arrogant, un rôle que je suis capable de tenir à la perfection. J'ai dit à mon père, avec une œillade entendue, que j'avais bien le droit de m'amuser tant que j'étais à l'Institut. J'ai aussi expliqué à ma mère que j'étais apte à battre cette Sombre et que je n'avais pas besoin d'un coup de main qui ne faisait qu'amoindrir mon autorité. Ils se sont conformés tous les deux à mes décisions, confiants dans leur progéniture. Mon père m'a demandé d'être plus discret et d'utiliser plutôt les dortoirs des boursiers, avec un grand sourire complice. J'ai souri en retour, acceptant sa proposition pernicieuse. Il n'y a pas à dire, j'ai tenu mon rôle à la perfection.

C'était l'unique solution pour continuer de voir librement Chani. Quand sa main s'est dérobée, j'ai bien senti son malaise. Ma mère a été détestable. C'est du Talia tout craché. Seul compte le résultat. Et tous les chemins sont bons pour y arriver. Humilier. Menacer. Insulter. J'en ai déjà fait les frais avec ma maladie. Comme si j'avais attrapé cette maladie dégénérative juste pour l'emmerder. Juste pour lui faire perdre son temps et son énergie. Car c'étaient ses reproches. Et d'avoir raté une classe aussi. Ce souvenir me laisse un goût amer dans la bouche. Pas une seule once de compassion. Certes, ce comportement m'a rendu plus fort, plus combatif, prêt à me surpasser à tout prix. Mon véritable but a toujours été de rendre fiers mes parents. De voir la même fierté que celle que j'ai pu lire dans les yeux du père de Chani à son égard. Mais en réalité, j'y ai vu plus que de l'estime, c'était une sorte de… d'infinie tendresse… ses yeux pétillaient en l'observant.

Mon regard s'attarde sur les draps dans le panier tressé. Je dirai à la laverie que je me suis blessé au tir à l'arc. Je vois encore ses yeux désolés, et moi, j'étais plus heureux que jamais. Comme un simple détail peut faire toute la différence… À 20 lunes, je pensais que Chani avait connu intimement d'autres partenaires. Mais j'étais le premier et cette sensation était des plus agréables.

Un petit bip me rappelle à la réalité. Elle est en train de lire mes messages. Impatiemment, j'attends sa réponse, mais elle ne vient pas. Je tape alors un « Chani ? », mais elle se déconnecte à nouveau. Sa réaction et son silence me font flipper. Je n'ai qu'une seule envie, courir vers les dortoirs et la rassurer, mais cette initiative éveillerait trop la curiosité de mes parents. Je dois leur paraître indifférent. La nuit va être longue. Extrêmement longue.

40

Chani

Je n'ai rencontré personne de l'Institut en rejoignant le dortoir. C'était une maigre consolation après cette multitude d'états par lesquels je suis passée. Je me suis ruée sur ma réserve de nourriture et, malgré les nombreuses calories que j'ai ingurgitées, je n'ai pas trouvé le réconfort que je cherchais.

J'ai fermé les yeux, me remémorant les doigts de Hash qui sillonnaient mon corps et s'insinuaient dans mon intimité. Son souffle rauque sur ma joue et sa langue qui prenait possession de la mienne. Son désir était si présent, si avide que je me suis entièrement abandonnée, livrée à ses mains expertes. L'orgasme a été fulgurant et m'a fait perdre la raison. Quand on explose, c'est un moment de total abandon. Hash a découvert cet aspect de moi que je ne connaissais pas. Ses pupilles enflammées ont soutenu mon regard tout au long de la jouissance et j'avais l'impression de lui offrir une partie de moi, une partie de mon âme.

Une petite douleur se fait ressentir, je resserre instinctivement les cuisses. Je pose la main sur mon bas-ventre. L'irritation va s'estomper, elle n'est pas très vive, puis, surtout, elle montre que c'était bien réel. Ce moment de profonde communion que nous avons partagé.

Je finis par m'endormir sous les couvertures, l'obscurité est totale lorsque je me réveille. Je me lève à tâtons pour allumer la tablette près du lit, créant une faible lueur dans la pièce. Je me sers un verre d'eau, lorsque j'entends plusieurs sons familiers et répétitifs emplir la pièce. Je prends ma tablette en main pour découvrir les messages. Ils sont tous de Hash. J'hésite à cliquer et à les lire. La peur qu'il me dise que tout est terminé me prend aux tripes. Je sais pourtant, tout au fond de moi, que ce serait la solution à nos problèmes respectifs. Seulement voilà, j'aime Hash. Je l'aime de tout mon cœur. Je ne veux pas qu'il me laisse.

CHANI, TU ES
BIEN RENTRÉE?

TU VAS
BIEN?

JE SUIS DÉSOLÉ POUR LE COMPORTEMENT DE
MA MÈRE. NE M'EN VEUX PAS, JE T'EN PRIE.

OÙ ES-TU? TU NE
RÉPONDS PAS.

ON SE VOIT DEMAIN À L'INSTITUT.
JE DOIS TE PARLER.

Il doit me parler. J'oublie ses messages inquiets et je ne retiens que le dernier.

CHANI?

Son message arrive alors que mes yeux s'embuent. Je ferme machinalement l'appareil. Même si je ne fais pas partie de leur communauté, j'ai entendu les rumeurs au sujet de Hash Bless. Le beau ténébreux qui charme les filles et qui les abandonne ensuite quand il a obtenu ce qu'il désire.

Je n'ai aucune idée de ses sentiments. Je suis effrayée à l'idée qu'il ne partage pas les miens, je dois l'admettre. Pourquoi a-t-il fallu que je croise son regard ? Pourquoi a-t-il fallu qu'il soit dans ma classe ? Tout était tellement simple avant lui. J'avais juste à relever la tête, étudier sérieusement et les battre tous sur leur propre terrain. Mais l'idiote que je suis s'est amourachée de l'un d'eux.

Est-ce cette cité qui me rend dingue ? Les gens disent qu'aucun boursier n'en est revenu. Peut-être se sont-ils simplement jetés du haut d'une de ces murailles qui encerclent la ville, tourmentés, seuls, apeurés ? Mon esprit divague complètement et me fait prendre des chemins irrationnels. Je n'ai plus qu'à attendre demain. Je serai fixée. Je soupire, me recouche et m'empresse de me couvrir avec les couvertures tant j'ai l'impression que ma peau est glacée. Sous ses doigts, elle était chaude, brûlante et j'avais savouré cette merveilleuse sensation.

Essaie de dormir ! T'as vu ta tête !

Je passe une nuit agitée, je me retourne sans cesse, peinant à trouver le sommeil. Demain, je serai fixée. Je n'aurai qu'à plonger mes yeux dans le profond marron de ses iris et mon sort sera scellé.

41

Chani

— Ce n'est pas possible !

Je crie comme une folle en découvrant l'heure que projette le réveil au plafond. Le cours de physique démarre dans vingt minutes et j'ai besoin d'au moins dix minutes pour arriver jusqu'au local. Je saute du lit, enfile mon uniforme puis me brosse vigoureusement les dents. La nuit a été courte. J'ai mis une plombe à m'endormir en ressassant mes doutes et mes peurs. J'avale un grand verre d'eau, j'aurais bien envie d'une infusion et d'un petit pain, mais je n'en ai pas le temps. Il me reste quatorze minutes. J'ai intérêt à me dépêcher, car Mme Castia, notre professeure, n'est pas des plus tendres avec les retardataires. Je passe un gant d'eau froide sur mon visage, mes traits sont à faire peur. Mes cernes sont marqués et mes cheveux n'en font qu'à leur tête malgré le brossage intempestif que je leur fais subir. Je les relève vite fait dans un chignon désordonné, on pourra toujours croire que c'est fait exprès. Au vu du résultat, j'imagine que je peux rêver, mais je n'ai plus une minute à leur accorder, car il me reste exactement dix minutes avant le début du cours.

– MERDE !

Je fourre à la hâte ma tablette et tout ce qui me tombe sous la main dans mon sac avant de me précipiter hors du dortoir.

Je cours à en perdre haleine jusqu'à l'entrée principale du bâtiment des première, glisse dans le hall et me récupère au bord du panneau d'affichage. Heureusement, personne n'est présent pour voir ça ! J'arrive devant notre classe, mais la porte est déjà fermée. J'expire profondément avant de toquer à la porte et faire mon entrée quand j'entends Mme Castia répondre d'une sèche intonation :

– Entrez !

– Je vous prie de bien vouloir excuser mon retard, lâché-je en reprenant mon souffle, sans regarder en direction de Hash.

Elle me montre ma place d'un signe de tête. Je me faufile en silence entre les bancs, sous les moqueries de Frerik et ses amis. Je suis sur le point de m'asseoir quand elle ajoute :

– Vous viendrez me voir à la fin du cours, mademoiselle Erati.

Puis elle enchaîne directement sur le dernier chapitre de thermodynamique. Ce cours est loin d'être passionnant, toutefois ses principes fondamentaux sont nécessaires pour comprendre les échanges et les flux d'énergie.

Je m'installe, branche la tablette, les yeux toujours posés sur le banc. Mon cœur tambourine dans ma poitrine, pas seulement à cause de la course effrénée que je viens de terminer, mais aussi en raison du regard de Hash que je sens braqué sur moi. Je ferme un instant les paupières et essaie de ralentir ma respiration avant d'oser m'aventurer dans sa direction.

Ma tablette indique un message en attente. Par bonheur, elle se trouve en mode silencieux, sinon je finirais le cours dans le couloir. Je clique discrètement sur le courrier pour l'ouvrir, je sais déjà de qui il provient.

PARLE-MOI.

Le visage d'Erynda bifurque légèrement vers l'écran de mon appareil. Je me tourne dans sa direction et la fusille du regard. Elle n'a pas intérêt à moufeter, car je n'attends qu'une réaction de sa part pour lui dire ma façon de penser depuis le jour où elle m'a accusée à tort de fraude à l'examen. Si elle peut être perfide, elle n'est pas stupide. Au vu de mon hostilité, elle détourne directement le visage et se replonge dans le cours.

C'EST TOI QUI AS DIT
QUE TU DEVAIS ME PARLER.

Je tape sans réfléchir, énervée.

REGARDE-MOI.

Les battements de mon cœur reprennent de plus belle et je ressens un picotement jusqu'aux extrémités de mes doigts. Je me décide enfin à lever les yeux pour rencontrer ses prunelles qui me dévorent littéralement. Son insistance met tous mes sens en branle et mon souffle devient plus court. Je crois qu'il en est conscient. Il passe la langue sur sa lèvre inférieure qu'il se met à mordiller. Mes yeux n'en ratent pas une miette et mes joues virent au rose en un temps record. Je sens une vague de chaleur m'envelopper ainsi qu'une troublante contraction dans le bas-ventre.

Frerik me lance un regard assassin, alors je me décide à retourner à ma tablette et aux explications de notre professeure, non sans lui répondre au passage :

T'ES PAS CROYABLE !

J'AI BIEN ENVIE DE
PRENDRE UNE BONNE DOUCHE.

Et moi alors ! Il est fou de m'envoyer ça en plein cours !

Je souris en posant le front contre la paume de la main, coude sur le banc. Mon anxiété s'envole au fur et à mesure que la gaieté me gagne. La thermodynamique laisse place à la mécanique, sans interruption, mais Mme Castia nous promet de terminer un quart d'heure avant la pause déjeuner. La dernière heure me semble sans fin, je somnole presque en classe. Le cours achevé, je range la tablette et réitère à nouveau mes excuses devant la professeure. Je m'attends à ce qu'elle me donne un travail d'ordre général, mais elle me scrute des pieds à la tête. Je ne sais pas si je fais peine à voir, car elle se contente de me réprimander verbalement avant de fourrer ses affaires dans son sac et de quitter le local.

Les autres étudiants sont tous sortis de la classe, sauf Hash. Il attend. Il m'attend.

– Bonjour, lâche-t-il nonchalamment avec un sourire en coin.

– Bonjour, rétorqué-je sur un ton enjoué.

– On irait bien dans ta chambre, mais tu n'as probablement encore rien mangé de la journée.

Je lui réponds par un haussement d'épaules avant qu'il me vole un rapide baiser. Au buffet, il s'étonne du volume de mon assiette et se bidonne quand je réclame à la cuisinière une part de gâteau supplémentaire.

– Suis-moi, me glisse-t-il dans l'oreille.

Nous nous asseyons à une table de deux et tous les regards se braquent aussitôt sur nous. Hash commence à manger, comme si de rien n'était, et je l'imite, dans la joie et la bonne humeur.

– Tu vas vraiment manger tout ça ? demande-t-il en écarquillant les yeux. Déjà à l'Ouvre Monde, j'étais effaré de la quantité que tu as pu absorber.

Je le lui confirme par un signe de tête pendant que j'engloutis la viande de penet.

– Tu as mangé hier soir ? Bien sûr que non, répond-il directement à ma place. Décidément, ma mère n'en rate jamais une.

– Il y a des caméras au réfectoire, ils vont voir que tu es assis à ma table.

– Ils peuvent le voir, je leur ai dit que nous sortions ensemble.

– Quoi ? lâché-je, la bouche à moitié pleine.

– Ce n'est pas vrai ?

J'avale le morceau qui me reste en travers de la gorge avant de chuchoter un « Si ».

– Au moins une chose de réglée.

Je le regarde avec étonnement. Qu'avons-nous d'autre à résoudre ?

– À l'avenir, quand je t'envoie des messages, j'aimerais que tu y répondes, avant que je me fasse des idées.

Alors lui aussi s'est torturé l'esprit. Je lui offre un beau sourire et hoche la tête. Je me sens mieux, aussi, j'entame ma part de gâteau. Hash a déjà terminé de manger, il s'adosse à son siège et admire mon appétit.

Nous nous promenons dans le parc avant la reprise des cours. Dès que nous sommes à l'abri des regards, il m'attire brusquement vers lui, me plaquant contre son torse. Mon nez arrive à la hauteur de sa clavicule. Je peux sentir les effluves de son parfum qui se répandent dans l'air. Il sent vraiment très bon.

Sa main se cramponne à ma nuque alors que sa bouche fond sur moi en un râle de plaisir. Instinctivement, nos corps se collent l'un à l'autre et nous sortons électrisés de ce baiser passionné. Son pouce caresse ma lèvre inférieure et s'enfonce légèrement dans ma bouche jusqu'à toucher ma langue. Je referme mes lèvres autour de son doigt, ses prunelles se dilatent aussitôt.

Il retire son pouce et effleure ma joue du revers de la main. Il souffle ensuite longuement et recule d'un pas.

– Hash ?

– Laisse-moi deux minutes.

Je le regarde, perplexe. Aurais-je fait quelque chose qu'il ne fallait pas ? Et comme s'il lisait dans mes pensées, il ajoute :

– J'ai trop envie de toi là ! Il faut que j'arrive à me calmer avant la reprise des cours.

Oh, il n'a pas dit ça !

Je sens une vague d'effervescence me gagner et je me retourne, expirant à mon tour et secouant les bras pour faire sortir la pression.

– Chani, qu'est-ce que tu as ? demande-t-il, inquiet.
– Ce que j'ai ?
Je me pince la lèvre entre les dents en soupirant.
– Je suis… je suis excitée, d'accord ! lâché-je, un peu embarrassée.

42

Hash

E*xcitée ! C'est bien ce qu'elle vient de dire ?*

J'arrive à peine à me contrôler pour ne pas lui sauter dessus et elle me lâche qu'elle est excitée. Mon sang ne fait qu'un tour, je l'agrippe par le poignet pour qu'elle se blottisse dans mes bras. Il fait frais dehors, mais la chaleur de nos corps pourrait faire fondre un iceberg. Je la serre tellement fort contre moi que je sens sa poitrine se soulever à chaque respiration et ça me rend dingue, car je repense à ses seins soyeux et fermes dans mes mains. L'effet qu'elle produit sur moi est inimaginable. Le renflement dans mon pantalon en est la preuve. Elle ne dit rien, mais je sais qu'elle le perçoit. Son bassin est tellement collé au mien qu'elle ne peut pas ne pas s'en apercevoir. C'est insoutenable. J'ai envie de la prendre, là, sur-le-champ, mais le laboratoire de biologie nous attend dans quelques minutes et il faut absolument que je me ressaisisse. Je l'embrasse une dernière fois, mêle mes doigts aux siens et la conduis, bien malgré moi, vers notre bâtiment.

Le travail pratique au laboratoire requiert des binômes. Je me place immédiatement à côté d'elle. Les rumeurs vont bon train. Certains pensent que je me suis mis en binôme avec Chani car elle a d'excellents résultats, d'autres pensent que je suis gêné car elle a dû repasser l'examen, et le reste pense que c'est parce que je veux la sauter. Ils ont en fait tous raison, excepté que je l'ai déjà sautée, mais ils ne sont pas censés le savoir. Et la dernière et évidente raison est simplement l'envie d'être avec elle.

Nous formons une sacrée équipe. La répartition des tâches est fluide et nous nous faisons confiance, ce qui accélère notre rendement. La professeure nous libère plus tôt, dès que nos travaux sont clos.

Cette fois, elle ne m'échappera pas. Elle m'explique en chemin que les dortoirs sont très loin d'être semblables à ma chambre, et moi, je fais semblant d'être étonné. Je ne risque pas de lui dire que j'ai eu des relations la lune précédente avec une boursière alors que je n'étais pas encore à l'Institut.

Sa chambre est simple, mais rangée. Certaines décorations pendent par-ci, par-là, mais je n'ai pas le temps de les étudier, car mes lèvres touchent les siennes dès qu'elle dépose son sac au pied de son petit bureau. Je lui retire l'élastique dans les cheveux pour les laisser retomber en cascade sur ses épaules.

– Je suis affreuse, siffle-t-elle en se prenant le visage entre les paumes.

J'attrape délicatement ses poignets et dégage ses mains. Je crois qu'elle n'a aucune idée de sa beauté à l'état brut. Même avec les cheveux ébouriffés et les yeux légèrement cernés, elle est resplendissante.

– Tu es, je choisis mes mots, ravissante… appétissante… ensorcelante.

Elle se pend à mon cou, plaquant son corps contre moi. J'empoigne ses fesses pour me frotter contre elle, un murmure de plaisir sort de sa jolie bouche rose et je la soulève pour la déposer sur le lit. Je défais lentement les boutons de sa chemise tandis que je la vois déglutir avec peine. Ses sens sont en émoi et moi, je suis tendu, prêt à exploser. Je fais glisser la bretelle de son soutien-gorge en douceur le long de ses épaules puis le dégrafe. J'observe ses paupières qui papillonnent et sa respiration qui s'accélère.

Résiste. Fais durer le plaisir. Ne la prends pas sauvagement comme tu brûles de le faire !

Elle se relève sur ses genoux et entreprend de me déshabiller. Quand elle passe la main au-dessus de mon boxer, sur l'énorme bosse bien dure, mes bonnes résolutions s'envolent et je la bascule sur le dos. Je ne prends même pas la peine de retirer son sous-vêtement, je l'écarte sur le côté, descends légèrement le mien et la pénètre. J'ai besoin de me sentir en elle. Ses muscles se contractent autour de moi et ça me rend fou. La passion et la tempête nous emportent, plusieurs fois. Nos corps ne semblent jamais rassasiés l'un de l'autre. Quand, enfin, nous retombons, le dos contre le lit, nos corps ruissellent, pantelants. Dehors, il fait déjà noir.

43

Hash

Je l'aide pour bander l'arc. Avec ce système de poulies, le plus dur est la force à appliquer pour le tendre complètement. Ensuite, il suffit de viser et tirer, mais on n'a plus besoin de contrôler la contrainte comme dans les arcs classiques. Chani est habituée à tirer sans viseur, ses doigts sont sans cesse sous pression. Pour ses premières salves, je trouve qu'elle se débrouille vraiment bien, d'autant que l'arc est un peu grand pour elle.

Au départ, elle devait retourner sur les terres du Nord pour ce congé de milieu de cycle, mais elle ne semblait pas très motivée à l'idée d'aller retrouver les siens. Je lui ai proposé de rester et d'en profiter pour passer du temps ensemble. Elle ne se l'est pas fait dire deux fois.

J'ai beau chercher dans mes souvenirs, je ne me souviens pas avoir fait du tir pour mon seul plaisir, comme aujourd'hui. Mes apprentissages étaient toujours calculés afin de faire de moi un fin tacticien ainsi qu'un excellent combattant, prêt à faire face à n'importe quelle situation. À vrai dire, cela me suffisait. Mon avenir était tout tracé, dans la digne succession des dirigeants de notre île, me permettant de profiter des rares privilèges que le système pouvait nous offrir.

Je ne m'étais pas rendu compte du vide qui me tenaillait, jusqu'à ce qu'*elle* vienne le remplir. Cette sensation de vide comblé me fait penser à l'euphorie que j'éprouve quand je sors d'une simulation à l'Universe. Dire que le comité directeur va fermer le centre ! Ça me fout les boules, sérieusement ! En réalité, les dirigeants comptent s'emparer de sa technologie afin de l'inclure dans les entraînements des forces spéciales. Avoir l'avantage sur son ennemi, ça les connaît !

Après le tir à l'arc, nous nous promenons dans la ruelle des marchands de fleurs qu'elle désire ardemment voir. Visiblement, dans la communauté Sombre, les fleurs qui arrivent à s'épanouir avec le vent et le sel du large sont très différentes de celles de la cité. Elle adore nos majestueuses frosias aux grandes tiges élancées qui se balancent gracieusement au gré du vent. Leurs pétales s'épanouissent en de somptueuses corolles qui captivent le regard. Elles dégagent un parfum enivrant, mélange délicat de jasmin et de miel, embaumant l'air d'une agréable douceur. Ses préférées sont les rouges, mais elle se pâme devant les jaunes qui viennent de naître et qui brillent au soleil. Il commence à faire plus chaud dehors, le temps de la floraison approche. Ce sont les plus beaux jours pour prendre des clichés, ceux où quasi tous les boutons sont en train d'éclore et parsemer cette cité de couleurs.

Quand les anciens ont bâti la cité fortifiée dans le Sud, sur le seul plateau qu'offrait cette île, ils ont acheminé de la terre fertile et ont planté des dizaines de sortes de fleurs différentes. Il paraît que le sol n'était pas assez riche, mais la situation était des plus favorables pour leurs plans et leurs desseins.

Lors de l'aménagement du territoire, ils sont tombés sur une mine de pierres précieuses auxquelles ils ont donné le surnom d'émeraudes : terme inspiré par la rutilance vert métallique et iridescent du plumage d'un petit oiseau provenant de l'ancien continent.

– Hume-moi ça, dit-elle en me tendant l'une des frosias jaunes. Quel nectar !

Son sourire et sa joie de vivre m'apportent un bonheur que je ne pensais pas pouvoir éprouver un jour. En sa présence, je ne suis plus que Hash. Pas un Bless, pas même un Élu, juste quelqu'un avec ses désirs et ses peurs. Elle n'attend rien de moi, ne me met pas la pression. Je peux enfin lâcher prise et profiter de l'instant présent, des moments partagés ensemble dans une complicité sans précédent. Je ne suis pas naïf, je sais que nos origines vont nous rattraper à un moment donné, mais j'essaie de ne pas y songer et de retarder ce moment tant que je le peux. Je mens à mes parents sur notre relation. Ils croient que ce n'est qu'une passade, qu'un amusement pour moi et que je l'utilise pour mieux la rejeter ensuite, et ainsi l'affaiblir. J'ai honte de les laisser penser ça, car Chani représente un petit rayon de soleil dans ma vie. Elle est aussi un raz-de-marée, mais les quelques fois où elle devient ma lumière compensent nettement les problèmes engendrés.

Elle s'accroupit et sa jupe se relève un peu plus, découvrant une bonne partie de ses cuisses laiteuses. En un instant, des pensées obscènes me submergent et les battements de mon cœur s'amplifient. Chani sent directement le changement qui s'opère en moi. Elle redresse la tête en mordillant sa lèvre inférieure. Je m'abaisse à sa hauteur, passe la pulpe de mon majeur sur sa lèvre meurtrie. Le rai de lumière qui filtre à travers les bâtiments de la ruelle éclaire son visage et fait naître des milliers de paillettes dans ses yeux. Le temps semble figé afin que je jouisse de sa présence et de sa proximité. Elle lève le bras, sa main vient caresser mes cheveux, puis ma joue emplit sa paume fraîche et douce.

J'ai envie d'elle. C'est bien simple, je la désire sans cesse. Je la veux tout entière. Je veux sentir sa peau, toucher ses lèvres, la pénétrer et la faire mienne. Le feu dans ses yeux ne cesse de m'embraser. Elle représente une tentation permanente et quand ses prunelles sont arrimées aux miennes, comme à l'instant, je ne peux plus détacher mon regard. Ses lèvres s'étirent en un sourire espiègle, car elle comprend la faim qui me tenaille.

– Tu veux qu'on retourne au dortoir maintenant ?

J'acquiesce d'un signe de tête. C'est égoïste de ma part, je le sais. Elle avait envie de découvrir les magasins d'antiquités et de goûter les infusions aux fruits et aux plantes des bois que Me Druard crée pour notre plus grand plaisir à tous. Il descend, paraît-il, d'un chef cuisinier hors pair et s'est établi à la cité après d'exquises dégustations dans les terres de l'Est. C'est un Solaire qui provient de la communauté ouest ; cette communauté où l'on trouve des champs de céréales à perte de vue et des habitations en bois. Les artistes qui y vivent sont proches des éléments naturels. Ils disent que le bois est le meilleur réceptacle en matière de chaleur et de sons.

Fais-lui plaisir, crétin !

Je m'arrête sur notre lancée et lui fais opérer un demi-tour en riant. Ses mains s'accrochent à mon bras et elle lève la tête vers moi, intriguée.

– Trois dégustations ! Ensuite, ce sera ta fête !

Elle s'esclaffe et son rire cristallin me transporte, remplissant mon cœur de joie. Je me rends compte que je suis bien plus attaché à elle que je ne veux l'admettre. Qu'en peu de temps, elle a pris une grande place dans ma vie ! Comment ? Je ne sais pas trop. Son regard arrogant du premier jour m'a harponné, elle s'est ensuite immiscée doucement, mais sûrement, dans ma tête et dans mon cœur. A-t-elle idée à quel point elle m'est précieuse ? À quel point elle me rend fou ? À quel point j'ai soif d'elle ? Mon grand-père déclamait que soif et concupiscence vont de pair, je comprends enfin ce dont il voulait parler.

Je l'observe avec tendresse se délecter des préparations que Me Druard nous a réservées. Chani pose un tas de questions sur les ingrédients, ce qui ranime la flamme chez notre hôte qui semblait inerte. Je n'écoute pas ses propos, mes pensées se perdent et vagabondent vers le corps de Chani et nos précédents batifolages. Je la revois nue, à plat ventre sur son lit, redressée sur ses coudes et son menton dans les paumes de ses mains. Mes yeux s'arrêtent un instant sur la pointe de ses seins, que je meurs d'envie de mordre, et ensuite sur ses magnifiques fesses bien rondes, et je n'ai qu'une seule envie, rentrer au dortoir, la déshabiller et envoyer ma main claquer sur ses fesses.

Malheureusement pour moi, l'herboriste part dans des explications sans fin et paraît y prendre encore plus de plaisir quand il constate qu'elle porte un bracelet noir. Je remarque d'ailleurs le bracelet jaune à son poignet, alors qu'il peut accéder en tant que résident de la cité au bracelet émeraude. C'est surprenant de la part d'un Solaire, toutefois je sais que cet homme aux multiples talents accorde peu d'importance au statut des Élus. Parfois je me demande même pourquoi il s'est installé ici, il n'a pas l'air d'être un homme intéressé par les privilèges que cette ville peut lui offrir.

Chani boit littéralement ses paroles et je la laisse profiter du moment présent. La voir souriante m'apporte une joie sans pareille.

44

Chani

À l'entrée du bâtiment des boursiers, nous découvrons Iman assis sur les marches. Il se relève prestement en nous apercevant.

– Alors c'est vrai, vous êtes ensemble ? attaque-t-il d'emblée lorsque nous arrivons à sa hauteur.

– Oui.

– Ce n'est pas à toi que je m'adresse, Hash, c'est à Chani. Je veux l'entendre de sa bouche.

– Oui, c'est vrai.

– C'est parce qu'il a aidé ton père ?

– Quoi ? Comment tu sais…

– Je vous ai entendus la dernière fois sur le toit de l'Institut, me coupe-t-il, toujours énervé.

– Je le reconnais. Hash m'a aidée plusieurs fois. Et pas parce qu'il le devait, mais parce qu'il le voulait. Ça nous a effectivement rapprochés, mais…

– Attends, tu crois que Hash est sincère ? demande-t-il alors en ricanant.

Hash le foudroie du regard et s'avance vers lui d'un pas mauvais. Je le stoppe de la main en me plaçant devant lui.

– Ne fais pas ça ! objecté-je à Iman. Je ne sais pas ce qu'il s'est passé entre vous, mais tu te trompes sur Hash.

Le beau blond part dans un rire cinglant en se tirant les cheveux.

Mais qu'est-ce qu'il lui prend ?

– Elle est morte et tu n'as même pas daigné venir la saluer ! Tu n'es même pas venu me présenter tes condoléances ! éructe-t-il à l'intention de Hash.

– Pendant plus d'une lune, j'ai souffert le martyre. J'ai failli abandonner plus d'une fois. Un ami, mon ami, aurait pu m'aider... mais tu n'es jamais venu.

– Écoute...

– J'ai supporté toute cette douleur seul, continue mon Élu sur un ton dur, pendant que ma mère me mettait la pression et qu'elle me reprochait de ne pas pouvoir suivre les cours.

– Merde, Hash ! Je te l'ai expliqué plusieurs fois, ta mère m'a empêché de te voir. Elle a tout fait pour nous séparer, elle ne pouvait pas accepter que je sois le premier, tu le sais.

– En fait, elle ne s'était pas trompée à ton sujet, tu n'as jamais été réellement mon ami.

– J'en ai plus qu'assez de m'évertuer à me justifier. J'ai tenté maintes fois de t'expliquer la situation, mais tu n'as rien voulu entendre.

– Tu n'as pas dû essayer assez fort.

– Peut-être parce que je voulais être près d'elle, profiter des derniers instants qu'il lui restait, la soutenir dans la fin qu'elle savait inéluctable. Désolé, Hash ! Désolé d'avoir été présent pour ma mère qui était en train de mourir !

– Hash, tu devrais m'attendre à l'intérieur, m'interposé-je en lui passant mon badge.

– Attends, répond-il en plaçant la main au creux de mon dos, tu ne penses pas que je vais te laisser seule avec lui ?

– Je t'en prie.

Il hésite, passe ses doigts dans ses cheveux en bataille avant d'empoigner le badge dans un grondement. Dès qu'il passe les portes du hall, je pivote vers Iman pour lui parler en douceur :

– Je suis sincèrement désolée pour ta mère.

La colère dans ses yeux disparaît aussitôt, laissant place à une sorte d'attendrissement.

– Chani, tu crois vraiment que tu peux sortir avec un Bless sans représailles ?

Je soupire en secouant la tête. Je ne souhaite pas avoir ce genre de discussion avec lui. Que cherche-t-il ? Pourquoi veut-il nous séparer ?

– Tu ne comprends pas, prononce-t-il plus fermement, j'ai essayé d'être là pour lui, mais ils m'en ont empêché, car je lui faisais de l'ombre. Et toi, tu crois qu'ils vont te laisser avoir une relation avec leur fils alors que tu es une Sombre ?

Une Sombre ? Ai-je bien entendu ? Venant de lui, ces mots sonnent comme une insulte et ça me blesse. Je suis même furieuse de la tournure de notre échange.

– Chani, dit-il alors avec une douce intonation, remarquant mon changement d'attitude, je n'ai rien pu faire et je suis un Élu. Je veux… j'aimerais juste être sûr que tu n'es pas en danger…

– En danger ? répété-je, étonnée.

– Je suis resté loin de toi pour te protéger et te permettre d'accomplir ton rêve. Et toi, tu sors avec le fils du chef de la sécurité ?

– Écoute, Iman, j'espère que vous pourrez un jour régler vos différends avec Hash, mais il a beau être un Bless, il m'a vraiment aidée quand j'en avais besoin. Il a aussi informé ses parents que nous sortons ensemble. Il n'est plus celui que tu as connu. La maladie et la solitude l'ont changé et je pense qu'il est sincère envers moi. Il ne me mettrait jamais en danger.

– Hash a été mon meilleur ami pendant des lunes, mais ses parents ont une telle influence sur lui qu'il restera toujours sous leur joug. Tu ne comprends pas, si tu savais…

– J'ai des sentiments pour Hash.

Les yeux fixés sur moi, Iman se tait un instant. Sa respiration est lourde.

– Et que ressens-tu pour moi ? finit-il par demander.

– Tu es mon ami. Tu me protèges depuis le début mais je ne te connais pas vraiment.

– Il va te faire du mal.

– Peut-être, réponds-je avant d'expirer un grand coup. Mais je veux lui laisser sa chance. Prends soin de toi, Iman.

Je pose ma paume affectueusement sur sa joue rouge de colère, avant de m'éloigner pour rejoindre le bâtiment et mon Élu qui m'attend.

45

Hash

Je suis passé chercher les résultats de mon bilan de santé avant la reprise des cours. Je suis à présent en rémission totale. Malgré mon excellente forme physique, ma mère insiste afin que je passe régulièrement des tests. Moi, je souhaite juste oublier cette dure période, ces injections à répétition pendant lesquelles il m'est arrivé de souhaiter mourir.

Sur le chemin de l'Institut, je fais un arrêt sur la place et descends à pied dans la ruelle commerçante où les parfums des échoppes s'entremêlent en une symphonie gourmande. Ça me rappelle mon enfance, cette heureuse période où mon père n'était pas encore chef de la sécurité et ma mère pas encore investie de tous ses titres de pouvoir. Notre relation était bien différente à l'époque. Je m'arrête à l'épicerie de Me Druard pour acheter du thé glacé. La boisson est délicieusement rafraîchissante. Je la bois, traînassant dans cette ambiance animée mais détendue de ce début de journée, avant de rejoindre l'académie.

Les cours s'enchaînent, les sourires espiègles de ma petite Sombre aussi, jusqu'à la réaction de Frerik lors du déjeuner.

– Tu as un problème, Brissor ?

– Je ne m'assieds pas à la même table qu'une Sombre.

– Je ne te retiens pas, tu n'as jamais mérité d'être parmi nous.

– Dixit celui qui disait que les boursiers n'avaient pas leur place à l'Institut.

Il commence à m'échauffer, cet imbécile, et l'animosité qu'il montre à l'égard de Chani entame sérieusement ma patience.

– J'aurais dû me la faire, ça doit être un sacré coup pour que tu changes d'avis.

Je vais le buter, ce tocard !

Je saute d'un bond de mon siège, prêt à passer par-dessus la table et à en découdre avec cette enflure. Mes nerfs sont à vif et je sens que je vais lui refaire le portrait. La petite main de Chani passe in extremis sous mon bras pour m'arrêter. Elle me regarde tendrement, avec un sourire serein. Je reste cloué sur place en voyant le calme dont elle fait preuve, même si mon cœur bat toujours à un rythme effréné. Son regard, plus pesant cette fois, se porte sur ce morveux et ses lèvres se transforment en un rictus mauvais. Sous cet air faussement indifférent, elle bout. Je crois qu'elle a encore plus envie que moi de lui faire ravaler ses propos et lui faire bouffer ses conneries.

– Ahhh, dit-elle en soupirant, Frerik... je me doute que ça doit être compliqué... J'ai pris la place de ton pote avec ce test d'aptitude pour l'attribution des classes. Mais que veux-tu, on ne peut pas tous être doué... Heureusement, il restait une dernière place pour toi en Stratégie.

Le rouge lui monte aux joues de honte, mais aussi de colère. Il la hait de toutes les fibres de son être. Il a beau être un Élu et bien plus grand qu'elle, il ne l'impressionne pas le moins du monde. J'aime cette facette de la personnalité de Chani, une petite combattante rusée et vive d'esprit, qui porte l'estocade avant même que son ennemi ait eu le temps de réagir.

– Tu as raison, renchérit-elle, ne t'assieds pas avec nous, je n'en ai pas envie non plus.

Je sens qu'il va regretter son geste, alors je passe un bras protecteur autour des épaules de Chani, pendant que les autres étudiants gloussent à table. Frerik a beau revêtir un bracelet émeraude, il n'en reste pas moins un emmerdeur et il a suffisamment empoisonné son monde pour que les autres n'aient plus le goût de le soutenir. En outre, entre un Bless ou un Brissor, leur choix est déjà fait. Néanmoins, le fait de le voir se faire rabrouer de cette façon par une Sombre, *ma Sombre*, m'a galvanisé au plus haut point. Je me sens fier d'elle, de sa capacité à rebondir, à se battre. Elle est rentrée dans l'arène alors que j'avais le glaive, juste pour m'empêcher de combattre. Elle ne souhaite pas que j'aie des ennuis, encore moins à cause d'elle ou de ses origines. Comme moi, elle sait que c'est notre faiblesse, même si nous n'en parlons jamais.

Brissor sort de notre champ de vision, mais je note dans un coin de mon cerveau de le tenir à l'œil. Il peut être sournois à ses heures et l'on n'est jamais trop prudent. Je pense surtout à Chani. J'ai peur de ce qu'il pourrait lui faire s'il se retrouvait seul avec elle. Elle a appris certaines techniques de combat sur les terres du Nord, mais Frerik ne joue pas à la loyale, voilà pourquoi il peut être dangereux.

Elle va finalement rentrer chez elle à la fin de cette troisième période. J'appréhende son retour auprès des siens. J'ai bien remarqué l'air dégoûté de son père quand j'ai expliqué à l'agent de sécurité que nous étions intimes, sexuellement parlant. Sa mère, qui a réalisé ses études de médecine à l'Institut, a choisi de rejoindre sa communauté après son cycle. Est-ce que Chani tient tant à ses origines ? Elle ferait une magnifique Élue. J'en suis persuadé. Mes parents n'auraient alors plus de raison de s'opposer à notre couple.

À quoi je pense ! Mais qu'est-ce qu'il m'arrive ?

Elle m'a complètement retourné le cerveau et ce n'est rien de le dire. Son sourire, sa tendresse, son écoute, sa générosité, toutes ces qualités qui me réchauffent le cœur. Et puis, il faut bien l'admettre, Frerik a raison sur un point, c'est un sacré coup.

46

Chani

J'ai une boule au ventre quand je descends du véhicule et que je respire l'odeur de cette terre noire et humide que je connais si bien. J'ai l'impression de ne plus vraiment être chez moi. Ces dernières semaines à la cité avec Hash ont été riches en émotions et découvertes. Je me suis sentie heureuse et pleinement vivante. Il a ce pouvoir. Je lui ai donné ce pouvoir. La capacité de remplir ce vide en moi. J'ai cru un instant qu'Iman le ferait. Il existe une sorte de connexion entre nous que je ne m'explique pas. Mais Hash a tout chamboulé, il m'a retournée, au sens propre comme au figuré. Je sens le rose me monter aux joues à cette pensée. Il a le don d'embraser mon corps entier d'un seul de ses regards ténébreux. Je suis définitivement perdue. Moi, la Sombre aux dents acérées, qui voulais montrer à tous ces Élus que j'étais meilleure qu'eux. Ça en ferait sourire plus d'un.

Ma gorge s'assèche lorsque je vois mon père arriver à ma rencontre. Il semble différent, plus soucieux qu'à son habitude, et son humeur ne me dit rien qui vaille. J'ai essayé d'oublier ses propos à la sortie du centre de détention. J'ai surtout voulu effacer mon implication et celle de Hash. Quand j'ai demandé de l'aide à mon Élu, c'était en toute bonne foi. Jamais je n'aurais imaginé que mon père soit un rebelle. Rien que d'utiliser ce terme à son intention sonne faux. En réalité, j'espère une seule chose lors de ma visite : qu'il me confirme que je me suis trompée, qu'il n'est en rien impliqué dans cette effraction à la cité et surtout qu'il n'a pas utilisé sa fille pour servir ses desseins.

Les yeux cernés, il semble plus pâle que d'habitude malgré les beaux jours qui commencent à nous inonder de soleil. Il me sourit avec tendresse puis me serre dans ses bras affectueusement.

– Ça fait longtemps.

– Oui, murmuré-je, plus pour moi-même que pour lui.

– Ta mère est dans la communauté Solaire, elle devrait être rentrée demain soir.

– Super, réponds-je en soupirant.

– Elle a des…

– Des malades à soigner, oui, je sais, dis-je en finissant sa phrase.

Parfois, je m'interroge sur son choix de créer une famille. Ses patients, ses potions, ses recherches sont constamment passés au premier plan, avant mon père et moi. Même si je l'ai souvent accompagnée dans ses pérégrinations, elle n'a jamais vraiment été avec moi. Je veux dire à cent pour cent présente, à partager un moment de pure complicité. Il a toujours fallu que je sois la meilleure, que j'étudie toutes les matières, que j'apprenne tous les sports, y compris la nage ou les sports de combat. Quelquefois, je m'interroge sur ses raisons. Ai-je été un sujet d'expérimentation ? Bien sûr, je devrais lui être reconnaissante des possibilités qu'elle m'a offertes, mais quand je pense aux sacrifices endurés, à tous ces actes insouciants que j'ai manqués, je me demande si ça en valait vraiment la peine. Je n'ai jamais pu créer de réels liens avec les autres enfants, car ils me trouvaient bizarre. À l'adolescence, j'ai compris que ma singularité était synonyme de maturité. Ma mère m'a expliqué que c'était de la jalousie, mais dans le fond, tout ce que je voulais, c'était qu'ils m'apprécient. Aux moqueries, j'ai répondu par de l'indifférence ou pire, par de l'arrogance, et le fossé s'est creusé de plus en plus. J'avais cru qu'avec Ulcie c'était différent, mais je m'étais bien trompée.

Quand je suis arrivée dans la Cité d'Émeraude, j'étais persuadée que les regards allaient changer, que les autres reconnaîtraient ma vraie valeur. Mais une Sombre au pays des Élus, c'est comme un parasite sur la tête d'un penet, ça n'a rien à faire là. Seuls Iman et Hash avaient creusé pour découvrir ce qui se cachait derrière ce bracelet noir. À présent, Iman me déteste et Hash se fait charrier par ma faute. Combien de temps encore va-t-il prendre ma défense ? N'est-il pas fatigué de se battre pour nous deux ?

– Tu as mangé ? s'enquiert mon père sur la route vers la maison.

Je le lui confirme d'un hochement de tête. La tension entre nous est palpable et je ne sais pas comment aborder le sujet qui me préoccupe. Je déballe mes affaires avant de m'affaler sur mon lit. Mes pensées vont vers les belles prunelles de Hash et ses lèvres charnues que j'aime embrasser. Je ferme les yeux et je souris à la pensée de son regard malicieux qui passe de mes yeux à ma poitrine puis à mon entrejambe, élevant ma température corporelle de façon exponentielle.

Un raclement de gorge me rappelle à la réalité. Mon père se tient dans l'encadrement de ma chambre.

– Passe une bonne nuit, je suis heureux de te voir.

– Papa, ce que tu m'as dit la dernière fois qu'on s'est vus…

– Dors, on en parlera demain.

– Tu… tu fais vraiment partie des rebelles ? Et ça veut dire quoi, que tout est en marche ?

– Demain, on t'expliquera tout avec ta mère.

– Avec ma mère ? Elle sait que tu es dans la faction ?

Il s'approche lentement de mon lit, caresse mes cheveux et embrasse mon front.

– Demain, chuchote-t-il.

Il repart silencieusement, mais avant qu'il ne puisse faire un pas hors de ma chambre, un cri sort du plus profond de mes entrailles.

– Tu m'as menti !

Je ne me reconnais pas moi-même, mais mes mains tremblent et mon cœur cogne fort dans ma poitrine.

– Je t'ai protégée, dit-il calmement.

La rage me gagne. Je saute d'un bond hors du lit et me dirige vers lui. Je pose les doigts sur la poignée et, avant de lui refermer la porte au nez, je lui signifie ma rancœur.

– Si ça peut t'aider à mieux dormir la nuit !

47

Hash

— Dis-moi que ce n'est pas vrai ! fulmine mon père.

Ma mère m'incendie en me traitant de tous les noms des satanés volatiles de l'île avant de se laisser choir dans le fauteuil du bureau. Mon paternel fait les cent pas, ses narines s'élargissent à chaque inspiration.

– Qu'est-ce que tu nous as caché d'autre ? intervient alors ma mère.

– Rien, m'empressé-je de dire. Chani et son père s'étaient juste éloignés quelques minutes pour trouver un cadeau et…

– Quelques minutes, réplique ma mère en ricanant, mais ma parole, tu es idiot en plus !

– Je ne te permets pas.

– Tu ne me permets pas ! Siun, fais venir Lucinda Bravi. Je crois que notre fils a besoin d'éclaircissements supplémentaires.

Lucinda fait partie de l'équipe de sécurité de la cité. Elle est assez jeune mais déterminée, et sincèrement, son regard en fait flipper plus d'un. Je m'en suis vite rendu compte lors des entraînements. Elle est blonde avec des yeux bleus plus clairs que le ciel lui-même, et une mâchoire assez carrée pour une femme. Sa coupe courte apporte encore plus de masculinité à sa silhouette musclée, malgré ses formes voluptueuses. Les agents l'ont surnommée la fouineuse, car elle fouille et retourne tout jusqu'à découvrir la totalité des informations sur n'importe quel habitant de la cité.

En entrant dans la pièce, elle salue formellement mes parents avant de me fusiller du regard. Elle confirme ce que je sais déjà, à savoir que je suis intervenu pour faire libérer Sami Erati, membre de la communauté Sombre, en mentant aux employés de la sécurité. D'après les caméras de surveillance, j'ai rejoint Chani Erati près du poste de garde quelques instants avant d'intervenir en sa faveur.

Ma mère soupire longuement, pose les mains sur les accoudoirs de la chaise et se lève avec une lenteur surprenante. Je lis dans son regard de la déception, mais j'en ai l'habitude, à force. Cependant, je ne suis pas préparé à la révélation qui va suivre.

– Dites-nous, madame Bravi, qu'avez-vous pu exactement tirer des caméras de surveillance ? demande ma mère.

– M. Erati et sa fille se sont promenés dans le parc et dans les ruelles de la ville. Ensuite, Mlle Erati est rentrée seule au dortoir des boursiers et n'en est ressortie que bien plus tard. Elle y est restée presque une heure et demie.

– Et où se trouvait M. Erati pendant ce laps de temps ?

Je suis tout ouïe. Chani ne m'a jamais révélé son absence. Je suis curieux d'entendre la conclusion, mais en même temps stressé par ce que je pourrais apprendre.

– Il est remonté jusqu'à l'Empire Consort, l'a contourné, a pris le chemin vers l'hôpital et a, par la suite, bifurqué à droite sur un sentier qui n'est pas visible dans le champ de surveillance. J'ai tout passé au peigne fin, il réapparaît une bonne heure plus tard à deux rues de la centrale. Je ne comprends pas comment il ne se retrouve sur aucun plan de nos caméras. La seule explication est qu'il connaissait leur emplacement exact.

C'est quoi cette merde ?

Mon père voit mes yeux s'arrondir, il fait un signe de la main en direction de Lucinda pour l'inciter à poursuivre.

– Quant aux deux autres membres appréhendés, ils ont livré des meubles en bois à l'un de nos concitoyens. Ils se sont arrêtés avec le transporteur en amont de la centrale, au nord du parc, et ont ensuite remonté la rue parallèle à la centrale. Ils ont disparu dans un petit passage entre deux maisons et nous perdons aussi leur trace jusqu'à ce qu'ils réapparaissent au même endroit une heure plus tard, deux minutes avant que M. Erati ne ressurgisse à son tour dans notre champ de vision.

– Et la caméra à l'entrée de la centrale ? dis-je en commençant à m'énerver et à m'impatienter.

– C'est cela qui est troublant, répond-elle, elle ne fonctionnait pas.

– Comment ça, elle ne fonctionnait pas ?

– Elle a été coupée, Hash, siffle ma mère.

– Coupée ? Mais qui peut faire ça ?

– C'est ce qu'on est en train de vérifier, grommelle mon père.

Ils me toisent tous les trois et je me sens obligé d'ajouter :

– Ce n'est pas moi !

– Évidemment que ce n'est pas toi, renchérit ma mère, de toute manière tu n'es pas habilité à le faire. Mais tu dois regarder les choses en face : cette fille te ment. Elle fait plus que cela, elle t'utilise.

– M. Erati et un autre des détenus ont obtenu des passe-droits ces dernières lunes aux mêmes moments, dans les mêmes communautés, c'était chaque fois à l'occasion des tournois de tir à l'arc.

Ma poitrine se comprime, elle n'a pas fait ça. Pas *elle*.

Je vous en prie, pas elle !

– Et devinez, poursuit Lucinda, qui accompagnait M. Erati lors de ces déplacements ?

Je n'écoute plus vraiment le reste. Mon cœur s'est brisé. J'étais prêt à bouger des montagnes pour elle, mais elle n'était avec moi que par intérêt. Je perçois les mots « rebelle », « danger », « révolte ». Je suis anéanti. Je voudrais hurler ma douleur, mais, ravalant ma peine, je me tiens digne devant mes parents ainsi que la fouineuse qui me scrute.

Chani a trouvé une brèche et s'y est engouffrée, de plus en plus profondément, et moi, comme un idiot, je me suis laissé prendre. Je ferme les yeux. Je n'arrive plus à respirer. J'ai l'impression de crever sur place. Et l'espace d'un instant, c'est ce que j'espère, que tout s'arrête. Je me dis que je n'ai pas survécu au traitement et à la maladie pour endurer une autre épreuve. J'ouvre les lèvres puis inspire avec peine. Je n'en regarde aucun des trois. J'ai encore besoin de deux minutes. Quelques secondes pour la faire sortir de mon cœur, mais je n'y arrive pas. Alors je me résous à faire ce pour quoi je suis le plus doué. Je décide de la haïr. Je laisse la fureur et l'amertume me gagner, petit à petit. Et pour m'aider, je me répète ce mantra :

Elle te ment ! Elle t'utilise ! Elle te manipule !

Mes terminaisons nerveuses sont mises à rude épreuve. Moi qui pensais avoir subi la plus grande des douleurs, je comprends au fond qu'elle n'est pas physique, c'est sa trahison qui me fait le plus mal. Elle a tiré sa flèche, a atteint sa cible et a transpercé mon cœur de part en part.

Oui, je la hais. Je la hais. Je te hais, Chani.

Je me tourne enfin vers les trois personnes présentes dans cette pièce et qui me fixent en attendant ma réaction.

– Je sais comment aider. Elle va payer sa dette !

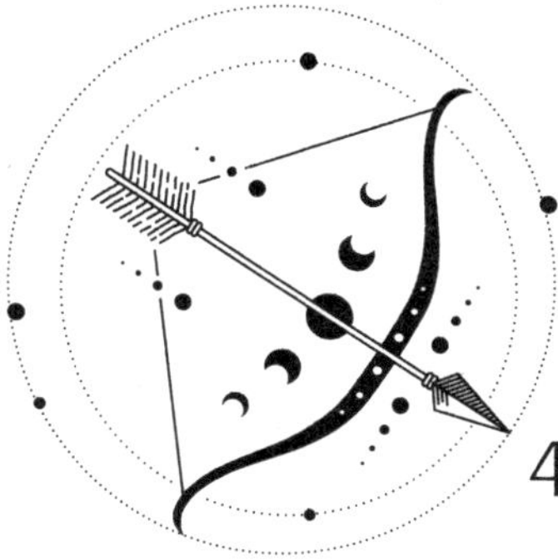

48

Chani

Me balader le long des rochers m'a toujours permis de me ressourcer, me recentrer afin de retrouver calme et sérénité. Le ressenti est différent aujourd'hui. J'aime toujours admirer ces falaises et les eaux tumultueuses en contrebas, mais mon esprit est agité. Mon mental carbure et n'arrive pas à s'apaiser. Mes pensées s'entrechoquent, formulant tant de questions auxquelles je n'ai pas de réponses. Le but était-il simplement que j'obtienne une bourse pour avoir accès à des passe-droits ? Je me refuse à le croire. Sinon, pourquoi ne pas m'avoir mise au courant dès le départ ?

J'ai des projets qui me tiennent à cœur. J'aspire à bâtir une société idéale, où chacun pourra choisir ce qu'il désire accomplir dans sa vie, où chacun apportera sa pierre à l'édifice, où chacun sera reconnu pour ses mérites et sa compassion. Je ne suis pas naïve, ce changement ne s'effectuera pas en un jour, ni même en un cycle. Mais sur des dizaines de cycles, voire plusieurs générations, je crois que c'est possible. Je veux faire partie de cette évolution, aider à la réforme du système, c'est l'unique raison qui m'a motivée à travailler autant pour atteindre cette classe d'élites. Ils ne peuvent pas me retirer ça, ni eux ni personne. Si l'on m'enlève mon rêve ou mes espoirs, que me reste-t-il ?

Deux rébellions ont déjà eu lieu sur l'île par le passé et elles se sont soldées toutes les deux par un échec, des arrestations, des morts. Je crois qu'il faut étudier le système dans son ensemble et trouver une solution qui peut satisfaire les quatre communautés ; c'est dans cette optique que nous devons travailler. Écouter les désirs de chaque communauté, les transformations et améliorations à apporter et les réaliser petit à petit, un pas à la fois. Si Hash et moi avons pu devenir proches, alors que tout nous opposait, que nos origines et notre éducation nous plaçaient en véritables ennemis, il existe bien un espoir. L'espoir de tout changer, et je m'y accroche fermement.

Assise sur les rochers, je laisse les embruns marins me rafraîchir le visage. Je me suis levée tard, car j'ai mis un certain temps à m'endormir. Le soleil est déjà haut dans le ciel. J'ai observé longtemps les lunes briller la nuit passée. Bientôt, ces deux lunes se superposeront à nouveau, un nouveau cycle démarrera et ma première formation à l'Institut prendra fin. Le jour de mes 21 lunes tombera en plein dans les partiels de la seconde période. J'aurai du mal à récupérer les points de retard sur Hash, mais tout cela me semble bien futile à présent. J'aimerais juste trouver ma place et espérer que chacun la reconnaîtra.

Hash me manque terriblement. Je ne pensais pas éprouver de tels sentiments pour lui, un Élu qui plus est. Mais son image me suit. Le plus incroyable est que je n'ai qu'à fermer les yeux et songer à lui pour me sentir réconfortée. J'ai d'autant plus d'appréhension au sujet de la discussion de ce soir. Comment pourrais-je être à la fois la fille d'un rebelle et la petite amie d'un fils de la Cité d'Émeraude ? J'ai déjà caché les paroles de mon père à Hash. Mais que pouvais-je faire ? Lui dire que je m'étais probablement trompée et remettre mon père dans une cellule ? Je me sens tiraillée entre mon passé et mon futur. Entre ma famille et l'homme que j'aime. Entre mes origines et le monde idéal que j'ai tant d'aspirations à créer.

Je décide de passer l'après-midi auprès des tisseuses ; c'est une activité qui m'a toujours occupé l'esprit et détendue. Ulcie fait partie de ce petit groupe. Je leur propose mon aide dans la réalisation d'un paravent à l'aide des tiges les plus souples de trassi. Elles me laissent m'installer, non sans une certaine gêne, avant de reprendre leurs besognes. Je les laisse papoter tout en les écoutant. Je cherche juste à me distraire. Alba, l'une des femmes plus âgées et expérimentées de l'équipe, taquine Ulcie à propos du jeune Dravis. Je me souviens bien de lui. Il est plus jeune que nous.

– Tu ne sors plus avec Drax ? demandé-je à voix basse à Ulcie qui se situe sur ma gauche.

Elle secoue négativement la tête d'un rire léger. Ce geste spontané me transporte presque une lune en arrière et je lui souris naturellement, réagissant à son amusement qui fait pétiller ses superbes yeux bleus.

– Dravis... tu ne l'as plus vu, me confie-t-elle en chuchotant, mais... comment dire... son corps et ses cheveux bruns bouclés... il ne passe pas inaperçu.

Elle commence à glousser et son rire est communicatif. Nous rions en chœur, comme nous le faisions si souvent durant notre adolescence, et cette parenthèse tombe à point nommé.

De retour à la maison, j'entends l'eau de la douche couler, je comprends que ma mère est rentrée de ses déplacements. La conversation que je redoute va avoir lieu assez rapidement. Pendant la marche qui me ramenait vers mon foyer, j'ai tenté de rassembler mes idées et surtout d'énumérer mentalement mes questions. Dans un premier temps, je vais laisser à mon père le soin d'expliquer ses raisons et motivations. Je me demande s'il a utilisé ma mère pour obtenir des passe-droits pour les autres communautés. Elle a ses entrées dans les communautés Solaire et Céleste, avec sa fonction de guérisseuse et sa renommée.

Ma mère m'embrasse et me propose de préparer le repas du soir. Mes nerfs sont si tendus que je ne peux supporter d'attendre une minute de plus. Je décide d'intervenir dès que mon père franchit le seuil de la cuisine.

– Je ne peux pas faire comme si de rien n'était. Il est temps de m'informer de la situation et des actions que tu entreprends, lancé-je à mon paternel. La dernière fois que tu es venu à la Cité d'Émeraude, tu m'as menti et utilisée. Si je n'étais pas intervenue, tu serais probablement encore en détention. Tu as eu de la chance que Hash ait bien voulu négocier ta libération. Et d'ailleurs, que faisait Panos dans la cellule ? Lui aussi fait partie de la rébellion ? Qu'est-ce qui va se passer quand il parlera ? Quel est ton rôle dans tout cela ? Tu t'es aussi servi de maman ? Et moi, tu y as pensé ? Et qu'est-ce que tu foutais dans la centrale en énergie ?

Je m'étais juré de le laisser parler d'abord, mais mes nerfs ont cédé et je n'ai plus pu arrêter ce flot de paroles qui sortait à une vitesse infernale de ma bouche. Je suis exaspérée, mes lèvres ont la tremblote.

Il fait un pas dans ma direction pour me prendre dans ses bras et me réconforter, mais je recule, levant ma main pour l'arrêter. Nous nous asseyons tous les trois autour de la table en bois de la cuisine tandis que ma mère sert de l'alcool d'Atol. Je crois qu'un verre ne suffira pas à étouffer ma hargne.

– Chani, ma fille, commence-t-il, les agents de sécurité nous ont arrêtés, car nous portions des bracelets noirs, mais ils n'avaient aucune preuve de notre implication dans cette effraction. D'ailleurs, ils ont relâché Panos et son ami après d'interminables interrogatoires.

– Mais c'était bien vous, non ? Et si Panos avait parlé ?

– Il n'aurait jamais parlé.

– Comment peux-tu en être aussi sûr ?

– Parce que c'est mon ami et que je le connais depuis longtemps. Je lui fais confiance.

– Confiance ? Comme moi je te faisais confiance ?

– On n'a pas souhaité te mêler au mouvement de rébellion pour te protéger. Moins tu en sais, plus tu es en sécurité.

– On ? Toi aussi, alors ? demandé-je à ma mère, étonnée.

– Tu habites la cité à présent. Tu es témoin de leur pouvoir et de leurs privilèges. Tu remarques les différences et les discriminations par rapport aux membres des autres communautés, ajoute-t-elle. Les Élus nous ont toujours tous considérés comme des êtres inférieurs qu'ils peuvent contrôler à leur guise. Il est temps que ça s'arrête. Le mouvement est en marche, personne ne l'arrêtera.

– C'est quoi cette histoire de mouvement ? Qu'est-ce que vous planifiez ?

– Je te l'ai dit, moins tu en sais et plus tu seras en sécurité.

– Quoi ? Mais quel est votre rôle à tous les deux ? Et moi, qu'est-ce que je fais là-bas ? Tu ne comprends pas que je suis justement à la cité pour changer le système ? Je veux le modifier de l'intérieur, en toute légalité, de façon pacifique.

– Chani, dit-elle en ricanant légèrement, tu ne peux pas être aussi crédule.

– Vous aviez besoin de moi là-bas, mentionné-je tout haut, en me parlant à moi-même.

Ce n'est pas une question, c'est une constatation. Je sens que ma poitrine se comprime brusquement, car je prends conscience de l'ampleur de la situation et de ce qui se dessine. La vérité est pire que celle que j'avais imaginée. Je vide mon verre d'alcool et essaie de retrouver ma respiration.

– Chani, intervient mon père avec douceur, je n'ai jamais voulu t'utiliser. J'étais content de venir te voir, tu me manquais énormément.

– Les passe-droits à la cité sont rares, confesse ma mère, l'occasion était trop belle !

– Trop belle… répété-je, consternée par la tournure de la discussion. Mais qu'est-ce que tu attends de moi ?

– Tout est en place. Le plan se déroule comme prévu. Tu ne dois rien faire de plus.

– Que va-t-il se passer ? Qu'est-ce que vous avez prévu ?

– Le règne des Élus va définitivement prendre fin.

Sa déclaration est assurée et exprimée d'un ton sec. J'y sens de la résignation, mais aussi d'autres sentiments qui me font froid dans le dos. De la dissension. Du mépris. Peut-être même une pointe de vengeance. En un éclair, les pièces du puzzle s'emboîtent. Ce n'est pas mon père qui parle, c'est ma mère. C'est elle qui m'a poussée pour l'obtention de cette bourse. C'est elle qui m'a emmenée partout et m'a tout appris. C'est elle qui a obtenu les passe-droits pour mon père et probablement pour d'autres. C'est elle qui voyage librement entre nos trois communautés.

De la salive s'agglutine sous ma langue, je crois que je vais me sentir mal. J'ai presque envie de vomir. Tant de secrets dissimulés, c'est difficile à digérer. J'inspire un grand coup avant de relever la tête pour poser la question qui me brûle les lèvres.

– Est-ce que tu es la cheffe de la rébellion ?

49

Chani

Je pénètre dans la Cité d'Émeraude avec mon passe de l'Institut, mais dès qu'il est scanné, le garde à l'entrée m'ordonne de patienter près de son collègue.

– M. Bless va venir vous chercher. Il vous demande de l'attendre au poste de garde, précise-t-il.

Siun Bless va venir me chercher ! Je suis foutue !

J'ai emprunté le transporteur du début d'après-midi. Après les révélations d'hier soir, j'étais si perdue. J'avais besoin de changer d'air pour prendre du recul. Besoin d'examiner ces nouveaux faits.

Visiblement, le destin en a décidé autrement. Le chef de la sécurité va venir en personne m'escorter et j'en déduis que ce n'est pas jusqu'au bâtiment des boursiers. J'ai peur. Pour la première fois de mon existence, je pense. Mes sens sont en alerte, les pulsations de mon cœur sont si rapides qu'il risque d'exploser d'un instant à l'autre.

Du poste de garde, j'admire les grandes portes en métal de la cité qui se dressent entre les murailles. Pour le moment, elles sont ouvertes, mais le soir, quand elles sont fermées pour la nuit, est-ce pour que personne ne rentre ou que personne ne sorte de cet endroit ?

À moins d'y être obligé, qui voudrait en sortir ? Les ruelles pavées procurent à cette cité une atmosphère particulière qu'on ne retrouve nulle part dans les autres communautés. C'est un dédale de petites venelles familières avec des étals aux mille senteurs et aux mille couleurs. Les échoppes ne sont pas grandes mais offrent un large choix de produits, certaines sont des reproductions d'endroits de l'ancien continent. Les fleurs et arbustes importés apportent de la vie et de la verdure à cet espace de terre aride. Les belles demeures ont été construites autour du centre regroupant les commerces. Le parc avec un petit étang artificiel borde la muraille du côté ouest. Au nord-ouest, l'Institut s'impose fièrement dans le décor, suivi de près par l'Empire Consort. Au nord se trouvent l'hôpital et la station de recherche, au nord-est, la centrale en énergie, l'épurateur d'eau et les stations de recyclage. Tout a été conçu dans les moindres détails pour vivre en autarcie. Le seul bémol reste la ressource en viande qui se trouve dans les verts pâturages ou les bois, et les céréales produites en majorité par la communauté Solaire.

Je ferme les paupières, tente de calmer ma respiration et d'apaiser les battements de mon cœur. Je pense systématiquement à Hash. Son altercation avec Iman me revient en mémoire. Ces deux Élus étaient amis, et même très proches, comme des frères peuvent l'être. Hier, nous avons ri de bon cœur avec Ulcie. Tout n'est pas perdu pour Hash et Iman, j'en suis persuadée.

Le garde sort du poste, saluant un homme que je ne distingue pas à cause du transporteur qui stationne. Quand il rentre dans mon champ de vision, mon cœur fait un bond dans ma poitrine et je saute directement sur mes jambes. Il porte une veste de la sécurité, mais je reconnais entre mille ses cheveux noirs en bataille et ses iris marron foncé. Dès qu'il ancre ses prunelles dans les miennes, je comprends qu'il s'est passé quelque chose. Ses yeux sont froids et distants, ils me tétanisent instantanément. Je reste immobile, l'observant avancer avec son regard acéré et sa mâchoire contractée. Il s'arrête à deux mètres de moi.

– Je vais te conduire au centre de détention.

Son ton est détaché, j'ai l'impression de retrouver un étranger, aussi je peine à déglutir.

– Chani ?

Mon prénom... il vient de prononcer mon prénom. Je sors de ma torpeur. Je ne peux pas lui dire la vérité. Je me mettrais en danger, ainsi que mes parents. Et surtout, je n'ai pas la force de le lui dire. Je me sens lâche.

– Pourquoi tu me conduis au centre de détention ? demandé-je, feignant l'étonnement.

Il me regarde longuement, j'ai l'impression de deviner au fond de ses prunelles le combat qu'il est en train de livrer.

– Hash ? Qu'est-ce qu'il se passe ?

Il franchit la distance qui nous sépare et au moment où je pense qu'il va m'embrasser, sa bouche dévie vers mon oreille pour prononcer ces mots qui me glacent le sang.

– Il est temps de payer ta dette, Chani Erati !

Deux agents de la sécurité entrent dans le poste pour m'entraîner vers le transporteur en stationnement. Hash reste en retrait et prend ensuite place à côté du conducteur, nous isolant par une épaisse cloison de verre.

– Est-ce que tu peux m'expliquer ? tenté-je une dernière fois quand nous pénétrons dans le bâtiment, entourés des gardes.

– Si tu pouvais arrêter de me prendre pour un imbécile, j'apprécierais.

Mes jambes ne me portent quasi plus, mon cœur se liquéfie sur place. Je voudrais lui crier que je l'aime et que dans mon monde idéal on finirait ensemble, mais un des surveillants me pousse pour que j'avance plus vite et je sens mes yeux devenir humides.

La porte du sas s'ouvre, laissant la majestueuse Talia faire son apparition. Elle irradie, dans tous les sens du terme. Elle regarde avec fierté son fils puis se tourne vers moi pour me trucider sur place.

– Nous allons avoir une petite discussion avec certains membres de la sécurité, lance-t-elle au travers d'un rictus mauvais.

Je frotte rapidement mes yeux du revers de la main. Je me demande si je serai aussi courageuse que Panos, l'ami de mon père, qui a été interrogé plusieurs jours d'affilée, privé parfois d'eau, de nourriture ou de lumière pour le déposséder de tous ses repères et le faire craquer. Hash nous suit, mais sa mère le remercie et lui déclare qu'ils n'ont plus besoin de lui.

– Hash ? prononcé-je une dernière fois, la voix suppliante.

– Je te dis quand et comment tu paies ta dette. C'est maintenant, en répondant avec franchise aux questions qui te seront posées.

La porte du sas se referme et j'emboîte le pas à Talia et aux gardes. Ils me font entrer dans une salle d'interrogatoire. Je le devine rapidement, car celle qu'on surnomme la fouineuse est là, debout, derrière un siège qu'elle me désigne de la main. Siège qui comporte des accoudoirs avec des lanières de cuir en guise de liens. Siun Bless est adossé au bureau en face, bras croisés, et m'examine en détail. Je me dirige la tête haute vers la sellette, me rappelant mes premiers jours à l'Institut.

Je vous emmerde tous.

Je m'assieds avec une lenteur étudiée et ferme un instant les yeux. Les dernières paroles de ma mère surgissent dans mon esprit :

– Ne fais confiance à personne dans la cité. Tu m'entends, Chani ? Personne ! Nous n'avons qu'un seul contact digne de confiance. Tu l'as peut-être déjà rencontré. Il était censé te surveiller de loin. Il s'agit du fils du mécène. Il s'appelle Iman. Iman Altar.

II

LE COMPLOT

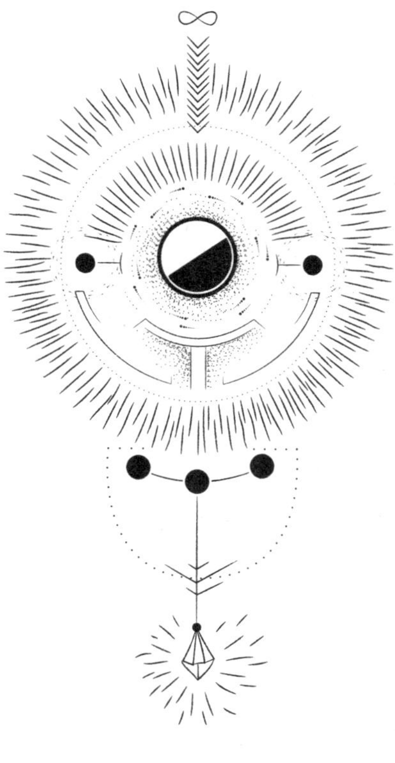

1

Hash

Quatre jours qu'elle se trouve enfermée là-bas. Quatre foutues longues journées. Quand j'ai tenté d'obtenir des informations par ma mère hier soir, n'y tenant plus, elle m'a enjoint de me concentrer sur mes études et d'oublier cette fille.

Mais, dès que je ferme les yeux, je revois ses prunelles humides et je l'entends me supplier dans le couloir de détention, avant que les portes se referment sur elle. J'entends sa voix qui prononce avec tendresse mon prénom. Je dois absolument arrêter de penser à elle et l'effacer de ma mémoire. Je suis obligé de reconnaître qu'elle m'a utilisé. Non seulement elle m'a trahi, mais je me suis fait passer pour un incompétent auprès de ma famille et de l'équipe de sécurité.

C'est ce qu'on appelle se faire avoir en beauté.

Je l'ai laissée pénétrer ma carapace et s'insinuer de plus en plus au fil des jours. Sa flèche a atteint sa cible en plein cœur, je peste contre moi-même de lui avoir accordé ce pouvoir. Je la détestais, pourtant, quand elle est arrivée à l'Institut. Son arrogance et sa façon de se croire supérieure aux Élus me révulsaient. Quand est-ce que tout s'est entremêlé ? L'attraction et la répulsion, l'émerveillement et le dégoût. Et surtout, quand l'attirance et l'admiration que je lui portais ont-elles pris le pas sur l'aversion et le mépris que je ressentais ? À quel instant précis ? Était-ce déjà à la journée des parents, alors que je l'avais découverte dans son petit uniforme trempé qui lui collait à la peau ? Ou sur le toit de l'Institut, quand j'avais délicatement ôté du bout des doigts l'une de ses mèches qui lui barraient le regard ? Ou, peut-être bien, au bal des Élus à l'Empire Consort, dès que j'avais attrapé sa main fraîche dans la mienne si chaude ? Je m'en souviens comme si c'était hier. Je n'avais aucune envie de la lâcher, de rompre ce contact qui me procurait un sentiment d'euphorie rarement ressenti auparavant.

J'éprouve des difficultés à croire qu'elle m'a berné si facilement. Je ferme un instant les yeux. Je n'ai de toute manière rien suivi du discours du Pr Dorka. L'image de Chani me hante à chaque instant. Je la revois grelottant sur le toit de l'Institut avant que je la serre dans mes bras, la recouvrant de ma veste. Ces souvenirs me déchirent un peu plus le cœur chaque fois que j'y pense.

– Monsieur Bless, vous êtes toujours parmi nous ?

J'ouvre les yeux et opine de la tête. J'aperçois Frerik qui se marre entre ses dents, mais mon regard glacial le dissuade de continuer.

Je me questionne sur les méthodes employées pour l'interrogatoire. Mes parents n'ont rien souhaité lâcher et je sais que cette fouineuse de Lucinda est réputée pour sa ténacité. Mais ils ne lui feraient jamais de mal. Physiquement, je veux dire, enfin, je suppose. C'est quand même une boursière, elle n'a pas vraiment commis de crime à proprement parler. À moins qu'elle n'ait rejoint les rebelles et comploté contre nos dirigeants.

Le cours se termine et l'heure du déjeuner approche. Je range avec lenteur mes affaires dans le casier. Je jette un œil quelques mètres plus loin, guettant son apparition, toute rayonnante, un sourire aux lèvres.

Je me répète qu'elle mérite ce qu'il lui arrive, qu'elle devait s'y attendre en manipulant les gens. Elle ne pouvait pas ne rien savoir. Elle a profité de mes sentiments et s'est servie de mes privilèges pour faire relâcher un rebelle.

Soudain, le regard de mes camarades se porte au bout du couloir et j'aperçois Iman, le visage fermé, qui fonce droit sur moi.

– Dans le hall ! aboie-t-il à ma hauteur.

Je pourrais l'envoyer balader, mais je n'ai pas envie de nous donner en spectacle, alors je le suis nonchalamment sans me presser. Je constate qu'il trépigne d'impatience au milieu du vestibule, il est prêt à exploser quand ses yeux émeraude accrochent les miens.

– Dis-moi où se trouve Chani.

Rien que son prénom dans la bouche d'Iman me fait mal. Je voudrais ne rien ressentir, mais ce n'est pas le cas.

– Chez elle, je suppose. Il paraît qu'elle est malade, ajouté-je sur un ton indifférent.

Iman empoigne ses cheveux entre les mains et soupire bruyamment en secouant la tête.

– Elle est amoureuse de toi. Elle te fait confiance, souffle-t-il, énervé.

Mais qu'est-ce qu'il raconte ?

Il se trompe. Il doit se tromper. Elle a aussi réussi à le duper. Il n'empêche que je me repasse en boucle le regard confus de Chani sur les draps tachés dans ma chambre, le moment où j'ai réalisé qu'elle s'était entièrement, et pour la première fois, abandonnée dans les bras d'un homme. Les miens.

– Suis-moi, ordonne-t-il à mi-voix.

Nous sortons par l'allée principale et la remontons jusqu'aux jardins. Nous empruntons ensuite le petit sentier qui longe les parterres de frosias pour nous arrêter au milieu des arbres, à l'abri des regards et des caméras. Depuis qu'ils ont récemment bloqué l'accès au toit, c'est un des seuls endroits sans surveillance dans l'Institut.

– Où est-elle, Hash ?

– Je t'ai dit qu'elle devait être malade… elle n'est pas rentrée.

– Mon père peut suivre les déplacements des boursiers. Chani a scanné son badge à l'entrée principale il y a quatre jours.

Nerveux, je soutiens néanmoins le regard d'Iman, je ne savais pas qu'il avait accès à ce genre d'information.

– Hash ! Qu'est-ce que tu as fait ? implore-t-il en levant les bras vers le ciel.

– Je n'ai fait que mon devoir.

– Pardon ?

– Tu ne comprends pas, Chani fait partie de la rébellion. Elle m'a mené en bateau et fait libérer son père en me mentant. Lui et ses amis sont des rebelles.

– Mais qu'est-ce que tu racontes ? Chani ne fait pas partie de la rébellion, je la connais suffisamment pour te l'affirmer.

– Elle t'a trompé, comme elle m'a trompé. Elle t'a utilisé, comme elle m'a utilisé, lâché-je froidement.

– Qui t'a fait croire ça ? Où est-elle, Hash ?

– Elle se trouve au centre de détention, à sa place, celle des traîtres.

– Est-ce que tu as une idée de ce qu'elle doit sûrement endurer là-bas, alors qu'elle est innocente ?

– Elle subit un interrogatoire en bonne et due forme.

– En bonne et due forme ! Non, mais tu t'entends ? Tu n'as aucune idée de ce qu'il se passe dans ce centre ! Ils torturent des gens…

– Ça suffit ! Elle mérite ce qu'il lui arrive ! coupé-je d'un ton tranchant.

Iman secoue la tête en expirant fort.

– Tu te trompes lourdement. Chani est une idéaliste, elle souhaite simplement la paix pour les quatre communautés. Elle t'a accordé sa confiance et tu l'as menée à l'abattoir, sans même lui laisser une chance de s'expliquer. S'il lui arrive malheur, je ne te le pardonnerai jamais.

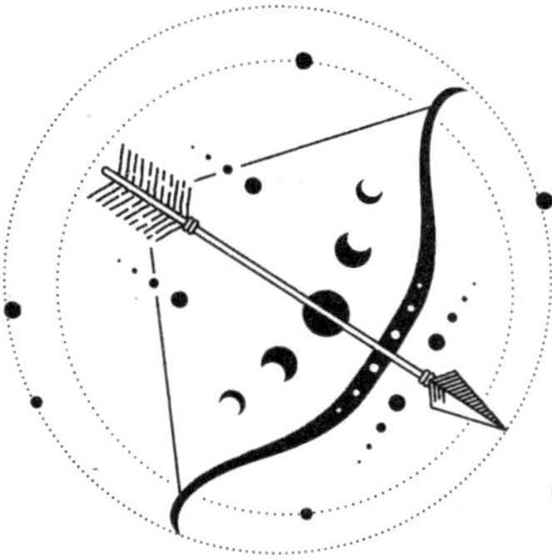

2

Chani

J'ouvre lentement les yeux et distingue enfin la lumière du jour. Je tourne la tête pour m'apercevoir que je suis dans mon lit au bâtiment des boursiers. Le soleil filtre à travers la baie vitrée, inondant ma chambre de lumière. Pendant un certain temps, je le laisse danser et parcourir ma peau pour la réchauffer. Je ne sais combien d'heures d'affilée j'ai dormi, mais je me sens mieux, même si je suis toujours en mode zombie.

Je peine à me lever, mes membres me semblent lourds, chaque geste me coûte. J'effectue néanmoins de multiples efforts pour rejoindre la douche et enlever cette odeur qui m'écœure et me retourne l'estomac. Je sais que je ne vais pas vomir. Je ne pourrais pas, je n'ai plus rien dans le ventre depuis longtemps, mais les nausées me font presque plier le corps en deux.

Je retire un à un mes habits et des images viennent me hanter. Je sens des larmes couler le long de mes joues. Je pensais ne plus pouvoir pleurer, mais il est vrai qu'on m'a réhydratée hier. L'odeur rance qui ressort de mes vêtements me dégoûte, alors je les fourre dans un sac que je ferme aussitôt. Je voudrais pouvoir faire la même chose avec ce que je ressens, ce que j'ai vécu dans le centre. Tout flanquer dans un sac et le balancer par-dessus les falaises de l'île.

Je me glisse dans la douche puis me frotte vigoureusement le corps avec le savon parfumé que Hash m'a offert. À ce souvenir, mon cœur se serre et mes jambes, déjà en coton, n'arrivent plus à me porter. Mon corps s'affaisse lentement le long des parois et je reste assise dans la douche à essayer d'oublier. J'aimerais pour un instant ne plus rien ressentir, juste la chaleur de l'eau sur ma peau ou les effluves du shampooing. Cependant, les soubresauts que mon corps subit me ramènent de plein fouet à la réalité, je me rends compte que l'eau est devenue froide.

Je finis tant bien que mal par sortir de la douche et noue une serviette autour de mon buste. J'arrive à avaler un verre d'eau malgré ma gorge brûlante. Je me force ensuite à manger un petit gâteau aux fruits des bois. Il est devenu sec, mais ça m'est égal. Je m'empare de ma tablette. À un certain moment, j'ai perdu le fil du temps. Je n'ai aucune idée du nombre de jours passés dans cette cellule sombre et humide du centre de détention.

Quatre journées se sont écoulées. Quatre journées ici et une éternité pour moi là-bas. Des frissons remontent le long de mon épine dorsale, j'ai encore beaucoup de sommeil à récupérer. Je ne vais néanmoins pas les laisser me briser. Je sèche mes cheveux et les relève en une queue haute. Le visage que je découvre dans le petit miroir près de ma commode me trouble. Je ne le reconnais pas. Mes joues sont creusées et de grandes poches sombres se dessinent sous mes yeux.

Suis-je une rebelle maintenant ?

Je fais infuser une boisson à base de plantes médicinales. J'y ajoute du miel pour ma gorge et aussi pour retrouver un peu de force. J'enfile doucement mon uniforme. Je ne suis plus la même Chani. Toute joie m'a quittée. J'ai l'impression qu'un profond gouffre essaie d'engloutir mon âme et ça me terrifie. J'ai peur de ne plus rien ressentir et, à la fois, je suis soulagée de ne plus rien ressentir.

Je ferme les yeux et me remémore les embruns du Nord qui fouettent mon visage et le sel qui persiste sur mes lèvres, le bruit des vagues qui meurent sur les rochers et la cloche du village qui retentit au loin. Je me sens apaisée.

Je rassemble le peu de force qu'il me reste et laisse mes pas me conduire lentement, mais indubitablement, à l'Institut.

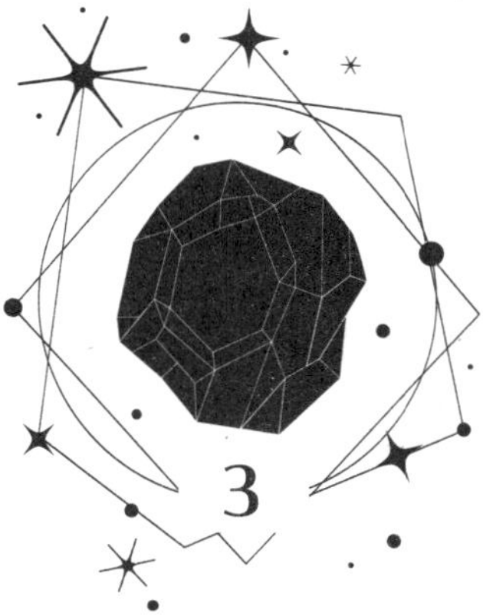

3

Hash

De petits coups frappés à la porte de la classe retiennent mon attention. Après mon altercation avec Iman en fin de matinée, mon esprit n'est plus en paix, je me pose énormément de questions. J'ai à peine touché à mon déjeuner, je suis d'ailleurs loin d'être concentré sur les exercices de simulation de gestion de crise que M. Mirar nous a donnés.

– Entrez, répond le professeur en relevant le nez de sa tablette.

Dès que la porte s'ouvre, tout l'air de la pièce est aspiré d'un coup violent. J'ai l'impression que ma respiration se coupe et je n'arrive pas à détourner mon regard. M. Mirar salue Chani d'un signe de tête et lui assigne sans mot dire sa place. Tous les yeux sont braqués sur elle. Le silence règne dans la classe tandis que, le regard dans le vague, elle s'installe à côté d'Erynda. Son teint est blême et son visage émacié. Ses cernes font ressortir des traits creusés et ses yeux d'habitude si lumineux semblent éteints.

Les paroles d'Iman me reviennent en mémoire et me percutent de plein fouet. Il a raison. Je ne sais pas ce qu'elle a enduré dans le centre de détention, mais ce qui est certain, c'est qu'elle est marquée par ces quatre derniers jours. J'entends mon prénom, je la revois me supplier et je ne peux m'empêcher de baisser les yeux vers le banc et de me sentir coupable.

Je n'ai pourtant fait que mon devoir.

Je perçois comme une petite voix intérieure qui rit et se moque. Elle résonne dans ma tête et me tord les boyaux, accélérant par la même occasion mon rythme cardiaque.

Elle te ment. Elle te manipule. Elle t'utilise.

Je ferme les paupières et le répète en boucle. Je ne dois plus la laisser m'atteindre.

– Mademoiselle Erati, vous avez la réponse à la question trois ?

Je reviens immédiatement dans le présent en entendant son nom. Je remarque qu'Erynda glisse sa tablette avec des propositions sur le banc, mais Chani la repousse de la main sans même y jeter un œil.

– Non, je n'en ai pas la moindre idée, répond-elle de but en blanc avec la gorge enrouée.

Notre professeur est surpris par sa réaction, mais ne laisse rien paraître et lui recommande de se remettre en ordre rapidement en vue de la session d'examens. Elle opine de la tête sans un mot. Ce n'est pas de l'arrogance qui se dégage de son attitude, comme quand elle est arrivée à l'Institut, mais plutôt de… la résignation. Oui, elle a l'air résignée et apathique. Je ne l'ai jamais vue dans cet état.

À l'interclasse, elle ne bouge pas de sa chaise. Je me risque à jeter un œil dans sa direction avant de sortir du local, son regard se porte toujours dans le vide et elle semble perdue. Je remarque aussi qu'elle tremble légèrement, comme si elle n'arrivait pas à se réchauffer, alors que le soleil brille dans le ciel et tempère depuis des heures la salle de cours.

À la reprise, Erynda lui propose une bouteille d'eau avec un petit sourire timide, mais Chani ne tend pas le bras pour l'attraper, la fixant de ses yeux creux. Sa camarade dépose alors la bouteille sur le bord du banc et prend place dès que Mme Castia pénètre dans la pièce. Les pupilles de la professeure s'agrandissent inconsciemment quand elle aperçoit le visage de Chani, mais elle finit par donner sa leçon sans faire de réflexion.

Quand la sonnerie retentit, les étudiants se lèvent et quittent rapidement la salle de cours. « La Sombre » ou « l'Erati » est sur toutes les lèvres. Ramon me demande des explications sur son état ou sur l'éventuelle maladie qui l'aurait touchée, mais je hausse simplement les épaules et me dirige vers mon rangement. Les autres élèves n'osent pas me poser de question supplémentaire, j'avoue que ça m'arrange plutôt bien.

Elle sort de la classe juste au moment où je ferme mon casier. Je me heurte à ses deux grands yeux noisette qui me foudroient et mon cœur se brise une nouvelle fois.

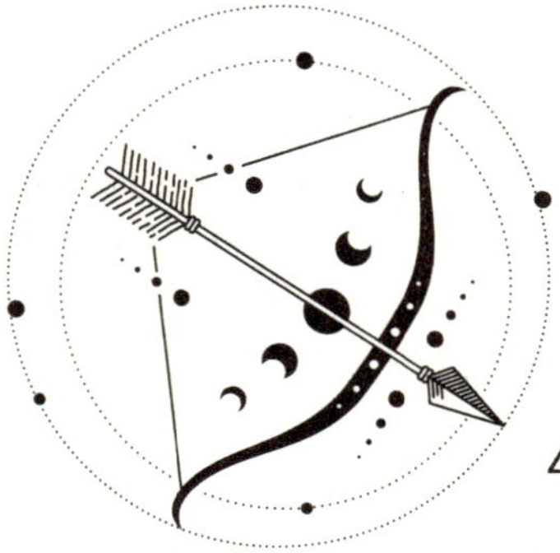

4

Chani

Ses yeux noirs pénètrent les miens et je m'immobilise quelques instants. Je ne suis pas en état de lui parler et de l'affronter. Je tourne la tête et poursuis mon chemin. Je voudrais revenir en arrière, rester avec mon père ce fameux jour de visite et ne pas faire intervenir Hash pour le libérer. Je me traîne comme un automate, mais en réalité l'ancienne Chani est toujours à l'intérieur et elle hurle. Elle hurle si fort que ça me fait mal à en crever.

Sur le chemin du dortoir, j'entends des pas rapides qui se rapprochent derrière moi et une voix masculine m'interpelle. Je me retourne pour apercevoir Iman qui court dans ma direction. Ses yeux s'embuent dès qu'il découvre ma mine affreuse, alors il me prend dans ses bras. Son étreinte me procure une chaleur douce et apaisante, même si je ne la lui rends pas. Mon corps frissonne tellement de fatigue qu'il se détend à son contact.

– Chani, j'étais fou d'inquiétude ! dit-il en lâchant son emprise et en plaçant ses paumes sur mes épaules de façon à me faire face.

Mon corps se raidit pendant que je me remémore les paroles de ma mère. Iman est leur contact. Il est censé me surveiller de loin et s'assurer que je ne cause pas de vagues. C'est lui qui a désactivé certaines caméras et permis à mon père et ses acolytes de pénétrer dans la centrale en énergie. Il joue un double rôle, ça m'a profondément blessée de l'apprendre. Ma mère m'a dit que je pouvais lui faire confiance. En réalité, je ne sais plus en qui je dois avoir confiance. Je ne sais plus comment je dois me comporter. Je ne sais plus vraiment qui je suis, d'ailleurs. Je me dégage doucement de ses mains.

– Reste loin de moi, dis-je sur un ton plus agressif que je ne l'aurais voulu.

Il semble stupéfait, examinant discrètement les traits émaciés de mon visage et mes poignets meurtris.

– Je suis désolé, ajoute-t-il, vraiment désolé, Chani. Qu'est-ce qu'ils t'ont fait ?

Je soupire et étire mes lèvres en un rictus incisif. Je me rapproche de lui et murmure au creux de son oreille.

– Mes parents et toi n'avez pas à vous en faire, j'ai été muette comme une tombe. Tu pourras les rassurer.

– Chani, prononce-t-il en attrapant ma main.

Je la retire d'un geste vif, comme s'il m'avait brûlée, et ses yeux s'agrandissent d'angoisse et de chagrin.

– Je ne désire plus rien savoir. Je ne veux être mêlée à rien. Je ne serai jamais des vôtres. Vous ne valez pas mieux qu'eux.

Mes propos le blessent profondément, mais je n'ai pas la force d'argumenter. J'envisage de me reposer, bien au chaud dans mon lit. Je veux dormir, c'est tout. Je ressens un immense vide, glacial, et ça m'effraie. Je ne souhaite pas en parler, je demande juste qu'on me laisse tranquille.

– Je voulais simplement m'assurer que tu allais bien.

Un petit rire s'échappe du fond de ma gorge.

– Regarde-moi, est-ce que j'ai l'air d'être en forme ?

– Chani, tu as besoin d'aide ? intervient Elis, qui sort de je ne sais où.

– Tu peux me soutenir pour rentrer au dortoir, s'il te plaît ? Je suis très fatiguée.

– Bien sûr, assure-t-il en m'offrant un large sourire et en prenant mon bras.

Il fait un signe de tête entendu à Iman puis m'entraîne jusqu'à atteindre les logements. À l'intérieur du bâtiment, je le remercie et le rassure.

– Chani, c'est quoi ces marques sur tes poignets ?

J'ai réussi à les cacher cet après-midi à l'Institut, mais les manches de ma chemise se sont légèrement relevées et on peut apercevoir les traces laissées par les lanières de cuir de la chaise.

– Ce n'est rien, Elis, ça va aller.

– Je vais te raccompagner jusqu'à ta chambre, dit-il avec un regard doux.

Il passe mon bras par-dessus son épaule et m'aide à grimper les marches jusqu'à l'étage. Lorsque nous atteignons la porte de ma chambre, il lâche ma taille et mon bras. Ses paumes atterrissent sur mes joues et il dépose délicatement un baiser sur mon front.

– Si tu veux en parler, je suis là.

Je sens mes yeux s'humidifier et j'ai toutes les peines du monde à retenir mes larmes.

– Je ne crois pas que je puisse t'en parler un jour, Elis.

– On est amis, toi et moi. Je te fais confiance. J'espère qu'un jour tu pourras aussi me faire confiance. En tant que boursiers, on subit assez de pression de toute part. Je ne suis pas là pour te juger. Je veux juste que tu saches que je suis là, si tu as besoin de moi, ou si tu as envie de parler à quelqu'un.

J'acquiesce simplement de la tête. Tout ce que je souhaite, c'est me reposer. Je suis trop épuisée pour garder les idées claires et pouvoir parler de ce qui m'est arrivé à une autre personne.

Lui faire confiance. J'aimerais tant pouvoir le faire, mais je ne sais plus qui sont mes amis ou mes ennemis. Je repense à Hash qui a détourné la tête tandis que je le suppliais une dernière fois dans les couloirs du centre de détention. On dit que le cœur n'est qu'un organe et qu'il ne peut en réalité rien ressentir. Pourquoi ai-je alors l'impression qu'il saigne et que je vais mourir ?

5

Chani

Je m'assieds avec une lenteur calculée sur la chaise en cuir, levant les yeux jusqu'à rencontrer le regard de Siun Bless. Je sens dans mon dos la fouineuse qui se frotte les mains. Talia Aiden passe alors dans mon champ de vision pour aller rejoindre son époux. Elle fait ensuite un signe de tête en direction de Lucinda Bravi qui se positionne sur le côté pour attacher les lanières. Les battements de mon cœur s'accélèrent rapidement, le sang afflue aussitôt dans mes tempes.

– Ce n'est pas nécessaire, dis-je d'une voix mal assurée, pour leur montrer que je n'ai rien à cacher.

– C'est juste une mesure de précaution, répond la fouineuse d'un ton neutre.

Je la laisse faire même si j'ai l'impression que mon cœur va exploser dans ma poitrine. Je tente de garder mon calme et de me concentrer sur ma respiration, comme ma mère me l'a enseigné lors de séances de méditation. Je me demande en mon for intérieur si elle n'avait pas prévu ce genre de situation et ne m'avait pas préparée pendant toutes ces lunes pour y faire face.

Lucinda m'explique formellement qu'ils vont me poser des questions au sujet de mon père, de notre relation et de la faction rebelle.

– La faction rebelle ? Je ne comprends pas, énoncé-je directement en feignant la surprise.

– C'est ce que nous allons découvrir.

Elle me pose ensuite les mêmes questions un nombre incalculable de fois. Parfois exposées sous un angle différent. Je tente de parler clairement, cachant l'anxiété qui me gagne au fur et à mesure que le temps passe. J'explique que mon père souhaitait rapporter à ma mère un souvenir de la cité.

Je me doute déjà qu'ils savent que ma mère s'est vu attribuer une bourse et qu'elle a réalisé son cursus en médecine à l'Institut.

Je leur rappelle que mon père est menuisier et que nous habitons une maison confortable au nord de l'île. Je leur précise que, grâce à la fonction que ma mère occupe, nous ne manquons de rien.

Je souhaite leur faire comprendre que nous n'avons aucun intérêt à faire partie de la faction rebelle et que nous ne voulons aucun ennui. En outre, je leur confirme que l'arrestation de mon père est le fruit d'un malheureux hasard et qu'il a simplement été appréhendé parce qu'il portait un bracelet noir.

Talia Aiden semble perdre patience. Elle se racle la gorge et fixe Lucinda. Cette dernière décide alors de me soumettre au détecteur de mensonges et commence à me questionner sur mes déplacements dans les communautés Solaire et Céleste, les passes auxquels j'ai eu droit et les tournois de tir à l'arc. Je réponds sans problème. Je pourrais même dire que je déclare en toute bonne foi ce que j'aurais répliqué avant de connaître la vérité. Pour tromper ce type d'appareil, il faut surtout rester détendu et d'humeur égale.

L'interrogatoire se poursuit, je demande un verre d'eau et aussi si l'on peut desserrer les liens en cuir qui commencent à me faire mal. Je précise bien que je n'ai pas l'intention de m'enfuir ou de tenter quoi que ce soit. C'est à ce moment précis que tout dérape. Talia tape des poings sur la table.

– Ça suffit ! Tu vas maintenant nous raconter ce que tu sais et la raison pour laquelle tu t'es servie de Hash. Tu ne penses quand même pas pouvoir retourner à l'Institut !

– Je… je ne comprends pas, essayé-je maladroitement.

– Moi, je crois que tu comprends très bien au contraire. Tu es très intelligente, Chani Erati, alors j'espère que tu t'apercevras que c'est la seule chance que nous t'offrons et que tu as intérêt à saisir, pour sauver ta vie et garantir la sécurité de ta famille.

Ses propos n'ont pas le résultat escompté sur moi. Ils me font plutôt l'effet inverse et la fatigue que je commençais à ressentir se transforme en rage intérieure. Comment ose-t-elle menacer les gens que j'aime ! Je la hais. Elle et son air méprisant. Elle et son outrecuidance déplacée.

Je me souviens des paroles de Hash envers sa mère, son manque d'empathie, son ambition sans scrupule. Elle a peut-être la mainmise sur son fils, mais je ne laisserai jamais son emprise m'atteindre.

– Je me demande de quel droit vous osez menacer une étudiante de l'Institut sans preuve matérielle. J'appelle ça de l'abus de pouvoir. Vous utilisez votre statut à vos fins. Vous auriez très bien pu convoquer mes parents et m'interroger à la faculté. Je ne sais pas ce que vous espérez, mais je ne vais pas mentir pour vous satisfaire. Et ce n'est pas en essayant de faire croire que je triche à l'Institut que vous allez vous débarrasser de moi. Si je suis la première de la classe, c'est parce que je le mérite.

– Tu l'étais ! crache-t-elle. Mais ça n'a absolument rien à voir avec tes résultats à l'Institut. Nous parlons de la sécurité de la cité et de la faction rebelle dont ton père fait partie, et toi aussi probablement !

Je sais très bien que cela n'a rien à voir, toutefois, pour accéder à la classe Stratégie, il faut être bon en tactique, et l'une des méthodes qui ont déjà fait leurs preuves, c'est de diviser pour mieux régner. La perplexité se fait ressentir dans le regard de la fouineuse. Elle n'était visiblement pas au courant de cette situation.

– Faites votre boulot, ordonne-t-elle à Lucinda. Et toi, lance-t-elle en se tournant dans ma direction, ne crois pas que tu recevras quoi que ce soit tant que tu ne nous auras pas dit toute la vérité.

Elle sort en trombe de la salle, Lucinda poursuit l'interrogatoire pendant que le père de Hash semble occupé à taper des messages sur sa tablette tactile.

Après des heures, je fatigue et demande à nouveau un verre d'eau, dès que je les vois avaler un liquide qui ressemble à du thé glacé. Lucinda continue son enquête sans même prendre la peine de me répondre.

– Je suis désolée, madame Bravi, articulé-je avec difficulté, mais je dois me rendre au petit coin. C'est pressant, ajouté-je pour faire comprendre la situation.

Siun Bless se relève et me foudroie du regard. Il secoue la tête avant de jeter un œil entendu à la fouineuse. Il est réellement intimidant, et j'avoue qu'à cet instant je me demande si je vais ressortir un jour de ce centre de détention. Il quitte la pièce à son tour pendant que Lucinda poursuit le travail, mais je ne lui réponds plus. Je n'en ai plus vraiment la force, mais surtout plus l'envie. Je suis en train de me concentrer pour ne pas uriner, mais ma vessie est gonflée à bloc, je ne suis pas sûre de pouvoir tenir encore longtemps.

– Je dois vraiment y aller, supplié-je.

– Je t'en prie, rétorque-t-elle en désignant la chaise du regard.

La boule qui m'enserrait la gorge remonte en un éclair et je sens les larmes rouler sur mes joues. J'ai bien compris, on a fini de jouer.

Je libère ma vessie et ça me dégoûte. Je me sens humiliée. Je me rends affreusement compte que ce n'est que le début quand, bien plus tard, deux agents m'emmènent dans un cachot humide et sombre. Ils sont presque obligés de me traîner parce que mes jambes se sont ankylosées et j'ai du mal à me déplacer.

La cellule est complètement vide. J'arrive juste à distinguer une sorte de petit bassin et un seau par le rai de lumière qui filtre sous la porte. Les murs sont sales et suintent un peu. Je décide d'étirer tous mes membres avant de me coucher au milieu, sur le sol, afin d'essayer de dormir.

J'ai tant parlé, tant répété les mêmes choses, que ma gorge est sèche. J'ai très soif. Ma culotte et ma jupe sentent l'urine, mais l'odeur plutôt âcre de la cellule l'emporte et m'irrite fortement. Elle me donne des haut-le-cœur, alors je comprends soudain la présence du bassin.

Je ressasse néanmoins tout ce que ma mère m'a appris sur la façon de se recentrer, de rester dans sa bulle de protection, de garder les idées claires. Je m'applique à mettre en pratique toutes les petites astuces que j'ai retenues et déjà réalisées par le passé. Je ferme doucement les paupières en priant le ciel de m'endormir le plus rapidement possible.

Mon souhait est de courte durée. La porte s'ouvre à grande volée. Mes yeux ont à peine le temps de se familiariser avec la lumière que je sens des bras me balancer sur une chaise en bois rudimentaire et que j'aperçois Lucinda s'asseoir en face de moi, les jambes de part et d'autre d'une autre chaise mise à l'envers, les coudes posés sur le dossier.

– Où en étions-nous ? me demande-t-elle, comme si l'on discutait gentiment d'un sujet quelconque.

Je finis par ne plus lui répondre tant ma gorge est irritée. Elle me promet un verre d'eau et de la nourriture si je lui révèle enfin ce que je sais. Je ferme les paupières, mais elle m'attrape brutalement les joues entre ses doigts.

– Il n'est pas l'heure de dormir ! crie-t-elle.

J'ouvre les yeux, essayant de fixer tant bien que mal son regard assassin. Il me rappelle celui de Hash le premier jour à l'Institut et je souris machinalement.

– Pourquoi souris-tu ?

Je t'emmerde, Lucinda. Je vous emmerde tous.

Elle claque dans ses mains, un autre agent de la sécurité apparaît avec un grand verre d'eau.

– Tu voulais de l'eau ? Voilà, ajoute-t-elle en me lançant le liquide en plein visage.

Je ne réponds pas et je lèche l'eau que je peux avec ma langue.

– Ça ne fait que commencer. Tu t'infligerais beaucoup moins d'épreuves si tu parlais maintenant. On pourrait même trouver un terrain d'entente.

– Désolée, murmuré-je, la voix enrouée. Je ne sais toujours pas de quoi vous parlez. Je ne peux vraiment pas vous aider.

– C'est moi qui suis désolée, objecte-t-elle alors sur un ton dépité, comme si elle s'adressait à elle-même.

Elle quitte la cellule avec sa chaise, me laissant à nouveau plongée dans le noir. L'opération se produit deux fois, j'ai à peine le temps de m'assoupir que je suis aveuglée par la lumière et replacée assise sur cette chaise devenue inconfortable. Les heures passent et la dernière nausée a raison de moi. Je me traîne jusqu'au bassin, rends tout ce que mon estomac contient et emploie le seau pour le reste.

Quand la porte s'ouvre à nouveau, je me réveille en sursaut. J'ai mal aux yeux, mais j'ai surtout soif. Et faim aussi, malgré le haut-le-cœur qui ne me quitte pas. Ce n'est pas Lucinda qui me fait face, mais un grand moustachu. Il reste silencieux tandis qu'un agent de la sécurité s'empare de la cuvette et du seau avec un masque et des gants et vient ensuite les replacer vidés. Et la porte se referme à nouveau.

Ce type d'interrogatoire, ou devrais-je dire de torture, s'apparente à une perte de repères. On prive le sujet de sommeil, on manipule son environnement, on l'affaiblit avec des postures incommodantes, on le questionne des heures d'affilée, on l'isole, on l'enferme et enfin on l'humilie. Le manque de repos et les mauvais traitements induisent dans un premier temps de la fatigue, des tremblements, une concentration réduite et des troubles digestifs. Après plusieurs jours, ils peuvent causer des troubles de la mémoire, des changements de comportement, un temps de réaction beaucoup plus lent, pour finir par diminuer son immunité, augmenter l'épuisement à l'extrême et créer des hallucinations. Il n'est pas rare que les sujets voient des choses qui n'existent pas.

Même si je n'ai jamais eu l'envie de réaliser un cursus scientifique comme ma mère, j'ai consulté énormément de livres qu'elle avait pu se procurer illégalement et certains travaux effectués sur le sommeil. Ou plutôt, c'est elle qui m'a encouragée à les lire. Mon esprit vagabonde, se remémorant nos derniers échanges. Quand je lui ai posé la question qui me brûlait les lèvres, je crois que je connaissais déjà la réponse. J'avais cependant besoin de l'entendre de sa propre bouche. L'entendre dire qu'elle était la cheffe de la faction rebelle.

La porte s'ouvre à nouveau et je tente de garder les paupières fermées, mais on m'oblige à les ouvrir. Je sens que je suis de nouveau assise sur la chaise. C'est Lucinda qui me parle ; enfin, je crois.

Un seau d'eau est projeté sur mon visage. Mes yeux sont bouffis, je ne perçois qu'à moitié ce qui m'entoure. Je sais juste que je dois me focaliser sur une période précise, un moment de joie et de calme.

Je pense d'abord choisir mes précieux souvenirs avec mon père près des falaises à écouter les vagues mourir contre les rochers, mais je ressens encore trop d'amertume envers lui qui m'a sournoisement utilisée.

J'opte alors pour l'un des merveilleux moments vécus avec Hash, toutefois sa façon de me faire payer ma dette est bien trop lourde.

Je me décide en définitive pour un instant qui n'appartient qu'à moi, un instant où je suis seule, un instant où je me sens libre et légère.

Les sempiternelles questions se répètent et j'arrive à peine à articuler les réponses. Je rêve éveillée. Je suis en train de nager et je me sens bien. Les cheveux mouillés me confortent dans cette illusion. Je ne pense qu'à ça et je reproduis les mêmes sons, les mêmes réponses. Et de nouveau le noir et le silence.

Si j'ai eu peur à un moment, je ne ressens plus ce sentiment. Je suis trop fatiguée, je veux juste que tout s'arrête. Je suis prête. Ce n'est pas vraiment que la mort ne me fait plus peur, mais je veux juste me sentir libre. Mes yeux sont secs, mon estomac est vide et mon cerveau hallucine. Cependant, j'éprouve toujours au fond de moi cette force, cette hargne qui me font tenir bon et qui m'évitent de leur confesser quoi que ce soit.

Je repense à la fouineuse expliquant que mes aveux pourraient m'aider. Quelle stupidité ! Ils nous balanceraient directement tous les trois, avec mes parents, par-dessus les falaises.

Je suis à nouveau réveillée par du bruit. Une discussion animée. Une voix masculine qui m'est familière, mais je ne sais plus vraiment à qui elle appartient. De nouveau la lumière. Je me recroqueville sur moi-même, au sol, dans ma puanteur. Des bras m'agrippent fermement pour me faire asseoir. J'entends cette voix qui s'énerve.

– Qu'est-ce que vous lui avez fait subir ?

– Je n'ai fait qu'exécuter les ordres, répond une voix féminine.

C'est Lucinda, je la reconnais, mais ma vision est troublée et mes yeux ne distinguent pas encore nettement l'autre personne.

– Mlle Erati est une boursière, elle est sous ma tutelle à la cité ! Vous auriez dû m'en informer directement.

– Je comprends, professeur Altar, mais sachez…

– La sécurité est aussi ma priorité et les dossiers des boursiers sont passés au peigne fin. Je n'agis pas à la légère. Au lieu de lui infliger je ne sais quelle torture, il suffisait de venir me voir pour obtenir l'Absolat.

Le visage de Laxos Altar se dessine peu à peu sous mes yeux ébahis, m'examinant sous toutes les coutures. Soudain, je remarque un objet qui brille dans sa main et je reconnais une seringue. J'ai un mouvement de recul.

– Non, arrivé-je juste à émettre.

– Le barbiturique fera effet instantanément. Vous lui poserez rapidement vos questions, car elle risque ensuite de s'endormir.

Non, pas l'Absolat !

Je commence à gesticuler comme je peux. Il ne doit surtout pas m'administrer ce produit, sinon je suis fichue, entièrement fichue. Je leur révélerai tout ce que je sais malgré moi. Je croyais que ce n'était plus possible de fabriquer ce sérum de vérité.

– Allez me chercher un peu d'eau, crie-t-il à l'intention de Lucinda, cette enfant est complètement déshydratée.

Il se penche rapidement vers moi et me murmure au creux de l'oreille :

– Tout va bien se passer, Chani, fais-moi confiance.

Lucinda revient avec un verre d'eau que j'avale à petites gorgées. Le simple fait de déglutir me fait mal. Elle m'immobilise ensuite le bras et le mécène m'injecte le produit. L'effet est presque immédiat. Je me sens mieux, j'ai moins mal, je me sens presque légère et je leur souris.

Elle me pose de nouveau les questions, je lui donne d'une voix calme et basse exactement les mêmes réponses. Je ne comprends pas ce qu'il m'arrive. J'ai l'impression de planer, mais je parviens à garder les idées claires. Les mensonges sortent de façon spontanée et je vois le visage de Lucinda se décomposer au fur et à mesure.

Une silhouette se dessine à présent derrière le Pr Altar. Une paire d'yeux acier incisifs se dévoilent.

– Pourquoi te trouvais-tu dans notre demeure avec Hash ?

– Nous avons fait l'amour.

– Parce que tu voulais l'utiliser ?

– Parce que je l'aime, avoué-je sans détour.

Ma tête devient lourde, je n'arrive plus à la tenir droite.

– On la perd, dit Lucinda.

– Chani ! Chani !

Des mains me secouent vigoureusement par les épaules. Je sursaute et ouvre les yeux pour découvrir Elis penché au-dessus de moi.

– Qu'est-ce qu'il se passe ? crié-je, apeurée.

Elis se recule d'un pas, pose les mains au-dessus de son crâne et souffle un grand coup. Je l'aperçois qui va fermer la porte de ma chambre, mais le loquet semble cassé.

– Je suis désolé pour la porte, Chani, commence-t-il, mais j'étais trop inquiet.

– Quoi ?

– Tu étais en train de hurler dans ton sommeil.

Mes joues sont humides. Elis me regarde tendrement, comme un frère le ferait. Il s'approche en douceur du lit, s'assied à côté de moi et me saisit délicatement dans ses bras. Ses mains caressent mon dos pour me réconforter.

– C'est terminé maintenant, dit-il tout bas. Quoi qu'ils t'aient fait, c'est terminé.

Je dépose la tête au creux de son épaule et je me laisse aller. Des larmes inondent mes joues et mon corps est pris de tremblements, mais Elis ne me lâche pas. Il attend que je me calme. Il m'apporte ensuite un mouchoir et un verre d'eau. Il soupire puis se glisse dans le lit à mes côtés.

– Allez, pousse-toi, lance-t-il en souriant. Je vais rester ici cette nuit. Et n'en profite pas, ajoute-t-il en plaisantant pour me détendre.

Je ferme les yeux, peut-être vais-je pouvoir à nouveau faire confiance à quelqu'un.

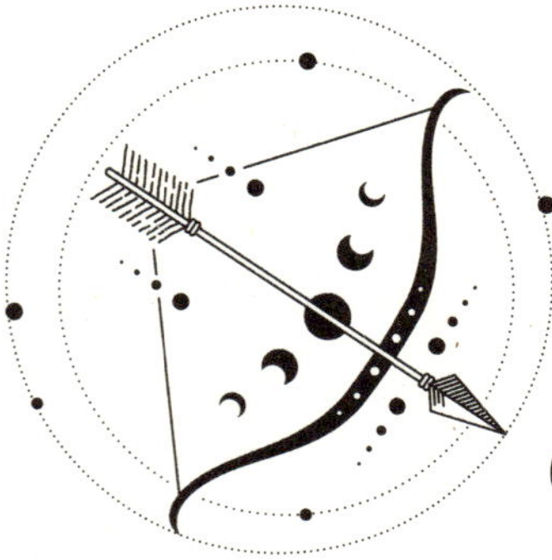

6

Chani

La dernière semaine de cours est passée sans crier gare. Je ne suis pas encore retournée dans ma communauté. Je n'ai pas envie d'être confrontée aux questions de mes parents ou même à leur jugement. J'ai décidé de rester à la Cité d'Émeraude pendant toute la session d'examens. C'est aussi pour moi une façon de montrer à mes tortionnaires que je suis toujours bel et bien là et que je n'ai rien à me reprocher.

Elis m'a beaucoup soutenue durant cette épreuve. Nous avons énormément discuté de nos vies, de notre éducation, de nos espoirs, de nos sacrifices et de notre travail pour acquérir la bourse. Il sait que j'ai été interrogée par la sécurité. Il l'a deviné, il n'est pas stupide. Il ne me pose cependant aucune question, je le remercie vraiment pour sa patience et sa compréhension. Je ne pensais pas me faire un ami chez les Célestes.

Cette communauté, plus spirituelle et philosophe, m'a toujours paru d'un autre temps. Leur mode de vie prône la connexion avec le vivant, un retour aux sources et aussi un état méditatif pour atteindre la pleine conscience. Baignés dans cette atmosphère, les Célestes semblent prédisposés à certaines facultés, dont la clairvoyance.

Chaque jeune réalise un pèlerinage au passage à l'âge adulte. Il gravit seul la montagne jusqu'au sommet perdu dans les nuages. Les anciens décrivent ce parcours initiatique comme la possibilité pour la personne de faire connaissance avec son moi profond et de communier avec l'énergie que l'on retrouve en chaque être vivant.

Même si je ne saisis pas toutes les subtilités de cette épreuve, il est clair que les boursiers de cette communauté possèdent une sagesse que j'admire. Ma fougue et mon impulsivité ne peuvent rivaliser. Quoiqu'en période de stress ou en cas de problème, j'arrive à maintenir mon calme et à modérer mes ardeurs. J'en ai eu la preuve durant ma phase de détention.

Depuis que je suis réapparue à l'Institut, les rumeurs vont bon train. Certains vont même jusqu'à imaginer que j'ai fait une dépression ou que j'ai tenté de me suicider car Hash a rompu avec moi. Je les laisse dire. Je préfère qu'ils aient ce type de pensées plutôt qu'ils commencent à se poser des questions sur une quelconque implication de ma famille dans la faction rebelle.

Hash passe le plus clair de son temps libre avec Myra, la blonde qui se tartine le visage de couleurs et qui sourit à tout bout de champ. Nous n'avons plus rediscuté depuis qu'il a réclamé sa dette et, même si j'ai manqué à ma promesse en n'avouant pas la vérité, je n'arrive pas à lui pardonner de m'avoir traitée de la sorte. Il aurait d'abord pu me parler, me demander des éclaircissements, me laisser une chance de m'expliquer, mais pas me livrer à la fouineuse comme il l'a fait.

Je sais que je ne suis pas toute blanche dans cette histoire, que je lui cache la vérité, mais sincèrement, que puis-je faire d'autre ? Dénoncer ma famille et perdre tout ce que j'ai ?

– J'ai besoin de te parler, je t'en prie.

Plongée dans mes pensées, devant le casier, je n'ai pas entendu Iman approcher dans mon dos. Je reconnais immédiatement sa voix chaude et grave. Elis m'a fait part toute la semaine des inquiétudes du rebelle à mon sujet. J'ai appris que c'était lui qui avait averti son père, le Pr Altar. Au départ, quand j'ai aperçu le professeur avec sa seringue, j'ai cru qu'il allait signer mon arrêt de mort, mais ensuite, j'ai compris qu'il m'avait sauvée. Représente-t-il un maillon de la faction rebelle ? J'en doute un peu. Peut-être est-il intervenu en tant que mécène pour protéger son image ? Ou tout simplement à la demande de son fils ?

Je me tourne doucement vers Iman, plongeant dans les eaux abyssales de ses iris. Mon ange protecteur. Il est toujours là pour moi, il l'a toujours été.

– Il est temps que nous parlions, en effet.

Il acquiesce en me souriant tendrement. Je ferme le casier et je le suis en silence dans le couloir. À part Iman, avec qui puis-je bavarder des sentiments qui me rongent ? À qui puis-je avouer la vérité ? J'ai besoin que ça sorte, besoin de me libérer de tout ce poids et de ces démons qui hantent mes nuits.

Nous marchons depuis plus d'une demi-heure, je ne sais pas où Iman m'emmène. Je me rends juste compte que l'on se rapproche de la muraille côté sud. De temps en temps, il jette un œil dans ma direction. Quand nous arrivons au poste de garde, il s'entretient avec l'agent de sécurité et lui remet deux tickets. Je n'ai aucune idée de ce qu'ils représentent, mais le vigile semble plus que ravi et nous laisse emprunter l'escalier qui mène au poste sur le rempart.

Je ne me suis jamais retrouvée si haut et avec ce panorama à couper le souffle. On peut apercevoir une partie des pics rocailleux, caractéristiques du Sud, et ensuite l'océan qui brille de mille feux sous les rayons du soleil. Voir l'eau qui s'agite me ramène à mon enfance, je me détends aussitôt. Je penche la tête vers Iman qui m'offre un immense sourire si communicatif que mes lèvres s'étirent instantanément. Son regard devient espiègle, comme s'il voulait jouer ou me tester, et il avance vers le bord. Je pousse instinctivement un petit cri en lui agrippant la main. Le rictus reste sur ses lèvres et ses doigts s'entremêlent aux miens, m'indiquant d'approcher à sa hauteur. Il s'assied ensuite sur le rebord et m'intime d'en faire autant. Je ne suis pas rassurée. J'ai pourtant grandi aux bords des falaises du Nord, mais je crois que j'ai perdu mon insouciance depuis mon passage au centre et les aveux de mes parents.

Il sort de son sac du thé glacé, des petits biscuits secs et des artys, des fruits rouges sucrés dont il sait que je raffole. Nous les dégustons sans dire un mot, en contemplant le paysage, comme si aucun de nous ne désirait revenir à la réalité et aux problèmes que nous devons affronter.

– Est-ce que ton père est au courant ? demandé-je soudain en rompant le charme.

– Au courant ? répète-t-il, étonné.

– Il m'a sauvée.

– Il t'a sauvée ?

– Tu ne savais pas ?

– Il m'a simplement déclaré de ne pas m'en faire, qu'il allait s'occuper de la situation, quand je lui ai expliqué que tu étais retenue au centre.

J'inspire en hochant de la tête, avant de lui raconter l'intervention du professeur et ma peur à la vue de l'aiguille.

– Il n'existe plus d'Absolat. Ils n'arrivent plus à le reproduire en laboratoire. Ils utilisaient un opiacé qui pousse sur le versant est, mais les boutures n'ont rien donné et la plante a péri avec le givre qui a persisté il y a trois lunes.

– Que m'a-t-il injecté alors ?

– Par rapport aux effets que tu me décris, probablement un cocktail d'antidouleurs avec un sédatif et, le connaissant, sûrement des vitamines et nutriments en supplément.

– Pourquoi est-ce qu'il m'a aidée, Iman ? Il fait partie des membres du conseil de la cité.

– Va savoir. Depuis la mort de ma mère, on s'est éloignés. Même si je possède ses yeux émeraude, tout le monde trouve que je suis le portrait craché de Miranda. Peut-être que je lui rappelle trop celle qu'il a perdue. À vrai dire, on n'a jamais été très proches, en tout cas, pas de la façon dont je l'étais avec ma mère. Tu es une boursière, je lui ai demandé son aide et il déteste les Bless. Je crois que ces trois raisons réunies ont été suffisantes.

– Tu dis qu'il déteste les Bless ?

– Oui, ça ne date pas d'hier. Le pouvoir décisionnel des Bless croît au fur et à mesure des générations et mon père les trouve trop extrémistes dans leur approche et leur vision des communautés.

– Quand as-tu rejoint la faction des rebelles ? demandé-je de but en blanc.

Il réfléchit un instant avant de rassembler ses idées et de me répondre.

– Lexi a soigné ma mère pendant plus d'une lune…

– Lexi ? Tu parles de ma mère ? le coupé-je.

– Oui. Ma mère est tombée gravement malade. Elle est allée retrouver ses parents et ses tantes nées juste avant la loi de l'enfant unique, dans la communauté Solaire. Mon père n'avait trouvé aucun remède, son état empirait. Elle voulait revoir sa famille, s'émerveiller du coucher du soleil sur les immenses plaines et les champs de blé. Au fond, je crois qu'elle est toujours restée une enfant de l'Est. Elle ne s'est installée dans la Cité d'Émeraude que pour épouser mon père.

– Ça signifie que ta mère était une boursière ?

Il opine de la tête avec un petit sourire malicieux.

– Le fruit ne tombe jamais loin de l'arbre, plaisante-t-il à mon intention.

Je comprends directement l'allusion. Moi aussi, je suis une boursière, comme l'était ma mère, nos mères.

Miranda, ce nom ne m'est pas étranger.

– On s'est déjà rencontrés ? Je veux dire… avant l'Institut ?

Son sourire s'agrandit, laissant place à un rire franc et éclatant qui me remplit d'allégresse. Je me sens bien en sa présence. Je ressens une sorte de calme intérieur qui m'apaise, comme si j'étais enfin à ma place.

Il dépose la main droite sur le cœur et fait mine d'avoir mal, mais ses yeux transpirent l'esprit farceur d'un enfant.

– Et moi qui pensais que tu te souvenais de moi…

Je ne sais pas si je dois rire ou m'excuser. Devant ma moue confuse, il se bidonne à nouveau.

– C'est malin ! lâché-je, agacée. Je ne me souviens néanmoins pas de toi. Désolée.

– Tu veux vraiment m'achever, là ? ajoute-t-il sur le ton de la plaisanterie.

Je cache mon visage au creux de mes paumes, honteuse de ne pas me souvenir de lui.

– Je t'ai rencontrée il y a trois lunes dans la communauté des Solaires. Tu accompagnais Lexi qui prenait soin de ma mère. Je t'avoue qu'au départ, je te trouvais un peu étrange. Habillée comme un garçon, les cheveux noirs courts, tu étais très solitaire. Puis, un jour, tandis que je sortais prendre l'air sur la terrasse en bois, je t'ai aperçue dans la rue principale, deux sacs de farine sous le bras, et Noham, une tête brûlée des Solaires, a tenté de te mettre la main aux fesses.

Son soudain éclat de rire apporte un peu de légèreté à ce moment partagé et je me détends aussitôt, me rappelant mentalement ce fameux jour.

– Je crois qu'il le regrette encore ! lâche-t-il en se bidonnant. Je t'ai vue lâcher un des sacs de farine et l'autre a valsé dans les airs pour venir aplatir la joue gauche de Noham. Tu as bien tiré parti de la situation quand il a perdu l'équilibre.

– Oui, confirmé-je, j'en ai profité pour le pousser et sauter à califourchon sur son torse…

– Et lui envoyer le plus beau crochet du droit qu'il m'ait été donné de voir ! Tu lui as fait mordre la poussière. Il a d'ailleurs fini par te supplier. On aurait dit une vraie petite guerrière, ajoute-t-il en guise de boutade.

Je souris à ce souvenir. J'étais une vraie tête brûlée à l'époque. Je me souviens que le père de Noham, un agriculteur du coin, a dû s'immiscer entre nous pour nous séparer.

– Son père m'a traitée de furie !

– Peut-être, mais toi tu lui as répliqué que son fils n'était qu'un gotra mal éduqué. L'analogie avec un animal sauvage des bois m'a beaucoup amusé. Lexi est ensuite intervenue et t'a réprimandée.

– En effet. En cognant Noham, je m'étais luxé le poignet et elle était en colère.

– C'était surtout toi qui étais révoltée, explique-t-il. Tu es passée à côté de moi en trombe et tes yeux noisette m'ont foudroyé sur place, alors que je n'y étais pour rien. Tu semblais prête à tout ravager sur ton passage.

À présent, c'est moi qui ris, d'un rire gras et spontané alors que ses pupilles s'enfoncent lentement tout au fond des miennes. Je ferme les yeux pour découvrir d'autres prunelles foncées. Ce sont celles de Hash qui me hantent et me dévorent. Boum. Il a fallu que je pense à lui, ne fût-ce qu'une seconde, pour que nos ébats dans la douche refassent surface. Je l'entends prononcer mon prénom. J'imagine le revers de sa main qui descend le long de mon cou jusqu'à mon décolleté et sa langue qui joue avec la pointe de mon sein. Je suis assise à côté d'Iman, mais je songe à Hash et je suis excitée. Il y a définitivement quelque chose qui ne tourne pas rond chez moi.

7

Chani

Après dix mois passés à l'académie, j'ai enfin démarré la seconde session d'examens. Le temps particulièrement chaud et sec m'épuise. J'ai bel et bien l'impression que mon corps perd beaucoup d'énergie à se thermoréguler. En plus de supporter la chaleur dans le quartier des boursiers, je vis des nuits toujours agitées, ce qui ne m'aide pas à être fraîche et dispose la journée pour étudier. Je ne cherche plus vraiment à briller aux examens, maintenir ma bourse me semble suffisant, d'autant que je n'ai aucune idée de ce que l'avenir nous réserve.

Je n'ai pas voulu en connaître davantage sur la stratégie des rebelles et, surtout, je n'ai pas eu envie d'être impliquée dans leurs actions. L'incertitude commence cependant à me gagner, le fait de ne pas savoir est peut-être pire que d'être au courant. « Le mouvement est en marche », cette phrase revient sans cesse à mon esprit et me perturbe. Quel mouvement ? Qu'est-ce que ça signifie exactement ? Et comment vais-je être impactée ? Et… J'ai tellement de questions en fin de compte.

J'ai songé à les poser à Iman, mais je ne souhaite pas compliquer notre relation. Il ne semble de toute manière pas posséder les réponses. Je crois qu'il espère beaucoup des actions de cette faction. L'unicité, mais aussi la justice, l'équilibre, le partage. Tout ce à quoi j'aspire, en réalité.

Je regarde la date sur ma tablette et je me sens déprimée et frustrée. Je devrais fêter mes 21 lunes, mais les personnes dont j'étais le plus proche ne sont pas celles que je pensais. Si l'on m'avait dit, la lune passée à la même période, que ma mère était la cheffe des rebelles, je crois que ça m'aurait beaucoup fait rire. C'est pourtant bien réel et j'avoue avoir encore des difficultés à l'admettre. De plus, je suis toujours en colère contre mes parents et leurs mensonges, ou en tout cas ce qu'ils ont omis de dire, de m'expliquer.

J'ouvre deux boutons supplémentaires à mon chemisier et retrousse les manches. C'est une véritable fournaise dans ma chambre. J'entends alors des pas devant ma porte et des rires qu'on tente de masquer. Ce n'est vraiment pas le jour pour une plaisanterie ! Le battant à peine entrebâillé, je vois le visage d'Elis apparaître, tout sourire, suivi de celui des autres boursiers. Un grand « Joyeux anniversaire » retentit dans le couloir et une magnifique frosia rouge carmin dans la main de mon ami se fraie un chemin dans l'ouverture. Leur bonne humeur se répand en moi à la vitesse de l'éclair tandis que je les remercie chaleureusement. Carrie se tient un peu en retrait, comme à son habitude, mais m'offre néanmoins une moue qui ressemble à un petit sourire. J'ai rarement vu ses lèvres s'étirer depuis que je la connais, et pourtant les Solaires sont réputés pour leur entrain et leur gaieté. Carrie est l'exception qui confirme la règle.

– On a tous fini notre examen en fin de matinée, dit Elis de vive voix. Par conséquent, on se donne rendez-vous au parc pour un pique-nique afin de fêter tes 21 lunes !

Je veux répliquer, mais il ne m'en laisse pas le temps.

– Je t'interdis de dire non ! On a déjà tout prévu.

Ils semblent tous satisfaits quand j'accepte leur proposition. Carrie aussi. Enfin, je crois. Nous partons vers l'Institut dans la joie et dans un brouhaha qui me met du baume au cœur.

Dans le couloir, je passe devant Hash. Il est en pleine discussion avec Myra.

Évite de le regarder, idiote !

Il suffit que j'aie cette pensée pour tourner le visage et capter ses yeux noirs qui me font fondre sur place. J'ai toutes les peines du monde à détourner mon regard de ses iris perçants. Je croyais le détester, ne jamais pouvoir lui pardonner, mais mon corps exprime le contraire. Mes battements s'accélèrent à un tel rythme que j'imagine un instant que mon cœur va exploser en mille morceaux.

Dès que j'entrouvre la porte du casier pour y ranger ma tablette et mon sac, des ballons jaunes s'envolent et je les attrape juste à temps pour récupérer les deux jolies cartes accrochées aux ficelles. Je lis les messages inscrits : « Joyeux anniversaire » et « J'ai une surprise pour toi. » Je devine immédiatement le nom de la personne à l'origine de ces mots : Iman. Cette attention me touche profondément.

La sonnerie retentit et me tire de mes pensées. Heureusement, la cryptographie est à l'ordre du jour et mon esprit logique prend le dessus pendant l'examen, occultant mes émotions du moment. Quand je sors du local, je suis étonnée d'apercevoir Erynda qui patiente à côté de mon casier, un petit colis enrubanné dans les mains.

– Je te souhaite un bon anniversaire, dit-elle en tendant le paquet cadeau quand j'arrive à sa hauteur.

J'hésite à le saisir, alors elle me le fourre dans les doigts et chuchote quelques explications au creux de mon oreille.

– Je suis vraiment désolée. Je n'ai jamais envisagé de te nuire. Tu es… tu étais mon amie et tu comptais beaucoup pour moi. Je n'ai pas vraiment eu le choix.

– Pourquoi ? demandé-je simplement tout bas.

– Je voulais… je devais protéger quelqu'un.

Les sourcils levés, je la fixe pendant que mon front se plisse. Si elle désire que j'aie à nouveau foi en elle, elle va devoir me dire la vérité. Je patiente, elle passe nerveusement la langue sur sa lèvre inférieure qu'elle mord ensuite entre ses dents.

– Erynda !

– C'est ma petite sœur, murmure-t-elle en se rapprochant.

Je m'attendais à tout, sauf à cette déclaration. Je vérifie que personne autour n'a pu nous entendre. Je lui fais signe de me suivre et nous sortons à la hâte de l'Institut. En nous dirigeant vers le parc, je la questionne discrètement.

– Comment peux-tu avoir une sœur ?

Erynda m'avoue que, malgré l'opération que les femmes subissent après leur accouchement, sa mère est tombée enceinte cinq lunes plus tard.

– Comme elle était missionnaire dans la Cité blanche, elle a fini sa grossesse en toute confidentialité dans le temple de la méditation. Coralina, une Céleste qui dédie sa vie à son prochain, a accepté de déclarer la naissance à son nom et, depuis ce temps, elle s'occupe de ma sœur comme si elle était sa mère.

Je pose une main réconfortante sur son épaule. Cette révélation lui a coûté, elle a pris des risques en me la confessant.

– Ton secret est bien gardé avec moi. Mais, attends, ajouté-je en réfléchissant à toute allure, tu veux dire que Talia Bless est au courant ?

– Disons qu'elle protège certains secrets tant que ça l'arrange et qu'elle peut les utiliser en sa faveur.

– Mais elle n'a aucune preuve ?

– Tu crois qu'elle a besoin de preuves ? Quand tu as réintégré l'Institut, j'ai su immédiatement que tu ne revenais pas de convalescence ou d'une quelconque tentative de suicide.

Je ne réponds pas. Est-ce qu'elle essaie de se rapprocher de moi pour me soutirer des informations ?

– Talia Aiden laisse toujours sa marque sur les gens, déclare-t-elle avec amertume. Ne la laisse pas gagner. Neva, ma petite sœur, n'est au courant de rien. Mes parents veulent la préserver. Je vais de temps en temps lui rendre visite et tu ne peux pas savoir comme c'est compliqué et difficile de ne rien lui avouer.

Ses yeux s'emplissent de larmes, mais elle les fait disparaître du revers de la main avant de reprendre son souffle.

– Assez parlé de moi. Ouvre ton cadeau.

Je découvre les petites boucles d'oreilles cuivrées en forme de plume que j'avais admirées lors d'une de nos sorties en ville juste avant le bal. Je suis sidérée qu'elle s'en soit souvenue.

– Merci, dis-je sincèrement, non sans une certaine émotion dans la voix.

Sans sourciller, elle m'attrape dans ses bras et me serre affectueusement, sous le regard médusé d'Iman qui arrive à nos côtés. Je retire les deux étiquettes d'une poche de mon sac, les secoue dans sa direction et lâche un « Merci » silencieux avec un sourire entendu.

– Et les ballons ? demande-t-il en riant et en m'embrassant sur la joue.

– C'était toi ? s'enquiert Erynda.

– Les plafonds sont trop hauts, déclaré-je, amusée.

La voix d'Elis nous interpelle alors que je découvre les boursiers assis en tailleur au milieu de la pelouse avec des paniers remplis de victuailles et de boissons, le sourire aux lèvres.

– C'est parti, lance Iman, de mèche avec eux.

Erynda tente de faire demi-tour, mais je l'attrape par le poignet et l'invite à se joindre à nous. Notre petite réunion ne passe pas inaperçue, ça ne m'empêche pas de profiter de chaque instant.

Sur le trajet du retour vers les logements, je réfléchis silencieusement à la confidence d'Erynda. Je n'avais pas conscience que les interventions du comité pouvaient s'effectuer au détriment de certains membres de la communauté Émeraude. Je vais devoir en informer ma mère. S'il existe des dissensions parmi les Élus, peut-être y a-t-il un moyen de les rallier à la cause et d'agir de façon pacifique ?

8

Hash

Quand je vois les ballons s'échapper de son casier, je me rappelle que c'est son anniversaire. Son attitude surprise mais émerveillée réveille en moi des réminiscences de nos journées passées ensemble.

Je me souviens d'un moment précis, dans sa chambre, juste après l'acte. Elle était nue et couchée à plat ventre sur le lit, la tête reposant sur l'oreiller et les bras croisés glissés sous l'épais tissu. Elle m'avait offert un large sourire et des milliers de petites étoiles brillaient dans ses yeux.

Elle était heureuse.

C'est la pensée qui m'avait traversé en la regardant ce jour-là. J'avais avalé un grand verre d'eau et j'étais retourné à ses côtés, de nouveau excité par la vision qu'elle m'offrait.

– Si tu ne caches pas tes fesses, je ne réponds plus de moi.

– J'aimerais bien voir ça, avait-elle lâché en gloussant.

Elle appréciait me défier et j'adorais qu'elle le fasse. Je lui avais envoyé une légère claque sur les fesses. Elle avait poussé un petit gémissement qui avait rempli mes batteries en un quart de seconde. Ma paume s'était faite plus lourde la seconde fois. Son derrière sexy s'était trémoussé et elle avait arqué la tête jusqu'à happer mon regard enfiévré.

Ses yeux m'avaient encouragé à poursuivre. Après quelques tapes supplémentaires terriblement excitantes, ma main s'était faufilée entre ses cuisses. Elle était de nouveau prête à me recevoir et nos corps, pleins d'ardeur, avaient fusionné jusqu'à plus soif. C'était intense. Avec elle, ça avait toujours été fabuleux.

– Tu m'écoutes ? interroge Myra en élevant la voix.

– Bien sûr, mens-je en lui adressant un faux sourire tout en reportant mon attention sur ses cheveux blonds relevés en un chignon beaucoup trop haut à mon goût.

Elle continue son monologue au sujet de la fête qu'elle souhaite organiser pour la fin des examens. Je ne la quitte pas du regard, en approuvant de temps à autre de la tête, mais mes pensées repartent vers Chani.

Je n'entends plus les propos de Myra, j'aperçois ses lèvres bouger, mais je ne l'écoute plus. À la place, j'entends la voix de Lucinda qui me révèle la participation de Chani aux différents tournois de tir à l'arc en même temps que les membres présumés de la faction rebelle, dont Sami Erati, son père. C'est à ce moment précis que j'ai compris qu'elle m'avait leurré tout ce temps. Pire, probablement utilisé.

Iman affirme le contraire, mais il n'a pas toutes les données en main. Il n'est pas au courant de ce que je sais. Jusqu'au bout, elle m'aura menti. Je l'ai ressenti comme une trahison. Elle m'a blessé bien plus qu'elle ne peut l'imaginer.

J'avais confiance en elle.

La sonnerie me libère de Myra qui m'embrasse fougueusement avant de me souhaiter bonne chance pour l'examen. Comme si j'avais besoin de chance. Je désire juste battre Chani à plate couture.

Je me demande pourquoi la sécurité lui a donné la possibilité de réintégrer l'Institut. Je n'étais pas préparé à son entrée en classe, les yeux cernés, la mine détruite et ses cheveux attachés en une queue-de-cheval alors qu'elle les laisse toujours détachés sur ses épaules. À aucun instant elle n'a regardé dans ma direction. Elle n'a regardé personne en particulier, d'ailleurs. J'ai ressenti une vive douleur, comme un grand vide qui se créait en moi. C'était moi sans elle.

– Nous n'avons pu en tirer aucune information, a déclaré ma mère, énervée. Nous l'avons laissée reprendre les cours, dans la mesure où Laxos Altar est intervenu. Les boursiers sont sous sa responsabilité. Nous allons cependant la surveiller, car, crois-moi, mon fils, mon flair ne me trompe jamais.

Je veux juste qu'elle reste loin de moi !

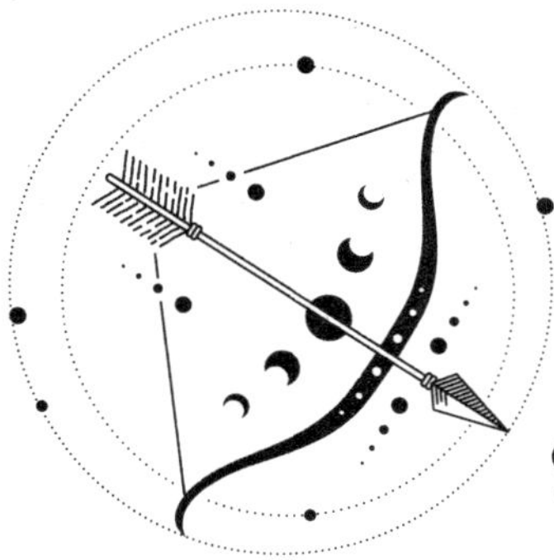

9

Chani

Je n'ai aucune idée de l'endroit où Iman m'emmène pour fêter mon anniversaire, mais cette sortie tombe à point nommé pour me changer les idées. Il m'a dit de porter une jolie robe tout en restant moi-même. C'est ce que j'apprécie chez mon ami, le fait qu'il m'accepte pour ce que je suis et qu'il comprenne mes moments de doute et de désarroi.

J'enfile une robe asymétrique dans des tons orangés et cuivrés et de fines sandalettes. Mes cheveux sont lâchés sur mes épaules et laissent entrevoir les boucles d'oreilles qu'Erynda m'a offertes. Mes yeux sont rehaussés d'un trait marron et j'ai appliqué un léger pourpre brillant sur mes lèvres.

– C'est trop ? demandé-je quand j'aperçois la mine ahurie d'Iman en sortant du bâtiment.

– C'est… parfait.

Son compliment me fait plaisir et détend immédiatement l'atmosphère. Je me sens à l'aise avec lui, alors je souris.

Nous marchons en silence à travers les ruelles du centre. Le ciel étant dégagé, nous pouvons apercevoir les deux lunes qui éclairent la cité en train de se chevaucher. Je me dis que ce doit être un signe d'être née le jour où les lunes se superposent et où un nouveau cycle démarre.

De petites lumières parsèment la ville et lui donnent un air de fête. Les frosias et les allangas, des arbustes au feuillage persistant et à la floraison parfumée, sont tous en fleur et la vue est aussi belle que le parfum délicat qu'ils répandent. Je n'en rate pas une miette. J'admire leur floraison et en profite pour humer leurs bouquets.

Iman me fait emprunter une modeste artère plus sombre. Cela m'angoisse un peu, mais il me rassure avec de douces paroles. Nous nous arrêtons enfin face à une devanture peinte de perles et de vagues. Mon ami m'explique que Les Trésors de la Mer est la reproduction d'une petite auberge de l'ancien monde. Si l'on ne peut pas y dormir, comme à l'époque, on peut y manger comme des seigneurs. Le restaurateur nous guide vers la table réservée pour l'occasion. Elle se situe juste devant un immense aquarium. Je n'en reviens pas ! La stupéfaction doit se lire sur mon visage, car Iman se sent obligé de confirmer :

– Oui, ce sont bien des poissons.

Je continue à le regarder, l'air dubitatif. Ces poissons viennent-ils de l'océan ?

– Ils sont vivants et ils proviennent de l'océan, ajoute le grand blond qui se marre devant moi.

Je fais un pas en avant pour me planter devant l'aquarium. Iman passe commande de deux verres d'Exa.

– C'est incroyable, soufflé-je, émue, d'une voix un peu enrouée.

– Chani, viens t'asseoir, notre table est juste en face du bassin.

Je quitte à regret ma position pour prendre place à table. Mes yeux virevoltent de l'aquarium à mon voisin.

– Ils peuvent vivre dans l'eau de ce bassin ?

– L'eau a la même concentration en sel que l'océan et, oui, ils peuvent vivre un certain temps dans ce bassin.

– Un certain temps ?

Les lèvres d'Iman s'étirent en un large sourire amusé devant mon grand intérêt pour ces vertébrés aquatiques.

– Même si l'eau est régénérée en oxygène grâce à une petite pompe à l'arrière, ce sont les petites bulles que tu peux apercevoir dans le coin arrière droit, les poissons pêchés sont trop gros pour survivre longtemps dans ce bassin.

– Ils sont pêchés ? m'exclamé-je alors qu'un serveur nous amène la boisson alcoolisée.

Je le remercie, avale la moitié de mon verre d'un trait et fixe mon ami, attendant une explication.

– On a d'abord tenté avec un système de poulies et de nasses, mais les filets étaient abîmés avec les rochers, et surtout, les bancs de poissons sont plus loin du rivage. Les chercheurs en robotique ont réussi à reproduire les drones de base du continent. Ils peuvent lâcher des filets plus loin dans les eaux profondes et les remonter. C'est assez délicat, parce qu'ils ne sont pas aptes à supporter trop de poids et l'océan regorge d'algues de toutes sortes.

– C'est fascinant. J'en ai vu dans des livres, des vidéos, des peintures, mais c'est la première fois que j'en observe en vrai. La houle est trop importante dans le Nord pour apercevoir des poissons. Merci, Iman.

– Et tu vas pouvoir choisir celui que tu souhaites.

– Que je souhaite ?

– Que tu veux manger.

– Tu veux que je mange un de ces poissons ? Non, mais il n'y a pas à dire, vous avez un problème !

Les autres convives tournent la tête dans notre direction au son de ma plainte qui s'est élevée dans la salle. Je baisse légèrement les yeux avant de poursuivre plus calmement :

– Ces poissons sont rares. En tout cas, assez rares pour n'être consommés que dans cette ville ou peut-être même dans cet endroit. Je…

Je soupire. Iman me regarde avec embarras. Je n'aurais pas dû faire une remarque qui le mette dans une situation pareille.

– Je suis désolé. Ce n'était pas une bonne idée. Tu apprécies tellement les artys que je me suis dit que tu aimerais découvrir et goûter la chair d'un poisson. Mais tu as raison, c'est insensé, et c'est un privilège qui ne devrait pas être réservé à une élite.

Mes pensées s'entrechoquent à toute vitesse. Les yeux baissés, je pince la lèvre inférieure entre le pouce et l'index en réfléchissant. Quand je relève la tête, Iman est toujours en train de me fixer, un peu gêné. Je vide mon verre cul sec avant de lâcher :

– D'accord.

Il m'observe à nouveau, l'air perplexe.

– On devrait aller ailleurs. C'est ton anniversaire, j'aurais dû te demander quelles étaient tes envies…

– Non, du poisson, c'est très bien. Ce sera une première pour moi. Peut-être la seule occasion, ajouté-je, allons-y !

– Tu es sûre ?

– Je vais prendre le plus cher, dis-je en pouffant.

Iman part dans un rire franc, bon enfant, et sa réaction me fait chaud au cœur. Nous optons pour un tachetar, un poisson brun tacheté de noir qui renferme une chair d'une blancheur intense et ferme. Son arôme est délicat, aussi, je le déguste lentement, appréciant toutes les saveurs.

– C'est délicieux, concédé-je, mais ça ne remplit pas son homme. Pour un travailleur manuel, on pourrait bien tripler la portion.

Mon acolyte s'amuse de mon analyse, mais il la trouve néanmoins très pertinente, d'autant plus que le poisson se digère plus rapidement que la viande ou les légumineuses.

La température du soir est agréable, un léger vent s'est levé en début de soirée, aussi Iman propose-t-il d'aller boire un verre à la terrasse d'une petite échoppe du centre-ville. Il opte pour le bar La Fée Verte qui présente toute une série d'alcools, notamment la fameuse Fée Verte tirée d'une plante contenant de la chlorophylle. Sceptique, je découvre le breuvage verdâtre typique de la cité. Je décide néanmoins de le goûter, mais tousse après la première gorgée.

– Ça arrache ! lâché-je.

– C'est sûr, confirme mon ami. Ne bois pas trop vite, c'est assez fort.

– Je n'ai pas d'examen demain.

Je termine mon verre d'une seule traite, attrape celui d'Iman et le vide cul sec en riant.

– Peut-être, mais si tu veux être capable d'étudier pour le prochain, c'est préférable.

– Pourquoi ? Dans quel but ? À quoi cela va-t-il servir ? demandé-je alors, me rappelant les paroles de ma mère. J'ai travaillé pour rien. Tous ces efforts pour rien ! Le mouvement est en marche !

Iman se penche aussitôt vers moi pour me stopper dans mon élan.

– On ne devrait pas parler de ça ni ici ni maintenant.

– Alors où et quand ?

– On discutera au calme, quand tu seras sobre, après les examens.

– Et si la sécurité m'attrape une nouvelle fois ?

– La sécurité ne te fera plus rien.

– Qu'est-ce que tu en sais ? lancé-je dans un rire cinglant.

Mon regard s'attarde un instant sur la scène dans la ruelle derrière mon ami. Instinctivement, je lève les yeux au ciel en même temps que les bras puis les laisse retomber, avant de taper des poings sur la table.

– Il ne manquait plus que lui !

10

Hash

Myra a réussi à me convaincre d'aller boire un verre dans le centre. À vrai dire, j'ai fini par capituler pour la faire taire. Elle a débarqué une heure plus tôt à la maison et s'est lancée dans des discussions avec ma mère auxquelles je n'avais pas envie de prendre part.

On est en train de flâner dans la ruelle des bars quand les battements de mon cœur s'accélèrent. Chani est attablée avec Iman à La Fée Verte. Elle lève ses yeux en même temps que les miens traînent sur elle. Soudain, ses poings frappent la table et en deux enjambées, elle nous rejoint.

– Qu'est-ce qu'elle veut, la Sombre ?

La voix haut perchée de Myra est agressive, mais ça n'arrête pas Chani qui se poste juste devant elle.

– La Sombre, elle t'emmerde !

Et comme si ça ne suffisait pas, elle ajoute d'un air narquois :

– Madame Ordre Mineuuuur…

Les joues de Myra virent au rouge de colère pendant que la boursière glousse bruyamment. J'avoue que son hilarité est communicative. Arrivé sur ces entrefaites, Iman m'observe sévèrement. Il n'est pas content, mais, sincèrement, je n'en ai rien à foutre.

– Allons-nous-en, intervient-il, tâchant d'attraper la main de Chani, mais elle le repousse et se tourne vers moi.

– Ça t'a plu ? demande Chani.

– Pardon ? lancé-je, perdu.

Le fils Altar s'efforce d'entraîner Chani par les épaules pour éviter les problèmes et ainsi échapper aux regards des curieux, mais elle glisse habilement entre ses doigts et se positionne devant moi à quelques centimètres à peine de mon corps. Elle relève le visage et fixe ses prunelles aux miennes. Mon cœur redémarre une douloureuse danse. Myra tente de s'interposer, mais Chani la bouscule facilement.

– Les petits tours de Lucinda, ça t'a plu ? T'as aimé ça ? Me voir comme ça ?

Sa dernière question s'étrangle dans sa gorge. À sa façon de parler, je comprends qu'elle est saoule. Iman secoue la tête, regrettant probablement de l'avoir laissée boire. Myra a l'air perdue, et moi, je ne ris plus. Mes yeux agrandis la fixent. La tension est si palpable entre nous. C'est à peine si j'arrive à respirer.

– Tu es comme elle. Comme ta mère. Sans cœur, prononce-t-elle tout bas.

Ses paroles m'achèvent sur place.

Suis-je sans cœur ?

Je l'étais, avant qu'elle vienne le réanimer. J'aimerais d'ailleurs ne pas en avoir un à l'instant présent, car il me fait atrocement souffrir. J'ai l'impression qu'elle m'a sauvé pour mieux m'achever petit à petit.

Iman lui attrape le poignet avant que les choses ne s'enveniment. Elle fait un pas dans sa direction puis se dégage en repoussant sa main.

– Je suis désolée d'avoir gâché cette sortie, Iman. Je vais rentrer.

– Attends, je vais te raccompagner.

– Ce n'est pas la peine. Je t'ai assez embarrassé pour la soirée.

Triste, il la regarde qui s'éloigne en titubant. Lorsqu'il se tourne vers moi, mes yeux le foudroient en un éclair.

Je le hais. Je la hais. Je les hais tous les deux.

11

Chani

C'est fini ! Je ne boirai plus jamais de ma vie !

Ma bouche est pâteuse et les maux de tête incessants. J'ai déjà avalé trois grands verres d'eau et j'ai toujours aussi soif.

Fée Verte, tu parles ! Démon vert qui s'empare de toi, oui !

À cette pensée, des souvenirs de la veille viennent s'entrechoquer dans mon petit cerveau embrumé et je bondis sur mes pieds. Hash !

Je n'ai pas fait ça. Je n'ai pas dit ça. Je vais me réveiller.

Pourtant, petit à petit, la scène me revient en mémoire et la honte m'envahit profondément. Pour une Sombre qui ne souhaitait pas montrer ses faiblesses, je me suis ridiculisée hier. Quelle humiliation ! Et Hash qui me fixait, ébahi, se demandant pourquoi je l'agressais au milieu de la foule. Ensuite, j'ai vu le regard peiné et gêné d'Iman et je ne voulais pas de sa compassion. Alors je l'ai repoussé. Lui qui m'avait organisé une soirée, spécialement pour mon anniversaire. Quel gâchis !

Le seul épisode amusant a été celui où le visage de Myra est devenu rouge sang. Je l'ai bien atteinte dans son amour-propre. Je ne me serais jamais permis de la traiter de la sorte en n'ayant rien bu, mais, en fin de compte, elle a obtenu ce qu'on appelle un retour de bâton.

J'ai l'impression que ma chambre tourne légèrement, aussi, je me remets au lit. Mon estomac ne semble pas dans un meilleur état que mon cerveau. J'ai vraiment besoin de dormir et récupérer un peu avant de pouvoir étudier la matière suivante. Je suis réveillée en plein après-midi par Elis qui tambourine à l'entrée. Je finis par réussir à me lever et à lui ouvrir la porte.

– Oh la tête ! lâche-t-il.

– Merci, marmonné-je.

– Tu es malade ?

Je secoue la tête et prononce « Fée Verte ». Son rire résonne dans mes tempes, puis il se dirige vers la petite cuisine pour élaborer une mixture dans un grand verre.

– Avale ça, ça ira mieux après.

La couleur et l'odeur de sa préparation ne me donnent pas envie de l'ingurgiter, mais je suis prête à tout pour que cet état de faiblesse et d'irritabilité s'en aille.

– Cet alcool, ça ne pardonne pas. J'en ai bu une fois trois verres et j'ai mis des jours à récupérer.

Il rit de plus belle devant ma mine dépitée puis m'interroge sur la soirée. Elis a l'habitude de se confier sur sa relation à distance compliquée avec Nissa : ses doutes, ses peurs, et parfois son désir de tout arrêter. Aujourd'hui, c'est mon tour. Je lui parle sans détour de la sortie et de mon dérapage. Je n'omets aucun détail et il opine doucement de la tête, sourcils levés et lèvres pincées, quand je lui fais part de ma dernière remarque à Hash.

– OK.

– OK ?

– Pour le coup, là, c'est mort avec Hash. La relation était déjà tendue et ambiguë entre vous, ça m'étonnerait qu'il t'adresse encore la parole.

J'incline un peu le menton pour lui signifier mon accord, mais subitement une boule se forme dans ma gorge, et je n'arrive pas à retenir les larmes que j'ai si longtemps refoulées. Je ne pleure plus, j'inonde le tee-shirt d'Elis qui me réconforte à bras ouverts en caressant délicatement mes cheveux. Ce geste a le don de m'apaiser. Mon père me pressait souvent contre lui, me berçant, passant la main en douceur dans ma longue chevelure.

– J'ai mis Iman dans une situation malaisante et je m'en veux terriblement, dis-je, même si ce n'est pas ça qui me fait pleurer.

– Peut-être pourrais-tu commencer par lui demander pardon ? Il a beaucoup d'affection pour toi, tu sais, Chani. Il a réellement l'air d'être un type bien.

J'essaie de mémoriser mes notes pendant la soirée, mais les paroles d'Elis font écho en moi. Je dois des excuses à Iman. À bien y repenser, s'il n'avait pas averti son père lors de ma détention, je servirais peut-être de nourriture aux poissons à l'heure actuelle.

Je me lève tôt le lendemain matin pour revoir mon cours de physique quantique avant le bilan de l'après-midi. En fin de matinée, je me rends à l'Institut, espérant rencontrer Iman, mais les seconde n'ont pas de test aujourd'hui. Je ne me sens pas le courage de débarquer chez lui. Laxos Altar m'a peut-être sauvée, il demeure néanmoins le mécène. Il ne serait pas bienvenu que j'accède en tant que boursière à sa propriété privée. Je peste de ne pas avoir encore connecté nos tablettes pour pouvoir lui envoyer un message.

Je me trouve déjà dans la salle de classe quand Hash fait son apparition. Il a une présence qui occulte les autres. Les autres et tout le reste d'ailleurs. Ses magnifiques yeux noirs me fusillent littéralement sur place. Il me hait, c'est sûr. Si j'avais encore des doutes, ils viennent de se dissiper.

J'éprouve d'énormes difficultés à me concentrer sur mon évaluation et, quand la sonnerie retentit, je prie le ciel d'avoir atteint le minimum pour préserver ma bourse.

Les jours suivants passent rapidement. Si je discute beaucoup avec les boursiers ainsi qu'avec Erynda qui rejoint souvent notre petit groupe, je suis transparente pour Hash. Il ne m'adresse plus la parole à nouveau, comme le reste de la classe.

Le dernier examen passé, j'ai décidé de repartir dans la communauté Sombre. Les résultats ne sont pas encore affichés, mais j'ai besoin de m'éloigner de cette cité que j'ai pourtant tant appréciée. Le clapotis des vagues sur les rochers me manque, le vent du large me manque, les embruns, l'odeur de la terre meuble et de l'humus des sous-bois, les grands arbres qui balancent leurs branches et la lumière qui filtre au travers pour danser sur la mousse sous mes pieds.

Mon estomac est comprimé à l'idée de revoir mes parents et d'apprendre leurs plans et les tactiques qu'ils espèrent mettre en place pour atteindre leurs buts. Je ne suis pas sûre de pouvoir me positionner dans leur camp, ni dans n'importe quel camp, en vérité. Je ne veux pas de conflit entre les communautés. J'ai vu la haine dans les yeux de Talia quand je me suis retrouvée devant elle au centre de détention. Et en aucun cas je ne désire lui ressembler. J'éprouve bien entendu un profond ressentiment à son égard et à l'égard de tous ceux qui ont outrepassé leurs droits en m'emprisonnant et en m'humiliant. Je ne souhaite cependant pas passer de l'autre côté, franchir cette barrière invisible qu'ils ont dépassée. Ce n'est pas de la lâcheté ou même du courage, je veux juste pouvoir me regarder en face et assumer mes choix sans regret. Je rêve d'être en paix avec celle que je suis au plus profond de moi. Les expériences sont là pour nous faire grandir. Bonnes ou mauvaises. Pour nous rendre meilleurs, nous surpasser. Talia doit avoir sacrément peur de la faction rebelle pour agir de la sorte et martyriser une étudiante qui pourrait avoir l'âge d'être sa fille.

J'observe le paysage vers l'ouest et la Cité blanche au travers des immenses portes ouvertes de la fortification. Devant le soleil qui m'éblouit, je lève la main droite pour créer une visière et me protéger des rayons. Le transporteur commun ne va pas tarder.

Les bras étirés, j'aperçois mon protecteur aux cheveux blonds bouclés surgir d'un petit sentier. J'hésite un instant avant de me lancer finalement dans ses bras, abandonnant mon sac sur place.

– Je suis trempé, souffle-t-il pour s'excuser d'être en sueur.

Je refoule mes larmes naissantes et resserre mon accolade.

– Je suis vraiment désolée, Iman, déclaré-je d'une voix chevrotante.

Ses bras se referment avec force sur mon dos tandis qu'une de ses paumes masse doucement ma colonne vertébrale.

– Je serai toujours là pour toi, souffle-t-il, ému.

Le bruit d'un moteur nous fait sursauter et nous relâchons simultanément notre emprise.

– J'ai besoin d'être mise au courant de ce qu'ils vont entreprendre. Je ne peux plus être maintenue à l'écart, ça ne m'aide pas, Iman. Au contraire.

– Je comprends.

Je n'ai aucune idée de ce que ressentent des âmes sœurs, mais j'ai l'impression que nous sommes sur la même longueur d'onde et qu'il existe un lien très particulier entre Iman et moi. Chaque regard échangé, chaque sourire partagé renforce cette certitude. C'est comme si nous avions été destinés à nous rencontrer et à partager cette complicité unique qui nous unit. Grâce à lui, j'ai l'impression que je ne serai jamais plus seule…

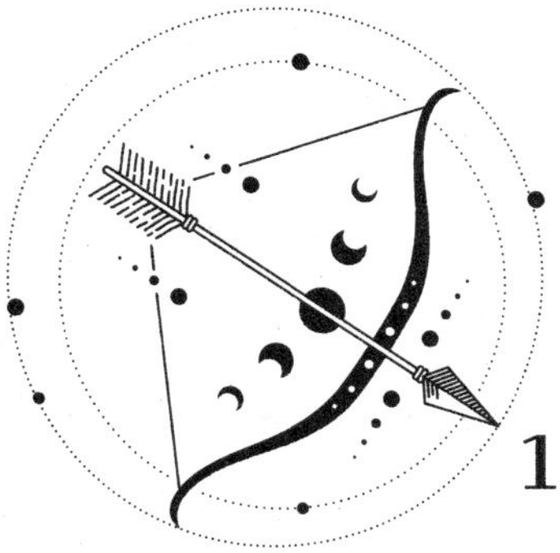

12

Chani

De retour dans la communauté, je m'attarde sur le chemin de la maison, sac sur l'épaule, profitant du soleil qui descend doucement sur l'horizon. L'air embaume l'odeur fraîche, sucrée et légèrement camphrée des arbres de la forêt. Plus loin, l'effluence du sel de l'océan se mêle à celle des algues, cette odeur typique qui remonte le long des falaises, emportée par les vents. Ces souvenirs olfactifs font palpiter mes narines et me procurent une sensation de bien-être immédiate.

Mon père m'accueille chaleureusement, me souhaitant un joyeux anniversaire et, l'espace d'un instant, j'oublie les problèmes et la Cité d'Émeraude. Je me blottis dans ses bras pour redevenir l'enfant que j'ai été, insouciante, légère et aimante. Puis ma mère apparaît et, sans geste tendre ou rassurant, elle m'interroge directement sur ma mise en détention. Après d'innombrables questions, elle paraît soulagée d'apprendre qu'aucune information n'a fuité et qu'ils m'ont libérée. Mon père, à l'inverse, semble en colère et vocifère des menaces contre les dirigeants qui m'ont torturée.

Je suis déjà lasse de cette situation et de cette enquête que me fait subir ma mère. Je mange en silence avant de rejoindre ma chambre.

Après une nuit agitée, je rejoins la cuisine où je trouve ma mère, affairée, alors que le soleil n'a pas encore pointé le bout de son nez.

– Tu es déjà levée ?

– Je dois me rendre quelques jours dans la Cité céleste, répond-elle tout en préparant un casse-croûte pour la route, sa trousse de guérisseuse déjà bouclée à ses pieds.

– Je pense que ton départ peut bien être retardé de quelques heures. Nous devons absolument parler de la faction et des répercussions de vos actions.

– Qu'est-ce que tu racontes ? Je te l'ai bien précisé la dernière fois, moins tu en sais, plus tu seras en sécurité.

– Comment veux-tu que je sois en sécurité tant que mes parents font partie de la faction rebelle ? Tu te rends compte de ce qu'ils feraient s'ils comprenaient que tu es la cheffe de la faction ?

– Tu ne dois plus y retourner, gronde mon paternel.

– Papa, tu es debout aussi ?

– Je n'aurais pas pu dormir avec vous deux qui criez en bas. De toute manière, maintenant, ça devient trop dangereux pour toi. Tu resteras ici à la rentrée.

– On ne peut plus changer les plans, intervient ma mère. Si elle ne réintègre pas l'Institut, ce sera vraiment suspect, alors ils approfondiront leur enquête.

– Lexi, crie mon père, c'est notre fille et elle a été torturée, bon sang ! J'en deviens fou depuis que je suis au courant.

– Je sais que c'est difficile, lui répond-elle calmement, mais elle s'en est bien tirée. Ils n'oseront plus s'en prendre à elle.

– En réalité, c'est Iman qui m'a sauvée, avoué-je.

– Iman ?

– Oui, papa, enfin, c'est plutôt son père qui est intervenu. Il est responsable des boursiers et…

– Laxos Altar est un Élu, me coupe ma mère, ne l'oublie jamais. Il n'en a absolument rien à faire de toi ou du programme des boursiers.

Il a voulu donner le change pour son image et ne pas ternir son statut de mécène de la cité.

– Tu le connais ? demandé-je.

– Tout le monde connaît les Bless et les Altar à la Cité d'Émeraude. Ce sont deux familles influentes qui ont énormément de pouvoir et qui souhaitent contrôler les communautés. Elles ont toujours été en rivalité, depuis leur arrivée sur l'île.

– Je crois que tu te trompes. Iman m'a rapporté que son père ne voyait pas d'un bon œil la façon dont les Bless gèrent les communautés. De plus, certains Élus ne sont pas contents des règles établies, des dissensions se créent au sein de la Cité d'Émeraude. Je pense honnêtement qu'il y a moyen de rallier ces personnes à votre cause et d'anéantir le régime existant sans violence.

– Mais ma parole, tu es vraiment naïve ! Les Élus nous élimineraient tous à la moindre occasion s'ils n'avaient plus besoin de nos services !

– Qu'est-ce que tu en sais ? Tu n'as plus mis les pieds à la cité depuis presque vingt-deux lunes.

– Attends, tu crois sincèrement qu'Iman est notre seul contact et que nous ne savons pas ce qu'il se passe là-bas ?

– Tu m'as affirmé que je ne pouvais me fier qu'à Iman.

– Oui, parce qu'il a accès à l'Institut et que c'est le fils Altar. Comme il est aussi étudiant, vos éventuelles rencontres ne seront pas suspectes.

– J'aimerais savoir pourquoi tu m'as préparée pendant toutes ces lunes.

Elle me fixe à présent, mais ne répond rien.

– Pourquoi ? Dis-moi. Pourquoi me pousser à obtenir la bourse ?

– Pour les passes.

– Tu sous-entends que j'ai accompli tout ce travail juste pour avoir des passes afin que vous puissiez rentrer dans la cité. Pourtant, Panos et son compagnon y ont bien eu accès avec une simple livraison.

– À ton avis, qui a élaboré le plan pour entrer dans la centrale et fait les repérages à l'intérieur ?

Je me tourne vers mon père qui baisse les yeux en se raclant la gorge.

– Nos deux autres membres, poursuit ma mère, ont pu introduire le matériel en se faisant passer pour des livreurs, mais il fallait quelqu'un qui prépare le terrain et qui avait surtout le temps de le faire.

– Tout ça pour ça, dis-je alors, sur un ton amer. Iman croit que tu réclames l'équité et la justice pour tous. Mais ton plan n'est pas seulement de vous emparer des points de production de l'énergie, n'est-ce pas ?

– Chani, dit mon père, nous devons renverser le pouvoir en place. Nous le devons pour les générations futures. Pour toi. Pour tes enfants.

– Vous voulez la guerre… Les deux précédentes rébellions ne vous ont pas suffi ? Tous ces morts pour rien.

– Justement, intervient ma mère, ils ne peuvent pas être morts pour rien.

– Tu cherches seulement la vengeance !

– Tu es trop jeune pour comprendre.

– Bien sûr, répliqué-je. Je suis trop jeune et trop naïve ! Mais je m'aperçois surtout que tu utilises ta fille pour servir tes desseins et que tu ne sembles pas affectée par le fait qu'elle ait été détenue et interrogée par le service de sécurité !

– Chani, ta mère et moi t'aimons profondément, rétorque mon père, nous n'avons jamais désiré te mettre en danger. Une prise de pouvoir ne peut pas se faire sans…

Il paraît chercher ses mots.

– Sans dommage collatéral ?

– Ce n'est pas ce que j'ai voulu dire, ajoute-t-il en s'avançant vers moi pour me saisir dans ses bras et murmurer « Ma Chani ».

Je recule d'un pas pour mieux l'affronter du regard. Je n'ai pas envie qu'il me touche. Je n'ai plus envie de l'écouter. Mon cerveau fonctionne à mille à l'heure tandis que les battements de mon cœur deviennent fous. Je sors à la hâte de la maison pour me réfugier dans la forêt. Je reste sur mes gardes, ne m'aventurant pas trop loin entre les grands conifères. On n'est jamais à l'abri de la possibilité de tomber nez à nez avec un gotra audacieux qui aurait quitté son troupeau paissant au creux de la petite vallée. Je suis bien placée pour le savoir !

Trois lunes auparavant, je ramassais des champignons bruns qui ne poussent qu'au pied des arbres de la forêt. Ils sont un peu caoutchouteux, mais ils parfument agréablement les plats en sauce ou les fricassées. Quand j'ai entendu les branches craquer, il était déjà trop tard pour attraper mon arc déposé au pied d'un autre arbre, sortir une flèche du carcan et la décocher sur cet animal sauvage qui me fixait, prêt à attaquer. Ses sabots battaient la terre et j'ai bien cru que mon cœur allait s'arrêter. C'est une chose de voir un animal mort qu'on ramène de la chasse, étendu dans la charrette tirée par un Sombre, c'en est une autre de voir cette bête noire se déplacer avec une puissance brute, les défenses recourbées et tranchantes brillant dans la pénombre des sous-bois. Son pelage gris foncé était hérissé de poils épais et ses yeux perçants surveillaient chaque mouvement. Sa stature m'indiquait qu'il était prêt à charger avec une férocité indomptable à la moindre menace. Et dans ce cas précis, la menace, c'était moi. Il a foncé droit sur moi sous mes cris apeurés, mais a heureusement été arrêté dans sa course folle par une flèche décochée en pleine tête sur le côté. J'ai tourné mon visage pour découvrir Drax qui se tenait debout, arc en main, fier de son tir. Je n'avais jamais été aussi heureuse de le voir ! Je laisse ces souvenirs m'envahir, espérant qu'ils ralentissent les battements effrénés de mon cœur, mais il n'en est rien. Je m'écroule au pied d'un arbre et laisse échapper ma rage. Ma rage et ma peine.

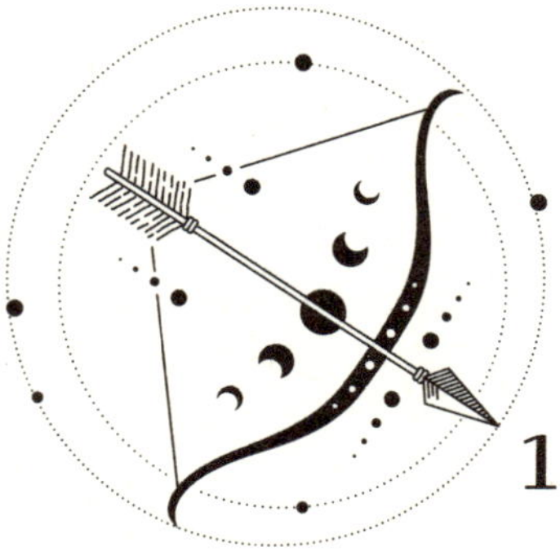

13

Chani

Avant de rentrer, je passe prendre des nouvelles d'Ulcie. Elle est en grande forme et sa peau hâlée fait ressortir ses magnifiques yeux bleu clair. Je discute de sujets divers et tâte le terrain pour vérifier si elle est au courant d'une quelconque rébellion qui se trame chez les Sombres. Elle semble beaucoup plus intéressée par le torse de Perry, dont je ne me souviens absolument pas, et ne voit pas l'intérêt d'un quelconque changement au sein de la communauté. Elle est satisfaite de sa vie actuelle et du peu de pression qu'elle subit à son travail ou dans sa famille. Ses propos ont l'avantage de me rassurer sur ma position et sur mes intentions face aux changements qui doivent s'opérer.

Je rejoins notre habitation, située non loin des falaises. J'ai bien l'intention de profiter de l'absence de ma mère pour questionner mon père sur les plans des rebelles et le rôle qui lui est attribué.

Je tente à la fin du repas une approche calme, mais assez directe. Il me confirme que les rebelles vont s'emparer de points stratégiques pour contrôler l'énergie et renverser les dirigeants actuels.

– Comment comptez-vous prendre le contrôle ? Même si vous forcez l'accès au tableau des commandes, vous aurez besoin des codes d'activation, et seuls certains Élus les possèdent. Tu crois qu'ils vont vous les refiler sans combattre ?

– Ta mère a envisagé plusieurs scénarios.

– Quels scénarios ?

– Tu lui en parleras à son retour.

– Pourquoi ne voulez-vous rien me dire ? Et n'essaie pas de me convaincre que c'est pour mon bien ou ma sécurité.

– C'est pourtant le cas.

– Est-ce que tu es seulement au courant ?

– Pardon ?

– J'ai eu l'impression lors de notre dernière discussion que c'est maman qui menait la barque et que tu n'avais pas ton mot à dire.

– J'ai toujours eu mon mot à dire, répond-il froidement, agacé par ma remarque.

– Et utiliser mes passes, c'était ton idée ou la sienne ?

– Quelle importance, dit-il tout bas en regardant son assiette.

– Elle m'utilise et tu la laisses faire.

Il s'énerve tout à coup et tape la paume sur la table, ce qui me surprend et m'effraie en même temps. Il s'en aperçoit aussitôt et essaie de se ressaisir.

– Chani, je ne voulais pas m'emporter, c'est juste que… tu ne comprends pas la situation.

– J'ai baigné trois jours dans mon urine, complètement affamée et déshydratée, en plus d'être menacée. J'ai cru que j'allais finir là-bas, sur le sol de cette cellule. Et tu oses me dire que je ne comprends pas la situation.

– Justement, nous devons renverser cette oligarchie et empêcher les hauts dirigeants de torturer les nôtres !

– Tu crois que les précédentes rébellions ont servi ? Que prendre les armes et tuer des gens est plus noble, simplement parce que ça sert votre cause ? Ma propre mère, la soi-disant cheffe de cette merveilleuse faction, n'en avait cure du traitement infligé à sa fille. Tout ce qui l'intéressait était les informations que j'aurais eu le malheur de révéler sous la contrainte. Alors, oui, ces responsables de la sécurité ont outrepassé leurs droits, et je compte bien leur faire regretter un jour, en jouant mieux qu'eux, pas en m'abaissant à leur niveau. Et puis, ils ne valent peut-être pas grand-chose, mais ils n'auraient jamais jeté en pâture leur propre enfant pour servir leurs desseins.

Je ne lui laisse pas le temps de répondre et sors en vitesse de la cuisine. Je ne veux pas qu'il voie les larmes de rage qui brûlent à nouveau mes yeux. Il a changé. Son comportement envers moi a changé. Je m'enferme dans ma chambre et me jette sur le lit. Je prends de profondes inspirations pour me calmer. Couchée sur le côté, je regarde les astres à travers la fenêtre. Le ciel parsemé d'étoiles autour des deux lunes est d'une beauté à couper le souffle. Il me permet de canaliser mon énergie et de revenir dans ma bulle. Je réfléchis longuement à ma relation avec mon père et je peine à m'endormir. Au fond, peut-être est-ce moi qui ai changé ?

Les deux jours qui suivent, j'évite de le rencontrer. Je prends mes repas à heures décalées et je m'absente de la maison quand il travaille dans son atelier. Je redoute assez la confrontation avec ma mère, sans vouloir au préalable encore envenimer notre relation.

Le troisième jour, je profite de mon après-midi pour rejoindre Ulcie et ses nouveaux amis. Nous traînons en buvant un peu d'alcool et en nous racontant des anecdotes sur notre enfance. Ulcie flirte avec le beau gosse appelé Perry, et moi, j'évite de me retrouver en porte-à-faux avec les autres garçons du groupe.

Dès mon retour, ma mère m'interpelle dans la salle à manger et me demande de dresser la table. Pendant qu'un plat mijote dans la cuisine, elle s'assied après avoir tiré une chaise à mon intention. Elle m'explique qu'elle ne peut pas tolérer mon comportement et mon agressivité envers elle et mon père.

– À 21 lunes, on croit tout savoir, mais on n'a aucun recul. Je suis passée par là. Moi aussi j'ai obtenu la bourse et effectué mes études au sein de l'Institut. J'ai côtoyé les Élus de près et je peux te dire que tu ne connais pas le quart de ce que je sais sur eux et leurs manigances. La Cité d'Émeraude a eu son heure de gloire, il est temps à présent de penser aux autres communautés et d'enlever le pouvoir à un infime groupe de personnes. Nous sommes beaucoup à le vouloir. Notre plan est prêt depuis longtemps et il n'échouera sous aucun prétexte. Ne déçois pas les tiens. Tout ce que tu as à faire, c'est te tenir à carreau et continuer tes études comme si de rien n'était, et bien entendu, ajoute-t-elle, rester éloignée du fils Bless ou de tout autre Élu, y compris Iman Altar. Nous nous chargeons du reste et tu n'as rien d'autre à savoir pour l'instant. Arrête de poser des questions et sois un minimum reconnaissante pour toutes les perspectives que nous t'avons offertes jusqu'ici. Va te brosser les dents avant de passer à table, tu empestes l'alcool à plein nez. Ton père va bientôt arriver.

Elle se lève et retourne dans la cuisine pour mélanger le plat qui mijote doucement sur la plaque. Son ton glacial et son regard contrarié m'ont paralysée. Elle n'a jamais été très affectueuse ou très tactile avec moi, mais je n'avais jamais ressenti ce détachement et cette austérité à mon égard.

Pour cacher ma détresse, je n'ai qu'une solution : la dissimuler sous un masque d'impassibilité. Je ne dis rien jusqu'au repas auquel je prends part comme un automate. Dès qu'ils semblent satisfaits de mon comportement, je monte me réfugier dans ma chambre. Je décide de prendre le premier transporteur commun le lendemain matin pour rejoindre le Sud. Je vais prétexter des activités avec les autres boursiers. Tout, pourvu que je sois ailleurs. Je ne suis pas une Élue, mais je n'ai plus l'impression d'être une Sombre non plus.

14

Hash

— Entrez !

– Père, le sous-chef Puris se trouve à l'entrée et demande la permission de te parler.

Mon père opine de la tête, se levant du fauteuil derrière le bureau pour rejoindre le hall. Je l'entends discuter de loin avec Sandro Puris avant de se hâter de prendre les clés du biplace.

– Quand ta mère rentrera, dis-lui que j'ai été appelé pour un problème aux portes sud. Je la contacterai dès que ce sera résolu.

Je suis sur le point de le prévenir que je compte également sortir, mais il est déjà parti. Je vais laisser un mot sur la table de la cuisine pour ma mère. De toute manière, ce n'est pas comme si notre relation était au beau fixe depuis qu'elle a appris que Chani avait brillamment réussi les examens et postulé pour le cursus Gouvernance. Comme si c'était ma faute !

Je vais de nouveau me retrouver dans la même classe qu'elle. Cette simple pensée me ramène trois semaines en arrière, quand j'ai demandé des comptes à mes parents sur la détention de Chani et les marques que j'avais aperçues à ses poignets. Ma mère m'a expliqué rapidement qu'elle avait été interrogée dans les règles. Sa réponse ne m'a vraiment pas convaincu, les paroles d'Iman me trottent toujours dans la tête.

« Elle est amoureuse de toi. »

« Ils torturent des gens là-bas. »

Je revois Chani, complètement ivre, qui me déclare que je suis comme ma mère, sans cœur. Elle n'a pas vraiment tort. J'en avais pourtant bien un, protégé par une armure blindée à toute épreuve, mais je l'ai retirée pour elle, et à présent mon cœur est en miettes. Je la déteste. Je la hais d'être venue chambouler ma vie bien rangée et planifiée. Pourtant, en sa compagnie, je ne me suis jamais autant senti vivant.

Je rédige le mot pour ma mère, mais, en sortant de la pièce, je remarque que la porte du bureau de mon père est restée entrouverte. J'avance dans le couloir pour la fermer quand j'aperçois les hologrammes projetés par sa tablette. Maintes fois, j'ai tenté d'y accéder pour découvrir ce qui était arrivé à Chani, je n'ai malheureusement jamais trouvé le code d'accès.

Je rentre doucement dans le bureau, mon pouls s'accélère et mes doigts picotent. On dirait un enfant qui a peur de se faire prendre. Ce qui n'est pas si loin de la réalité. Je m'assieds sans bruit dans le fauteuil interdit. La dernière fois qu'il m'a trouvé à cette place, c'était avant ma maladie, je devais avoir 12 lunes. Il m'a donné une correction avec sa ceinture pour m'apprendre les règles. Son bureau, son fauteuil. Je ne suis plus jamais entré sans sa permission, excepté cette saison.

Je dois faire très attention aux traces que je risque de laisser. Bien penser à fermer tout document ouvert et à effacer l'historique. Je suis en train de parcourir les dossiers depuis plus de quinze minutes quand je tombe sur un dossier intitulé « Centre des détenus ». Je l'ouvre et découvre plusieurs fichiers, dont celui qui m'intéresse : « Interrogatoires ». J'y entre sans problème et parcours la liste de noms jusqu'à ce que je reconnaisse le sien : ERATI CHANI.

Les battements de mon cœur s'accélèrent à toute allure. J'hésite à l'ouvrir. Peut-être qu'au fond j'ai peur de ce que je vais y trouver.

C'est surtout que tu te sens coupable !

Je ne dois pas tarder, ma mère risque de revenir d'un instant à l'autre. Plusieurs vidéos apparaissent et je clique sur la première. Je la vois entrer dans la pièce où se trouvent mon père et Lucinda. Cette dernière l'attache à la chaise, un malaise s'empare de moi. Pourquoi l'attachent-ils ? Elle n'offre aucune résistance.

J'écoute le début de l'interrogatoire et les réponses de Chani. Le temps passe et je m'aperçois que la vidéo dure des heures. J'active le mode accéléré jusqu'à ce que ma mère tape des poings sur le bureau. J'écoute l'enregistrement, Chani fait face à ma mère et lui balance qu'elle passe outre ses droits. J'admire son courage. J'ai toujours galéré à m'opposer à son autorité. Elle est si directive et peut être d'une telle indifférence que mes bonnes résolutions s'évanouissent en un éclair sitôt que ses yeux d'acier me glacent le sang.

L'interrogatoire se poursuit, aussi, j'avance de deux bonnes heures jusqu'à ce que mon père se lève à son tour. J'entends la supplique de Chani pour se rendre aux toilettes, mais le visage fermé et menaçant de la fouineuse lui indique sa place. Je ne comprends pas bien ce qu'il se passe jusqu'à ce que j'assiste à la scène.

D'une main tremblante, je clique sur la seconde vidéo. Je découvre Chani recroquevillée sur le sol dans une cellule assez sombre et démunie de tout confort. J'avance la vidéo, mettant en pause sur quelques scènes. La lumière qui l'aveugle, le verre d'eau lancé au visage, des bras qui l'agrippent sans ménagement pour la faire asseoir, son estomac qui se vide dans un petit bassin. Je la vois qui s'affaiblit, le regard effrayé et le corps tremblant. Je sens une colère sourde monter en moi.

Ils m'ont menti et lui ont fait du mal. Même si elle m'a leurré, je n'ai jamais voulu ça.

Mon cœur bat à un rythme effréné lorsque je démarre la troisième vidéo. Le scénario se répète et, sur l'avance rapide, je vois les heures qui s'égrènent, alors sa souffrance devient petit à petit la mienne. Soudain, je distingue du mouvement. Je recule de quelques minutes la séquence pour voir apparaître Laxos Altar menaçant la fouineuse. Il demande qu'on réhydrate Chani et finit par lui injecter l'Absolat, le sérum de vérité. Je marque une brève pause pour tenter de recouvrer mon calme afin d'être attentif à la suite.

Je ferme les dossiers concernés puis efface l'historique de navigation. Ma mère n'est toujours pas rentrée et moi, j'ai besoin d'air, j'étouffe littéralement. Je prends instinctivement ma tablette, je découvre plusieurs messages de Myra que je ne lis même pas. Je jette l'appareil sur mon lit et sors en vitesse de la villa. Je marche sans but depuis plusieurs minutes. Au détour d'un sentier, je m'affale sur un banc près d'un parterre de frosias jaunes qui me font penser à *elle* avec nostalgie. Je penche la tête vers l'avant et l'attrape entre mes mains. La voix enrouée de Chani avoue à ma mère que nous avons fait l'amour. J'entends ensuite son « Parce que je l'aime » et des larmes, de rage et de désespoir, ruissellent entre mes doigts.

Pardonne-moi, Chani. Pardonne-moi.

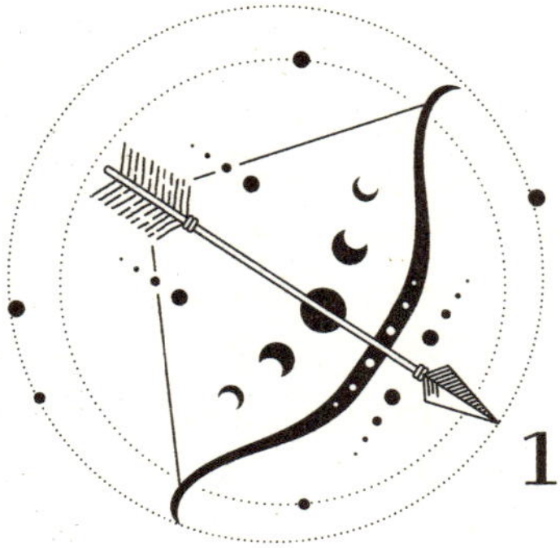

15

Chani

À la cité, Iman me donne rendez-vous sur la muraille où nous avions dégusté ces délicieuses baies sucrées. Il pense que mon séjour dans la communauté du Nord a été profitable, mais je me pose surtout des questions au sujet de son implication.

– Pourquoi aides-tu la faction rebelle ? Tu prends des risques inconsidérés pour eux.

Mon ami scrute les alentours avant de répondre. Agacée, je souffle bruyamment. En haut de ce rempart, il n'y a pas âme qui vive à cent mètres à la ronde.

– Je pensais que tu l'avais compris. Lexi m'a montré la voie.

– Quelle voie ? Celle de l'insurrection ? En tant qu'Élu qui provient d'une famille fortunée, tu as justement le pouvoir de tenter de changer le système à la source.

– On dirait que tu n'es pas d'accord avec les motivations de ta communauté.

– Ma communauté ? Tous les Sombres ne font pas partie de la rébellion ! Je ne savais même pas qu'il existait encore une faction rebelle, encore moins que mes parents y appartenaient. Et encore, je crois qu'ils ne m'auraient rien dit si la situation ne les y avait pas obligés.

– Ils voulaient te préserver.

– Me préserver ? J'ai plutôt l'impression qu'on m'a utilisée sans mon accord.

– Tu te trompes, Chani. Ta mère a toujours été là pour la mienne…

– Oh, oui ! le coupé-je net. Ma mère a toujours été présente pour ses patients, il faut le reconnaître, mais l'affection ou la tendresse dont j'avais besoin durant l'enfance, je l'ai reçue de mon père. Elle… elle était là, seulement pour me pousser toujours plus loin, être la meilleure dans tout ce que j'entreprenais. Et vois-tu, j'ai toujours cru qu'en y parvenant, elle serait enfin fière de moi et que j'obtiendrais son amour. Mais tous mes succès ou toutes mes réussites ne lui ont jamais suffi. Et j'apprends après tout ce temps qu'elle fomente une rébellion depuis des lunes et qu'elle est l'instigatrice et la meneuse du mouvement.

– Ta mère t'aime, Chani, sinon, pourquoi m'aurait-elle demandé de veiller sur toi ?

– Veiller sur moi ou veiller sur son investissement ? Tu crois que j'ai rejoint la Cité d'Émeraude pour prendre part à la rébellion ?

– Je pensais que tu voulais aussi du changement au sein des communautés.

– Bien entendu que je souhaite des modifications au sein des communautés, plus d'équité et de partage des connaissances et du pouvoir, mais pas n'importe comment ou à n'importe quel prix. Je pensais qu'on était sur la même longueur d'onde.

Quand je voyais les recherches menées par les Élus en matière de santé, je savais qu'on ne pouvait tout simplement pas se passer d'eux. Certains de nos professeurs étaient d'ailleurs très investis en dehors de l'Institut, passant d'innombrables heures à expérimenter des méthodes ou des traitements, malmenant leur propre corps pour s'impliquer davantage dans l'amélioration de nos conditions de vie. L'épidémie de fièvre noire en était une belle preuve. La maladie s'était transmise à une vitesse fulgurante, décimant des quartiers entiers aux quatre coins de l'île. Les scientifiques s'étaient plongés corps et âme dans le travail afin de mettre au point un vaccin. Et même s'il avait été distribué en priorité dans la Cité d'Émeraude, les habitants des autres communautés avaient pu en bénéficier pour arrêter la contagion.

– Tu crois sincèrement que tu vas pouvoir résoudre les litiges actuels de manière pacifiste ? lance alors Iman.

– Je n'aurais pas postulé en Gouvernance pour mon second cycle à l'Institut si je n'y croyais pas.

Je pourrais ajouter qu'à un certain moment, malgré la haine des Sombres que ses parents lui avaient inculquée depuis son enfance, Hash m'avait regardée et traitée comme son égale. Mais ce n'est ni l'instant ni le lieu pour rappeler à Iman l'intimité que j'ai partagée avec son ami d'enfance.

– Écoute, Chani. Ta mère…

– Arrête avec ma mère ! Tu crois la connaître mieux que moi ?

Je me relève et, sans attendre de réponse, je tourne les talons pour rejoindre le quartier des boursiers. Sur le chemin du retour, je croise Elis qui se promène dans les ruelles du centre. Son sourire spontané m'éblouit. Avec son tee-shirt clair qui met son métissage en valeur, il est d'une rare beauté. Des yeux enjôleurs, une mâchoire carrée et un corps sculpté à la perfection. S'il n'avait pas Nissa dans sa vie, je pense qu'aucune Élue ne résisterait à son charme. Il est pour moi un ami sincère et franc, sur lequel je peux compter. Blagueur, il ne rate jamais une occasion de me faire rire.

Nous nous asseyons à la terrasse d'une échoppe, à l'ombre de cette chaleur étouffante, et commandons des thés glacés. Elis ajoute des petits gâteaux servis avec des artys et du jus sirupeux. J'en raffole. Quand il voit le bonheur qui se peint sur mon visage, il demande une part supplémentaire.

– T'es fou, c'est super cher, protesté-je discrètement à son intention.

– Tout est cher ici, me fait-il remarquer. Dis-moi, pourquoi tu es en colère contre ta mère ? Je l'ai aperçue chez Nissa, avant notre rupture.

– Chez Nissa ? Et vous avez rompu ?

– Sa mère et la tienne se connaissent depuis longtemps. Je ne te l'avais jamais dit ?

Je secoue la tête. Une information pareille, je m'en serais souvenue. Soudain, je percute !

C'est évident ! Comment ne m'en suis-je pas souvenue ?

– La mère de Nissa, ce n'est pas Alia, par hasard ?

– Oui, Alia Grassi, elle est très connue auprès de la communauté Céleste.

– J'ai appris à nager en même temps que Nissa. J'avais complètement oublié son prénom, il faut dire qu'à l'époque sa mère l'appelait plutôt « ma princesse ».

– C'est toujours le cas, répond Elis en haussant les sourcils. Elle la surprotège et Nissa suit aveuglément ses demandes.

– Et elle lui a demandé de rompre ? demandé-je de but en blanc.

– Nissa m'a demandé d'abandonner mes cours à l'Institut et de rester avec elle chez les Célestes.

– Tu lui as expliqué que tu as pu obtenir le cursus de médecine comme tu l'espérais ?

– Elle ne veut pas d'une relation à distance. Pourtant tu as bien remarqué qu'en première, je suis souvent retourné chez nous pendant les jours de congé.

– Elle ne peut pas te demander de renoncer à ton rêve. Ce n'est pas de l'amour, c'est de l'égoïsme.

Il hausse les épaules, l'air triste, son attitude me fend le cœur. S'il y a bien un boursier au grand cœur, c'est Elis. Instinctivement, je le serre dans mes bras pour le consoler, cette accolade amicale lui tire un petit sourire forcé. Je comprends mieux sa présence anticipée à la Cité d'Émeraude.

– Il est tard, mais demain on pourrait aller à la piscine pour se rafraîchir.

Il se raidit et je me rappelle sa réaction lors de la journée des parents quand Myra m'avait poussée dans le bassin.

– Tu n'as jamais appris à nager ?

Il secoue doucement la tête et ferme un bref instant les yeux. Quand il les ouvre à nouveau, son regard est redevenu sérieux.

– Plus jeune, j'étais déjà amoureux de Nissa. J'avais même accepté de m'occuper du nettoyage de la piscine pour la voir nager. Un soir, j'étais sur un petit nuage, car elle m'avait adressé la parole en me tendant sa serviette. Je n'ai pas fait attention et je suis tombé dans l'eau. Je ne sais pas pourquoi, mais j'ai immédiatement paniqué, alors j'ai bu la tasse. En me débattant, j'ai empiré la situation. J'ai bien cru que j'allais mourir noyé dans cette piscine. C'est *elle* qui m'a sauvé. Elle était revenue pour récupérer un collier qu'elle avait oublié. Depuis lors, on est devenus amis, et tu connais la suite.

– Je suis désolée.

– Pourquoi ? Tu n'étais même pas là !

– Je veux dire, pour ta rupture avec Nissa. Elle va revenir sur sa décision, tu verras. Non, mais sérieux, lui dis-je sur le ton de la plaisanterie. Un type canon, intelligent et gentil, ce n'est pas facile à trouver, tu sais.

Je lui arrache un léger rire malgré son chagrin, et c'est déjà un bon début.

– Et ta mère ? demande-t-il en remettant le sujet sur le tapis.

– Tu prends Alia, puissance mille, et tu seras encore loin du compte.

Il me regarde comme s'il me voyait pour la première fois.

– C'est pour cette raison que tu as chaque fois invité ton père ?

– Ma mère ne pense qu'à ses patients et… à elle. Ses ambitions, ses projets, ses plans. Je ne suis qu'une marionnette, mais j'ai décidé de couper les fils.

Je me lève pour faire comprendre à Elis que la discussion est close. Il fait semblant de rien et nous retournons vers le logement des boursiers en parlant des options des cursus.

Il fait encore plus chaud le deuxième jour quand je me lève. Le soleil est déjà haut dans le ciel, ma tablette indique midi. J'ai dormi longtemps. Je me rafraîchis et mange léger. J'envoie un message à

Elis afin qu'il enfile son plus beau maillot pour profiter du soleil aux abords de la piscine.

J'hésite à envoyer un message à Iman pour lui proposer de nous rejoindre. Je ne souhaite pas rester en mauvais termes avec lui, mais mon esprit semble plus obnubilé par un autre Élu aux grands yeux marron foncé. Je devrais l'oublier, mais je ne suis pas sûre de vouloir le faire. J'ai bien conscience que c'est donner le bâton pour me faire battre, mais mon cœur le pleure depuis des semaines, alors une de plus ou de moins…

Les regards se braquent indéniablement vers nous dès que nous arrivons aux abords du bassin. Je scrute l'horizon à la recherche de transats disponibles lorsque j'aperçois Hash de l'autre côté de la piscine, assis sur une chaise longue près de la pelouse, en train de blaguer avec Myra et d'autres étudiants dont je ne connais pas les prénoms. Mon cœur s'emballe et je serre automatiquement ma serviette contre la poitrine.

– Tout va bien ? s'enquiert Elis, qui remarque immédiatement mon trouble.

J'espère qu'il est le seul à le déceler. J'acquiesce avec un sourire forcé et lui montre du doigt deux transats libres un peu plus loin sur la droite.

Nous sommes en train de longer le bassin extérieur quand Frerik m'accoste sans retenue.

– Tenez, qui voilà ! Chani Erati ! crie-t-il de sa voix grave et rocailleuse.

Moi qui souhaitais être discrète, c'est raté. Je n'ai pas besoin de regarder dans la direction de Hash, je sens déjà son regard perçant. Un frisson me parcourt de la tête aux pieds, mais je n'en laisse rien paraître.

– Frerik Brissor, quelle surprise ! m'exclamé-je d'un ton ironique.

– Voilà celle qui nous manque, déclare-t-il aux étudiants agrippés au bord de la piscine.

– Pardon ?

– On se prépare à jouer à Pourfendeur et il est impératif d'avoir le même nombre de membres féminins dans chaque équipe pour assurer une certaine équité.

Je n'ai aucune idée du but de ce jeu et je me méfie indubitablement de cette ordure qui m'offre un immense sourire hypocrite. Je peux lire tout le mépris qu'il ressent au fond de ses prunelles. Néanmoins, je décide de foncer dans le tas et de relever le défi. Je ne vais pas laisser le dernier mot à cet infect nuisible.

– Avec joie, Frerik !

Je sais qu'il ne souhaite pas que je l'appelle simplement par son prénom, aussi, j'en profite un maximum. Elis se penche vers moi et susurre au creux de mon oreille :

– T'es folle ! Tu le connais, il prépare un mauvais coup. Il va tenter de te couler ou un truc du genre.

Je me tourne vers mon ami avec un petit sourire en coin qui en dit plus long que mille mots et lui remets ma serviette, avant de sauter dans l'eau.

– Je ne joue pas avec une Sombre, rétorque un grand brun dès que je sors la tête de l'eau.

Je le regarde droit dans les yeux. S'il pense que je vais ciller la première, c'est qu'il ne me connaît pas du tout.

– Je vais le remplacer.

J'identifie aussitôt cette voix chaude qui m'électrise tout entière. Relevant timidement les yeux, j'aperçois Hash qui s'assied sur le bord du bassin afin de glisser doucement dans l'eau. Il est encore plus beau que dans mes souvenirs. Le grand brun soupire, passe à côté de Hash en lui murmurant « Comme tu veux, Bless » avant de sortir de la piscine par l'échelle du coin. Myra, qui s'est approchée du bord, me jette un regard assassin. Je ne m'en formalise pas. À vrai dire, j'ai l'habitude depuis mon arrivée à l'Institut.

Frerik nage paisiblement vers moi, me demandant si je connais les règles du jeu. Il se marre quand je lui réponds par la négative.

Connard !

– En fait, c'est très simple, Chani, répond-il en appuyant sur mon prénom. On doit prendre la balle à l'équipe adverse. On ne peut pas la garder plus de trois secondes en main, alors on la passe le plus habilement possible à un autre membre de l'équipe. Il faut donc essayer de se démarquer pour aider son groupe.

Je comprends pourquoi tout le monde attend, une main sur le bord de la piscine. Ils se ménagent pour le jeu, préservant leur force. Nager sur place demande un effort de chaque instant.

Le jeu démarre et va à toute vitesse. J'ai l'avantage de très bien nager, je me déplace facilement entre les autres participants. Après quelques minutes, je me prends au jeu sous les encouragements d'Elis qui me parviennent parmi les cris des autres étudiants.

Je me suis démarquée lorsque Ramon m'envoie la balle, mais Frerik plonge dans ma direction pour l'attraper, me percutant par la même occasion. Son coude s'écrase contre mon épaule et m'envoie valser la tête sous l'eau. Quand je reprends mes esprits, je vois que le jeu ne s'est pas arrêté, mais Hash me fixe avec un regard interrogateur. Je fais un petit signe de tête pour lui signifier que tout va bien, malgré la douleur qui irradie dans mon épaule.

Le jeu se prolonge et les équipes commencent à fatiguer. Moi la première, étant donné que la douleur ne m'a pas quittée. C'est alors que Frerik réitère son mouvement et vient avec son poing heurter mon crâne par l'arrière. Je lâche la balle et me retourne pour lui faire face. Je fulmine. Ses lèvres s'étirent lentement en un rictus mauvais, j'ai envie de lui faire mal. Je sens la rage monter quand, tout à coup, le corps musclé de Hash s'interpose entre nous. Il bouscule violemment Frerik. Ce dernier semble surpris et secoué.

– T'as un problème, Brissor ? Si tu veux t'en prendre à quelqu'un, choisis une personne de ton envergure.

Je comprends immédiatement que Hash fait référence à sa taille, mais je ne souhaite pas perdre la face devant cette pourriture de Brissor. Ma colère est à son paroxysme.

– Je peux très bien m'occuper de cet idiot moi-même, lancé-je à Hash.

Ce dernier éclate d'un rire franc et je me rends compte que ce son ainsi que ses yeux pétillants m'ont vraiment manqué.

– Je n'en ai aucun doute, réplique-t-il.

– Attends, c'est moi que tu traites d'idiot ?

– Qui veux-tu que ce soit ? lâche alors Elis, debout, en ébullition, sur le bord de la piscine.

Il ne manquerait plus qu'il tombe dans l'eau. Il n'a pas pied, ici. Son ton tranchant et révolté fait taire tous les bruits autour. Le regard des étudiants voyage entre Elis, Frerik, Hash et moi. Le silence est pesant, je décide de rompre cette pression en nageant vers mon ami. Je me hisse hors de l'eau, tords mes cheveux, avant de me diriger dignement vers les transats. Tant pis pour le jeu, j'ai pu leur prouver ma valeur sans perdre la face.

– Tu vas bien ? me demande rapidement Elis dès que nous nous allongeons sur nos chaises longues.

Je veux me sécher et profiter du soleil. Je le rassure par un petit sourire, toutefois, je sens un élancement aux endroits où Frerik m'a touchée.

– Il t'a littéralement agressée ! me dit Elis à voix basse. Je t'avais dit de ne pas lui faire confiance.

– Je ne lui ai jamais fait confiance.

– Non, mais tu t'es fait avoir.

Elis n'a pas compris ma décision, alors je décide de mettre les points sur les i.

– Les autres ont vu son vrai visage.

– Peut-être, en attendant il t'a blessée. En tout cas, renchérit-il, il ne va pas le refaire de sitôt. Je n'avais jamais vu Hash si remonté. Frerik a volé en arrière. Il ne l'a pas raté.

Je jette un œil vers la piscine, mais il ne s'y trouve plus. Mon regard dérive alors vers le siège au fond du jardin et je croise ses deux prunelles brûlantes qui me dévorent. Je sens mes entrailles se tordre tant son regard me pénètre. Je contracte instinctivement mon entrejambe.

Comment peut-il encore avoir un tel pouvoir sur moi après ce qu'il s'est passé ?

– Je croyais que vous étiez fâchés ? questionne Elis.

Je hausse les épaules, je sens la douleur revenir à la charge. Je pose la tête sur le dossier de la chaise dépliée en fermant les yeux. J'ai besoin d'un instant pour ralentir mon rythme cardiaque, sinon mon cœur risque d'éclater.

16

Hash

Je n'arrive plus à détacher mes yeux de sa délicieuse silhouette allongée sur le transat. Sa peau légèrement hâlée s'harmonise avec ses pupilles noisette mordorées. Je me souviens très bien de son corps qui frémissait sous mes mains et de l'odeur de sa peau. Il faut que je lui parle. Après ce que j'ai vu sur les vidéos, je me sens coupable. Je dois trouver le courage de lui présenter mes excuses, mais je ne sais pas comment l'aborder.

Bouge-toi et va la trouver !

Je suis sur le point de me lever quand je vois Iman se diriger droit sur Chani et Elis avec un grand sourire qui s'esquisse sur ses lèvres. Il lâche quelques mots à Chani avant de l'enlacer affectueusement. Mon cœur se comprime devant leur proximité. Il se marre ensuite avec Elis. Beaucoup de changements se sont visiblement produits pendant les vacances, inversant la situation.

Les jours qui suivent se ressemblent. Les étudiants profitent de la dernière période de congé avant la reprise. Beaucoup se rendent à la piscine ou dans le centre pour boire un verre ou encore écouter de la musique en soirée.

Je croise plusieurs fois Chani avec Iman. Ils semblent si complices. Ce soir, ils profitent d'un petit spectacle donné par un groupe de musiciens sur le square. Dès qu'Iman m'aperçoit, il se place juste à côté d'elle pour l'entourer de ses bras musclés. Elle ne se rend pas compte tout de suite de ma présence. Elle baisse les yeux dès qu'elle croise mon regard insistant.

Je ne peux m'en prendre qu'à moi-même !

Son image me poursuit, celle où elle entre dans la classe, après ses quatre longues journées d'absence, le regard hagard et les joues creusées. J'aurais dû insister pour assister à l'interrogatoire et pouvoir ainsi m'opposer à ce qu'on lui a fait subir.

Pourquoi ne sont-ils pas allés arrêter Sami Erati pour l'interroger ? Peut-être croyaient-ils qu'une jeune fille céderait plus vite à la pression et leur dirait ce qu'ils souhaitaient entendre ? Mais c'était compter sans Chani et sa détermination à toute épreuve, que j'avais eu si souvent l'occasion d'admirer.

Et sans le fait qu'elle était vraiment innocente...

Pourquoi n'ont-ils pas utilisé le sérum dès le début de l'interrogatoire ?

Ces questions tournent en boucle dans mon esprit. Je continue mon chemin, incapable de profiter du concert avec Chani si près et si inaccessible. Je retrouve un groupe d'amis au parc. Certains boivent de l'alcool, d'autres consomment des substances non reconnues par les autorités. Souvent des dérivés d'opiacés. Ils peuvent m'oublier pour tester ce genre de produits. Il ne manquerait plus que je rentre défoncé, si l'un de mes parents s'en aperçoit, je ne donne pas cher de ma peau. Même si certaines drogues sont tolérées chez les Célestes pour les aider à entrer dans une transe cognitive, leur utilisation est supervisée. Je n'en ai jamais pris, même pendant mon traitement de la maladie de Tendera, ce n'est pas maintenant que je vais commencer, d'autant que certains dérivés peuvent occasionner de sérieuses séquelles. C'est trop de risques pour un résultat éphémère.

J'enfile plutôt trois verres d'Exa puis finis par fourrer ma langue dans la bouche de Myra qui se frotte à moi. Mais rien ne semble fonctionner pour *la* faire sortir de ma tête. Alors j'abandonne ce petit groupe, prétextant un mal de ventre, et je rentre chez moi, seul, malgré l'insistance de la blonde pour m'accompagner.

Le jour de la rentrée, j'intègre le bâtiment des seconde, m'engageant directement dans le couloir C pour rejoindre la classe du fond qui accueille les inscrits en Gouvernance. Toutes les informations nous ont été envoyées hier matin. L'introduction sera donnée par M. Penbrok. Je n'ai jamais eu l'occasion de lui parler, mais les étudiants le surnomment M. Penet, car il est visiblement aussi rusé que ce petit animal.

Sur le pas de la porte, je note que cinq bancs de deux places ont été aménagés et disposés en demi-cercle autour du poste de l'enseignant. Les places sont limitées dans cette option. Se retrouver à dix étudiants pour toute la durée du cursus, ça peut créer des liens comme faire des étincelles, surtout quand j'aperçois Frerik assis sur le dernier banc et Chani sur celui du milieu qui fait face au titulaire.

Je décide de m'installer sur le deuxième banc. Chani jette discrètement un œil dans ma direction. Elle reste cependant stoïque et droite en attendant le fameux Penet. Il fait son entrée en avance, en même temps que les trois derniers étudiants. Nos camarades commencent à prendre place lorsqu'il déclare que les deux personnes assises sur le même banc formeront d'office des binômes pour le cycle en cours. J'en vois deux qui changent immédiatement de place. Nathanel et Orianne se disputent alors la place à mes côtés, le perdant allant automatiquement s'asseoir à côté de la boursière.

Je me décide à agir. Je me lève de ma chaise, passe mon sac par-dessus l'épaule et prends ma tablette en main pour aller me placer juste à côté d'elle.

Je ne lui accorde aucun regard, j'ai peur qu'elle s'insurge et me rejette. Le professeur prend note des noms pour les binômes avant de démarrer son introduction à l'économie de notre belle île salvatrice. Je branche ma tablette et ouvre le cours correspondant pour la prise de notes. Je n'arrive cependant pas à me concentrer pour écouter la leçon qui porte sur les objectifs de cette période.

Au fond de moi, je sais que j'ai fait le bon choix, même si ma mère risque une attaque cardiaque en l'apprenant. J'ai eu honte de mes parents en visionnant l'interrogatoire. Les voir se comporter en bourreaux, ça fait froid dans le dos, et je ne suis pas certain de vouloir suivre leurs traces.

D'un point de vue pratique, le choix peut sembler plus évident, au vu de nos notes lors du cursus en première, toutefois ma décision est purement émotionnelle. Je ressens de nouveau cette envie d'être près d'elle. C'est même plus qu'une envie, c'est comme un besoin, presque une nécessité.

Je regarde ses doigts pianoter sur le clavier tactile encastré dans le banc et je m'imagine les toucher, glisser ensuite vers ses poignets et les placer par-dessus ses épaules afin de la dominer. Elle aime que je m'impose et que je la possède sans ménagement. Je plisse le front tandis que mon pouce et mon index lissent mes sourcils.

Mais à quoi je pense, franchement ?

Je relève les yeux vers la tablette. Sincèrement, je n'ai pas la moindre idée du chapitre auquel on se trouve et, pire, je n'en ai rien à foutre. Elle est si proche de moi, je pourrais presque la toucher. Cette simple pensée me rend dingue, plus encore quand je pense à Iman qui pose ses mains sur elle. Je me rends compte que je ne suis plus maître de la situation. Je n'en ai pas l'habitude et ça m'effraie un peu.

Dans quoi est-ce que je m'embarque ? Qu'est-ce que je fabrique ?

Le toussotement de Penbrok interrompt mes rêveries. On dirait qu'il va cracher ses poumons ; c'est qu'il n'est plus tout jeune. Je parie qu'il approche les 65 lunes. Il termine en deux minutes son introduction et nous assigne déjà un travail de recherches à rendre dans deux jours. N'ayant rien suivi, je n'ai aucune idée de l'ampleur de la tâche.

Je saisis ma tablette pour la ranger dans le sac quand un bip m'avertit d'un message entrant.

VOILÀ LES NOTES DU COURS. JE TE PROPOSE QU'ON SE VOIE À LA BIBLIOTHÈQUE EN FIN DE JOURNÉE POUR LE DEVOIR.

Je me tourne vers elle, plonge les yeux dans ses pupilles cuivrées et ose enfin esquisser un sourire satisfait.

17

Chani

Après la pause déjeuner, nous apprenons que chaque classe conservera la salle attribuée en matinée. Quand je pénètre dans la pièce, Hash est déjà assis sur le banc du milieu, guettant ma réaction. Je déglutis avec peine, mon corps se couvre de frissons.

De quoi ai-je peur ? De lui ? Peut-être de moi ?

Les cours se passent sans encombre et nous marchons côte à côte en silence vers la bibliothèque. J'essaie de garder une certaine distance entre nos corps, mais la sortie impromptue d'un groupe d'étudiants nous oblige à dévier sur la droite dans le couloir. Sa main frôle la mienne, sa peau est aussi chaude et douce que dans mes souvenirs. Je sens des papillons s'envoler au creux de mon ventre tandis que ma respiration devient saccadée. Hash prend mon soupir pour une sorte d'exaspération ou d'énervement et me lâche sur un ton qui se veut complaisant :

– Ne t'inquiète pas, j'ai lu le cours et tes notes sur le temps de midi. Je vais pouvoir être efficace pour le travail à rendre.

Je hoche la tête avec un petit sourire pincé. J'ai conscience des sentiments que je ressens pour ce type incroyablement sexy qui marche à côté de moi. Attirance. Affection. Regrets. Peine. Colère. D'une part, je lui en veux de m'avoir fait payer si durement ma dette et, d'autre part, je me sens coupable de lui avoir menti et de devoir encore le faire pour protéger les personnes qui me sont chères.

Alors que nous déposons nos affaires sur l'immense table en métal poli de la bibliothèque, Hash s'avance vers moi et plonge ses yeux noirs au fond des miens.

– Je suis désolé, Chani, lance-t-il d'une voix au timbre grave.

Sur le point de lui répondre, je remarque les visages tournés dans notre direction. Je lui fais signe du menton de me suivre. Nous sortons de la pièce et empruntons l'étroit couloir qui débouche à l'extérieur sur une partie du parc. Un peu plus loin, je m'assieds sur un banc à l'abri d'un arbre en pleine floraison. Il m'imite et se positionne à mes côtés, légèrement de biais pour pouvoir me faire face.

– Il y avait tellement d'éléments qui ne corroboraient pas ta version. La sécurité m'est tombée dessus…

– Tu veux dire ton père ? le coupé-je.

– Mon père, ma mère, la fouineuse. Ils avaient des preuves que tu mentais. Ton père est resté seul un bon moment. Et puis, tu connaissais l'un des hommes qui se trouvaient en cellule avec lui.

– Attends, ce sont des excuses ou des accusations ?

– J'aurais dû te faire confiance, mais…

Je le vois secouer la tête, cherchant ses mots. À cet instant, je me sens mal. Hash parle de confiance mais, au fond, il a raison : je l'ai trahi alors qu'il m'a aidée. Aucune issue ne me semble possible. Que puis-je lui dire ? Que mes parents font partie de la faction rebelle ? Pire, que ma mère en est la meneuse ? Les envoyer dès lors à l'abattoir, et peut-être moi avec eux ? Que tout est en route ? De toute manière, je ne connais aucun de leurs plans, sinon qu'ils veulent s'emparer des points stratégiques. Quand, comment, où, nombreuses sont les questions auxquelles je n'ai pas de réponse.

– Tout était contre moi, lâché-je en pleine réflexion.

Il secoue la tête avant d'empoigner mes mains dans les siennes.

– J'ai visionné la vidéo.

– La vidéo ? questionné-je, confuse, ne voyant pas de quoi il parle.

– De ton interrogatoire.

Sa voix basse sent la culpabilité, et moi, je me sens salie. Qu'il ait pu m'apercevoir dans cet état me donne la nausée. Je baisse les yeux et il en profite pour resserrer son emprise sur mes doigts.

– Regarde-moi, susurre-t-il.

Son toucher me procure des frissons dans les bras, qui redescendent le long de mon dos. J'ai envie de pleurer. Des émotions contradictoires se mêlent en moi, se combattant de toutes leurs forces.

– Chani ?

Je finis par relever le menton et par découvrir son regard qui se veut accablé et aussi affectueux. Avant que je puisse lui répondre, il enchaîne les explications.

– Je pensais qu'ils allaient simplement te poser des questions. Je n'ai jamais voulu qu'ils te fassent du mal. Si je pouvais revenir en arrière, je les en empêcherais.

– Je n'ai jamais voulu te mentir, déclaré-je avec sincérité. Si je t'avais dit qu'on avait été séparés, tu ne m'aurais probablement pas aidée.

– C'est certain, je te l'accorde. Mais tu m'as utilisé, Chani. Comprends-moi.

– Je te comprends, mais ils m'ont enfermée des journées entières. Mets-toi à ma place.

– Je suis désolé, répète-t-il d'un air repenti. Me donneras-tu une autre chance ?

J'ai envie de lui crier un grand « oui » ! Mon cœur me le demande, mais ma raison, elle, me met en garde.

– Je... j'ai besoin de temps, bredouillé-je, un peu prise au dépourvu.

– Je comprends, dit-il doucement en hochant la tête. Je suis là. Je ne vais nulle part.

Ses paroles me bouleversent. J'ai envie de lui sauter au cou, de l'embrasser, et pourtant je reste figée, déglutissant avec peine. Il se lève, tirant sur mes mains par la même occasion.

– Viens, on retourne à la bibliothèque pour notre travail.

Nous longeons l'allée vers le bâtiment, côte à côte. Mon cœur bat à toute vitesse.

– Hash ?

– Oui ?

– Moi aussi, je suis vraiment désolée, concédé-je avant de franchir le sas d'entrée.

Son large sourire m'apporte un apaisement et une certaine fébrilité que je peine à contrôler. Nous nous installons ensuite autour de la table dans la bibliothèque et commençons nos recherches. J'avais oublié à quel point c'est agréable de coopérer avec Hash sur un projet. Hyper productif, il déborde d'idées et d'enthousiasme. Je ne vois pas le temps passer jusqu'à ce que mon estomac nous rappelle l'heure. Il rit de bon cœur en entendant le bruit qui se répète. Les quelques étudiants présents nous fusillent du regard, nous montrant du doigt la pancarte qui appelle au silence. Amusé, Hash pose une main sur la bouche et je dois me retenir pour ne pas pouffer de rire. Il se penche vers mon oreille pour me susurrer :

– J'ai envie de crêpes, pas toi ?

Je suis sur le point de répondre quand je croise deux yeux vert émeraude contrariés. Hash suit mon regard et commence à ranger silencieusement les affaires éparpillées sur la grande table.

– Peut-être une autre fois, dis-je tout bas en rassemblant mes effets.

Les lèvres plissées, il opine doucement de la tête. Je pars rejoindre Iman, même si, au fond de moi, j'ai envie d'aller déguster ces crêpes au sirop.

Après avoir passé la soirée ensemble, nous croisons sur la route du retour Elis qui regagne le dortoir. J'en profite pour dire bonsoir à Iman avant de rejoindre le beau métis qui m'attend, les bras croisés, avec un sourire attendrissant. Je n'ai besoin de faire que quelques pas pour qu'il se rende compte que je suis à côté de mes pompes. Il commence à bien me cerner. Je lui confie mon ressenti envers Hash. Au fond de mes prunelles, il lit l'incertitude dans laquelle je suis plongée. Il réfléchit en silence, puis s'arrête net pour me demander sans ambages :

– La question que tu dois te poser est : es-tu prête à donner une autre chance à Hash ?

– En fait, ce n'est pas aussi simple, déclaré-je, tu ne sais pas tout.

Il lève les paumes en guise de réponse. Je ne sais pas pourquoi je prends la décision de tout lui révéler. Peut-être parce que j'ai besoin d'en parler avec quelqu'un d'impartial et qui ne soit pas un Élu. Peut-être parce que mon ami m'a déjà confié ses ressentis sur des idées extrémistes de certains Célestes et que je peux lui faire confiance.

On s'assied sur le muret en pierres grises près du logement. Personne ne peut nous entendre. Elis m'écoute longuement, sans m'interrompre. Je lui fais part de ce que j'ai appris, à propos de mes parents, d'Iman, puis lui raconte en détail mon arrestation et les journées au centre. Tantôt ses yeux s'agrandissent, tantôt ils se plissent pour montrer sa compassion.

Le fait de confier tout ce que je sais sur la faction rebelle me procure un apaisement inattendu, comme si je me sentais plus légère d'un coup, comme si un poids m'avait été enlevé. Elis s'en aperçoit à ma façon de soupirer longuement, alors il me prend affectueusement dans ses bras. Détenir toutes ces informations, cacher la vérité, faire semblant de ne pas être au courant ont été des fardeaux bien trop lourds à porter pour mon jeune âge. D'autant que je n'ai pas compris pourquoi mes parents me tenaient à l'écart, pourquoi ils en faisaient des secrets, si leur cause se révélait noble.

Je me surprends à penser que le boursier a dû être un frère pour moi dans une autre vie. Son contact m'apporte la chaleur et la paix dont j'ai besoin. Celles-ci sont cependant de courte durée. En effet, mon ami confesse à son tour certains événements étranges. Il s'est rendu compte lors de ces dernières lunes que ma mère se rendait régulièrement chez Alia accompagnée d'autres représentants des communautés Solaire et Céleste.

– Ils n'arrivent pas tous en même temps et ne rentrent pas toujours par la porte principale. Mais ce sont toujours les mêmes personnes et c'est le même cinéma pour sortir de la villa.

– Comment es-tu au courant de cela ?

– Nissa, me précise-t-il simplement. Je la suivais toujours partout et, lors de ces visites, je ne pouvais pas la voir. Comme j'étais intrigué, je me suis posté pour épier les allées et venues. Je croyais au départ que sa mère voulait l'unir avec un Élu.

– Tu crois que…

Je ne finis pas ma phrase, le fixant droit dans les yeux. J'ai un peu peur de ce que je vais découvrir, alors c'est lui qui le dit à voix basse.

– Ce sont les meneurs de la faction rebelle ?

J'acquiesce en silence, attendant sa réponse, même si je m'en doute un peu.

– C'est bien possible.

– Je ne sais pas ce que je dois faire, dis-je en soupirant.

– Vis-à-vis de Hash ou de tes parents ?

– Les deux.

– Écoute ton intuition.

– Si c'était aussi simple…

Les deux lunes sont déjà hautes dans le ciel, nous tombons de fatigue. Je regagne ma chambre, perdue dans mes pensées. Mon esprit met du temps à trouver le repos malgré l'épuisement qui me submerge. Je repense à la question d'Elis. Je vais passer mes journées assise à côté de Hash. Sa présence me perturbe à un point inimaginable. Et si je lui donnais une seconde chance ? M'en offrirait-il une s'il était au courant pour ma famille ?

18

Hash

Dix jours après le début du second cycle, je suis au supplice de voir Iman si complice avec Chani. Je n'ai pourtant à m'en prendre qu'à moi-même. Je ne lui ai laissé aucune chance. Tout semblait contre elle, j'aimerais tant revenir en arrière et agir différemment.

Quand mon regard plonge au fond du sien, je n'ai qu'une envie, celle de me noyer dans le brun doré de ses yeux et de ne jamais me réveiller. Des images viennent me hanter la nuit depuis que j'ai visionné les vidéos de sa détention. Je me réveille en sueur, me demandant comment sont ses nuits, si elles sont aussi agitées que les miennes, plus probablement. Je suis en grande partie fautif dans ce qu'il lui est arrivé et je crois qu'elle ne me le pardonnera pas. Pas en tous points. Même si, ces derniers jours, notre entente est au beau fixe.

Notre binôme cartonne comme jamais. Chani est intelligente et, en même temps, très méthodique et organisée, c'est tellement facile de travailler avec elle. D'une grande efficacité, elle me rappelle souvent à l'ordre. Elle croit que je suis dans la lune, alors qu'en réalité j'observe ses lèvres qui bougent, ses yeux qui brillent, les reflets du soleil qui dansent sur sa peau légèrement hâlée et ses poils qui se dressent avec la fraîcheur du matin. Je vis presque un rêve éveillé, jusqu'au moment où Iman apparaît. Je ressens un sentiment fort et profond, presque violent, qui me submerge. La jalousie, l'envie, ça commence à me bouffer à petit feu.

Ma mère a failli s'étrangler quand je lui ai annoncé mon partenariat avec Chani à l'Institut. Elle a voulu intervenir, toutefois je l'en ai rapidement dissuadée.

– Tu ne penses quand même pas que je vais laisser cette Sombre profiter encore de toi un cycle supplémentaire ?

– Son nom est Chani Erati et elle ne profite pas de moi, nous travaillons ensemble. Je peux même te dire que notre association est très fructueuse.

– Tu ne comprends pas…

– Je sais ce que vous lui avez fait subir en interrogatoire, l'ai-je aussitôt coupée. Ce n'est pas normal d'imposer ces méthodes à une jeune femme, simplement parce que vous avez des doutes sur ses parents.

– Je ne sais pas ce qu'elle t'a raconté, mais elle n'est pas toute blanche dans cette affaire.

– En fait, elle ne m'a absolument rien confessé. J'ai vu les enregistrements. Comment peut-on humilier ou rabaisser quelqu'un comme ça ?

Elle m'a regardé, pantoise. J'ai profité de sa confusion pour lui dire ma façon de penser et, pour la première fois, lui tenir tête.

– Quand tu te regardes dans le miroir, es-tu fière de ce que tu vois ?

Sa main s'est levée en une fraction de seconde, sa paume est venue claquer contre ma joue. Ce contact m'a brûlé et m'a galvanisé simultanément.

– Avant, j'étais fier que tu sois ma mère. Je ne peux plus dire la même chose maintenant.

Son bras s'est levé, mais je n'ai pas cligné des yeux. Si elle souhaitait à nouveau me gifler, elle allait devoir le faire en me regardant bien en face. Finalement, son bras est redescendu doucement le long de son corps avant qu'elle répète que son flair ne la trahissait jamais. Elle a ensuite tourné les talons et nous n'en avons plus reparlé.

Le coude de Chani cogne mon bras, aussitôt mon esprit rejoint le moment présent. Ses yeux me scrutent tandis que ses lèvres se pincent en un petit sourire désarmant. Je dois regarder les choses en face. Je la veux, à nouveau. Je veux être avec elle. Je veux qu'elle soit à moi.

– C'est la pause. Tu es bien étourdi ces derniers jours. Tu vas bien ?

– Et toi ?

– Quoi ?

– Tu n'avais pas l'air bien ce matin, confirmé-je devant son teint blafard.

Elle opine légèrement de la tête, en se passant la main sur le front. Serait-elle malade ? Elle est du genre à ne jamais se plaindre et à trop forcer sur son corps. Je m'aperçois qu'elle prend appui sur le banc en se levant.

– Chani, tu es sûre que ça va ?

Elle bifurque pour se tourner vers moi quand, soudain, ses yeux se ferment et ses jambes se dérobent. J'ai juste le temps de la rattraper avant qu'elle ne tombe et ne se fracasse la tête sur le sol. Son corps est flasque, je n'entends plus son souffle. Ma respiration se coupe un instant, puis, en réponse au stress, l'adrénaline parcourt mon organisme en un éclair. Je soulève ma petite Sombre inconsciente dans mes bras et la transporte à travers les couloirs jusqu'à l'infirmerie, dans le bâtiment principal. En chemin, je rencontre Elis et je lui demande d'avertir le médecin de l'Institut.

Couchée à l'infirmerie, Chani n'a pas encore repris ses esprits. Je suis vraiment inquiet, je lui parle doucement en caressant sa main, assis sur le bord du lit. J'entends enfin du bruit, mais ce n'est pas le docteur que je vois entrer dans la pièce. Ce sont deux yeux vert foncé qui me mitraillent dès qu'ils rencontrent les miens. Il approche du lit et me fait face.

– Je vais prendre le relais, tu peux y aller.

Je ne cille pas et ne bouge pas d'un centimètre. Même avec la meilleure volonté du monde, je n'arrive pas à la laisser. J'ai trop peur de la lâcher, trop peur de ce qui peut lui arriver. Je n'ai pas pu être là durant sa détention, je ne peux plus l'abandonner maintenant.

– Hash ! rugit Iman en se raclant la gorge.

Il s'apprête à intervenir lorsque Laxos Altar fait son entrée. Iman semble aussi surpris que moi de découvrir son père à l'Institut. Ce dernier demande des explications sur les événements qui ont précédé son évanouissement, mais on ne peut, ni l'un ni l'autre, donner de renseignements pertinents.

– Dehors, nous somme-t-il.

Son ton est sans appel. Soucieux, nous sortons dans le couloir. Le temps passe, la pause est terminée depuis longtemps, pourtant, aucun de nous ne rejoint sa classe. Nous restons silencieux, à l'affût de la moindre information sur son état.

Deux soignants apparaissent alors avec un brancard d'évacuation. Ma tension est à son comble. Ils ressortent avec Chani, toujours inconsciente, le Pr Altar sur leurs talons.

– Que se passe-t-il ? s'enquiert Iman.

– Elle doit être transportée à l'hôpital de toute urgence. Je n'arrive pas à la réanimer. Son pouls est faible. Retournez tous les deux en cours ! ordonne-t-il ensuite en trottinant à côté du brancard.

Le souffle court, Iman trépigne et moi, je suis paralysé. Je revois ses yeux noisette et son merveilleux sourire, et puis son corps inanimé dans mes bras. Des mots résonnent dans ma tête et m'empêchent de penser.

Urgence. Réanimer. Pouls faible.

Je fonce dans le local de l'infirmerie et régurgite le contenu de mon estomac dans le premier lavabo que je trouve.

19

Chani

J'ouvre les yeux et examine mon environnement. Je suis couchée sur un lit d'hôpital, perfusion dans le bras, reliée à un moniteur qui semble afficher mon rythme cardiaque et ma tension.

Je tente de me relever pour rejoindre la fenêtre et découvrir où je suis, mais mon corps ne semble pas vouloir suivre. Je me sens tellement fatiguée que j'ai même du mal à garder les yeux ouverts.

J'essaie de me souvenir des derniers moments où j'étais consciente. Je vois le regard de Hash posé sur moi. Ou peut-être est-ce que je suis en train de rêver de lui ? J'entends la porte qui s'ouvre, le Pr Altar s'approche, suivi de près par un autre homme en blouse blanche. Ils se postent tous deux devant le lit.

– Chani, si vous m'entendez et me comprenez parfaitement, clignez des yeux deux fois.

J'obtempère immédiatement à sa demande, je veux savoir ce qu'il se passe.

– Je vous présente le Pr Matteri qui travaille conjointement avec moi à l'hôpital depuis une dizaine de lunes.

– Je suis à la cité ? arrivé-je à formuler.

– Oui, vous vous êtes effondrée dans la classe. Cela fait longtemps que vous vous sentez fatiguée ?

Je hausse les sourcils. La fatigue, j'ai l'impression d'avoir vécu avec elle toute ma vie. J'ai cependant réussi à la vaincre, jour après jour, jusqu'à il y a peu.

– Peut-être avez-vous mis votre fatigue plus récente et plus importante sur le compte de facteurs extérieurs, démarre Laxos Altar, comme s'il lisait dans mon esprit, mais vous souffrez d'une maladie rare.

J'ouvre grand les yeux. De quoi parle-t-il ? Ma mère me l'aurait dit.

– C'est une maladie du sang, qui entraîne en premier lieu une grande fatigue, mais elle perturbe à long terme votre taux d'hémoglobine. La production anormale des globules rouges nous a mis sur la piste. Nous avons réalisé des tests préliminaires qui concluent tous à la familia genova. C'est le nom attribué à cette maladie sur l'ancien continent.

– Je ne comprends pas, dis-je, complètement perdue.

– Vous avez beaucoup de chance que nous ayons pu sauver le matériel pour vous administrer le traitement adéquat, déclare l'autre professeur.

Mes yeux s'égarent de l'un à l'autre quand je vois le mécène acquiescer de la tête, invitant l'autre docteur à poursuivre.

– Nous allons devoir recourir à une greffe de moelle osseuse. Par chance, nous avons dans notre base de données, très limitée, un donneur qui est compatible et qui a accepté de vous céder des cellules souches.

Je dois rêver, ce n'est pas possible, je vais me réveiller. Mais le médecin continue ses explications, aussi, j'essaie de rester concentrée.

– Nous allons vous placer en chambre stérile pour vous administrer un prétraitement qui empêchera le système immunitaire de rejeter le greffon. Nous procéderons ensuite à la greffe par perfusion, comme pendant une transfusion sanguine. Les cellules de la nouvelle moelle se répandront dans votre sang et coloniseront la moelle osseuse. Vos défenses seront amoindries, nous devrons vous suivre de près pour éviter tout risque d'infection. Vous recevrez aussi pendant trois semaines consécutives des transfusions de globules rouges et plaquettes. Nous vous replacerons ensuite en milieu non stérile une bonne semaine afin d'évaluer vos constantes et de juger si vous pouvez reprendre vos activités, sous suivi médical bien entendu. Vous avez des questions ?

Des questions ? Oui, j'ai une tonne de questions, mais je ne sais pas par où commencer.

– Vous avez employé le terme familia genova, c'est bien ça ?

– C'est exact, comme son nom l'indique, c'est une maladie qui provient des gènes d'une famille, elle est donc héréditaire.

– Héréditaire ? Mes parents ne m'en ont jamais parlé et je ne crois pas qu'ils aient eu cette maladie.

– Nous avons les données de votre mère qui a réalisé ses études à la cité, elle n'est pas porteuse du gène. Nous avons vérifié sa compatibilité en ce qui concerne les marqueurs, mais elle est quasi nulle.

– Et mon père ?

– Je vais vous laisser avec le Pr Altar, me répond le Pr Matteri, un peu embarrassé, il vous apportera toutes les précisions au sujet de cette maladie.

Il me salue et sort de la chambre. Je ne comprends pas bien sa gêne. Je me tourne vers le père d'Iman, mes mouvements sont douloureux.

– Ne bouge pas, tu n'as pas encore repris assez de force. Ce sera plus facile dans quelques heures avec la perfusion. Je vais m'asseoir au bout du lit.

Pourquoi me tutoie-t-il soudain ?

– Le donneur compatible, c'est moi.

– Qu'est-ce que cela signifie ? demandé-je avec peine.

– Cette maladie est transmise dans ma famille depuis des lustres. C'est d'ailleurs la raison pour laquelle le matériel et le traitement sont disponibles sur l'île. Mes ancêtres fortunés avaient tout prévu pour assurer leur descendance.

– Quel rapport avec moi ?

La gorge sèche, j'ai du mal à articuler. Il se lève et me présente un verre d'eau avec une paille. Je bois quelques gorgées, puis attends qu'il reprenne la parole. Toutefois, ses doigts s'emparent d'un papier dans sa poche. Il le déplie avant de me le tendre. Je ne suis pas médecin, mais je comprends néanmoins qu'il s'agit d'un test de paternité. Mes mains tremblent légèrement quand je lis les deux noms marqués et surtout le résultat. Mes pupilles voyagent du mot « positif » au visage du mécène, mon cerveau a du mal à assimiler cette nouvelle.

– Comme tu peux le voir, j'ai réalisé le test à ton entrée à l'Institut.

Je reste muette, mon pouls bat à mille à l'heure.

– J'étais professeur à l'Institut quand ta mère était en dernier cycle. Nous avons eu une brève liaison. Elle est tombée enceinte. À l'époque, elle était fiancée à ton père, Sami Erati. Pour ma part, j'étais uni à Miranda et Iman n'était encore qu'un bébé. Elle a finalement décidé de retourner dans la communauté du Nord pour accoucher avant de revenir à la cité pour passer ses examens, qu'elle a réussis haut la main, comme chaque fois. Elle s'est ensuite unie à Sami Erati et s'est installée dans le Nord en tant que médecin guérisseuse. La suite, tu la connais.

Il doit s'apercevoir à ma mine que je m'évertue à encaisser ces informations et s'avance pour me prendre la main. J'arrive cependant à l'écarter tout en secouant la tête. Les larmes me montent aux yeux et je peine à les retenir.

– Je suis vraiment désolé de t'apprendre cette nouvelle de la sorte. Tu avais l'air épanouie et tellement déterminée en arrivant à l'Institut que je m'étais juré de garder cette information pour moi. Surtout après t'avoir vue en compagnie de ton père. Cependant, au vu de tes examens, nous devons agir vite et j'ai besoin que tu me fasses confiance.

– Confiance, soupiré-je. Je veux voir mon père.

– Il ne peut plus entrer dans la cité, tu le sais bien. Quant à ta mère, je crois que ce n'est pas une bonne idée. Je sais de source sûre qu'elle a l'ambition de mettre fin à l'autorité en place et qu'elle y travaille depuis un moment. Une vengeance personnelle, je présume, prononce-t-il tout bas, comme pour lui-même. Si je suis au courant, la sécurité le sera bientôt. Ils ont aussi leurs contacts dans les autres communautés.

– Pourquoi ne l'avez-vous pas dénoncée ?

– Parce qu'il y avait une infime chance que tu sois ma fille et je croyais qu'en te voyant intégrer l'Institut, ses rêves se tourneraient vers toi et qu'elle abandonnerait ses projets de rébellion.

Sa réponse me sidère, d'autant plus qu'elle semble franche et sincère. Ses yeux vert sombre me scrutent intensément, alors je lâche spontanément :

– Iman.

– Iman n'est pas au courant. J'ai tenté de vous maintenir à distance, mais on dirait bien que les liens du sang sont les plus forts.

Les liens du sang ! Moi qui ai toujours rêvé d'avoir un frère. Ça explique bien des choses.

– Vous auriez dû le mettre au courant.

– Je sais, c'était lâche de ma part. Je n'ai pas pu sauver sa mère. J'ai tout tenté, mais je n'y suis pas arrivé. Je l'ai tellement déçu. Alors, lui dire maintenant que j'ai trompé sa mère lorsqu'il était bébé, c'est tirer un trait à jamais sur notre relation.

– Il mérite de savoir la vérité, ajouté-je, tandis que mon cerveau reprend ses esprits à la vitesse de l'éclair. A-t-il souffert de cette maladie ?

Laxos Altar reprend contenance au bord du lit et secoue négativement la tête.

– Mais tout était prêt au cas où il la déclencherait ?

Il acquiesce silencieusement. Tout était prêt pour Iman et c'est moi qui allais en bénéficier.

– Je pourrais en mourir ?

Cette fois, Laxos Altar ne se formalise pas de ma main qui le repousse et la tient fermement entre ses doigts.

– Tout va bien se passer. Je te le promets. Il faut que tu te reposes maintenant, ajoute-t-il en embrassant ma main et en caressant mon front de la pulpe de ses doigts.

Il dépose le test de paternité sur la table de nuit avant de sortir de la chambre. J'arrive à l'attraper et relis le résultat. Laxos Altar est mon père biologique.

20

Hash

Trois semaines que je ne l'ai pas vue ! J'ai des nouvelles par l'intermédiaire d'Erynda. Elle est toujours en milieu stérile et personne, excepté le personnel soignant, ne peut lui rendre visite.

Cet épisode me renvoie à ma maladie trois lunes plus tôt et je sais, par expérience, à quel point c'est important d'avoir quelqu'un à ses côtés pour surmonter ces pénibles moments. La solitude était mon lot quotidien, et même quand j'ai réintégré l'Institut, j'avais toujours l'impression d'être seul, comme si je percevais le monde extérieur qui évoluait autour de moi, mais que je n'en faisais pas vraiment partie. Jusqu'au moment où ses pupilles dorées se sont posées sur moi. J'avais de nouveau ce sentiment d'exister.

J'avoue que ça me console que même Iman n'ait pas pu la voir. Cette jalousie me ronge néanmoins de l'intérieur. Je la ressens de plus en plus, la place qu'elle prend, mon humeur qu'elle noircit.

Je ne pensais plus éprouver ce sentiment envers mon ami d'enfance. La première fois, c'était juste après ma maladie, quand j'ai réintégré l'Institut dans la classe inférieure et que mes anciens camarades admiraient Iman qui brillait malgré la maladie de sa mère.

J'aurais dû être compatissant, je savais qu'il était proche de Miranda, mais je gardais une certaine amertume et une profonde tristesse à la suite de son absence. J'avais l'impression que cette situation était injuste. On ne s'était plus vraiment reparlé depuis le décès de sa mère, jusqu'à nos altercations avec Chani.

Après les cours, je décide de n'écouter que mon cœur. Trois semaines qu'il pulse à un rythme infernal tant je suis inquiet. Erynda m'a rassuré sur son état de santé, m'expliquant que le don de cellules souches était un véritable succès. Chani se remettait beaucoup plus vite que les prévisions espérées des médecins. Dès mon arrivée à l'hôpital, mon bon sens m'ordonne de faire demi-tour, mais je ne l'écoute pas. Je franchis facilement les quelques étages avec mon badge jusqu'à la section Recherches dirigée par le Pr Altar.

Le Pr Matteri fait son apparition dans le couloir. Je l'ai aperçu deux ou trois fois avec Laxos et je sais qu'il s'agit de son bras droit. Il m'explique que Chani ne peut pas recevoir de visite, et moi, je lui fais bien comprendre que je ne bougerai pas de là tant que je ne l'aurai pas vue. Notre altercation ne doit pas passer inaperçue, car le père d'Iman décide d'intervenir.

– Je vous prierai de faire moins de bruit tous les deux, c'est un hôpital, fait-il remarquer sur un ton cinglant.

– Je suis venu voir Chani.

– Hash, commence-t-il en soupirant, elle est...

– Oui, je sais ce que vous allez dire, mais si vous pouvez entrer dans sa chambre, je ne vois pas pourquoi je ne pourrais pas le faire.

– Il y a une procédure à suivre, une combinaison à mettre, une décontamination à observer.

– Bien, je respecterai toutes les instructions à la lettre.

– Hash, je comprends que tu veuilles la voir, toutefois il est plus sage d'attendre encore une semaine. Ce n'est plus si long.

– En réalité, je ne peux plus attendre. Je suis son binôme pour ce cycle et j'ai plusieurs demandes à lui soumettre.

Je mens effrontément et, à vrai dire, ça ne me pose aucun problème de conscience. C'est vital pour moi de la voir, indispensable même pour ma santé mentale.

– Il y a des décisions à prendre et, connaissant Chani, elle sera furieuse si elle ne peut pas donner son avis. Je suis certain qu'elle meurt déjà d'envie de retourner à l'Institut, ajouté-je fermement.

– L'Institut attendra, déclare Laxos afin de clore la conversation.

– Si vous ne me donnez pas l'autorisation, je la demanderai expressément au comité. Je ne pense pas que vous ayez envie que d'autres dirigeants mettent leur nez dans vos affaires.

– Attends, tu me menaces, là ?

– Pas le moins du monde. Je ne me le permettrais pas. Je vous énonce simplement des faits.

Il m'observe quelques instants, comme pour juger de ma ténacité. Il semble vraiment en colère.

– Alban, dit-il alors en s'adressant à son collègue, fais-lui passer les étapes, et en se retournant vers moi, il ajoute :

– Tu as dix minutes à ses côtés, pas une de plus.

J'opine calmement de la tête, toutefois je jubile à l'intérieur. Pendant le stade de décontamination, je réfléchis à celle que je vais trouver. Sera-t-elle affaiblie et marquée, comme le jour où elle a fait son apparition après sa détention dans le centre ?

Avant de franchir le sas, j'aperçois mon reflet dans la vitre. J'ai l'air d'un idiot dans cette combinaison avec le masque. Dès que je passe le seuil, je la découvre debout près de la fenêtre, une perfusion dans le bras, dont la poche est suspendue à un pied à roulettes. Elle porte une blouse et un pantalon gris clair à l'effigie de l'hôpital.

– Je sais, dit-elle d'une voix claire, je ne devrais pas être levée, mais je me sens bien, professeur. Et puis je voulais observer les lanternes qui vont bientôt s'éclairer. La ville est tellement belle sous toutes ces lumières. Je ne pourrai malheureusement pas aller au bal.

– Tu voulais aller au bal ?

Elle se retourne brusquement et, dans sa confusion, manque d'arracher sa perfusion. Je franchis en un éclair la distance qui nous sépare pour la soutenir, quand ses yeux noisette qui me font tant rêver se posent sur la lucarne de la combinaison.

– Comment as-tu fait ? demande-t-elle.

– Rien ne peut me résister, réponds-je en blaguant.

Elle esquisse un petit sourire en coin, mais semble blasée par ma réponse. Je dois jouer franc jeu.

– J'étais très motivé.

– Motivé ? répète-t-elle en se dirigeant doucement vers le fauteuil à côté de son lit.

Elle s'installe et j'avance le support à roulettes pour la perfusion.

– Et qu'est-ce qui peut bien te motiver autant ?

– Toi, avoué-je dans un souffle.

Elle semble surprise par mon aveu et aussi un peu confuse. Aurais-je mal interprété les signaux ? Peut-être se comportait-elle avec moi de la sorte car nous formions un duo dans la classe pour le travail ? Ma respiration est suspendue à un fil. J'attends qu'elle parle, je désespère !

– Je dois être affreuse, lâche-t-elle avec une grimace en baissant les yeux.

– Tu n'as jamais été aussi belle, confessé-je en toute sincérité.

Je m'accroupis tant bien que mal avec cette combinaison, plongeant mes yeux dans le reflet mordoré des siens. Son visage se détend, je peux enfin respirer. Je n'ai pas rêvé. Ses prunelles me confirment bien ce que mon cœur sait déjà. Je meurs d'envie de la toucher, de respirer son odeur, de l'enlacer. Toutefois je ne retire pas ma combinaison, je ne tiens pas à lui refiler des microbes ou une bactérie.

J'ai juste le temps de prendre de ses nouvelles et de lui déposer les cours avant qu'un assistant ne fasse son entrée dans la chambre.

– Monsieur Bless, je vais devoir vous demander de partir, déclare-t-il à travers son masque.

Sa voix nasillarde m'énerve autant que sa demande précipitée. Je me contiens pour rester poli et ne pas faire de vague devant Chani.

– Je viens d'arriver.

– Vous n'auriez déjà pas dû être là.

– Le Pr Altar m'y a autorisé, réponds-je d'un ton sec.

– Il vient de m'avertir que votre temps était écoulé.

C'est qu'il commence à m'échauffer, ce connard !

Comme je ne bouge pas, il enchaîne :

– Je dois emmener Mlle Erati passer une batterie de tests.

– Rien que ça.

– Il est important pour son bien-être et surtout pour son rétablissement de ne pas la fatiguer, dit-il, faisant fi de ma remarque précédente.

Il me présente la porte en tendant le bras. Je suis sur le point de lui dire ce que je pense de son règlement à la con, lorsque mes yeux se posent sur celle qui fait battre mon cœur. Ses lèvres sont étirées en un petit sourire amusé, mais ses cernes me font comprendre qu'elle est encore très fatiguée. À regret, je hoche la tête, non sans m'approcher auparavant du fauteuil à côté de son lit.

– On se revoit bientôt.

Ce n'est pas une question, néanmoins mon intonation le laisse vraiment penser, alors Chani secoue doucement la tête dans ma direction. Elle me regarde avec une émotion que je connais bien, une sensation qu'elle a déjà ressentie, et je suppose qu'elle doit lire le même trouble de l'autre côté de la petite lucarne qui fait office de visière.

21

Chani

Je me sens terriblement angoissée. Iman va venir me rendre visite après ses cours et il n'est toujours pas au courant de la situation. Laxos Altar peine à lui révéler la vérité. Je l'ai pourtant supplié de le faire lors de notre dernière conversation.

– Je ne peux pas faire semblant. De toute manière, Iman va immédiatement se rendre compte que je lui cache quelque chose.

– Tu t'es pourtant bien débrouillée avec l'équipe de sécurité.

– Je croirais entendre ma mère.

– Je suis désolé, intervient-il, ce n'est pas ce que je voulais dire. La relation que j'ai actuellement avec Iman est assez chaotique. Il était tellement proche de sa mère.

– Il ne demande pas mieux que de se rapprocher de vous, mais vous l'avez toujours tenu à l'écart.

– Je l'admets. J'ai essayé de sauver ma femme par tous les moyens, explique-t-il, la gorge nouée. Mais je n'ai pas pu. Comment pourrais-je le regarder dans les yeux avec cette culpabilité que je ressens ?

– Mais vous n'êtes pas responsable de sa maladie.

– J'avais promis de la protéger et je n'ai pas été capable de tenir mon engagement.

– Le mensonge n'est pas la solution. Il l'apprendra tôt ou tard ; l'idéal est qu'il l'apprenne de vous.

– Il va me haïr.

– Peut-être au début. Il faut lui laisser le temps d'accepter la nouvelle et de comprendre aussi que son père n'est qu'un homme, après tout, avec ses qualités, mais aussi avec ses défauts.

Il me regarde avec tendresse puis vient s'asseoir sur le bord du lit, comme il aime le faire depuis deux semaines maintenant.

– La grossesse difficile de Miranda avait créé des tensions dans notre couple. Quand Iman est venu au monde, c'était un petit miracle. Pour elle, il n'y avait plus que ce bébé qui comptait.

– Vous n'avez pas à m'en expliquer les raisons.

– J'y tiens. Tu es dans le vrai, il est temps de dire la vérité et d'avouer mes erreurs.

Il prend une pause, expire longuement par les narines et se recentre sur moi.

– Ta mère était incroyable. Belle, talentueuse, ambitieuse. Elle me donnait toute l'attention dont j'avais besoin, aussi, j'ai succombé à la tentation. Notre liaison a duré un mois tout au plus. Elle savait que j'étais amoureux de ma femme et que nous avions un enfant, je ne lui ai jamais rien caché. Quand elle est tombée enceinte, je n'ai pas pris mes responsabilités. J'ai préféré croire que sa grossesse était l'œuvre de son fiancé. Je me suis ensuite retiré de l'enseignement pour me lancer dans la recherche. Nous avons été très heureux, Miranda et moi, toutes ces lunes.

Je n'arrive pas à prononcer un seul mot. Nous avons appris à nous connaître durant ces quatre dernières semaines. Cependant, je ne réalise pas encore qu'il est mon père biologique.

– Toi aussi, tu vas me haïr. Tu me hais déjà.

Je secoue la tête négativement. Le haïr ? Il aurait pu me laisser mourir et son secret aurait été bien gardé. Cependant, il a décidé de me sauver et de s'occuper de moi. Je dois lui reconnaître une certaine forme de courage, même si, plus jeune, il a été séduit par ma mère. Je sais très bien comment elle peut être avec ses patients. Elle a cette faculté de plaire, mais c'est un rôle qu'elle se donne. En réalité, elle n'est pas ainsi. Elle est égoïste et insensible. Elle n'offre rien gratuitement, tout est calculé. Quand elle m'a parlé de Laxos Altar, elle s'est bien gardée de dire qu'elle le connaissait, qu'elle l'avait connu intimement. Elle m'a manipulée dès le début. Ces fameuses boucles d'oreilles en pierre précieuse qu'elle m'a conseillé de porter au bal la lune passée en étaient une belle preuve. C'était un cadeau de son mentor : Laxos Altar.

– Je ne vous hais pas. Vous m'avez sauvé la vie deux fois. Comment pourrais-je vous haïr ?

– Et ton père ?

– Il n'est pas au courant, j'en suis sûre, mais il est temps que ma mère prenne ses responsabilités et qu'elle l'en informe. C'est à elle de le faire, pas à moi.

– Repose-toi, conseille-t-il en me caressant affectueusement la main. Iman a cours tout l'après-midi. Je vais tâcher de lui parler dès qu'il arrivera.

22

Chani

Je suis en train de lire les notes de cours que Hash a apportées quand Iman fait irruption dans la chambre, un large sourire dessiné sur son visage. Je viens de passer en chambre non stérile et cela fait du bien de ne plus être la malade que tout le monde doit protéger.

Il n'est pas au courant !

Il m'offre un paquet enrubanné et un petit sachet contenant les fruits rouges sucrés que j'aime tant. Je pose mes notes sur la table basse pour recevoir les présents. Je suis un peu gênée, alors j'évite de croiser son regard en le remerciant.

– Tu n'as pas vu ton père ? demandé-je aussitôt. Il te cherchait.

– Non, il a été appelé en urgence. Je le verrai plus tard à la maison.

– J'adore les artys, lâché-je alors en ouvrant le sachet pour changer de sujet.

Toutefois, Iman n'est pas dupe. Il commence à bien me connaître.

– Que se passe-t-il ?

Je secoue la tête en haussant les épaules, ce n'est pas à moi de lui annoncer que je suis sa demi-sœur !

– Si tu es dans cette chambre, c'est que tes résultats sont bons, non ? s'inquiète aussitôt Iman.

– Oui, le rassuré-je, je vais bien. C'est plutôt étonnant. Enfin, je veux dire… ma guérison est beaucoup plus rapide qu'ils ne l'envisageaient.

Je me gratte l'arrière de la nuque, esquivant toujours son regard. Ma mâchoire se contracte même tandis que mes pieds frappent machinalement le sol.

– Chani ! crache-t-il d'un ton exaspéré.

– Tu devrais vraiment parler à ton père.

– Si tu sais de quoi il retourne, tu pourrais simplement me le dire.

– C'est délicat, confessé-je.

– Écoute, on sait tout l'un de l'autre. On peut tout se dire. Et puis, je ne vois pas le rapport avec nous ?

– Justement, déclaré-je en levant les yeux en douceur vers lui, on ne sait pas tout l'un de l'autre et… cela nous concerne directement.

Il inspire profondément, sa cage thoracique se soulève puis redescend d'un coup alors qu'il expire en soufflant.

– Crache le morceau, ordonne-t-il.

Il ne s'énerve pas, mais son ton est ferme et sans appel. Devant mon hésitation, ses nerfs craquent.

– Chani ! Dis-moi, bon sang !

Je me lève et dépose sur la table le cadeau resté sur mes genoux. Je m'empare du fameux papier, plié en quatre, glissé dans la pochette de ma tablette. Je le lui tends lentement. Je suis si nerveuse que ma main tremble légèrement. Mon agitation semble le déstabiliser, car il attrape le papier et le déplie doucement en me fixant bien en face. Il prend connaissance de la teneur du document et ses yeux se braquent sur les noms apposés, avant de s'écarquiller.

– Chani, commence-t-il un peu perdu, ce n'est pas possible. Je ne sais pas pourquoi mon père tient absolument à nous séparer, mais tu ne vas pas croire ça.

– C'était pour cette raison qu'il voulait nous tenir éloignés.

Je pince les lèvres tandis que mes yeux s'embuent, aussi, Iman me prend instinctivement dans ses bras. Je pose la tête contre son épaule et laisse échapper quelques sanglots. Il me caresse affectueusement les cheveux, me promettant que tout va bien aller. Pourtant, à cet instant précis, je sais que plus rien ne sera pareil. Cette nouvelle bouleverse nos deux existences.

J'appuie les mains contre son torse et recule d'un pas pour lui faire face. Il lève la main pour essuyer les larmes qui perlent sur mes joues, mais je stoppe son geste.

– Je savais qu'il y avait un lien particulier entre nous, dès le départ. Je sentais que tu me protégeais, pas seulement parce que Lexi te l'avait demandé, c'était quelque chose de naturel. Je ne me trompe pas, n'est-ce pas ?

– Attends, Chani, articule-t-il avec peine, tu ne vas quand même pas croire ce qui est écrit. Ces analyses sont fausses. Mon père te trompe.

– Pourquoi ferait-il ça ? J'ai toujours rêvé d'avoir un frère, et dire que…

– Arrête ! me coupe-t-il sur un ton cinglant qui me surprend.

Devant son état fébrile, je tente de le réconforter, mais il évite aussitôt mon contact. Il ne tient pas en place, son corps bascule d'un pied à l'autre. Il secoue la tête, puis tourne les talons pour rejoindre la porte en quelques enjambées.

– Iman.

Il s'arrête un instant, mais ne répond pas. Puis, sans un regard en arrière, il sort de la chambre. Je me doute qu'il doit avoir un tas de questions. Il était si proche de sa mère, cette nouvelle doit être un vrai coup de massue. Il lui faudra du temps pour digérer cette information.

Moi aussi, il me faudra du temps.

23

Hash

J'ai de nouveau le sourire, depuis qu'elle est apparue ce matin à l'Institut. Ses cheveux dansaient sur ses épaules, excepté certains qui étaient toujours suspendus en l'air, probablement à cause de l'électricité statique créée par le tissu de son bonnet. Le temps s'est doucement refroidi et elle doit se protéger, car même si ses constantes sont excellentes, son immunité est toujours basse. Chani suit un traitement particulier qui doit la renforcer petit à petit.

L'avantage dans cette classe restreinte est de l'avoir quasi pour moi tout seul. Je ne pensais pas le dire un jour, mais : « Merci, monsieur Penbrok ! » Non seulement beaucoup de travaux doivent se réaliser en binôme, mais en plus, je me retrouve sur le même banc, à côté d'elle, tous les jours. Et Dieu qu'elle sent bon ! Je respire en profondeur le délicieux bouquet qui se dégage de son corps quand je comprends soudain qu'il s'agit du savon parfumé que je lui ai offert en première.

Mes yeux se posent sur elle en même temps qu'elle tourne doucement son visage vers moi. Je me perds dans la lumière que me renvoient ses prunelles, jusqu'à ce qu'elle écarquille les yeux et fasse un petit signe de tête en direction de la professeure qui nous observe. Elle ne semble d'ailleurs pas être la seule. Nos camarades ont braqué leur regard vers notre banc dans un silence assourdissant, et je réalise, un peu confus, qu'ils attendent ma réponse. Le problème est que je n'ai aucune idée de la question que Mme Davral m'a posée.

– La politique menée par le système Evan 2 de l'ancien continent, murmure Chani en plaçant discrètement sa main devant sa bouche.

– Merci, mademoiselle Erati, lâche Davral dans un soupir désespéré. Peut-être pourriez-vous répondre à la place de votre binôme ?

Chani s'exécute. Elle récite presque mot à mot les renseignements et observations que je lui ai communiqués et je souris, fier de sa performance.

– Si vous pouviez enlever ce sourire benêt qui s'étire sur votre visage, je vous en saurais gré.

Et la professeure ajoute, toujours sur un ton las :

– Oui, monsieur Bless, c'est à vous que je m'adresse !

J'entends quelques étudiants se marrer, dont Frerik, bien évidemment, mais je ne m'en soucie pas. Rien ne peut m'ôter la joie de sa présence si proche et de ses lèvres qui se retroussent pour révéler ses adorables petites fossettes. Je ne sais pas quel sort Chani m'a jeté, j'en suis complètement prisonnier et le plus enivrant est que je ne souhaite en aucun cas en être délivré.

À l'interclasse, je lui offre un jus de fruits. Elle me remercie chaleureusement pour tout le travail que j'ai partagé avec elle. Je hausse les épaules pour lui signifier que ce n'est rien.

– Ce n'est pas rien, lâche-t-elle, comme si elle lisait dans mes pensées, tu as réalisé et remis les travaux avec nos deux noms. C'est une énorme charge de travail que tu as abattue en supplément.

J'interviens immédiatement, la coupant sur sa lancée.

– Je suis sûr que tu aurais fait la même chose.

Elle m'examine avec un sourire discret avant de lâcher en toute simplicité et en toute sincérité :

– Oui, c'est vrai, je le reconnais.

Mon bonheur est double. Non, triple. Elle est auprès de moi, me regarde en souriant, et confesse enfin qu'elle m'aurait rendu ce même service. La journée s'annonce diablement bien.

À midi, elle retrouve ses amis, dont Elis et Erynda. Ils s'installent à une table près du chauffage. Ils sont si prévenants avec elle. Je m'attends à voir surgir Iman, mais il joue aux abonnés absents et ça m'arrange plutôt bien. Je n'ai aucune envie de les voir ensemble.

– Si je venais chez toi afin qu'on passe en revue les cours et le planning pour les travaux à rendre ? demandé-je à la fin de la journée.

Elle me regarde, un peu surprise par ma proposition.

– À moins que tu sois fatiguée ?

– Non, ça va, admet-elle, c'est juste que…

Elle ne finit pas sa phrase et soupire en frottant le dessous de son nez du revers de ses doigts.

– Tu as peut-être rendez-vous avec quelqu'un, dis-je sur un ton de reproche que je regrette aussitôt.

Le silence s'abat entre nous et j'ai peur de ce qu'elle va me répondre. Elle me dévisage, comme si elle découvrait mon visage pour la première fois. La situation est déconcertante.

– Je n'ai rendez-vous avec personne, répond-elle enfin calmement.

J'opine de la tête avec une certaine lenteur.

Ne souris pas. Fais semblant de rien. Ne souris pas.

– Iman et moi, nous sommes juste de bons amis, ajoute-t-elle, faisant tomber les derniers doutes ou craintes que je pouvais encore avoir.

– Je pourrais passer…

– Pas aujourd'hui, me coupe-t-elle, pas aujourd'hui.

– Quand tu seras prête.

24

Chani

J'aperçois Iman qui emprunte le sentier vers le parc et j'attends qu'il ne soit plus visible pour sortir. C'est lâche de ma part, je le sais, mais je suis maintenant mal à l'aise en sa présence. Je n'ai aucune idée de la façon dont je peux gérer la situation. Mon demi-frère continue à se voiler la face et s'est disputé avec son père. Je me doute que c'est compliqué d'accepter son infidélité. Le lien qui nous unissait prend tout son sens à présent, même si Iman émet des réserves sur la signification de ses sentiments. Je ne peux plus agir comme si rien n'avait changé. Notre relation est purement amicale et le restera, dorénavant. Les sentiments que j'éprouve pour Hash sont si intenses que je ne peux ni les nier ni les refouler.

Lorsque je l'ai découvert en combinaison à l'hôpital, j'ai d'emblée compris qu'il avait fait des pieds et des mains pour me voir. Son regard brûlant à travers le masque m'a complètement incendiée. Plus le feu brûlait à l'intérieur, plus je me consumais et plus je me sentais libre. Il me trouvait belle et j'étais vraiment heureuse.

Les jours passent à une vitesse déconcertante. J'ai la chance d'être entourée par mes amis qui se font du souci pour ma santé. Personnellement, je ne ressens plus de fatigue ou d'effets secondaires. Je pourrais même dire que je tiens la forme. Je devrai en revanche attendre encore un peu avant de reprendre la natation ou le tir à l'arc, mais les petites séances de relaxation et d'étirement préconisées par le médecin me font le plus grand bien.

Aux petits soins pour moi, Hash est vraiment patient, beaucoup plus que je n'aurais pu l'imaginer. Il ne me met aucune pression. Pourtant, petit à petit, nous ressentons cette attirance qui nous gagne et qui nous pousse l'un vers l'autre. C'est comme une force contre laquelle on ne peut pas lutter, une force de la nature.

En classe ou dans les couloirs, il m'observe, étudie les mouvements de ma poitrine à l'inspiration, contemple mes doigts qui se faufilent dans mes cheveux. Je l'ai même surpris à mater mon postérieur près des casiers. Il a émis un rire espiègle qui m'a liquéfiée sur place, lorsque je le lui ai fait remarquer.

Des inquiétudes me harcèlent quand je pense à notre histoire passée. Comment concilier une relation entre le fils du chef de la sécurité et la fille de la cheffe des rebelles ? Je ne peux pas lui cacher éternellement cette information. Ce sont les secrets qui nous ont éloignés et qui ont répandu cette part d'obscurité en nous. À l'heure actuelle, je reste prudente. Même si je n'approuve pas le choix de mes parents, je ne veux en aucun cas risquer leur vie ni la mienne.

– Chani, me rappelle Hash à l'ordre, tu es dans la lune.

– Laquelle ? plaisanté-je.

– Celle de ton esprit qui carbure.

Il a raison. Mon cerveau n'arrête pas de réfléchir et de tergiverser. Dès le matin, au réveil, dix mille questions se bousculent au portillon. J'ai des difficultés à canaliser ces pensées qui affluent et me bouleversent. Ma vie a tellement changé en une lune ! Ma relation avec ma famille s'est étiolée, laissant une tristesse et un vide épineux à combler.

J'étire longuement les bras par-dessus la tête en bâillant sans retenue. Depuis trois jours, nous travaillons à la bibliothèque après les cours. Nous avançons dans nos travaux à rendre. Cependant, nous mettons nettement plus de temps que d'ordinaire, car Hash m'aide à assimiler le chapitre étudié durant mon long séjour à l'hôpital. Sa douceur et sa prévenance me font découvrir une autre facette de sa personnalité.

Arrête de me dévorer du regard, Hash ! J'ai déjà du mal à me concentrer.

Il sauvegarde nos dossiers puis ferme la tablette. Son petit sourire en coin ne me dit rien qui vaille.

– Viens, me dit-il en me tendant la main, on va aller boire un verre et manger des crêpes, je sais que tu adores ça.

– Tu peux parler ! raillé-je.

Aussitôt, sa main s'empare de la mienne et des frissons remontent le long de mon épine dorsale. Son contact m'a toujours électrisée. Je suis une vraie bombe à retardement. Cela fait des semaines que je suis rentrée en seconde et que je me retiens de ne pas le toucher. Dès que nos corps se réunissent, c'est en effet une véritable explosion d'émotions qui se déverse en moi.

Hash s'étonne toujours autant de mon appétit. Les petites échoppes, où l'on peut se restaurer à la cité, sont hors de prix. Je profite en général du buffet le midi pour prendre des forces. Toutefois, la famille Bless possède des moyens bien au-dessus de la norme, aussi, je ne regarde pas à la dépense. Je m'empiffre presque. Il est tard et je meurs de faim. À la Petite Crêpe, comme s'appelle cet établissement, propose un espace couvert très chaleureux et coloré. Les nombreux coussins sur les banquettes font plus penser à un bar qu'à un endroit pour se sustenter. Profitant de l'ambiance qui y règne, je me détends en conversant avec Hash. Il se moque gentiment de nos professeurs et c'est si agréable de n'être simplement qu'une étudiante.

À l'hôpital, il m'est arrivé certaines nuits de faire des cauchemars. Des agents de la sécurité venaient m'enlever pendant mon sommeil, je me retrouvais dans le centre de détention aux côtés de mes parents et Talia Aiden prononçait une sentence de mort. Nous étions ensuite emmenés par les gardes et jetés par-dessus la muraille, nos corps se fracassant sur le sol rocailleux du Sud. Je me réveillais en sueur, priant pour que l'avenir soit meilleur que ces mauvais songes.

– Tu es encore absente, énonce Hash d'un air affecté. Si tu t'ennuies, je peux te raccompagner.

– Au contraire, je suis bien et…

Comment te dire ce que je ressens, Hash ?

Je cherche mes mots. Hash se lève, contourne la table basse et vient s'asseoir près de moi sur la banquette. Il ne m'aide pas, là !

– Et ?

– Je repensais à certains rêves. Ce sont plutôt des cauchemars, en réalité.

– C'est ma faute, murmure-t-il comme un aveu.

Je secoue négativement la tête, mais il pose sa paume toute chaude sur ma joue droite. Il l'enveloppe presque et stoppe le mouvement.

– Si, ça l'est. J'aimerais tant que tu me pardonnes.

– J'essaie. De toutes mes forces. Parce que j'en ai envie.

Voilà, je l'ai dit ! Son regard s'insinue profondément dans le mien et son pouce caresse en douceur ma joue. Ses doigts effleurent ma mâchoire pour venir se glisser sous mes cheveux et atteindre ma nuque qu'il presse tendrement. Tout en me fixant, il rapproche sa bouche de la mienne avec une extrême lenteur. Je ferme les yeux au contact de ses lèvres et le monde s'arrête de tourner. Plus rien d'autre n'existe, à part nous. Son baiser est passionné, comme s'il voulait me transmettre toutes les émotions qu'il ressent. Et je les ressens, égales aux siennes. Mes cuisses se contractent tant l'excitation me gagne.

Un seul baiser. Il lui aura suffi d'un seul baiser pour que j'oublie nos différends, au moins le temps où je me retrouve dans ses bras, collée contre son corps, à la vue de tous les clients de la Petite Crêpe. Quand il finit de m'embrasser, mes sens sont décuplés et mon cœur bat la chamade.

– Je boirais bien quelque chose, tenté-je afin de faire diversion pour faire redescendre la tension.

– Et si l'on buvait ce quelque chose dans ta chambre ?

25

Hash

Debout dans le couloir, contre le mur gris clair, ma main se fraie un passage sous son pull et sa chemise à l'effigie de l'Institut, pendant que l'autre remonte le long de sa cuisse avant de glisser sous sa jupe. Les soupirs qu'elle émet dans le creux de mon oreille me font immédiatement bander. J'ai envie de cette fille. J'ai envie d'elle à en crever.

Il nous reste deux mètres jusqu'à sa porte, mais je ne suis pas sûr de pouvoir les atteindre avant de la posséder. Brusquement, une porte claque en bas et l'on entend du bruit, des pas qui se rapprochent. Chani me fait entrer dans son nid à la vitesse de la lumière. Elle frappe mon épaule de sa paume quand elle me surprend à me bidonner.

– Ça te fait rire ! souffle-t-elle.

– Tu es si belle, répliqué-je du tac au tac.

Ses iris noisette s'assombrissent et m'envoûtent, jusqu'à toucher mon cœur. Je me débarrasse de mon gilet et de ma chemise en deux mouvements et les laisse tomber par terre. Elle mate sans vergogne mes abdos et se mordille la lèvre inférieure entre les dents. Elle est aussi excitée que moi. Je le lis dans son regard, à sa façon de gesticuler sur place. Je veux la posséder, la sentir, la toucher, l'imprégner.

– Déshabille-toi.

Elle respire longuement, sa poitrine se gonfle à chaque inspiration. Elle s'exécute néanmoins, avec une certaine lenteur qui m'enflamme tout entier. Elle déboutonne sa chemise de façon aguicheuse. Je me dis qu'elle ne perd rien pour attendre ! Mais là, j'en profite pour la dévorer du regard et admirer ses formes ainsi que sa jolie silhouette. Sa chemise suit ensuite les courbes de son corps, je donnerais cher pour être ce petit bout de textile.

– Ta jupe, lui ordonné-je aussitôt.

L'épais tissu gris glisse le long de ses cuisses pour rejoindre le petit tas de vêtements. Elle relève ensuite le menton, me regardant droit dans les yeux. Ses lèvres s'entrouvrent légèrement et sa respiration devient saccadée. Elle attend, et moi, je l'examine sous toutes les coutures, prenant un pied d'enfer.

Chani, je crois que tu n'as pas idée à quel point tu es ensorcelante !

Je m'approche au ralenti, désireux de faire durer nos retrouvailles, même si je suis déjà plus chaud que la braise. Je passe de côté et lui effleure le bras du bout des doigts. Elle tremble légèrement et déglutit avec peine. La pulpe de mes doigts descend de sa nuque jusqu'aux agrafes de son soutien-gorge que je défais une à une. Ses bretelles tombent sur ses épaules, alors je passe mes mains de part et d'autre pour empoigner ses superbes seins soyeux fièrement dressés. Ses mamelons réagissent aussitôt à mon assaut et durcissent entre mes doigts. Je me colle contre son dos pour lui faire sentir le renflement qu'elle a provoqué entre mes jambes. Ses mains se plaquent sur les miennes tandis que sa jolie petite culotte frotte contre mon pantalon. Ses mouvements m'arrachent un râle mêlé de plaisir, mais aussi de frustration. J'enlève alors rapidement le reste de mes vêtements avant d'appuyer mon membre contre le fin tissu qui recouvre ses fesses.

Nos corps se massent mutuellement et je lui murmure des propos inconvenants au creux de l'oreille. Elle aime quand je lui parle. Et moi, j'avoue que ça me stimule. Je la fais se retourner, je m'accroupis et lui retire sa culotte. Ma langue remonte jusqu'à son intimité et son bassin vient à sa rencontre.

Quand ma bouche atteint de nouveau la sienne, ses bras passent derrière ma nuque et elle colle son corps au mien en lâchant de petits gémissements. Je passe mes mains sous ses fesses pour la soulever afin de la déposer sur le lit.

J'ai besoin d'elle. D'être en elle. Mais avant, je dois savoir. Je veux savoir. J'ai besoin de savoir.

– Est-ce que ton père fait partie de la rébellion ?

– Hash, soupire-t-elle en haussant les yeux.

– Je sais que le moment n'est pas le mieux choisi…

– Non, sans blague, me coupe-t-elle.

– Je veux juste la vérité, demandé-je avec sincérité.

Ma mère était sûre d'elle et son flair ne la trompe jamais. J'ai besoin que Chani baisse ses barrières, comme j'ai baissé les miennes.

– Quand je t'ai appelé pour m'aider, je n'étais au courant de rien. Au centre, j'ai reconnu un autre membre de notre communauté. C'était un ami de mon père avec qui nous allions de temps à autre à des tournois de tir à l'arc. Et j'ai commencé à douter. J'étais complètement perdue dès qu'on est sortis du centre. Je me posais des questions quant à l'implication de mon père.

– C'est pour cette raison que tu es restée à la cité et que tu n'as pas voulu retourner chez toi pendant les congés ?

– Oui, murmure-t-elle.

– Mais, depuis, tu y es retournée. Alors je te pose une dernière fois la question. Est-ce que ton père fait partie de la faction rebelle ?

26

Chani

Hash réitère sa demande. Je sens une boule se former dans ma gorge avant que mes yeux ne deviennent légèrement humides. *Ne craque pas !*

À cet instant, je me demande si le comportement de Hash depuis mon retour n'est pas calculé. Est-ce qu'il s'est rapproché de moi pour me soutirer des informations ? Est-ce que tout va s'arrêter ? Comme dans mon cauchemar où j'agonise, meurtrie, sur ce sol aride ?

– Chani, insiste-t-il.

J'acquiesce de la tête. Je lui dois au moins cette vérité.

– Oui, soupiré-je d'une voix enrouée qui laisse ensuite place à mes larmes.

Hash va partir, il va me quitter et tout va s'arrêter. Toutefois, ses pouces essuient avec douceur mes larmes et sa bouche fond sur la mienne dans une nouvelle intensité qui me déconcerte totalement.

– Je t'aime, Chani. Je t'aime, répète-t-il.

J'ai dû mal entendre, mais sa langue qui s'introduit dans ma bouche me prouve le contraire. Mon cœur ne va pas tenir.

– Merci de m'avoir dit la vérité, conclut-il avant de reprendre ses caresses là où il s'était arrêté.

Mon cœur vole en mille éclats. Je le serre de toutes mes forces. Il prend ce geste pour de l'ardeur et raffermit son étreinte. J'ai pourtant l'impression d'avoir commis un péché. Je suis en colère contre mes parents de m'avoir placée dans une telle position. Mentir à l'homme que j'aime. Certes, je lui ai révélé la participation de mon père, mais elle représente une infime partie de la vérité.

J'aimerais tout lui avouer, le rôle de ma mère, celui d'Iman, la confidence de mon père biologique. Me libérer de ce poids, de ce fardeau que je traîne depuis des semaines avec peine, dépit et aigreur. Mais je ne peux pas. Je suis prise au piège. La vie de personnes que j'aime se trouve entre mes mains. Je n'ai jamais demandé à endosser ce rôle. Je voulais juste décrocher cette bourse, réussir brillamment mes études et gagner le respect des Élus pour pouvoir amorcer une ère de changement.

Pourtant, je me laisse aller dans ses bras et réponds à ses ébats, car mon désir efface ses questionnements. Quand nos peaux sont en contact, la réponse à tous nos problèmes est simple : il nous suffit de nous aimer. Ses mains s'enfoncent dans mes fesses puis il me pénètre. J'aime être proche de lui, fusionner nos corps et me laisser bercer par la frénésie qui nous appelle. Bientôt, je ne suis plus que fièvre et envie et je m'abandonne, le cœur lourd mais rempli d'amour.

Après l'acte, nous restons longtemps alanguis, l'un contre l'autre, comme si nous avions peur de perdre cette connexion. En tout cas, moi, j'ai peur. Lui, je crois qu'il profite juste de l'instant présent. J'aimerais ressentir à nouveau cette paix intérieure. J'ai cru à un moment qu'il ne méritait pas mon amour, et pourtant, il semble que ce soit bien l'inverse.

Certains disent que mentir par omission, ce n'est pas vraiment mentir. Ils refusent juste de voir la réalité en face, parce que celui à qui l'on a menti par omission se sentira toujours trahi. J'allais à nouveau le blesser. J'espérais juste qu'il me pardonnerait, comme j'allais lui pardonner de m'avoir dénoncée à ses parents.

Nous nous réveillons dans les bras l'un de l'autre avec le lever du soleil. Hash me pousse à me retourner et se colle contre mon dos, passant le bras autour de ma taille.

– Bonjour, ma petite Sombre, lâche-t-il, rieur.

En temps normal, j'aurais étripé quiconque m'aurait surnommée de la sorte. Mais, dans sa bouche, cette expression a une consonance particulièrement sexy.

– Bonjour, mon petit Élu.

Je comprends à son torse qui sursaute contre mon dos qu'il est en train de rire tout bas. Je me sens heureuse dans ses bras.

– Il est encore tôt et...

Son membre durcit contre mes fesses, pendant que sa main à hauteur de ma taille appuie sur mon ventre. Il la descend ensuite jusqu'à mon entrejambe où il exerce une pression par frottement et je m'embrase en un éclair. Je n'aurais jamais cru pouvoir ressentir une telle ivresse pour quelqu'un.

Nous déjeunons ensemble, toujours sur notre petit nuage, puis nous prenons une douche bien méritée. Quand il est habillé, je vois qu'il s'assied et tape de la main l'endroit juste à côté de lui pour que j'y prenne place.

– Viens, je dois te parler.

Son ton est solennel, je redoute ce qu'il va m'annoncer.

– Mes parents sont au courant pour ton père et ses deux autres compagnons qui étaient au centre en même temps que lui. Je n'ai pas vraiment de détails. Néanmoins, je les ai entendus dire qu'il y avait du mouvement chez les rebelles et qu'ils allaient devoir resserrer l'étau. Dans leur langage, cela signifie de prochaines arrestations. Je te le dis, car tu peux encore sauver ton père. Il peut quitter la faction ou, s'il est vraiment impliqué, se rendre et son geste sera pris en considération. Je sais que tu es proche de lui. J'ai pu voir à quel point votre relation était importante pour toi. Dans deux jours, nous aurons une semaine de repos, c'est le moment opportun pour lui faire entendre raison.

Je hoche la tête, non seulement en signe d'accord, mais aussi en signe de remerciement. À cet instant, j'ai l'impression qu'il est l'amour de ma vie et que je n'éprouverai jamais de sentiments aussi forts pour quelqu'un d'autre.

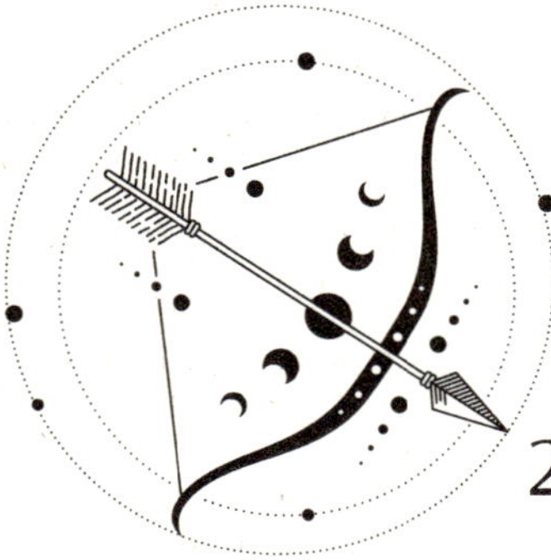

27

Chani

Sur le trajet vers la communauté du Nord, je repense aux paroles de Hash et je me rends compte qu'il m'offre une occasion en or d'inverser la situation. Il est prêt à passer sous silence la trahison de mon père, mieux encore, il m'invite à le sauver. Par amour pour moi. Si un Élu peut tendre la main à une Sombre, tout peut arriver. Dans le fond, il me redonne surtout espoir en me permettant de me raccrocher aux rêves fous d'une île en paix. Une île où les communautés partageraient leurs expériences et leur savoir pour grandir et évoluer ensemble, dans une même direction.

Dès que je franchis le pas de la porte d'entrée, j'ai la confirmation que ma mère est à la maison. Je sens une odeur parfumée de thym et de gigot de gotra qui mijote sur le foyer ouvert.

– Je ne savais pas si tu allais rentrer. Heureusement que j'en ai préparé à satiété, balance-t-elle en lorgnant le plat fumant.

– Bonjour à toi aussi, dis-je calmement. Si papa n'est pas dans les parages, j'aimerais discuter d'un point avec toi, avant qu'il rentre.

Elle me désigne le siège en face d'elle.

– De quoi veux-tu discuter ?

– De mon père biologique, confessé-je de but en blanc.

Elle devient livide, mais elle reprend rapidement contenance après s'être servi un verre d'eau. Avant qu'elle puisse trouver une parade, j'enchaîne directement afin d'éclaircir la situation et dissiper tout doute.

– Je parle bien entendu de Laxos Altar, le professeur avec qui tu as entretenu une brève liaison dont a résulté ta grossesse.

– Qu'est-ce que tu racontes ? vocifère-t-elle. Et qui t'a rapporté cette histoire ?

– Il m'a sauvée par deux fois.

– Tu ne comprends pas, poursuit-elle, il se sert de toi comme...

Elle s'arrête net quand je sors le document de ma poche et que je le déplie devant elle. Elle lit avec attention les résultats. Ses traits sont impassibles. Elle est au courant. Je n'en étais pas certaine, mais, à sa façon de réagir, j'en mettrais ma main au feu dorénavant.

– Cela ne prouve rien. Il a très bien pu falsifier ces analyses.

– Et si tu jouais enfin cartes sur table et que tu me racontais la vérité ?

La discussion ne mène en fin de compte à rien de concret. Elle continue de nier les faits, et plus elle essaie de me convaincre, moins je la crois. J'étais tellement dans une routine d'études à tenter d'être la fille qu'elle espérait que je serais que, maintenant, je me rends compte que nous n'avons jamais eu de réelle relation mère-fille. Notre rapport consistait plutôt en un échange professeure-élève, et cette constatation me peine du fond du cœur.

À bien y réfléchir, Lexi ne m'a jamais dit qu'elle m'aimait. Mon père me l'a souvent répété pourtant, en me serrant tendrement dans ses bras. Mais, elle, pas une seule fois en l'espace de vingt et une lunes.

La conversation dévie sur les plans de la faction, mais elle ne lâche aucune information. J'ai pourtant la sensation que le dénouement est proche et qu'une attaque se prépare. Je ne suis pas sereine.

– Quand je pense à tous les efforts fournis pour t'élever et faire de toi une femme éduquée, je suis vraiment déçue de ton attitude et de ton audace.

– Qui te parle d'éducation ? hurlé-je à travers la cuisine. Je veux simplement savoir ce que vous avez prévu afin de renverser le pouvoir.

Quelles actions allez-vous mener ? Est-ce dangereux pour Iman ou papa ?

– Tu parles des Altar…

– Non, la coupé-je net, je te parle de mon demi-frère et de l'homme qui m'a élevée, pendant que tu manigançais avec tes amis des autres communautés.

– Manigancer, répète-t-elle, railleuse. Tu crois qu'on est sur les bancs de l'école ?

– Je crois surtout que tu cherches à te venger. Tu voulais être une Élue, mais tes plans ne se sont pas passés comme tu l'avais envisagé. Tu n'as jamais obtenu ce dont tu rêvais, et le pire, c'est que je constate que tu ne souhaites pas non plus que je l'obtienne. Tu es aigrie et tu en deviens même jalouse de ta propre fille.

– Je vois qu'ils t'ont bien retourné le cerveau. Tu ne seras jamais l'une des leurs, tu n'as pas compris ? À leurs yeux, tu n'es qu'une sale petite Sombre qu'ils peuvent écraser d'un simple coup de talon.

– C'est ce que tu ressens ? C'est ce qu'ils t'ont fait ?

Soudain, nous entendons du bruit provenant de l'atelier avoisinant. Mon père est de retour.

– Pas un seul mot de ces calomnies à ton père. Ne leur donne pas plus de pouvoirs qu'ils n'en ont.

– Et si tu lui disais la vérité ?

– Laquelle ? La tienne ? Celle de Laxos Altar ? Sami sait très bien qu'il peut me faire confiance.

– Pourquoi j'ai l'impression que tu ne dis que des mensonges ?

– Tu n'es qu'une ingrate, s'énerve-t-elle.

– Je suis ce que tu as fait de moi.

La porte d'entrée s'ouvre et nous entendons la voix chaude de mon père.

– Je suis rentré !

Il suit le délicat fumet du plat qui mijote et atterrit prestement dans la cuisine.

– Oh, bonjour, ma chérie, me dit-il avec un grand sourire en m'enlaçant affectueusement. Je suis vraiment content de voir que tu vas bien et que le traitement a fonctionné.

– On a eu la chance de trouver un donneur compatible.

– Pour des transfusions, confirme-t-il.

– Non, pour un don de moelle osseuse. Des cellules souches, si tu préfères.

– Ah bon ? s'étonne mon père, ce n'est pas ce que j'avais compris.

Il se tourne vers ma mère, surpris.

– J'ai expliqué à ton père pour la perfusion, annonce-t-elle simplement, je ne suis pas rentrée dans les détails.

– Pardon ? lâché-je, abasourdie.

Mon père n'est pas stupide, il sent la tension qui pèse dans la pièce. Il nous demande d'expliquer clairement la situation. J'en profite pour prendre immédiatement la parole. Je lui explique la maladie rare, en omettant la partie héréditaire, et le traitement suivi. Je parle aussi du fait que je n'ai aucune idée de leurs intentions et de la dangerosité de leurs plans, que ce soit pour eux, pour Iman ou pour moi.

– On ne veut simplement pas t'impliquer, admet-il.

– Tu es en danger ! lancé-je alors comme une bombe.

– Qu'est-ce que tu racontes ?

– Je le sais de source sûre. La sécurité sait que tu fais partie de la faction, ainsi que Panos et l'autre membre de notre communauté qui a été arrêté en même temps que vous.

– De source sûre ? Qu'est-ce que cela signifie ? rugit ma mère. De qui parles-tu ?

– Je pense qu'il est préférable que je garde l'information, pour ne pas vous impliquer, articulé-je avec amertume en leur renvoyant la balle.

– Chani, cesse de faire l'enfant.

Je regarde ma mère dans le blanc des yeux. Que suis-je pour elle ? Une expérience ? Un de ses soldats ? Le jouet de sa machination ?

– Cette personne te conseille vivement de quitter la faction, ou si tu es trop impliqué, de te rendre pour alléger la sentence. Bien entendu, cette personne, continué-je en fixant mon père, n'est pas au courant que ma mère est la cheffe de ce mouvement de rébellion, sinon je ne pense pas que ses paroles auraient été si compréhensives.

– J'espère que tu n'as rien révélé à Laxos Altar, et je te défends de le côtoyer, intervient ma mère sur un ton agressif.

– Il ne s'agit pas du Pr Altar, et je suis assez grande pour côtoyer qui je veux. Je ne suis pas un de tes pauvres pions, je suis ta fille.

– Dis-nous de qui il s'agit ! crie-t-elle en se levant et en tapant du poing sur la table.

Mon père l'attrape par les épaules pour tenter de la calmer. Étrangement, j'affiche une certaine retenue qui ne me ressemble pas. Je crois que je me suis fait une raison au sujet des causes qui la motivent dans sa quête de vengeance et de destruction.

– Papa, prononcé-je une dernière fois en couvant mon père d'un regard plein d'une tendresse que je sais partagée, c'est vraiment ce que tu veux ? Déclarer la guerre à une des communautés ? Cet acte de violence contre la cité aura des répercussions, peut-être des morts ou des victimes innocentes. Il est encore temps de faire marche arrière et d'essayer une solution plus pacifique. C'est toi qui m'as dit de rester forte et droite en toute circonstance, d'effectuer mes choix suivant ma conscience. Es-tu bien conscient de tes choix et des conséquences que cela va engendrer ?

Je me tourne alors vers ma mère et essaie de lui parler avec la même sagesse sur un ton assuré.

– Tu sais que si nous perdons certaines technologies, ou pire, certaines formes d'énergie, cette île, ce dernier rempart qui a recueilli les survivants du continent, n'y résistera pas. Es-tu prête à courir ce risque ?

– Il aura suffi d'un cycle pour que tu sois l'une des leurs. Pourquoi crois-tu que nous ne te fournissons aucune information ?

Elle m'aurait enfoncé un poignard dans le cœur que je n'aurais pas eu plus mal. Même si je suis tombée amoureuse de cette cité de lumière, mon cœur a toujours appartenu à l'océan, à ces falaises et à cette forêt dense aux multiples senteurs. Elle a raison sur un point, je ne suis plus vraiment une Sombre, mais je ne suis pas plus une Élue. Je me considère comme une habitante de l'île et j'ai envie de détruire ces barrières de préjugés et d'inégalités dressées autour des communautés. Je ne veux pas prendre le pouvoir, je veux l'utiliser à bon escient. Que chacun trouve sa place et que l'île puisse être un havre de paix. Les technologies qui ont pu être sauvées et les autres qui ont été restaurées ou créées sont essentielles pour le bien-être de chacun. Il est important qu'on les protège. En tant que femme de science, ma mère devrait être plus perspicace et trouver d'autres solutions qu'un passage par la force. Elle s'est créé une certaine notoriété dans les communautés Céleste, Solaire et Sombre ; pourquoi n'en a-t-elle pas tiré profit de manière réfléchie ? N'est-elle que haine et rancœur ?

– Peut-être que toi, elle t'écoutera, dis-je à mon père en évitant le regard assombri de ma mère. Je ne reviendrai plus.

Je tourne les talons et fonce dans ma chambre récupérer mes affaires. Mon pouls s'accélère. Je sens les larmes qui affluent aux commissures de mes yeux, je n'arrive pas à les retenir. Je ne peux plus rester dans cette maison. En vérité, je ne peux plus rester dans la même maison qu'elle.

Après avoir rassemblé mes affaires, je descends en trombe l'escalier. Mon père attrape mon poignet pour m'inviter à rester et à réfléchir. Je redresse la tête vers lui et aperçois ma mère dans le couloir.

– Laisse-la partir, Sami. Elle a pris sa décision.

Et, comme si rien d'autre n'avait d'importance que ses paroles, il lâche ma main et baisse les yeux. Deuxième coup de poignard. J'ai envie de le frapper pour le faire réagir, de lui hurler d'arrêter d'être lâche, d'arrêter d'être faible. Cependant sa tête reste baissée et, dans un état second, je referme la porte derrière moi.

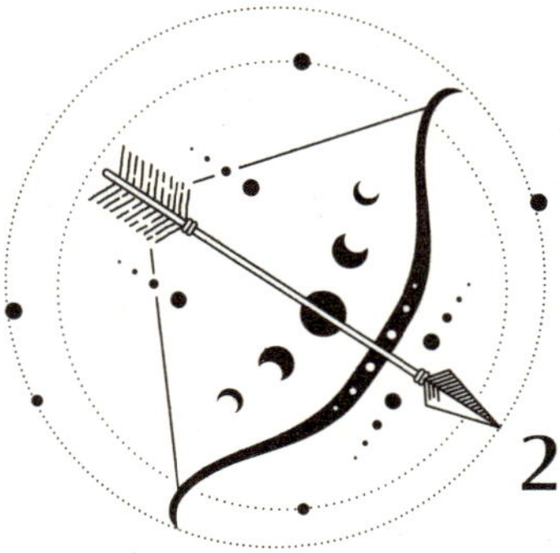

28

Chani

— Chani, il est l'heure de se lever, si tu ne veux pas rater le premier transport.

Ulcie me secoue par l'épaule. Je suis crevée. Hier soir, j'ai mis beaucoup de temps à m'endormir. J'ai d'abord raté le dernier transfert pour la cité, malgré ma course effrénée. Heureusement qu'Ulcie a pu convaincre ses parents de me laisser dormir dans sa chambre pour la nuit. Elle m'a également préparé un en-cas tard dans la soirée quand elle a appris que je n'avais rien avalé depuis le midi. C'est étonnant parfois de voir que les gens qui nous viennent en aide ne sont pas ceux auxquels on s'attendait.

Je la remercie pour la dixième fois au moins et elle me serre dans ses bras en me disant au revoir. Au passage, elle glisse dans un de mes sacs un sachet et un gobelet bien fermé. Une fois dans l'habitacle du transporteur, je les ouvre pour découvrir deux petits pains à la confiture et un thé sucré au miel.

Quand j'arrive au bâtiment des boursiers, Elis en sort et vient m'aider à porter mes sacs. Il s'enquiert de mon état lorsqu'il aperçoit ma mine défaite. Je lui ferais bien remarquer que les cernes sous mes yeux sont le reflet de son propre état, mais je sais que sa rupture avec Nissa est encore un sujet sensible.

La pluie dehors s'est intensifiée, nous prenons dès lors notre repas de midi dans le logement d'Elis. Après notre dernière discussion, je décide de lui révéler tout ce que je sais. D'habitude moqueur, Elis m'écoute à présent attentivement. Je lui précise avoir perçu une sensation de danger imminent.

– Je peux me tromper, Elis, mais je crois que ma mère vise surtout à se venger de Laxos et des Élus. Je pense sincèrement qu'elle a prévu une attaque de la cité dans un avenir proche.

– Qu'est-ce qu'on va faire ?

– On ? m'étonné-je.

– Bien entendu, on est dans le même bateau, toi et moi.

– Elis, ajouté-je gentiment, tu peux en descendre quand tu le souhaites. Pour ma part, soit je coule avec lui, soit je le fais couler. Et aucune des solutions ne me tente. Je ne sais vraiment pas quoi faire.

– Et Iman ?

– Iman est en colère. Je le comprends. On nous a menti à tous les deux. Cependant, il voit ma mère comme une sauveuse alors que sincèrement, ce n'est pas le cas. Je voudrais pourtant qu'il en soit autrement. J'aimerais tant qu'il ait raison.

Le Céleste se racle la gorge et croise les bras. Il soupire avant de se passer la main sur le front. Il relève ensuite la tête et demande, l'air gêné :

– Et Hash ?

Je mordille ma lèvre inférieure, je suis tendue quand on parle de Hash. Il a été si franc et ouvert avec moi, et moi… je n'ai pas pu l'être en retour.

– Hash m'a avoué qu'il m'aimait, confessé-je, je lui ai confirmé que mon père était un rebelle et, *lui*, il m'a dit qu'il m'aimait.

Je fonds en larmes. Perdu, Elis tente néanmoins de me réconforter.

– Je voudrais tout lui dire, mais s'ils apprennent que ma mère est la cheffe de la faction rebelle, c'en est fini de mon père et de moi aussi, j'en ai bien peur. Je ne sais même pas comment lui parler de la révélation de Laxos. Il n'y a que toi qui es au courant, et aussi Iman, même s'il continue à rejeter cette nouvelle. Et bien entendu ma mère, ce qui n'était pas vraiment une surprise pour elle.

Elis me propose de réfléchir ensemble à un plan à mettre au point pour révéler la stratégie et les prochains agissements de la faction rebelle. Nous discutons depuis un moment du sujet quand il bondit du lit. À son regard, je comprends qu'une idée est en train de germer dans son esprit.

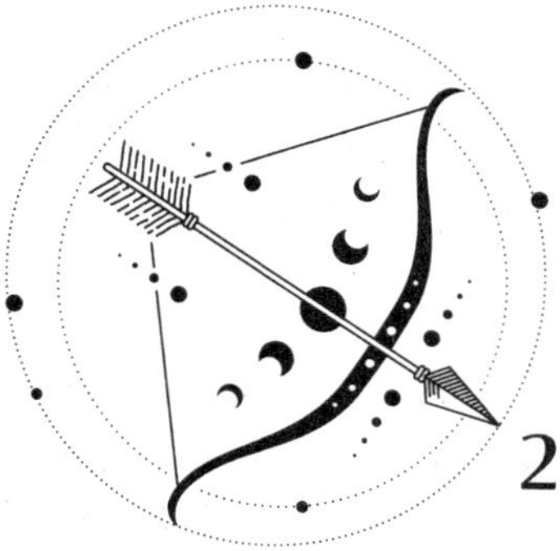

29

Chani

Sous la douche, avant de rejoindre Hash, je repense à la tactique mise au point par Elis. Je ne souhaite pas qu'il prenne de risque ou qu'il se retrouve impliqué dans cette histoire de famille et cette rébellion qui approche à grands pas. Je dois toutefois reconnaître que son idée est astucieuse.

Elis a choisi pour son second cycle Technologie et Robotique. Il a finalement abandonné l'idée de devenir médecin, souhaitant se consacrer à l'avancée des technologies. J'imagine que ses nombreuses discussions avec Iman ont dû le faire réfléchir.

Il a donc décidé de rentrer auprès des siens, chez les Célestes, durant les prochains jours de repos, et d'aller voir Nissa pour discuter de leur brusque rupture. Nous soupçonnons tous les deux Alia, la mère de Nissa, d'être de mèche avec la faction et leur organisation. Il placera en douce une caméra dans la pièce de détente où il suppose que les membres de la faction se rejoignent lors de leurs réunions.

– Leurs rencontres ont toujours eu lieu en fin de semaine, a-t-il ajouté. Si l'affrontement est proche, il y a de grandes chances qu'ils se réunissent pour mettre au point les derniers détails.

J'espère surtout qu'il n'est pas trop tard et qu'il trouvera l'opportunité de poser la caméra qu'il va concevoir en cours. Nous devrons en revanche attendre qu'il soit rentré pour visionner l'enregistrement, parce que la connexion avec les autres communautés ne permet pas de le faire en direct.

Je vais devoir patienter avant d'obtenir ces résultats qui confirmeront ou infirmeront mes doutes. Ensuite, je verrai ce que je peux dire à Hash. Je peux lui annoncer mon lien de parenté avec Iman et lui parler de toutes mes peurs qui m'ont empêchée de lui dire la vérité. Mais aurais-je le courage de prendre le risque de tout lui raconter ? Et s'il prenait à nouveau le parti de ses parents ? Je prie le ciel pour qu'un jour il puisse comprendre ma position et les choix compliqués auxquels j'ai fait face. Je lui dirai aussi combien je l'aime, de tout mon cœur. Il n'a pas idée de ce qu'il représente pour moi. Il est le feu qui attise ma passion, qui me consume et qui me fait me sentir vivante. J'aime ce que je ressens quand je suis avec lui, quand il pose les mains sur moi et que mon corps s'enflamme à en perdre la raison. En vérité, je n'ai jamais cru pouvoir aimer un jour de la sorte. Je ne sais pas si ses sentiments sont aussi forts, mais j'ai envie de croire à son « Je t'aime ».

Un bip retentit sur ma tablette tandis que je suis en train de m'habiller. Je vérifie rapidement le message.

JE SUIS EN BAS, TU DÉVERROUILLES LA PORTE ?

Tout en passant un chemisier bleu pâle, je rejoins le petit panneau de contrôle qui se trouve sur le mur près de la porte. J'appuie sur la fonction ouverture de la porte d'entrée principale avant de fermer rapidement quelques boutons de mon haut. Pas besoin de les attacher tous, je ne vais probablement pas le garder très longtemps. À cette pensée, je rougis et souris par la même occasion.

Il toque trois petits coups à la porte. Elis a réparé le loquet qu'il avait cassé quand il était intervenu lors de mes cauchemars.

– Oui ? sondé-je avec malice, essayant de cacher mon amusement.

– Ouvre, répond-il simplement en riant.

À peine la porte est-elle entrouverte que ses yeux foncés me convoitent et s'attardent sur les boutons détachés en se plissant légèrement. Il a envie de moi et son regard m'excite au point de provoquer des contractions jusque dans mon bas-ventre. Il sourit de toutes ses dents, conscient de l'effet qu'il provoque en moi. Après avoir refermé la porte, il pousse le loquet. Lorsqu'il se retourne, je suis des yeux le mouvement de ses mains. Ses doigts attrapent mon col ouvert et glissent lentement le long du tissu jusqu'au premier bouton.

– Tss, tss, souffle-t-il en se passant la langue entre les lèvres.

Il déboutonne ma chemise et continue son chemin en prenant son temps. Chaque fois qu'il retire un bouton, la pulpe de ses doigts effleure ma peau et je frissonne de plaisir. Ses mains se faufilent ensuite sous mon haut pour caresser mon ventre jusqu'à l'élastique de ma culotte. Mon bassin part instinctivement en avant, alors je vois ses lèvres qui s'agrandissent en un sourire charmeur triomphant. Il fait glisser mon haut le long de mes épaules et, dès qu'il atterrit sur le sol, je ne tiens plus. Je m'avance et me colle contre son corps. Mes mains empoignent sa nuque et ma bouche rejoint la sienne dans une sorte de plainte lascive. Il m'empoigne les fesses et me porte jusqu'au petit bureau où il me dépose. Sa bouche ne me quitte pas, sa langue chaude s'enroule sensuellement autour de la mienne. Mes sens sont en émoi, j'ai envie de plus, de lui appartenir, de le sentir en moi.

– Tu es à moi, affirme-t-il en ancrant ses pupilles dilatées dans les miennes.

– Je n'ai jamais appartenu qu'à toi.

Ses yeux s'écarquillent et il recule légèrement la tête pour m'observer.

– Tu veux dire que…

Il suspend sa phrase dans un soupir et je hoche la tête en le regardant avec tendresse. Croyait-il que j'avais entretenu des relations avec Iman ?

– Je n'ai jamais couché avec un autre que toi.

Ses lèvres se jettent sur ma bouche et s'en emparent dans un râle d'excitation. Son souffle s'accélère et ses mains s'enfoncent dans ma chair. Il me désire. Il me veut. Et moi, je ne veux que lui.

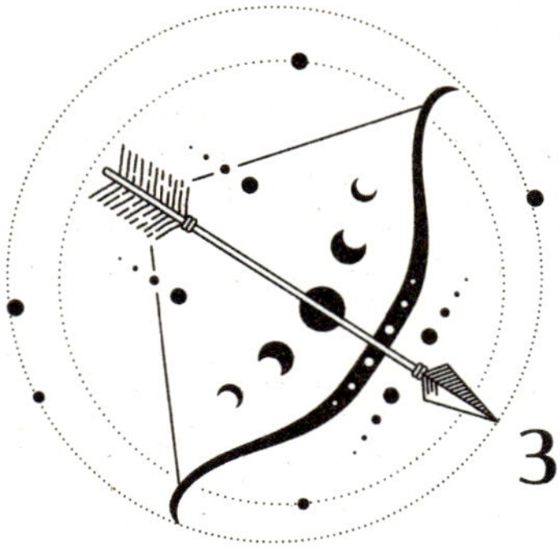

30

Chani

Je tourne en rond dans la chambre, attendant la venue d'Elis avec l'enregistrement. J'espère qu'il a pu suivre le plan fixé et qu'il n'a pas eu d'ennui ou ne s'est pas fait prendre. Le soleil va bientôt se coucher, mon anxiété est à son comble.

Je sursaute quand je le vois rentrer dans la pièce sans y être invité. Je n'avais pas mis le loquet. Il faudra que je sois plus prudente à l'avenir. Je redoute autant un agent de la sécurité qu'un des sbires de ma mère. Je suis devenue complètement parano et j'espère que cette vidéo permettra de dissiper tout doute ou malentendu.

Elis ne semble pas dans son assiette. Je l'invite à s'asseoir et à me raconter en détail les événements de ces deux derniers jours.

Nissa semblait heureuse de le retrouver. Mon ami s'est senti coupable de se servir d'elle afin de planquer les appareils.

Il lui a expliqué qu'il avait quitté son cursus de médecine pour intégrer les nouvelles technologies, et ce, afin d'offrir un monde meilleur pour tous les habitants de l'île. Elle n'a pas montré d'intérêt pour ses études ou son changement de direction. Tout ce qu'elle souhaitait, c'était qu'il reste auprès d'elle chez les Célestes. Une dispute a éclaté entre eux et la jolie Céleste lui a montré la sortie avec une certaine animosité.

Le lendemain, il s'est posté discrètement non loin de la maison afin de guetter le moindre mouvement. Il a pu observer le même manège que les fois précédentes. Lexi faisait bien partie des visiteurs mystères. Il a ensuite attendu que tout le monde soit parti pour récupérer la caméra.

– Comment t'y es-tu pris pour la récupérer ?

– J'ai expliqué à Nissa que je devais prendre le transporteur, mais que je ne retrouvais pas mon badge. J'ai dû feinter pour qu'elle s'éloigne suffisamment du salon. Elle est ensuite réapparue avec Alia qui paraissait contrariée par ma présence. Je leur ai d'emblée montré le badge que je venais soi-disant de trouver entre les coussins du canapé.

Je vois son attitude changer en mentionnant cette scène.

– Tout va bien, Elis ?

– Je ne sais pas, admet-il, Alia me fixait d'une étrange façon.

– Comment ça, étrange ?

– Flippante ! Son visage était fermé et son expression glaciale. Même Nissa a adopté un drôle de comportement, comme si elle allait me fusiller sur place. J'ai cru à un certain moment qu'elles allaient essayer de me fouiller. J'ai décampé le plus vite que j'ai pu. Ces personnes présentes l'après-midi préparent quelque chose de dangereux. Je n'ai pas un bon pressentiment, Chani.

Je sens mon pouls s'accélérer doucement, comme si l'angoisse montait peu à peu. Des picotements fourmillent le long de mes avant-bras et viennent faire trembler le bout de mes doigts. Ma poitrine est comprimée dans un étau, j'attends le verdict sur la tablette d'Elis.

Après quelques manipulations, l'enregistrement démarre. Dehors, il fait noir et les lunes nous illuminent à travers la fenêtre de ma chambre. Je laisse Elis mettre la vidéo en avance rapide. Je détourne les yeux quand je le vois avec Nissa et qu'ils s'embrassent avec passion. Je les aperçois ensuite qui se disputent. Il accélère encore le fichier, quand mon cœur fait un bond dans ma poitrine.

– Attends ! Reviens en arrière, Elis.

Un grand blond bouclé apparaît dans le champ de la caméra, puis ma mère entre en action et le prend affectueusement dans ses bras.

– Elle devait déjà être là quand j'ai caché le matériel.

Cette réflexion me fait froid dans le dos. Elis a pris des risques inconsidérés et automatiquement, je m'en veux. J'ai l'impression d'avoir amené le malheur dans sa vie, ainsi que dans celle de Hash.

Nous nous asseyons sur mon lit pour suivre en détail leur conversation. Iman semble tendu, alors ma mère le questionne.

– Quelque chose ne va pas ? Tu as eu des problèmes ?

– As-tu eu une liaison avec mon père ? demande-t-il d'emblée.

Sa franchise me fait plaisir. Il va enfin se rendre compte du double jeu qu'elle joue.

– Ce n'est pas vrai, lance-t-elle, tu ne vas pas t'y mettre toi aussi.

Il la regarde d'un air hébété alors qu'elle lui fait signe de prendre place dans un des canapés mis à leur disposition.

– Chani m'a posé la même question, ou plutôt m'a directement accusée d'avoir copulé avec ton père, alors que j'étais son étudiante. Elle croit que Laxos est son père biologique. Je ne sais pas à qui appartenait la moelle compatible ni comment il s'est arrangé pour maquiller les résultats du test de paternité, mais je sais encore qui est le père de ma fille.

Iman reste muet, la laissant poursuivre son explication.

– J'étais étudiante en dernier cycle et ton père était le professeur qui supervisait mes recherches. Après ta naissance, il restait de plus en plus tard à l'Institut. Il venait souvent me rejoindre à la bibliothèque pour m'apporter une boisson ou un en-cas et me soutenir dans mes recherches. Je trouvais cela plutôt flatteur, en tant que boursière du Nord, peu d'Élus me témoignaient du respect, et encore moins de l'intérêt. Un soir, lorsque nous étions seuls, il s'est confié à moi en m'expliquant que ta mère avait eu des soucis pendant la grossesse et qu'elle était aux petits soins pour toi. Pour ton père, à l'inverse, elle ne montrait plus d'attention. Il a alors essayé de m'embrasser. Je me souviens qu'il m'a couchée sur une des tables de la bibliothèque et que j'ai éprouvé des difficultés à le repousser de force. Depuis ce jour, il me hait. Personne n'avait jamais osé repousser un Altar.

– Pourquoi me fait-il croire qu'il est le père de Chani ? Cette information ne joue pas en sa faveur, répond-il, un peu perplexe.

– Comment un Altar peut-il se retrouver de l'autre côté, du côté des rebelles ? Ton père est prêt à tout pour maintenir l'ordre et le pouvoir, et te ramener parmi les Élus. S'il se positionne comme moins extrémiste que les Bless, c'est justement pour gagner les autres membres de votre communauté à sa cause. Les Bless et les Altar se sont toujours comportés en rivaux. Je crois même qu'il en était déjà ainsi sur l'ancien continent.

Mon demi-frère frotte vigoureusement son menton, l'air pensif. Il semble peser le pour et le contre. J'espère qu'il ne va pas la croire.

– Écoute, Iman, poursuit-elle, si c'est trop dangereux pour toi de nous aider à rétablir la justice dans nos communautés, nous comprendrons très bien que tu te retires. Nous trouverons une autre solution pour l'action que nous avons planifiée.

– Quelle action ?

J'allais justement le demander !

– Nous avons besoin de quelqu'un qui peut faire entrer incognito Sami dans la cité.

– Il est toujours sur la liste noire, ça va être compliqué. Peut-être pourrais-je réaliser la tâche qu'il doit accomplir ?

– Il doit régler certains appareils qui se trouvent déjà sur place. Il est le seul à connaître les endroits précis où il les a subtilement dissimulés. Et s'il se cachait à l'arrière du transporteur privé ?

– Je... je ne sais pas, Lexi, c'est risqué. Est-il prêt à courir le risque ?

– C'est plutôt à toi de te poser cette question. Tu peux très bien refuser. Ce n'est pas parce que nous sommes proches depuis la maladie de Miranda que tu dois te sentir obligé d'accepter. Je comprends très bien que tu veuilles suivre les indications de ton père. Tu es un Élu, tu as déjà tout.

La manipulation ! Vraiment, elle est forte.

– Quand ? demande alors Iman, agacé au simple nom de son père.

– À la fin de la semaine, à ton retour dans la soirée, juste avant la reprise des cours.

Elis se retourne vers moi. La fin de la semaine, c'est aujourd'hui.

31

Chani

Je me lève d'un bond du lit, quand Elis m'interpelle pour me rappeler que l'enregistrement n'est pas terminé. Il passe en vitesse la nuit et la matinée suivantes.

Nous apercevons ensuite les rebelles arriver au compte-gouttes. Ma gorge s'assèche quand je visualise ma mère, tout sourire, avec ces personnes. Nous ralentissons ensuite l'enregistrement quand tous les membres semblent avoir pris leur place. Elis monte le son et nous écoutons, en silence, la voix de ma mère qui s'élève et remplit l'espace.

– Tout se passe exactement comme prévu. Ce soir, Iman infiltrera Sami dans la cité, qui profitera de l'obscurité pour se rendre aux points stratégiques et aligner les appareils sur le même signal d'entrée.

– Comment fera-t-il pour pénétrer dans les centrales sans être vu ? intervient un homme d'une cinquantaine de lunes.

Son visage m'est familier, ainsi que son froncement de sourcils. Même si j'écoute toujours ma mère, mon attention reste fixée sur lui. Quand il porte à sa bouche son verre de malt, je percute ! C'est un Solaire que j'ai rencontré à une fête de la musique. Priar Tonnelli, si ma mémoire est bonne. Je crois que Lexi a mis au monde son fils dans la communauté Solaire.

– Nous avons soudoyé un agent de la sécurité qui aimerait rapidement monter en grade, répond-elle en ricanant. Il déposera près du tableau de commande un brouilleur de signal vidéo à minuit précis. Le système devrait être hors service pendant au moins deux bonnes heures, ça donnera largement le temps à Sami d'effectuer les changements.

– Et pour entrer dans les bâtiments, le passe est toujours valable ? demande Alia.

Ma mère confirme que leur autre contact l'a testé et qu'il est toujours fiable.

– Vous ne nous donnerez toujours pas le nom de ce contact ? questionne à nouveau Tonnelli.

– Vous savez que je protège mes sources, Priar. Quand nous serons maîtres du jeu, je vous le présenterai avec joie.

– Et pour le détonateur ? s'enquiert Alia.

Elis tourne immédiatement la tête vers moi, nos yeux s'agrandissent en même temps, pour se reporter directement sur le petit écran. Nous sommes tous les deux hypertendus. Cette assemblée complote un réel attentat au sein de la cité.

– C'est réglé, j'ai introduit la puce de transmission dans la tablette de Chani. Après son passage au centre de détention, plus personne n'osera la prendre à partie.

Je renverse malgré moi mon verre d'eau au milieu des draps. Elis met la vidéo sur pause. Je me dirige vers la fenêtre et l'ouvre en grand. J'ai besoin d'air, malgré le froid qui s'insinue à travers mon pull trempé.

Je tente d'inspirer profondément, ma respiration est forte et j'hyperventile. Mon ami vient me caresser le dos pour m'aider à me calmer. Je me retourne vers le bureau et attrape ma tablette, prête à la jeter par la fenêtre.

– Stop, crie Elis. Il faut écouter la suite et voir de quoi il retourne.

Nous retirons à la va-vite le drap mouillé. Je change de haut pour venir me blottir contre l'épaule du boursier.

– Elle est réglée dans trois jours à dix heures trente précises.

– Pourquoi pas plus tôt ? demande un homme à la peau bronzée.

Des yeux bleu clair comme le ciel et la peau mate, je le reconnais entre mille. Il s'agit de Matis Hernando de la communauté Céleste. Il participait aux tournois de tir à l'arc avec mon père. C'est un philosophe connu chez les Célestes.

– Parce que le comité de l'Institut se réunit à dix heures exactement et que c'est l'occasion rêvée de les exterminer.

– Elle a bien dit ex-ter-mi-ner ? bégaie Elis, devenu tout pâle.

Mes yeux sont rivés sur l'écran. J'ai dû rater une étape. Les appareils que mon père doit régler, à quoi servent-ils ? Je fais « chut » en plaçant l'index devant ma bouche et reste concentrée.

– Et ce signal va déclencher toutes les bombes ?

J'ai bien entendu ? Les bombes ?

– Oui, ça partira de l'Institut. Le signal va se relayer très rapidement.

La main d'Elis se resserre vivement autour de la mienne. Toutefois, je ne ressens pas cette douleur lancinante. Ce que j'entends est une véritable épreuve, plus qu'un supplice, c'est une torture pour mon âme. Ma mère a fait répartir des bombes dans la Cité d'Émeraude et mon père va les activer. Je suis en enfer.

– Les déflagrations se succéderont vélocement. Le premier bâtiment à être touché sera l'Institut, suivi de la centrale en énergie, l'hôpital et le centre de recherches, la fabrique d'armes, et pour finir l'Empire Consort.

– Les engins explosifs sont-ils assez puissants pour détruire leurs cibles ?

– Vu les charges réparties et la puissance des explosifs, il ne restera rien de ces bâtiments.

– Et votre fille ? lâche Matis.

– Chacun a un prix à payer.

Elis me scrute, mais je reste immobile. Des larmes inondent mes joues, mon cœur me fait souffrir. J'ai l'impression de me noyer dans mon chagrin et je ne suis pas sûre d'en sortir indemne.

– Et Sami ?

– Sami n'est pas au courant, répond-elle, il n'est pas prêt à faire ce genre de sacrifice. Il pense que les appareils vont envoyer une onde de fréquence qui va anéantir tout système informatique.

– Et cela ne vous pose pas de problème ? demande alors Priar.

– Ma fille est déjà passée du côté de l'ennemi, ça règle le problème. Quant à Sami, j'en fais mon affaire.

– Chani, Chani… répète Elis en s'agitant et en me secouant l'épaule.

Je lui fais signe d'arrêter en levant la paume vers son visage, quand tout à coup Alia prend la parole.

– Pour les Célestes, nous devrons compter quatre pertes. Ce sont malheureusement des dommages collatéraux. Il y en aura bien plus dès que nous prendrons la cité d'assaut après les explosions.

Elle se tourne ensuite vers une personne qui se trouve hors du champ de la caméra.

– Tu es des nôtres ? Pas de regrets ?

Je vois Nissa apparaître doucement dans l'angle de vision. Elis est pétrifié et la fixe, les yeux et la bouche grands ouverts.

– Je lui ai laissé le choix. Elis a décidé de rejoindre l'Institut et de poursuivre ses études. Mon sacrifice est moindre par rapport à Lexi.

S'ensuivent quelques questions pratiques. Quand je pose les yeux sur mon ami, j'ai l'impression qu'il est déjà mort. Il vient de me rejoindre en enfer.

32

Hash

J'entends du remue-ménage qui provient du salon et des voix qui parlent haut et fort. Je sors de ma chambre en trombe pour tomber nez à nez avec Lucinda et son bras droit de la sécurité.

– Reste ici, m'ordonne mon père qui a revêtu son uniforme.

Je vois ensuite ma mère débouler dans le hall, habillée de façon sobre. Elle a relevé ses cheveux en un chignon strict et ses traits sont tirés.

– Que se passe-t-il ?

– Tu n'es pas habilité à le savoir, déclare mon père.

– Iman Altar vient d'être arrêté, lâche ma mère avec une certaine nervosité, il a tenté de faire entrer un rebelle dans la cité.

– Quoi ? m'étonné-je, incrédule.

– Il s'agit de Sami Erati, précise Lucinda.

Je reste cloué sur place, je ne comprends rien à la situation. Pourquoi Iman aiderait-il le père de Chani ?

Il n'est pas au courant pour le père de Chani !

– Iman pensait peut-être juste faire plaisir à Chani et…

– En cachant M. Erati sous une couverture dans son transporteur privé ?

Lucinda marque un point. Je ne sais pas quoi objecter.

– Cela fait plusieurs semaines que nous soupçonnons Iman d'aider la faction. Nous pensons qu'il est à l'origine des problèmes que nous avons rencontrés avec les caméras.

Iman fait partie des rebelles ? J'essaie de me remémorer ses actions ou ses paroles, mais tout va trop vite et je n'ai pas le temps d'y voir clair.

– Chani n'y est pour rien, lâché-je en un éclair.

À leur regard, je comprends que j'aurais mieux fait de me taire et de ne pas aggraver mon cas.

– Chani ? répète ma mère, je pensais que votre histoire était bel et bien close.

– Tu ne bouges pas, me somme mon père, énervé, entraînant avec lui la petite troupe vers la sortie.

J'hésite à envoyer un message à ma petite Sombre, mais on pourrait retrouver une trace de la connexion. Je passe à la hâte un gros gilet sombre et des bottines, et m'empresse de rejoindre le bâtiment des boursiers en courant au travers des ruelles sombres et désertes.

En arrivant, j'aperçois de la lumière qui provient de la fenêtre de sa chambre. Je ne sais pas encore comment je vais lui annoncer cette nouvelle. Toutefois, je me dois de la mettre au courant. J'appuie sur le bouton en face de son nom, mais aucune réponse ne parvient du parlophone. Je réessaie, malgré l'heure tardive.

– Oui ?

C'est sa voix. Elle est cependant éraillée et légèrement chevrotante. Il s'est passé quelque chose. Peut-être est-elle déjà au courant ?

– C'est Hash.

– Hash, qu'est-ce que tu fais là ?

En entendant du bruit, je comprends qu'elle n'est pas seule.

– Laisse-moi monter, c'est important et urgent.

Je n'obtiens aucune réponse, mais l'ouverture de la porte se déclenche, alors je bondis à l'intérieur du hall. Dès qu'elle me laisse entrer dans sa chambre, je découvre qu'elle a pleuré. Elle fait un pas sur le côté pour me laisser passer et j'aperçois Elis qui se tient assis sur le lit, penché, la tête dans les mains.

– Que se passe-t-il ici ?

Le Céleste relève doucement la tête et ses yeux humides rencontrent mes prunelles interloquées. Ses paupières se ferment pour contenir les larmes qui montent et celles-ci se déversent par le coin de ses yeux.

Je me tourne vers Chani et dépose ma paume sur sa joue humide et fraîche. Son visage se tord en une grimace de souffrance, aussi, je la prends instinctivement dans mes bras. Je l'embrasse sur la fontanelle, descends sur le front, mais elle me repousse dès que mes lèvres approchent des siennes.

– Je dois parler à tes parents, déclare-t-elle en frissonnant.

– Ça va être compliqué. Ils sont au centre de détention. La sécurité vient d'appréhender Iman qui essayait de faire entrer illégalement ton père dans la cité. Ils sont tous les deux emprisonnés, ils vont être questionnés.

– Ils ne savent rien, répond-elle, mais moi, je vais tout leur révéler.

Les bras m'en tombent et mon cœur chute de deux étages.

33

Chani

Hash force le barrage pour nous faire entrer, Elis et moi, dans le centre de détention. Il est contrarié et je redoute bien sûr sa réaction face aux nombreuses révélations qu'il va entendre. J'aimerais m'y prendre autrement pour tout lui révéler, mais l'arrestation d'Iman et de mon père accélère grandement le mouvement et je ne peux plus faire marche arrière.

Je ne pensais pas un jour me retrouver dans ce centre, surtout de mon propre chef. Au vu du massacre planifié par la faction, j'ai décidé de dénoncer les rebelles. Dire que je me sens trahie par ma propre mère est un doux euphémisme. Elle m'a plongée dans les méandres de son âme pervertie. Mon cœur saigne à n'en plus finir. Je vais dévoiler le monstre que je me suis forcée à ignorer. Je m'apprête également à trahir la confiance d'Iman et de mon père, mais mon seul but est de les sauver.

Lucinda vient à notre rencontre dans le sas. Je lui enjoins de convier le comité des hauts dirigeants à nous rejoindre dans le centre, ainsi que les deux prisonniers. À son étonnement, je lui précise qu'Elis et moi avons découvert les plans délétères de la faction et qu'il faut impérativement agir pour sauver la cité.

– Je t'écoute ! ordonne-t-elle.

– Je crois que vous n'avez pas bien saisi. Cette fois-ci, vous n'êtes pas en position de force. Je détiens des informations capitales et je suis prête à les livrer sous certaines conditions.

– Nous ne marchandons pas avec les rebelles.

– Si j'étais une rebelle, je ne serais pas ici et la cité aurait été détruite depuis longtemps. Je… hésité-je en cherchant mes mots, je veux changer le système en place et améliorer la vie des habitants de chaque communauté. Et je veux le faire de manière pacifique. Je suis prête à trahir des personnes qui me sont chères, dans l'espoir d'un monde meilleur.

Elle me dévisage sous toutes les coutures. Je comprends qu'elle pèse le pour et le contre de la situation. Moi seule possède les clés qu'elle cherche. La connaissance, c'est le pouvoir. Je n'aurais jamais pensé être l'inhibiteur du complot. Pour la reine, je n'étais qu'un pion qu'on peut sacrifier, mais elle avait sous-estimé le jeu.

Cela fait un bon moment que nous attendons dans la grande salle du centre. Lucinda a incité Hash à rejoindre ses parents. Avant de me laisser, il a plongé une dernière fois ses prunelles foncées dans mes yeux et j'y ai lu un grand désarroi qui a meurtri mon petit cœur.

Lucinda et les autres agents de la sécurité sont les premiers à faire leur apparition. Ils pratiquent une fouille minutieuse et, après s'être assurés que nous sommes sans danger, laissent entrer les hauts dirigeants. Mon ami boursier est droit comme un piquet. Il tente de faire bonne figure, mais je le connais assez pour savoir qu'il est prêt à détaler d'une minute à l'autre.

Les Bless se manifestent, suivis par Laxos Altar et les autres membres du comité que je ne connais que de nom et que j'ai pu entrevoir au bal des Élus. Des gardes font ensuite entrer Iman et mon père dont le regard passe d'un individu à l'autre, pour venir s'arrêter sur le mien.

Ils les font mettre à genoux, au milieu de la salle, et je n'ai qu'une envie, celle de courir vers eux, les prendre dans mes bras et les rassurer. Je me force à rester stoïque, rassemblant mes idées et aussi mon courage.

– Tu as convié le conseil pour donner les informations nécessaires à l'anéantissement de la faction rebelle. Nous t'écoutons, Chani Erati, déclare Siun Bless.

Je vois le visage de mon père devenir livide et il secoue la tête de gauche à droite en agrandissant les yeux. J'aimerais tant lui dire que je suis désolée.

Pardonne-moi, papa.

– Je vais vous révéler la menace qui plane sur la cité, vous détailler les actions planifiées et vous offrir les têtes pensantes de la faction.

– Mais qu'es-tu en train de faire ? crie mon père, avant qu'un garde ne lui assène un coup de matraque sur la tempe, le faisant tomber au sol.

J'amorce un mouvement vers lui, mais Lucinda pointe une arme dans ma direction et je stoppe net mon élan. Siun Bless fait alors un geste de la main, m'invitant à poursuivre.

– Avant de vous divulguer ces renseignements, j'émets trois conditions.

– Pardon ? s'étrangle-t-il.

– Elles sont non négociables, ajouté-je sans donner suite à sa réaction.

– Je pense que vous n'êtes pas en position de négocier, lâche un autre dirigeant d'un ton railleur.

– En réalité, je suis en position de le faire. Ces informations vont vous permettre de démanteler la faction rebelle et d'éviter un bain de sang ainsi que la destruction de la Cité d'Émeraude.

– Nous pourrions obtenir ces informations par la contrainte…

– Vous pouvez toujours essayer, le coupé-je, mais le temps ne joue pas en votre faveur.

– Quelles sont ces trois conditions ? s'enquiert Talia d'un ton calme mais ferme.

– La première est que vous relâchiez ces deux hommes, dis-je en montrant Iman et Sami devant moi.

– C'est une plaisanterie ! répond Siun Bless d'un rire jaune. Vous ne pensez quand même pas que nous allons abandonner les poursuites à l'encontre de ces deux individus.

– Ils ne sont pas dangereux. Ils ont été manipulés, comme beaucoup d'entre eux.

– Ensuite ? s'impatiente Talia, avant qu'un autre membre ne puisse intervenir.

– La seconde est effectivement d'abandonner toute sanction à leur égard.

– Pourquoi ces hommes ? questionne un autre membre. Et après ce sera tous les rebelles ?

– Juste ces deux hommes, répliqué-je posément, parce qu'ils me sont chers.

Le visage de Hash se déforme. Je ne sais pas si ses grimaces sont un signe de chagrin ou de colère.

– Et la dernière ? rebondit Talia à nouveau.

– Je veux que vous annonciez cette semaine mon union avec l'Élu de mon choix.

– Rien que ça ! raille Bless.

Mon père, qui a repris ses esprits, commence à devenir agressif et à m'insulter. Talia fait un signe de tête à l'intention de deux gardes qui l'empoignent par les épaules.

– Sortez-le d'ici !

– Laissez-moi lui expliquer, tenté-je, ne lui faites pas de mal, mais il est emmené de force vers le couloir qui mène aux cellules.

Quand le silence revient, je fixe mon attention sur Talia, qui a été la plus réceptive jusqu'à présent, et j'avoue que j'évite les prunelles incendiaires de Hash et celles, éteintes, d'Iman.

– J'espère que vos renseignements sont à la hauteur de vos exigences, mademoiselle Erati !

J'acquiesce d'un signe de tête.

– Bien, réplique Talia, si nous pouvons mettre un terme aux agissements de la faction rebelle dès ce soir, qu'il en soit ainsi. Iman Altar, relevez-vous, en tant qu'attachée aux forces spéciales et membre de la famille Bless, je vous dégage de toute responsabilité dans les actions de la faction rebelle et votre liberté prend effet immédiatement. Vous retrouverez vos prérogatives en tant qu'Élu et fils d'un membre éminent de notre communauté.

Le visage fermé et les lèvres pincées, Iman se relève et va rejoindre son père qui le prend dans ses bras. Il le repousse lentement, mais avec force, et se tient à un bon mètre de lui.

– Mademoiselle Erati, après vos révélations, nous ferons de même pour votre père, et nous annoncerons votre union avec Iman Altar dans les prochains jours.

Je me racle la gorge, mal à l'aise.

– Ce n'est pas… je ne souhaite pas m'unir à Iman.

– N'est-ce pas la raison pour laquelle vous souhaitiez le sauver ? Parce que vous l'aimez ? reprend Talia, avant de jeter un œil à son fils.

– Oui, avoué-je, j'aime Iman.

La douleur que je vois passer dans le regard de Hash me vrille le cœur. J'aurais dû tout lui dire dès que je l'ai moi-même appris.

– Mais ce n'est pas ce que vous pensez, réponds-je à Talia, même si ma réponse est destinée à Hash. Je… Iman est…

– Chani est ma fille biologique, lâche Laxos en avançant parmi l'assemblée. Iman est son demi-frère.

Les membres se jaugent, ébahis, pour vérifier si l'un d'eux était au courant. Laxos traverse la grande salle pour se placer à mes côtés. Il me prend doucement la main et je serre la sienne pour me rassurer.

– La moelle que Chani a reçue récemment était la mienne. Elle souffre de la familia genova, une maladie rare qui se transmet dans ma famille depuis des générations.

– Je… comment ? balance Bless.

– Sa mère et moi avons entretenu une brève liaison quand elle était boursière à l'Institut. J'ai réalisé un test de paternité dès l'entrée de Chani à la cité, qui s'est révélé être positif.

– Je ne comprends pas, commence Talia, cela fait plus d'une lune durant laquelle vous étiez tous les deux au courant pour…

– Non, intervient Laxos, je le savais. Chani ne l'a appris que récemment, quand elle a déclaré la maladie.

Ils en restent tous comme deux ronds de flan. Ils ne l'ont pas vue venir, celle-là.

– Et à quel Élu souhaites-tu t'unir ? demande alors la doyenne du comité.

– À Hash Bless.

Quoique je ne sois plus sûre que ce soit une bonne idée, vu le regard qu'il me lance. Le but était de contrer l'opposition de ses parents et par la même occasion de me garantir une certaine sécurité au sein de la cité. Je n'avais en effet aucune idée du contact dont Lexi parlait, et s'il en existait d'autres.

J'aperçois du coin de l'œil Siun Bless qui s'agite sur son siège et Talia qui va finir par s'ouvrir la lèvre inférieure si elle n'arrête pas de la mordre. Quant à Hash, il me fixe d'un regard dur, je voudrais pouvoir disparaître.

– Il est temps de tout nous dire, finit par lâcher Talia dans un soupir.

Elis demande l'accès au système général afin de se connecter à distance à sa tablette. Il met le dispositif de visionnage en route pour projeter l'enregistrement sur le mur du fond. Je vis à nouveau l'indignité de ma mère. Laxos empoigne ma main plus fermement pour me montrer son soutien, mais les quelques regards de pitié que je reçois en miroir m'affectent et m'incommodent.

À cet instant, je ne suis plus une Sombre, ni même la fille de la cheffe des rebelles, je ne suis plus qu'un pion qu'une femme cruelle et perverse a choisi de sacrifier.

34

Hash

Elle te ment. Elle te manipule. Elle t'utilise.

Ces mots ont de nouveau résonné en moi dès que j'ai découvert ses mensonges ou du moins ses révélations. Pourquoi ne pas m'avoir parlé du lien de parenté avec Iman ? Peut-être est-elle amoureuse de lui et a-t-elle renoncé à leur relation à cause de leur sang ? Dire qu'elle est la fille de la cheffe des rebelles ! Et demander une union si jeune ? Dans quel but ? Se garantir une place dans les hautes sphères ?

A-t-elle déjà été entièrement honnête avec moi ?

Je suis étonné que ma mère ne s'oppose pas à cette union ou n'essaie pas d'intervenir. Elle doit sûrement avoir plus d'un tour dans son sac en réserve pour parvenir à ses fins.

Et quand j'entends les mots de la mère de Chani, je n'en reviens pas. Elle a décidé de la laisser mourir pour atteindre ses objectifs ! Même la grande Talia semble bouleversée d'apprendre la nouvelle.

L'offensive se met rapidement en place. Chani arrive à nommer tous ceux sur l'enregistrement, et la communauté dont ils font partie. Heureusement, Sami Erati n'a pas pu activer le déclenchement à distance des engins explosifs, mais la sécurité devra l'obliger à révéler les emplacements. Sa fille demande à le voir pour lui expliquer la situation.

Elle indique à Lucinda qu'elle a remis sa tablette à l'agent de sécurité à l'entrée du centre, le dénommé Puris. La fouineuse s'y rend sur-le-champ afin de placer l'appareil dans les mains expertes de spécialistes pour désamorcer le détonateur.

Ma mère m'ordonne d'accompagner Chani afin d'affronter Sami Erati en cellule d'isolement. Ce ne sont pas les mêmes cellules que celle où elle a croupi pendant trois jours. Celle-ci est propre et possède quelques commodités de base. Sur le chemin, Chani essaie d'interagir avec moi, par la parole et par le geste, mais je lui lance simplement un « Pas maintenant » qui ne laisse aucun doute sur mon ressenti actuel.

Son échange avec son père est relativement houleux. Il la rejette en bloc. Il dit être dégoûté qu'elle ait trahi son peuple et la cause, et pire, qu'elle ait signé l'arrêt de mort de sa mère. Il n'a pas visionné la vidéo, sinon il aurait peut-être un autre point de vue.

– Ce ne sont pas des appareils pour rendre inoffensifs les systèmes informatiques, ce sont des bombes. De vraies bombes !

Il ne semble pas vouloir la croire et je me rends compte que sa femme l'a manipulé et lui a menti durant toutes ces lunes.

– Elle voulait détruire la cité, papa. Les bâtiments principaux, mais aussi les habitants, les Élus, tout le monde. Les étudiants, les boursiers et même sa fille !

– Tu ne sais pas de quoi tu parles ! Ils t'ont retourné le cerveau, elle m'avait bien prévenu.

– Papa, dit-elle, tu dois me croire, c'est la vérité. Pourquoi est-ce que je te mentirais ?

– Peut-être parce que je ne suis pas ton père ?

– Tu le savais ?

– J'ai entendu des gardes en parler entre eux, mais je viens d'en avoir la confirmation. Laisse-moi maintenant.

– Écoute, tente-t-elle une dernière fois…

– Va-t'en ! Sors de cette cellule ! Je ne veux plus te voir ! Jamais ! Tu as tué ta mère !

Chani se relève de sa position de supplication, à moitié à genoux, et s'éloigne de la cellule. Elle s'élance ensuite dans le couloir, comme si elle souhaitait échapper à un danger, mais je me rends compte que c'est pour se réfugier dans une zone d'ombre afin de pleurer.

Alors je la prends dans mes bras et la serre de toutes mes forces pour la consoler, même si, au fond de moi, je doute de ses sentiments.

Un agent de la sécurité vient ensuite la chercher pour les mener avec Elis en lieu sûr, le temps que les rebelles identifiés soient appréhendés.

Les mains sur ses joues ravagées par les larmes, je l'embrasse avec tendresse sur le front. Elle a besoin de tout mon soutien pour l'instant, mais, demain, elle devra justifier ses choix.

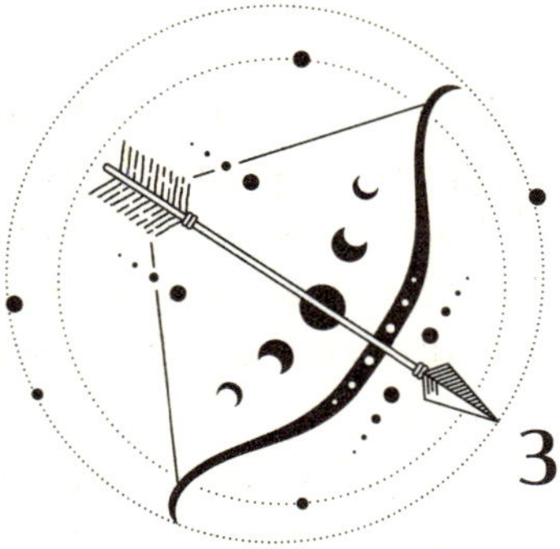

35

Chani

Je n'ai pas pu fermer l'œil de la nuit. Je crois qu'Elis était aussi agité que moi. Je l'ai entendu se retourner dans le lit à l'autre coin de la pièce pendant un bon moment. Je me suis assoupie aux premières lueurs de l'aube et je me réveille alors que le soleil est haut dans le ciel. Mon ami n'est plus dans la chambre. Je panique et enfile un gilet à la hâte avant de me ruer dans le couloir. Je manque de heurter le garde posté à côté de l'entrée.

– Où est Elis ? demandé-je, les sens en ébullition.

– Il est rentré se doucher au logement des boursiers pour rejoindre l'Institut.

– Quoi ? Et sa protection ?

– Un de mes collègues l'escorte durant la journée.

Je suis sur le point de répliquer quand je vois surgir Lucinda au bout du couloir. Elle nous rejoint d'un pas assuré et congédie le garde. Elle m'invite ensuite à rentrer dans la chambre pour discuter.

– Je suis venue te mettre au courant de la situation, commence-t-elle, devant mes yeux étonnés. Nous avons mené les opérations de front avec les agents de la sécurité et avons arrêté simultanément tous les membres relevés dans l'enregistrement. Ils ont été interrogés durant la nuit, Tonnelli s'est mis à table. Nous avons appréhendé quatre personnes supplémentaires de ta communauté.

Je m'assieds sur le lit, déglutissant avec peine. Elle se rend dans le petit cagibi, en sort une bouteille d'eau puis me sert un verre.

– Yanis Clarins, un membre de la sécurité spécialisé en agents explosifs, s'est occupé de ton père. Il lui a demandé de localiser un appareil pour lui prouver qu'il s'agissait bien d'un engin explosif masqué.

Elle marque une pause et attend que je digère ces nouvelles informations. J'acquiesce de la tête pour lui permettre de continuer.

– Il était surpris, c'est le moins que l'on puisse dire. Ta mère... Lexi Santos, reprend-elle, lui a menti sur toute la ligne et a profité de son amour et de son allégeance pour le mener en bateau.

Je ne vais pas dire que je suis surprise, ma mère a toujours mené la danse à la maison. Je me demande si elle éprouve réellement des sentiments pour lui.

– Et les bombes ?

– Elles sont toutes désactivées, à l'heure actuelle. Les responsables vont être jugés et subiront ensuite la sentence du comité. Je dois te prévenir que, vu la gravité de la situation, je ne pense pas que l'un d'entre eux en sorte vivant.

– Je ne suis pas sûre que ce soit la solution.

– Que veux-tu dire ?

– En faire des martyrs.

– Ce sont des traîtres, des comploteurs et des criminels.

– Je ne pense pas que les membres des autres communautés le voient de la sorte s'ils sont exécutés.

– Ce n'est pas de mon ressort, Chani. Tu pourras cependant en référer au comité et également aux Bless, puisque ton union avec Hash sera officialisée à la fin de la semaine.

– Talia doit s'en mordre les doigts d'avoir accepté mes conditions. Je n'étais d'ailleurs pas certaine que le comité tiendrait ses promesses.

– Le comité n'a qu'une parole. En plus, tu es maintenant une Altar à leurs yeux.

– Pour ce que ça change ! Iman a bien été arrêté et emprisonné.

– Iman a trahi le système et s'est rangé du côté des rebelles. Il leur a fourni des informations et leur a permis d'introduire ces engins explosifs en désactivant les caméras.

– Et vous avez accepté de le gracier.

– Je te l'ai dit, c'est un Altar. Peut-être aurait-il été emprisonné un bon bout de temps, mais jamais le comité ne l'aurait fait exécuter. Laxos Altar est un éminent scientifique qui a réussi à endiguer plusieurs virus et maladies. La cité ne peut pas se passer de ses services.

Je secoue légèrement la tête en pinçant les lèvres et Lucinda remarque aussitôt mon trouble.

– Je sais que le traitement peut paraître injuste vis-à-vis des autres communautés, mais certains membres de notre cité vouent leur vie à la survie de cette île et de ses habitants.

Elle se lève pour se diriger vers la fenêtre que le soleil éclaire. Elle admire le paysage en inspirant et expirant profondément.

– C'est magnifique, non ? Cette cité, ce havre que nos ancêtres ont pu bâtir et sauvegarder. Nous sommes les derniers de notre race. Nous nous devons d'en être les garants et dignes représentants.

– Et torturer une jeune boursière, vous trouvez cela juste et digne ?

– Une jeune boursière dont la mère était la cheffe de la faction rebelle et qui visiblement était au courant.

– Je n'avais aucune idée de ce qu'elle projetait de faire !

– Je sais. Nous ne sommes pas parties sur de bonnes bases, mais j'approuve ton choix et j'admire le courage dont tu as fait preuve hier. J'ai foi en toi.

– Foi ?

– Certaines personnes possèdent la volonté et la force nécessaires pour changer et améliorer notre futur. Je crois que tu en fais partie. C'est d'ailleurs pourquoi je te fais la faveur de t'informer de la situation.

Des coups frappés à la porte interrompent notre conversation.

– Oui ?

– Madame Bravi, votre présence est requise au centre de détention.

– Bien, approuve-t-elle, occupe-toi de protéger Mlle Erati. Elle va rentrer prendre une douche dans son dortoir et se restaurer. J'aimerais que tu la conduises ensuite au centre.

– Au centre ?

– Oui, me répond-elle, ta mère refuse de parler, excepté en ta présence.

– Je ne sais pas si j'en suis capable.

– Peut-être, mais dis-toi bien que c'est sûrement la dernière occasion que tu as de la voir ou de lui parler.

Je laisse l'eau s'écouler sur ma peau jusqu'à ce qu'elle devienne froide. J'essaie en vain de reculer le moment fatidique de la rencontre. Suis-je capable de lui faire face ? Depuis que je l'ai vue sur cet enregistrement, elle me terrifie. Je passe une serviette chaude autour de ma taille et ferme les yeux. Je sens une colère sourde monter en moi et je la laisse m'envahir, jusqu'à ce que mon cœur tambourine dans ma poitrine et que mes sens soient en ébullition.

Une fois que nous sommes arrivées au centre, Lucinda me presse doucement l'épaule pour m'encourager puis ouvre la porte de la cellule malodorante. Cette odeur âcre me renvoie des mois en arrière, et j'ai un mouvement de recul avant d'y pénétrer.

– Fais comme chez toi, lâche ma mère, la voix éraillée. Tu connais déjà la place, je crois, ajoute-t-elle avant de commencer à rire.

Je n'ai qu'une envie : l'attraper par le col de sa chemise et la gifler le plus fort possible. Le sourire factice et fourbe qui se dessine sur ses lèvres me donne des frissons dans le dos et en même temps m'exhorte à garder mon sang-froid.

– Agent Puris, appelle Lucinda, pourriez-vous apporter un verre d'eau pour Mme Santos, s'il vous plaît ?

Le sourire disparaît enfin de ses lèvres. Bien, Lucinda a toute son attention.

– Nous avons toutes les preuves de votre implication dans les attentats qui visaient à détruire les bâtiments nécessaires à la survie de la population ainsi qu'à exterminer les résidents de la cité.

– Je suppose que ton père est fier de toi, répond-elle en me regardant, ignorant Lucinda.

Je ne relève pas sa remarque sournoise, dont l'unique but est de me faire perdre mes moyens.

– Quels sont vos contacts à la cité ? continue Lucinda.

Elle avale le verre d'eau qu'on lui apporte et commence à rire, comme si elle était folle. On vient de commencer, mais ma patience est déjà à bout.

– Ta mort peut être douce et rapide ou au contraire lente et douloureuse, énoncé-je alors calmement.

– Tout le portrait de ta mère, lâche-t-elle en gloussant à nouveau.

Je la hais.

À cet instant précis, je ressens une aversion si profonde que je n'ai qu'une envie : qu'elle meure, qu'elle disparaisse, que le sol l'engloutisse à tout jamais.

– Je savais que tu ne parlerais pas.

– Pourquoi es-tu là, alors ?

– Je voulais te regarder bien en face, une dernière fois.

Je me lève de la chaise et tourne les talons, mais elle m'interpelle avant que je ne quitte la cellule.

– Je ne serai pas la seule à partir. Ils vont condamner Iman et Sami.

– Je vois que tu n'es pas au courant, balancé-je en me retournant. Ils ont été épargnés, je m'en suis assurée. Ils sont maintenant sains et saufs. Et libres, ajouté-je en constatant que ma remarque fait mouche.

– Il était tellement naïf, comme si j'allais administrer un traitement à Miranda ! La maladie de sa mère était incurable. Certes, les dérivés d'opiacés ont atténué la douleur et ils ont cru à une rémission, j'étais la faiseuse de miracles. Iman était si malléable, et je l'ai formé pour en faire un bon petit soldat et l'éloigner de son ordure de père. Oh, pardon ! ajoute-t-elle. C'est aussi ton père.

– Iman est au courant de tes manœuvres, c'est terminé.

– Je me demande ce qu'il dirait s'il apprenait que l'état de sa mère s'est rapidement détérioré parce que j'ai augmenté la dose.

– Tu es vraiment un monstre.

– Et Sami, continue-t-elle, faisant fi de ma réflexion, qu'a-t-il dit quand il a su que tu n'étais pas sa fille et que tu avais trahi la cause ?

Elle doit probablement noter un changement dans mon attitude puisque son sourire réapparaît sur son visage.

– Quand il a su pour les bombes, il a dit que tu n'étais qu'une abomination de la nature et que tu méritais de mourir.

Je mens sans vergogne. Je veux juste qu'elle souffre comme elle a fait souffrir tant de gens. Son visage blêmit et je sais que j'ai enfin touché un point sensible. Avant de sortir de cette cellule suintante, je lâche à Lucinda :

– Je ne reviendrai pas. Faites ce que vous voulez.

J'entends ma mère proférer des menaces jusqu'au bout du couloir et j'attends que la porte se referme pour enfin goûter au silence.

Dehors, j'ai besoin de quelques minutes pour retrouver mes esprits. Les battements de mon cœur sont toujours trop rapides, mais il est nécessaire que je voie Hash pour tenter de lui expliquer mon comportement et mes décisions.

Je file à l'Institut. Les cours viennent de se terminer pour notre classe. J'arrive à intercepter Hash dans le couloir. Les autres étudiants me regardent d'un drôle d'air. Je dois avoir une mine à faire peur.

– Suis-moi, souffle mon Élu en attrapant ma main.

Il nous fait entrer dans une classe déserte et ferme ensuite la porte derrière nous.

– Ici, on sera tranquilles pour parler.

36

Hash

Je prends appui sur le banc et croise les bras. Je me rends compte que je suis sur la défensive, mais ses aveux de la veille me laissent encore un goût amer en bouche. Plus que surpris, j'ai été littéralement choqué par ses révélations.

– Je t'écoute, lancé-je à ma petite Sombre qui s'est assise sur la chaise à côté de moi et qui presse ses mains entre ses cuisses tant elle est nerveuse.

– Je ne savais pas comment te le dire.

– Quoi ? demandé-je sur un ton plus mordant que je l'aurais voulu, tant je ne maîtrise pas la colère qui gronde en moi depuis son passage devant le conseil. Que ta mère est la cheffe des rebelles ou que Laxos Altar est ton père biologique ?

– Les deux, confesse-t-elle d'une petite voix.

– Tu as une idée de ce que j'ai pu ressentir en apprenant ça ?

– Je…

Les mots s'étranglent dans sa bouche, mais, même si elle est au bord des larmes, je dois lui dire tout ce que j'ai sur le cœur. Il est temps de tout mettre sur le tapis.

– Pendant tout ce temps, j'ai cru que tu avais des sentiments pour Iman, vous étiez tellement proches. Tu aurais au moins pu éclaircir ce point.

– Tu ne comprends pas…
– Qu'est-ce que je ne comprends pas, Chani ?
– Tu es un Bless et…
C'est trop ! Je me recule et tape le banc du plat de la main.
– Bordel ! Quand j'ai su pour ton père, je suis allé te voir pour t'informer de la situation afin que tu puisses le sauver.
– Je sais.
– Même là, tu ne t'es pas confiée. Je sais que tu avais peur après ton passage au centre de détention et que tu ne me faisais plus confiance, mais c'était avant.
– Avant ?
Elle me regarde, un peu confuse.
– Avant que je t'avoue mon amour. Je t'ai trahie une fois, mais toi, tu m'as utilisé et tu m'as menti tellement de fois.
– Et qu'aurais-tu fait si je t'avais avoué que ma mère était la cheffe de la faction ? lâche-t-elle alors en soupirant.
– Je ne sais pas, Chani. Je crois que j'aurais essayé de me montrer digne de la confiance que tu m'accordais.
– J'ai eu si souvent envie de tout te dire, avoue-t-elle tandis qu'elle retient ses larmes.
– Et tu savais qu'Iman aidait les rebelles ?
Son silence me donne la réponse.
– Bien sûr que tu savais !
– Je ne pouvais rien te dire au risque de mettre mes proches en danger.
– Quelle sage décision ! Regarde où tu en es maintenant. Tu crois que ça aurait pu être pire si tu avais été honnête avec moi ? Permets-moi d'en douter.
Mes doigts triturent mes cheveux en bataille, je souffle comme un animal qu'on traque, mon cœur bat fort dans ma poitrine.
– Et pourquoi exiger notre union ?
– Je… je croyais que c'était aussi ce que tu voulais, afin que tes parents ne puissent pas contrer notre relation.

– Moi, je crois que tu voulais avant tout te protéger, peut-être même obtenir plus de pouvoir, parce qu'en réalité, tu pouvais simplement demander à être réhabilitée à l'Institut. Mais tu m'as de nouveau utilisé.

– Non, tu te trompes, Hash.

– Arrête ! Tu aurais pu m'en parler avant d'arriver au centre, mais non ! Tu m'as mis devant le fait accompli.

Ses yeux ne peuvent plus contenir son émotion, des larmes s'échappent et coulent sur ses joues rosies par le soleil. Je détourne la tête. Si je m'autorise un seul regard sur ses beaux yeux ambrés, j'aurai envie de m'y plonger et de ne plus remonter à la surface. Je me retiens de toutes mes forces pour ne pas la prendre dans mes bras et sécher ses pleurs. J'ai tellement envie de l'embrasser et de me fondre en elle.

Mais je me sens si blessé. Ma confiance a été piétinée tant de fois. Je n'arrive pas à comprendre ses choix. Je ne peux plus les accepter. Je prends mon visage en coupe pour souffler un peu et tenter de faire le vide. C'est alors qu'elle murmure d'une voix rauque :

– Je t'aime, Hash.

Mon cœur se serre. Ces mots, je les ai attendus si longtemps. Je devrais les chérir, mais je n'arrive pas à passer outre à la déception et la trahison que j'ai ressenties hier. Je ne suis pas prêt à lui pardonner. Ma blessure est à vif. Elle doit le comprendre. Me laisser du temps.

– Moi aussi, je t'aime, mais je n'arrive plus à te faire confiance. Je ne veux pas de cette union.

Elle reste silencieuse, ses lèvres tremblent légèrement tandis que ses grands yeux aux éclats mordorés tentent de pénétrer les miens.

– Tu es une Altar à présent, aucun mal ne te sera fait. J'y veillerai.

Je pousse mes paumes sur le banc pour me redresser.

– Tu t'en vas ? prononce-t-elle tout bas.

– On savait tous les deux que nos différences nous rattraperaient un jour ou l'autre, non ?

La déception se dessine sur ses lèvres. Je comprends qu'elle aurait voulu gérer les choses autrement, mais voilà, c'est trop tard à présent. Alors je quitte la pièce le cœur lourd, la laissant perdue dans ses pensées.

37

Chani

Après deux lunes, me voilà de retour sur ma terre natale. Je ne ressens cependant aucune joie. Ma mère a planifié ma mort, mon père ne veut ni me voir ni me parler, Hash m'a abandonnée, et Iman… mon demi-frère n'est pas encore au courant que Miranda a été assassinée par sa soi-disant sauveuse. Je n'aurais jamais cru que la noirceur puisse prendre possession de notre âme aussi rapidement, jusqu'à aujourd'hui.

J'inspire et expire longuement pour tenter de calmer ce tumulte intérieur auquel je fais face. J'entends la houle de l'océan qui me berce. Je tourne la tête légèrement sur le côté et parcours du regard le vert abyssal qui m'appelle.

– Ne t'approche pas, dis-je en pleurs en levant ma paume vers mon demi-frère.

– Chani, répète Iman, je vais venir vers toi.

Affolée, je secoue la tête de gauche à droite, l'arrêtant dans son avancée.

– J'ai tout perdu, crié-je. Il n'a pas voulu me voir, il a fermé la porte de l'intérieur.

– Tu parles de Sami ?

– Il a jeté et brûlé mes affaires. Tous mes souvenirs. Nos photos, mes dessins, les cadeaux que je lui ai offerts. Tout était en train de brûler ou déjà réduit en cendres.

– Je suis certain qu'il a réagi ainsi sur un coup de tête et qu'il n'est pas au courant de ce que Lexi projetait.

– Ne parle pas d'elle ! hurlé-je. Comment une mère peut-elle vouloir sacrifier son enfant ? Je n'ai jamais été qu'un pion. Toi aussi, ajouté-je alors sur un ton abattu. Je suis désolée.

– De quoi parles-tu ?

– Elle n'a jamais voulu soigner ta mère. Elle lui a administré des opiacés découverts dans la communauté Céleste au pied de la montagne.

– Qu'est-ce que tu racontes ? C'était un traitement spécifique pour sa maladie.

– Il n'existait aucun traitement. Elle a utilisé la sève des graines pour soulager la douleur de Miranda. Ta mère avait l'impression de se sentir mieux parce que ce produit provoque un sentiment d'euphorie. Tout ça dans le seul but de se rapprocher de toi et de te retourner le cerveau.

– Tu te trompes…

– Ensuite, quand elle a été assez proche de toi, elle a augmenté les doses et a accéléré le départ de Miranda.

Ses yeux s'écarquillent, je sais qu'il souffre. Je le vois. Et ça me fait si mal. Mais je ne veux plus mentir. Je ne veux plus cacher les choses. Tout doit être dit, tout doit être avoué avant la fin.

– Elle est partie sans souffrir, précisé-je, espérant atténuer un peu sa peine.

Son visage se tord dans une douleur sans nom et il tombe à genoux en s'arrachant les cheveux. Sa bouche est grande ouverte, mais aucun son n'en sort. Sa peine est muette, mais elle me transperce de part et d'autre.

Plus rien ne sera comme avant. J'ai dénoncé ma mère et ils vont l'exécuter. Mon père ne me pardonnera jamais. Iman ne me regarde déjà plus comme avant, et Hash… je crois qu'il ne ressent plus rien pour moi. Je me sens seule et vide. J'ai l'impression que le sol pourrait m'engloutir et je crois même que je le laisserais faire.

Mon frère relève lentement ses yeux émeraude jusqu'à capter mon regard. Je ne veux plus lui faire du mal, ni à lui ni à personne. Je lui souris avec une infinie tendresse. Il a toujours été mon ange protecteur, mais il est temps à présent de lui rendre sa liberté.

Je me retourne précipitamment et cours vers le pic avec détermination pour plonger au creux des vagues qui s'échouent en bas, contre les rochers, et, enfin, goûter l'eau salée. Je saute en écartant les bras. Pendant un instant, je me sens libre.

III

LA RÉVOLTE

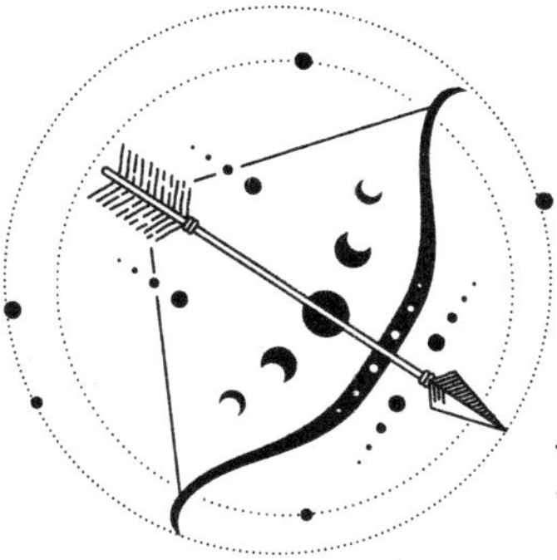

1

Chani

Après le choc à la surface de l'eau, mon instinct de survie m'avait fait remonter à la surface, avec une force inconnue. Tout me semblait perdu, et pourtant, à peine avais-je sorti la tête de l'eau que j'avais regretté mon geste. Quand avais-je décidé d'abandonner ? Cette lâche capitulation ne me ressemblait pas. Je m'étais toujours battue. Néanmoins, à force de prendre des coups, d'être rejetée et de perdre les gens qui m'étaient proches, j'avais baissé les armes. Je me rappelle avoir entendu des voix au loin avant qu'une vague me fasse à nouveau perdre pied. J'ai heurté violemment la falaise la tête la première, et puis plus rien à part de vagues sensations.

Je me rappelle qu'Iman était là et qu'il m'a confirmé que je n'étais pas morte.

Mes paupières peinent à s'ouvrir. La lumière est heureusement plus diffuse et moins directe que la première fois que j'ai tenté de le faire. J'étais tellement fatiguée que je n'ai pas réussi à garder les yeux ouverts. J'ai néanmoins entendu certaines bribes de leur conversation. Iman et son père. Notre père. Je ne sais pourquoi, sa voix grave et modérée m'a rassurée et m'a permis de sombrer dans un sommeil réparateur.

Quand ma vision s'ajuste enfin, j'entrevois une silhouette sombre qui se dégage de tous ces murs blancs.

– Chani, c'est papa, articule la silhouette en me pressant la main.

Je reconnais la rugosité des doigts de Sami et son odeur boisée mélangée à l'effluve soufré de l'eau marine de l'océan. Mes yeux s'habituent avec lenteur à la clarté de la pièce baignée d'une douce lumière qui s'infiltre à travers la grande baie vitrée réalisée en verre intelligent. La décoration est épurée mais très raffinée. Dans un coin, une couverture pliée en quatre repose sur un grand sofa vert foncé. Je distingue enfin l'homme aux cheveux noirs debout près du lit.

– Papa ?

– Oui, ma Chani, c'est moi, confirme-t-il avec douceur.

– Où est Iman ?

– Nous lui avons conseillé d'aller se reposer. Il te veille depuis des jours, il était vraiment sur les rotules.

– Nous ? continué-je simplement, trop fatiguée pour construire une phrase cohérente.

– Laxos et moi.

– Sa… vais pas, lâché-je difficilement.

– Que dis-tu, ma Chani ?

– Je… ne savais pas pour… Laxos.

– Ne t'inquiète pas. Iman m'a tout raconté. Je suis tellement désolé. Je m'en veux beaucoup. J'aurais dû t'écouter, depuis longtemps.

Il marque une pause et ferme les yeux un instant pour se concentrer.

– J'ai cru que tu nous avais trompés, et je ressentais tant d'animosité que je t'ai rejetée quand tu es venue me trouver.

– Tu as… brûlé… tous nos souvenirs.

– Je sais, intervient-il, je n'ai aucune excuse. Ta mère m'a répété tellement de fois que tu avais changé et que tu allais trahir la cause, que…

– Ce n'est plus ma mère !

Ma voix a l'air de sortir d'outre-tombe. Le timbre est guttural, je ne me reconnais pas.

– Je te demande pardon, ma Chani, pour tout. Tout le mal que j'ai pu te faire. Je n'étais pas au courant des plans de ta… de Lexi. Jamais je n'aurais pensé qu'elle s'en prendrait à toi ou encore à un autre étudiant, ni même que des innocents seraient sacrifiés de la sorte.

Je baisse les yeux et expire fortement. Je revois Lexi dans la cellule qui me rit au nez, avouant son implication dans la mort de Miranda. Je la hais, du plus profond de mon être.

– Je comprends tes actions et ton choix de révéler toute la vérité aux dirigeants de la cité. J'ai longtemps cru ses allégations, je n'avais pas à remettre en doute sa parole. Je ne savais pas que je n'étais pas ton père biologique.

– Tu as toujours été mon père, assuré-je dans un murmure.

– Et toi ma fille, répond-il d'une voix émue en me prenant avec douceur dans ses bras. Je t'ai toujours aimée et je me sens tellement coupable de ce qu'il t'est arrivé. Pardonne-moi, je t'en prie. Pardonne-moi, ma Chani.

Nous restons enlacés un moment et un sentiment de paix m'envahit progressivement. Ses aveux m'enlèvent un poids, une sorte de culpabilité résiduelle. Cela me conforte dans l'idée que je dois assumer mes choix.

Nous pleurons tous les deux. Je ne sais pas si c'est de soulagement ou de peine, ou peut-être bien des deux, mais cela nous libère de toute cette dissension et un apaisement nous enveloppe peu à peu.

L'équipe médicale m'emmène ensuite passer des tests et me recommande de prendre congé de mon père. De façon exceptionnelle, Sami a eu droit à cette visite grâce au Pr Altar qui est intervenu en sa faveur. Il semble mal à l'aise, mais ne fait aucun commentaire et me promet de revenir me voir très vite.

– Tu es la bienvenue à la maison et nous fabriquerons d'autres souvenirs ensemble.

Quand bien même nous sommes réconciliés, un fossé s'est creusé entre nous. Lexi l'a creusé. Et il s'est tellement élargi au cours des derniers mois que je ne sais si je peux encore le franchir.

À vrai dire, je ne sais pas si j'en ai même envie. Voir la mort de si près vous montre la réalité de plein fouet, et plus tôt on l'accepte, plus vite on peut avancer.

– Chani…

Je tourne la tête et découvre les prunelles d'un vert abyssal de mon protecteur. Mon bienfaiteur et mon père biologique. Trois fois qu'il me sauve la vie ! Il doit maudire le ciel que je sois née et entrée dans son existence.

Ses lèvres s'étirent cependant en un sourire affectueux et tendre. Il replace une mèche tombante derrière mon oreille et passe sa paume sur mon front pour vérifier ma température. Au toucher, il semble satisfait. Il s'enquiert des tests effectués et des résultats et propose de me conduire dans mes appartements.

– On est à la cité ? le questionné-je tandis qu'il pousse la chaise à roulettes.

Il acquiesce d'un signe de tête et s'arrête près du bureau des soignants pour leur demander d'apporter un plateau de nourriture dans la chambre particulière.

– La chambre particulière ?

– C'est une pièce réservée aux dirigeants du comité et leur famille. Tu es ma fille, Chani, ajoute-t-il en remarquant mon embarras.

– Je ne te procure que des ennuis.

Il part dans un rire franc qui emplit le couloir et qui me rappelle étrangement celui d'Iman. Alors je souris spontanément et ses yeux vert émeraude semblent pétiller de gaieté.

Nous pénétrons dans la chambre située dans l'aile privée de la clinique. Laxos m'aide à m'installer d'une manière confortable pour boire, m'invitant à manger un peu afin que l'on puisse me retirer la nutrition parentérale. La soupe tiède est le mets que j'avale le plus facilement. La nourriture solide blesse par endroits ma gorge endolorie. Tout du long, il me guide, me félicite presque à chaque bouchée ingurgitée.

Je retrouve le père attentionné découvert durant mon séjour à la clinique lors de la greffe. Un homme intelligent, patient, empathique et doux. Une personne que j'admire de plus en plus.

– Iman sera vite de retour, m'explique-t-il. Il ne voulait pas te laisser, j'ai presque dû le jeter dehors pour qu'il aille prendre une douche, il empestait.

Le rire qu'il provoque est douloureux au niveau de mes côtes et de ma trachée, mais il est le bienvenu pour mon moral.

Le choc à la tête a visiblement été d'une extrême violence. Même si l'imagerie cérébrale n'a pas révélé d'hématome intracrânien, Laxos a demandé à me placer dans un coma artificiel léger quelques journées afin de mettre le cerveau au repos. Il voulait à tout prix éviter de passer à côté d'un œdème cérébral qui n'aurait pas été détecté en radiologie et prévenir ainsi tout risque d'une hypertension intracrânienne. Le coma étant induit, il était bien contrôlé.

J'apprends qu'Iman a tenu à rester auprès de moi durant mon coma artificiel et qu'il n'a pas cessé de me parler pendant des heures dès qu'on a arrêté les sédatifs, dans l'espoir que je l'entende et que je finisse par me réveiller.

– Il faut croire qu'il avait raison, conclut Laxos.

2

Chani

Iman m'explique longuement comment ils ont réussi à me repêcher afin de me sauver la vie. Ces souvenirs lui coûtent. Je m'en veux de lui faire subir toutes ces épreuves et de lui faire endurer toute cette peine.

– Heureusement que mon… notre père a insisté pour prendre le transporteur à drone. Quand tu as couru vers le pic, il a d'emblée mis en route le drone et l'a guidé vers l'océan. Avec les vagues et les rochers, ce n'était pas évident de lâcher le filet au bon endroit et au bon moment. On a douté une minute du largage et, après, ton corps a été projeté contre la falaise et la nasse a suivi. On a pu te remonter doucement juste après ce choc. Cette dernière vague est arrivée si vite, reprend-il après une courte pause, on n'a malheureusement pas pu te hisser avant qu'elle ne te percute. J'ai cru un instant que…

Il ne finit pas sa phrase et ferme une poignée de secondes les yeux, avant de les rouvrir et de planter ses iris vert émeraude au fond des miens. Ses lèvres sont légèrement plissées et son regard est empli de tristesse et de frustration.

– Je suis vraiment désolée, Iman. C'était, comment dire… c'était trop pour moi, plus que je ne pouvais gérer, plus que je ne pouvais endurer, et sur le moment, je t'avoue que ça m'a paru la réponse la plus simple.

– La réponse à tes problèmes ? crie-t-il soudain, énervé.

– La solution pour que ça s'arrête. Tous ces secrets, ces trahisons, c'étaient des poids bien trop lourds à supporter. J'ai tenté de jongler entre ma famille, mes responsabilités, mes émotions et j'ai somme toute blessé plus de personnes que je ne le souhaitais. J'ai tu des vérités, pour ne pas mettre en danger mes parents, ou même toi, confessé-je, et finalement ça s'est retourné contre moi.

– Tu parles de Hash ? demande-t-il directement.

– Entre autres.

– Que s'est-il passé ? Vous deviez annoncer votre union, non ?

– Que s'est-il passé ? répété-je pour moi-même en y réfléchissant bien. Je lui ai trop menti. J'ai cru que tout finirait par s'arranger, mais je me voilais la face. En réalité, je retardais le moment de tout lui avouer, car je savais au fond de moi que nous deux, ce n'était pas possible. Je le savais, ressassé-je, mais j'ai espéré…

Triple idiote ! Oui, c'est bien toi, l'idiote, en définitive !

– Je ne sais pas ce que j'ai escompté. Un miracle probablement !

Ma confidence étonne Iman, j'ai cependant décidé de ne plus rien cacher, à personne. Je subirai les conséquences de mes actions et de mes choix, plus ceux de tierces personnes.

J'ai tellement essayé de manœuvrer entre mes sentiments, ceux des autres et leurs désirs que je me suis perdue moi-même. Il est temps de mettre les choses au clair et de vivre ma vie, temps d'être franche et de laisser aux autres l'imputabilité de leurs gestes et de leurs décisions. Je ne peux pas être responsable des actes d'autrui.

C'est un réel soulagement de m'en rendre compte et de l'accepter. Je retire un sac à dos bien trop lourd pour moi et j'enfile au bout du compte celui à ma taille.

Les yeux d'Iman dérivent sur les stigmates dessinés sur ma peau. Il se lève sans dire un mot, s'empare de l'onguent et commence à l'appliquer par petites doses.

– La cicatrisation avance bien. Je ne pense pas que tu garderas les marques des cordes du filet.

– Merci, Iman.

– C'est normal, entre parents, enfin je veux dire dans une famille, on s'entraide.

– Je sais que tu ne m'as jamais vue comme une sœur.

– C'est assez… déconcertant. Notre lien est si fort que j'ai cru un instant que nos sentiments allaient évoluer. Je ne m'attendais pas à une telle nouvelle.

– C'est vrai qu'on a cette connexion, toi et moi. On l'a tous les deux ressentie d'une manière très nette et ça nous a rapprochés. On est en quelque sorte sur la même longueur d'onde. J'ai énormément d'affection pour toi et tu tiens une grande place dans ma vie, mais je ne suis pas amoureuse de toi, Iman. Même si tu n'étais pas mon frère, ça ne changerait rien.

– Tu es amoureuse de Hash, murmure-t-il.

– Oui, avoué-je tandis que des larmes perlent à la commissure de mes yeux quand je pense à l'Élu de mon cœur.

Il me regarde bien en face, avant de s'asseoir sur le bord du lit et de me prendre dans ses bras pour me consoler. Un raclement de gorge interrompt net son étreinte. Laxos fait son entrée dans la chambre et mon demi-frère se relève, un peu embarrassé.

– Ce n'est pas ce que tu penses, balance brutalement Iman.

– Je n'ai rien dit.

Je décide d'intervenir avant que la situation ne prête à confusion :

– Iman est mon demi-frère, nous en sommes bien conscients tous les deux. Mes parents faisaient partie de la rébellion et je ne suis pas arrivée à gérer cette situation compliquée. Le fait que je pouvais en parler à Iman a en quelque sorte consolidé notre lien.

– Je ne vous reproche rien. Le test de paternité a confirmé mon pressentiment depuis ton entrée à la cité. J'aurais dû tout vous avouer dès le départ, à tous les deux, mais je pensais que ce n'était pas à moi de le faire. Tu semblais si heureuse en compagnie de Sami, je n'ai pas pu m'y résoudre, ajoute Laxos en me regardant avec tendresse avant de se tourner vers Iman. J'aurais au moins dû te le dire, mais je n'ai jamais cru que tu t'attacherais si vite à cette jeune fille, et j'avais tellement peur de te perdre, de façon irrémédiable.

– Tu as bien manqué ne plus me voir, effectivement, lâche son fils, un peu sur la défensive.

– Lexi nous a leurrés tous les trois. Le pire, c'est que j'espérais qu'un jour elle serait fière de moi, dis-je dans un sanglot.

– Je suis fier de toi. Vous m'apportez tous les deux une grande joie.

– Tu es satisfait de moi ? demande alors Iman.

– Bien sûr, mon fils. Tu as fait ce que tu pensais devoir faire pour améliorer la vie des habitants de notre île.

– J'ai écouté les conseils d'une femme qui a tué ma mère !

– Elle a bien caché son jeu. Comment aurais-tu pu savoir ce qu'elle avait fait ou encore ce qu'elle préméditait ?

– Quand maman est morte, tu n'étais pas présent ! éructe mon frère, les yeux remplis de larmes.

En le voyant dans cet état, j'éprouve une terrible souffrance, comme si je partageais ses émotions.

– Tu as raison. Je n'étais pas là. Pas parce que je ne le voulais pas, mais parce qu'elle me l'avait demandé. Tu n'aurais pas dû y assister non plus. Elle désirait qu'on garde une image d'elle souriante et heureuse. Je me souviens t'avoir déposé à l'école et t'avoir ordonné de m'attendre à la sortie, mais tu t'es éclipsé sur le temps de midi et tu es allé la rejoindre.

– De quoi parles-tu ?

– Elle devait le sentir, Iman, que la fin était proche. Elle ne voulait pas qu'on y assiste. C'était son choix et j'avais décidé de le respecter. Je suis vraiment désolé que tu aies dû endurer cette épreuve sans moi.

– Pourquoi ne me l'as-tu jamais dit ?

– Dès le décès de ta mère, la tension entre nous est montée en flèche. Tu me reprochais de n'avoir pas pu trouver un remède à sa maladie. On a géré sa perte tous les deux à notre manière.

J'ai l'impression une seconde d'être de trop, comme si je partageais une intimité qui ne m'était pas réservée. Laxos rend cependant ce moment moins gênant.

– Je suis navré de n'avoir pas pu vous protéger ni l'un ni l'autre, mais je compte bien faire amende honorable et remplir mon rôle de père, si vous m'en donnez la permission.

Iman hésite un bref instant, avant de se réfugier dans ses bras. Laxos empoigne son fils, passant ses mains par-dessus ses épaules afin de le rapprocher de lui et lui faire prendre conscience de la profondeur de ses sentiments. Leur étreinte est poignante, elle me bouleverse. Je sens des perles salées qui roulent le long de mes joues.

Soudain, ils se tournent vers moi simultanément et, comme si cet élan était naturel, m'englobent dans leur petite bulle. Je ressens de façon immédiate la chaleur de leurs deux corps et leur odeur me semble familière, réconfortante.

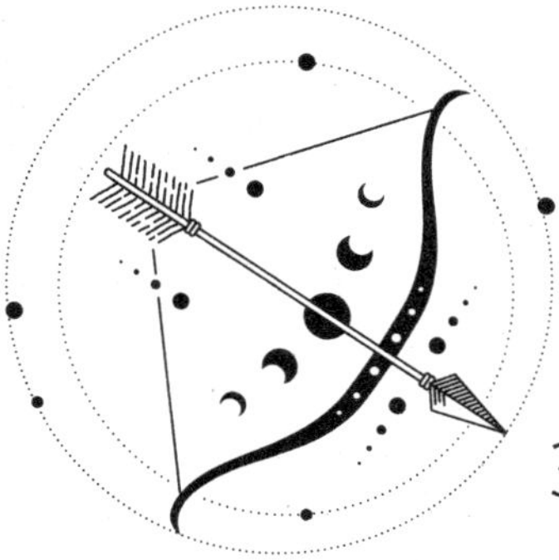

3

Chani

Après quelques coups à la porte d'entrée, Iman fait son apparition dans la chambre, laissant derrière lui la porte entrouverte.

– J'ai une surprise pour toi ! Regarde qui mourait d'envie de venir te voir.

Mon cœur se serre. Un instant, je pense voir Hash débarquer dans la pièce, mais c'est le visage avenant de mon ami boursier qui se dessine dans l'embrasure.

– Elis, murmuré-je.

Je n'ai pas le temps de poursuivre que le Céleste est déjà assis sur le bord du lit pour me prendre dans ses bras.

– Mon Dieu, Chani ! Tu m'as fait si peur !

– Je vais bien, Elis, assuré-je d'une voix éraillée.

– Non, tu ne vas pas bien. Tu as failli mourir !

Il se recule pour mieux me regarder. Ses yeux d'un bleu si pur s'attardent sur les marques sur ma peau qui ne sont pas encore cicatrisées.

– Elle ne gardera quasi aucune marque. L'onguent appliqué fait des merveilles, le rassure mon demi-frère.

En réalité, ce ne sont pas les blessures physiques qui m'inquiètent. C'est toute la peine et la culpabilité que je ressens à l'intérieur.

Mes yeux voyagent entre les deux jeunes hommes qui semblent plus proches que jamais. Il y a une sorte de complicité qui les lie et qui me touche profondément.

– Elis n'a pas cru au rejet de la greffe…

– Évidemment, Iman. En plus, tu me disais de ne pas m'en faire, ça ne collait pas. Et puis, poursuit mon ami en se tournant vers moi, j'ai pressenti que tu courais un grave danger quand tu t'es enfuie le lendemain du conseil.

Je lui offre un timide sourire compatissant. Si Elis n'avait pas alerté Iman, il ne se serait jamais précipité dans la communauté du Nord et mon plongeon aurait été fatal.

– Et ton père ? ose-t-il ensuite me demander en baissant la voix.

– Mon père veille sur elle. Elle est reprise dans son service.

– Je ne parlais pas de Laxos, Iman, je…

– Sami est venu lui demander pardon. Je m'en suis assuré.

– Que veux-tu dire par là ? demandé-je à mon demi-frère, surprise de sa réponse.

– Je suis allé lui expliquer en détail comment s'est comportée sa femme avec sa fille sur qui il est censé veiller. Sérieux, Chani, je ne sais pas comment tu fais pour lui pardonner. Tu possèdes cette faculté dont je n'ai pas hérité. Je ne peux pas l'excuser. Pas Sami, et encore moins Lexi. Non seulement elle a trahi notre confiance, mais aussi celle de ma mère. Tu ne peux pas savoir la haine que je ressens. Comme j'ai été crédule !

Son aveu me chamboule, la peine que j'éprouve se mélange à une colère et une amertume qui me dévorent. Je suis sur le point de répondre quand mon ami prend la parole.

– Tu ne pouvais pas savoir ce dont elle était capable.

– Chani a tenté de me l'expliquer et de me convaincre du peu d'empathie de Lexi. Je ne l'ai pas crue. J'étais persuadé qu'elle se trompait ou qu'elle jalousait ma relation avec Lexi. En y repensant, je me sens bête tout à coup.

– Cette femme a leurré tant de monde. Tu ne dois pas t'en vouloir. Nous avons tous été floués dans cette histoire, lâche alors Elis avec une vive émotion dans la voix.

– Oh ! Elis, je suis vraiment désolé, je n'aurais pas dû reparler de tout ça.

– C'est moi qui suis désolée, ajouté-je au bord des larmes.

– Tu n'y es pour rien, Chani. Toi non plus, Iman. Nissa était mon soleil. J'étais amoureux d'elle depuis tout petit, mais, visiblement, ce n'était pas réciproque.

– Nissa t'aimait à sa manière. Elle a été influencée toute son existence par sa mère et Lexi qui avaient soif de vengeance, déclaré-je d'une voix amicale.

– Elle était prête à sacrifier des vies innocentes. Les boursiers… et moi.

Son ton me fend le cœur. Il a placé Nissa sur un piédestal ces dernières lunes et la chute n'en est que plus douloureuse. Je compatis, Elis est profondément gentil et ça me peine de le voir dans cet état.

– Tout va bien se passer. Tu finiras par oublier, intervient Iman en l'attrapant par les épaules pour le réconforter.

Elis offre une grimace de circonstance. Peut-être que si Iman y croyait lui-même, il aurait pu le convaincre.

4

Hash

Quand je sors de la classe, je suis étonné de voir Iman dans le couloir, adossé à mon casier, mais je n'en laisse rien paraître. Sans un mot, j'approche avec nonchalance puis lève les sourcils avec un détachement à la limite du mépris, pour lui faire comprendre de bouger afin que j'accède au compartiment de l'armoire. Pendant que j'entre mon code, il lâche sans ciller sur un ton froid :

– Je suis ici afin de récupérer les cours et les travaux en attente pour Chani.

– Elle n'a qu'à venir les chercher elle-même.

– Je te signale que ça fait plus de quinze jours qu'elle est à la clinique. Elle sort aujourd'hui et elle va tenter de rattraper son retard. Elle est bien trop faible pour revenir à l'Institut pour le moment.

– Rien que ça ! lancé-je avec un rictus sardonique.

Les traits du visage d'Iman se déforment sous la colère, je le sens bouillir, prêt à exploser.

– Oui. Je suppose que tu le savais déjà. Tes parents ont sûrement dû te prévenir qu'elle rejetait partiellement la greffe et qu'elle devait suivre un traitement assez lourd.

Mais de quoi parle-t-il ?

Je pensais qu'elle était dans sa communauté et qu'elle n'osait pas revenir à cause des actes de trahison de ses parents.

– Elle réintègre son logement de boursière aujourd'hui ? questionné-je d'un air détaché, même si, au fond de moi, je suis curieux, voire inquiet.

Ma question semble amuser mon interlocuteur dont les lèvres s'étirent en un sourire largement satisfait.

– Bien sûr que non. Elle va habiter à la villa.

– Chez toi ?

Cette fois, je ne peux cacher ma surprise.

– Chez nous, précise-t-il. Elle est de la famille, tu es au courant maintenant.

Je ne commente pas, tourne la tête et referme l'armoire avec une rage difficilement dissimulée. Iman a beau être son demi-frère, mon sang ne fait qu'un tour quand j'apprends que Chani logera chez lui.

– Je compte sur toi, Hash, continue cet insouciant, car il ne peut que l'être s'il ne saisit pas le désir pressant qui m'assaille de lui défoncer la tronche, je viendrai chercher les documents et les informations tout à l'heure.

– Ce soir ?

– Oui, je te signale que j'ai cours aussi. En plus, je vais démarrer mon stage chez le Pr Martel après-demain.

Je lève le menton, le fixant droit dans les yeux, et acquiesce en silence, le coin de la bouche déformé par l'énervement qu'il me procure.

Il fait deux pas dans le couloir, puis se retourne pour asséner le coup de grâce.

– Tu as peut-être un message à lui transmettre ?

J'aimerais lui faire bouffer son sourire autosuffisant. Moi qui suis d'habitude maître de mes émotions, j'ai du mal à le cacher. Si mes yeux étaient des armes, Iman serait mort depuis longtemps.

– Non, aucun, arrivé-je à répondre avant qu'il ne s'en aille.

Je le regarde s'éloigner, fier de lui. S'il imagine que j'ai gobé son boniment, il se met le doigt dans l'œil. Je ne savais pas que le Pr Altar l'avait transférée à la clinique, mais cette histoire de rejet ne tient pas la route.

Ça m'étonnerait qu'elle aille habiter chez eux, Iman tente de me berner. Comment un éminent professeur reconnu pourrait-il expliquer son écart de conduite et surtout la conséquence que représente Chani ? Une Sombre de surcroît.

Je penche pour l'hypothèse qu'elle n'a pas souhaité revenir, trop gênée d'avoir menti sur toute la ligne. La fille de la cheffe des rebelles… Si ce renseignement circulait, c'en serait fini de son petit séjour à la cité et de l'attribution des bourses.

J'ouvre à nouveau mon casier afin de récupérer toutes mes affaires. Je ne vais pas laisser Iman me perturber. Je vais préparer bien sagement tous les documents qu'il a réclamés et les lui remettre ce soir, ça m'évitera de le recroiser par la suite.

Le couloir est presque désert, mais je surprends Elis au premier angle, qui guette l'arrivée de quelqu'un.

– Si tu cherches Iman, il est déjà parti.

– Je sais. C'est toi que j'espérais voir.

Je ne saisis pas pourquoi il m'attend ni pour quelle raison il semble si désemparé.

– Qu'est-ce que tu veux, Elis ? demandé-je de but en blanc, perdant mon flegme après la conversation avec Iman.

– Je… Elle n'est pas vraiment malade.

– Oui, je m'en doute.

Elis fronce les sourcils en entendant ma réponse et secoue doucement la tête.

– Tu ne comprends pas…

– Quoi ? le coupé-je, commençant à m'impatienter.

– Elle était bien à la clinique, mais ça n'a rien à voir avec sa greffe, même si c'est le motif de l'admission.

Il inspire profondément et soupire dans un râle.

Bordel, accouche, Elis !

Mon front se plisse et je lève la paume de la main droite pour lui intimer de poursuivre.

– Tu ne dois pas t'inquiéter, elle est hors de danger maintenant.

Mais qu'est-ce qu'il raconte ?

– Qu'insinues-tu par « hors de danger » ?

Il hésite à répondre et piétine. Il va me rendre dingue. Il faut qu'il m'explique, là, et tout de suite !

– Elis ! Que lui est-il arrivé ? réitéré-je en hurlant presque.

– Je n'ai aucune idée de ce qu'il s'est passé entre vous, commence Elis un peu nerveux, mais je n'avais jamais vu Chani dans cet état. Et pourtant Dieu sait qu'elle a eu son lot d'épreuves. Elle a dit que tout était fini, que tu ne l'aimais plus. Elle est partie retrouver son père dans la communauté du Nord et il l'a aussi rejetée et...

Elis me contemple droit dans les yeux, je vois son regard bleu clair qui s'assombrit et qui devient humide.

Putain, mais il commence à me faire flipper !

– Elis, qu'est-ce que cela signifie ?

Sa bouche se tord dans un rictus affligé, il peine à déglutir. Quand il arrive enfin à parler, c'est pour me lâcher une bombe.

– Elle a sauté... elle s'est jetée du pic de la falaise.

Si un biplace m'était passé dessus, je n'aurais rien ressenti, en comparaison avec la douleur qui vient de me submerger. Sous le choc, je laisse tomber ma tablette qui percute le plancher et se fissure tout du long.

J'essaie de me concentrer sur ma respiration, mais je m'entends hyperventiler alors que les battements de mon cœur pulsent dans mes tempes dans un fracas étourdissant.

Elle s'est jetée du pic de la falaise !

Mes jambes se dérobent et je glisse le long du mur, me laissant choir sur le sol. Mes yeux sont embués, je ne distingue plus rien. La voix d'Elis me paraît lointaine et je n'arrive plus à comprendre les propos qu'il débite. Je perçois juste la cadence accélérée dans ma cage thoracique et je découvre les milliers d'étoiles qui brillent dans ses jolis yeux cuivrés.

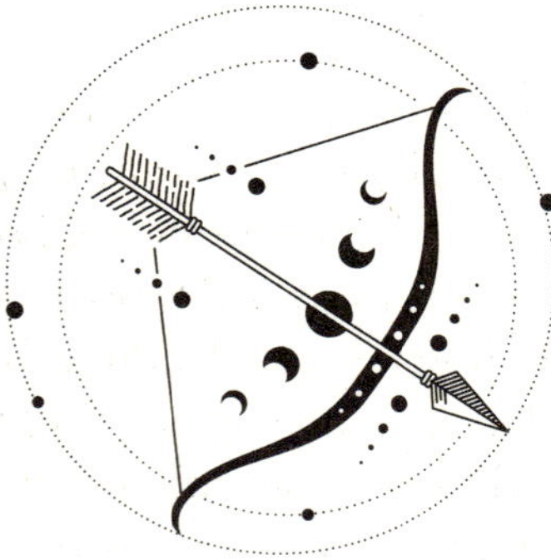

5

Chani

Je sors de la clinique pour intégrer la chambre d'amis dans la somptueuse villa des Altar sur le plateau de la Cité d'Émeraude. Hier, Iman a emprunté mon badge afin de récupérer quelques affaires dans mon logement du quartier des boursiers.

J'entre dans l'immense pièce aux murs blancs. Je ne suis pas vraiment à l'aise, mais j'éparpille sur le plan de travail tous les documents reprenant les notes de cours et les exercices à réaliser que mon demi-frère a déposés pour moi. Doucement, j'accapare l'espace, me permettant de respirer et de me sentir plus légère.

La disposition du mobilier y est pour beaucoup. Un immense lit trône au beau milieu du local, rappelant au passage que c'est bel et bien une chambre. Cependant, les coins paraissent aménagés comme des endroits dissociables. Dans un coin, on trouve des armoires, une large psyché et une coiffeuse dotée d'un miroir avec de faibles lumières. D'après mon demi-frère, ces points brillants apportent, le soir tombé, un côté féerique à cet endroit de la pièce. Le bois utilisé est d'une teinte particulièrement claire et l'ensemble agrandit encore l'espace. En face, un plan de travail spacieux est surmonté de loges carrées pour y ranger les cours ou ses affaires personnelles. Pour l'instant, il a beau être gigantesque, c'est un vrai désordre qui grouille de notes et des seuls souvenirs qu'il me reste de ma jeunesse.

De l'autre côté, dans l'angle près de la fenêtre, se trouve un élégant canapé recouvert d'un tissu parme et de coussins assortis. La petite table basse en roche regorge de livres de l'ancien monde, pour la plupart des romans, et une carafe d'eau ainsi que des biscuits secs sont disposés sur un plateau en verre finement ciselé. Pour finir, le clou du spectacle se dresse dans le dernier coin à droite du lit. Un aquarium, avec quelques algues et décorations sculptées dans le minerai, fait office d'habitacle pour deux minuscules poissons noirs aux nageoires blanc et jaune.

Dès qu'Iman et Laxos quittent la villa pour se rendre à l'Institut ou à la clinique, je m'empresse de m'asseoir sur le sol en tailleur devant ce magnifique océan pour admirer ces merveilles naviguer entre les trésors posés sur les pierres ivoire miniatures. Je suis subjuguée par le spectacle que ces amoureux offrent.

Iman m'a en effet confié que ces poissons ne vivent qu'en couple. Je n'ai pas osé lui demander ce qu'il arrivait à l'autre si l'un d'eux finissait par mourir. Je crois que je n'avais pas envie d'entendre la réponse. Je m'assoupis ensuite sur le lit moelleux jusqu'à ce que mon demi-frère vienne me réveiller pour grignoter quelques fruits une fois rentré de son stage.

Je suis très fatiguée, mais Laxos me rassure sur mon état et me demande d'être un peu patiente avant de retrouver des forces. Depuis mon plongeon, il est aux petits soins pour moi et je me sens parfois incommodée, voire redevable. Je n'ai vraiment pas l'habitude de ce type d'attention.

Le temps est clément aujourd'hui, alors j'en profite pour me prélasser un brin au soleil sur la terrasse derrière la villa. Il m'arrive même, et de plus en plus souvent, de travailler dehors avec ma tablette, sur la grande table en bois patinée. J'aime cet astre doré qui réchauffe ma peau et éclaire le petit buisson de frosias multicolores au fond du jardin.

Laxos m'a prêté un chapeau de paille qui appartenait à Miranda pour protéger ma tête des effets néfastes du soleil, surtout après l'incident qui m'est arrivé. C'est ainsi qu'il le nomme : « l'incident ».

Il m'a proposé plusieurs fois d'en parler, mais sincèrement, je n'ai rien à en dire. Je connais très bien les raisons qui m'ont poussée à sauter de la falaise. Ce sentiment d'avoir tout perdu. Cette impression de vide qui vous engloutit. Cette pression qui vous comprime tant et si bien qu'il faut y mettre un terme, car c'est trop douloureux.

J'ai appris que le service de sécurité avait terminé les interrogatoires et que le comité avait rendu son verdict. Je n'ai pas voulu le connaître. Pas pour l'instant. Je me sens bien trop fragile pour faire face à un quelconque déchirement supplémentaire.

Récemment, j'ai reçu un message par coursier de Sami qui souhaitait prendre de mes nouvelles. La distance se creuse de plus en plus entre nous. J'ai parfois l'impression qu'il a été mon père dans une autre vie, mais pas dans celle-ci. C'est une étrange sensation qui s'insinue et qui me fait comprendre que rien n'est immuable.

La présence de Laxos et la gentillesse d'Iman éclairent mes journées et, étonnamment, je me sens à l'aise dans ce minuscule cercle familial, comme si j'étais à ma place. J'éprouve à nouveau cette paix que je ressentais quand je me retrouvais avec Iman. Et je dois avouer que leur compagnie vaut plus que n'importe quel traitement médical qu'on pourrait m'administrer.

Les travaux à rendre pour le cycle ont enfin été bouclés et Iman a transmis ma partie à Hash afin qu'il puisse envoyer les sujets aux professeurs concernés. Les examens débuteront dans quelque temps, je suis anxieuse à la seule pensée de revoir cet Élu qui a fait chavirer mon cœur. Heureusement, Iman m'a expliqué qu'il n'était pas au courant, sinon je ne pourrais jamais le regarder en face. De toute manière, j'ignore comment je vais pouvoir le regarder tout court. Je le déteste pour notre rupture et je l'aime de tout mon cœur. C'est compliqué de gérer ces deux sentiments contradictoires envers une unique et même personne.

Laxos décide de me conduire à l'Institut pour le premier examen. Quand il se gare dans l'allée principale, quelle n'est pas ma surprise de constater qu'il descend également du biplace et qu'il m'escorte jusqu'au bâtiment !

– Je peux très bien me rendre seule en classe, je vais bien, je t'assure, lui confirmé-je dans le couloir.

– J'aimerais toucher un mot à ton professeur avant l'examen, lâche-t-il, au cas où tu ne te sentirais pas bien, pour qu'il te permette de m'appeler.

– Papa !

C'est sorti naturellement. Je m'arrête instantanément sur place et pose la main sur ma bouche. Je vérifie que personne alentour ne m'a entendue. Je ne souhaite pas lui créer d'ennui. Quand je reporte mon regard sur lui, ses yeux semblent briller d'un feu nouveau et il m'offre un chaleureux sourire.

Quelques paires d'yeux scrutent notre petit duo qui stationne en plein milieu du couloir, alors nous nous remettons en marche vers la classe. Quand nous pénétrons dans la pièce, les autres étudiants sont déjà face à leur poste et attendent le questionnaire. Laxos me glisse dans l'oreille de le joindre au moindre problème, puis il discute discrètement avec M. Penbrok. J'en profite pour gagner le banc et m'asseoir. J'évite le regard de Hash, même si je suis tentée de me tourner vers lui dès que je renifle son parfum d'encens et de mandose.

– Chani, murmure-t-il.

– Hash, répliqué-je sans pivoter dans sa direction.

– Je voulais te…

– Bien, entame Penbrok, je vais vous demander de ranger toutes vos affaires. Vous n'aurez besoin que du moniteur, du clavier et de vos neurones, il va sans dire, dit-il en pouffant comme un enfant qui ferait une blague. Il est bien entendu interdit de parler entre vous jusqu'à la fin de l'évaluation et la sortie de la classe. Commençons, allumez l'écran et connectez-vous avec vos identifiants et votre badge.

J'essaie d'être le plus concentrée possible pendant le test. Je sens de temps à autre le regard de mon voisin posé sur moi et il me faut chaque fois quelques minutes pour oublier sa proximité et me replonger dans l'examen.

La sonnerie me tire du raisonnement sur le dernier exercice, je me dépêche de vérifier à nouveau le résultat avant d'enregistrer ma session. Je laisse sortir les autres étudiants, mais je m'aperçois que Hash traîne également. Je décide alors de le précéder.

Je m'engouffre dans le couloir à toute vitesse, comme si je fuyais quelque chose ou quelqu'un, ce qui est le cas. Derrière moi, sa voix chaude prononce mon prénom et ma poitrine se comprime jusqu'à me faire mal. Je fais semblant de ne rien entendre, mais il attrape mon poignet et je ne peux éviter son regard intense plus longtemps. Il me transperce, enflammant les petites braises éteintes de mon cœur.

Je ne sais combien de temps nous restons, debout dans l'allée, les prunelles rivées dans celles de l'autre. Les flammes dans ma poitrine se déchaînent et me poussent vers lui. Sa paume glisse lentement le long de mon articulation jusqu'à l'extrémité de mes phalanges et, au moment où il commence à entremêler ses longs doigts chauds aux miens, la voix d'Iman intervient.

– Désolé, je suis en retard.

Je retire promptement la main afin de m'éloigner de Hash. Son regard s'assombrit et fait des déplacements successifs entre Iman et moi.

– Ce n'est rien, dis-je avec douceur, on vient de sortir. Et puis, je vais bien, je l'ai dit aussi à papa.

Oups, de nouveau ce terme. Est-ce que je cherche malgré moi une reconnaissance de mon père biologique ?

Mon Élu a l'air surpris, mais bien moins qu'Iman. Ce dernier se ressaisit aussitôt, offrant un large et tendre sourire.

– Rentrons à la maison.

Il passe la main dans le creux de mon dos pour me pousser à avancer et, sans un regard en arrière, nous nous éloignons dans le couloir.

Sur le chemin vers la résidence, nous restons silencieux. Mes réflexions dérivent très vite vers Hash et ses grands yeux sombres envoûtants.

Beaucoup l'imaginent faible, surtout vis-à-vis de ses parents, mais il s'est interposé de nombreuses fois pour me venir en aide.

J'ai été lâche. J'ai eu peur de le perdre et, en fin de compte, c'est ce qui est arrivé. Et j'ai l'impression de reproduire les erreurs du passé sans parvenir à briser ce cercle infernal.

6

Hash

Depuis qu'Elis m'a annoncé son accident, enfin, si l'on peut appeler ça un « accident », je ne dors plus. Son image me hante.

Après sa fuite, je décide de lui parler lors du prochain examen. Je ne peux plus rester dans cette incertitude et imaginer des scénarios abracadabrants. J'ai besoin de connaître ses sentiments envers Iman et aussi envers moi. Je n'ai pas rêvé cette alchimie dans le couloir quand nos prunelles se sont croisées et que nos doigts se sont touchés. On revient toujours l'un vers l'autre.

Lors du second examen, Chani évite à nouveau de me regarder et se focalise sur le test. Je finis par faire de même et le boucle bien en avance. Je l'examine ensuite en train de gesticuler sur sa chaise. Je comprends soudain que notre proximité la rend nerveuse, alors je sors de la classe pour la laisser terminer l'évaluation, et je vais l'attendre près de son casier.

Je me surprends à redécouvrir son corps quand elle émerge dans le couloir. Sa démarche féline, ses yeux mordorés, ses seins hauts et fermes emprisonnés dans son chemisier, sa petite jupe qui sautille à chacun de ses pas, dévoilant ses jambes élancées, et ses cheveux qui volent autour de ses épaules. Une pure merveille. J'accroche ses pupilles incendiaires et je la vois déglutir. Comme moi, elle ne peut nier l'attirance qui nous emporte, envers et contre tout.

Elle s'arrête à mon niveau, ne décochant pas un regard. Sa respiration s'accélère tandis qu'elle forme une grimace avec les lèvres qui n'est pas bon signe.

– On devrait parler, seule à seul, dis-je d'emblée.

Elle semble réfléchir à la question.

– Je pensais que tu avais dit tout ce que tu avais sur le cœur ?

– C'était avant.

– Avant quoi ?

– Pas ici. Viens avec moi.

Je n'ai pas le temps de prendre sa main dans la mienne qu'un bras agrippe le mien pour me faire pivoter. Je me recule d'emblée pour apercevoir Myra, un grand sourire sur le visage. Elle se tourne soudain vers Chani et lâche avec une certaine fierté :

– Chani, tu ne pouvais pas mieux tomber. Tu pourras assister à l'annonce des nominés de chaque classe dans dix jours au bal de clôture du cycle. Hash et moi en faisons partie.

Mais ce n'est pas vrai, Myra a un don pour intervenir au pire moment !

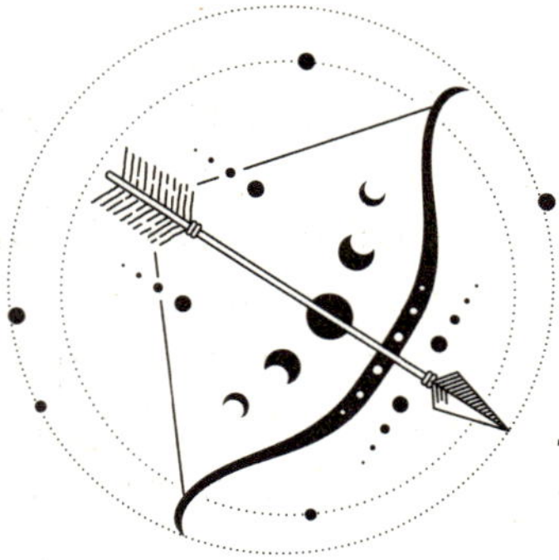

7

Chani

Myra m'annonce les résultats du cycle avant même que les examens soient terminés. Ils doivent avoir une sacrée avance sur les autres étudiants. Elle semble proche de lui à nouveau et cela brise mon cœur en mille morceaux.

– À plus, Hash, ajoute-t-elle en l'embrassant sur la joue, avant de filer pour rejoindre sa classe.

Hash reste figé, ne sachant quoi dire, et son attitude passive m'afflige, tandis que ma colère monte d'un cran.

– Félicitations !

– Chani, prononce-t-il en tentant de prendre ma main dans la sienne.

Je recule d'un pas avant qu'il ne puisse me toucher.

– Tu es de nouveau avec elle ?

– Quoi ? Non, bien sûr que non.

– C'est toi qui as mis un terme à notre relation.

– Si j'avais su que… Elis m'a dit que…

– De quoi parles-tu ? le coupé-je aussi sec.

– Que tu t'es jetée de la falaise ! annonce-t-il plus bas de but en blanc.

Bon sang ! Il est au courant.

Je suppose qu'il doit se sentir coupable et compatir à ma détresse. La dernière chose que je souhaite, c'est sa sympathie ou sa pitié, très peu pour moi, surtout après ce que nous avons vécu et les sentiments que j'éprouve toujours pour lui. Mes joues doivent être cramoisies tant j'ai honte de ce plongeon suicidaire.

– Je n'ai pas besoin de ta pitié. Reste loin de moi, lâché-je alors que mon cœur commence à battre de façon incohérente.

Je détale aussi vite que je peux, j'ai l'impression de manquer d'air. Je me suis fourvoyée sur ses intentions. J'entends des pas qui se rapprochent derrière moi et, par bonheur, c'est Iman que je découvre dès que je me retourne.

– Tu ne m'as pas attendu.

– Désolée, je ne me sentais pas bien.

Mon frère semble inquiet. Est-ce que je ne m'étais pas promis de ne plus mentir ? De ne plus rien cacher aux gens que j'aime ?

– Hash est au courant pour mon plongeon, c'est Elis qui lui a dit.

Il penche la tête sur le côté, offrant un sourire en coin compatissant.

– Viens, dit-il en passant la main par-dessus mes épaules, allons nous gaver de crêpes au sirop à la maison.

Quand notre père rentre, j'entends Iman qui le met au courant de la situation. Nous discutons ensuite ouvertement de ce que je ressens. Laxos pense que je dois éviter trop d'émotions fortes pour l'instant. Il me propose de me reposer à la résidence.

– J'ai encore quatre examens à présenter.

– Je vais prendre les dispositions nécessaires pour que tu puisses les passer à distance.

– Tu as le pouvoir de faire ça ?

Ma question déclenche chez lui un léger rire.

– Ma chérie, rétorque-t-il, tu n'as pas idée du pouvoir dont je dispose et surtout des actes que je suis prêt à faire pour toi.

Mon cœur se serre, j'ai tellement souhaité entendre ce genre de discours de la part de Sami, mais ses paroles n'ont jamais été aussi éloquentes.

– Si ça t'ennuie que je t'appelle ma chérie, ajoute Laxos un peu désorienté par ma réaction, je…

– Merci, papa, coupé-je de suite, afin de lui signifier non seulement mon accord, mais aussi ma reconnaissance et mon affection.

Même si une part de moi se demande pourquoi il ne s'est pas servi de son pouvoir pour changer les choses.

8

Chani

La session d'examens s'est terminée aujourd'hui. Les résultats seront annoncés dans deux jours et un bal aura lieu le soir pour clore le cycle en cours. J'ai repris des forces et j'ai pu trouver doucement mes marques dans la maison de Laxos. Il est grand temps maintenant que j'affronte la réalité.

Je sors de ma chambre, il fait nuit noire dehors, mais de la lumière filtre de son bureau. Je frappe à la porte et entre timidement.

– Chani, tout va bien ? s'enquiert mon père.

– Je suis prête.

Il sauvegarde le document sur lequel il travaille, se lève de la chaise et m'invite à m'asseoir dans le petit canapé d'angle. Il nous sert un verre de thé glacé puis vient me rejoindre dans le fauteuil.

– Que désires-tu savoir ?

– Tout. Je veux tout connaître.

Laxos m'informe qu'une enquête interne a pu divulguer le nom de l'agent soudoyé qui avait brouillé le signal émetteur. Il s'est enfui avant que la sécurité ne puisse l'arrêter et reste introuvable à l'heure actuelle. Il m'explique ce qui est arrivé à chaque membre de la faction rebelle qui a été appréhendé. Il parle doucement, mais avec précision et fermeté.

– Tonnelli s'est tout de suite mis à table et a dénoncé d'autres rebelles de la région du Nord. Il ne tenait pas à souffrir. Les révolutionnaires ont été torturés sans détour. La sécurité espérait empêcher tout autre dissident d'intervenir. D'après la vidéo que tu as divulguée, ils ont jugé que les personnes présentes étaient dangereuses pour la survie de notre espèce. Ils ont immédiatement pris les mesures nécessaires pour leur soutirer les informations.

– Qu'est-ce que cela signifie en pratique ?

– Es-tu certaine de vouloir connaître les détails ?

J'acquiesce d'un signe de tête en le regardant droit dans les yeux.

– Ils ont utilisé certaines méthodes de torture, dont le supplice par l'eau ou encore différents sévices corporels, déclare-t-il, avant d'ajouter sur un ton las : des techniques que l'on n'inflige plus depuis longtemps.

Le silence s'abat entre nous, je vois qu'il est aussi mal à l'aise que moi. Il désapprouve ces agissements. C'est un homme de science, jamais il n'envisagerait de causer de telles souffrances à un être vivant pour obtenir des aveux.

– Qu'ont-ils appris d'autre ? As-tu assisté à ces séances ?

– La sécurité n'a pas pu en tirer grand-chose, en fin de compte. Quelques noms ou encore quelques caches pour des armes. Seules Lexi et Alia semblaient posséder toutes les informations, mais aucune des deux n'est passée aux aveux. Je n'étais pas présent durant ces interrogatoires, mais… il hésite quelques instants à poursuivre, j'ai visionné certains enregistrements.

– Je veux les regarder.

– Ce n'est pas une bonne idée.

– Pourquoi ? demandé-je sur la défensive.

– Chani, je t'assure que…

– J'ai besoin de les voir. Je… Ils ont subi ce traitement par ma faute.

– Qu'est-ce que tu racontes ? Ils ont fomenté une rébellion et, si tu n'étais pas intervenue, tu ne serais plus là. Ni toi, ni Iman, ni moi, ni beaucoup d'entre nous. Ils avaient prévu de faire sauter l'hôpital, tu te rends compte ? Et l'épurateur d'eau ! Je ne comprends sincèrement pas les actions de Lexi. Même pour se venger, on ne tente pas d'anéantir la technologie qui nous maintient en vie. Nous sommes des rescapés.

Comment une femme qui a suivi des études de médecine est-elle capable de vouloir détruire tout ce qu'on a réussi à sauver et à accomplir ici en plus de cent cinquante lunes ? Sans eau potable, combien de temps les habitants auraient-ils pu survivre ?

Je hausse les épaules, presque en pleurs. Je ne connais que trop bien ce sentiment d'incompréhension et de désolation. Je me suis posé exactement les mêmes questions, sans trouver d'explications plausibles.

Cette rébellion, si elle avait été menée à terme, aurait signé notre arrêt de mort à tous. Cependant, je me sens toujours responsable de l'exécution de ma mère et c'est vraiment difficile de surmonter cette culpabilité qui me ronge.

– Je t'en prie, supplié-je d'une voix légèrement tremblotante.

– Je ne suis pas certain que tu sois assez forte psychologiquement pour affronter cette nouvelle épreuve.

– Ça, papa, moi seule peux en juger.

J'apprends que le conseil a finalement opté pour une injection létale, sans souffrance, administrée entre les murs du centre de détention. Les corps ont été rapidement incinérés ensuite, selon les protocoles, et la famille proche en a été informée et s'est vu révéler les chefs d'accusation.

Alia Grassi et sa fille Nissa ont été accusées de haute trahison. Elles ont toutes deux été exécutées par injection. La famille Grassi n'avait aucune descendance ni aucun parent. Les cendres ont été répandues sur la colline, près de leur demeure.

Si Alia, comme Lexi, a été torturée physiquement, il n'en a rien été de Nissa. Le conseil était même prêt à la gracier, vu son jeune âge, mais Tonnelli a révélé son rôle majeur dans la fabrication des explosifs. Elle n'a émis aucun remords ou regret lors de l'interrogatoire et son attitude n'a pas joué en sa faveur au moment de la sentence.

Priar Tonnelli a tout de suite accepté de collaborer et a demandé en échange que sa famille ne soit pas inquiétée. Il a été accusé du même chef d'accusation et a subi l'injection fatale. Son fils a récupéré ses cendres, insultant l'agent qui lui a remis l'urne en mains propres.

Les proches de Matis Hernando ont réagi de manière vive, attaquant les agents en service. Un renfort a été nécessaire afin de maîtriser et calmer la situation. Le philosophe Hernando était connu de tous et la nouvelle de son exécution pour haute trahison n'est pas passée inaperçue.

Pour Lexi, c'est mon père Sami qui a encaissé la nouvelle. C'était sans surprise, même si la douleur et la peine se lisaient, paraît-il, sur ses traits. Trahison et perte, deux sentiments qui ne peuvent engendrer que de la souffrance.

Son existence avait néanmoins été épargnée grâce à mes aveux. Je crois qu'il doit faire son deuil et accepter d'avoir été trompé si longtemps par la femme de sa vie.

9

Chani

Je suis au poste de commandement dans l'aile est de la section sécurité. Lucinda Bravi a tenté de me dissuader d'examiner les vidéos archivées, mais j'ai campé sur mes positions.

Au dernier moment, la grande et magnifique Talia pénètre dans la pièce et donne l'ordre d'accéder aux enregistrements. Elle a beau être vêtue sobrement et avoir attaché ses cheveux en un chignon strict, elle dégage un charisme incroyable, tant par son élégance que par son port altier et son attitude.

Je l'observe discrètement. Son visage est fermé, il n'exprime aucun sourire moqueur ou victorieux, aucun air méprisant, juste des traits sévères et tendus qui n'augurent rien de bon pour la suite.

– À quel enregistrement souhaitez-vous avoir accès ? me demande le sous-chef Sandro Puris.

Je n'ai pas à réfléchir pour fournir la réponse. Les mots sortent machinalement et inconsciemment de ma bouche.

– Celui de Lexi Santos.

Le regard de Talia devient plus insistant alors qu'elle me scrute en silence. Son mutisme commence même à me faire peur.

La bande sauvegardée se met en marche et les battements de mon cœur démarrent une folle et frénétique danse. Lexi est attachée et ses traits accentués la vieillissent de quelques lunes.

L'interrogatoire est mené par Lucinda qui est relativement stressée à la vue des premières images. C'est une chose de supplicier des gens, c'en est une autre d'être spectatrice de ses propres actions.

J'assiste le cœur lourd à la souffrance de ma mère. Elle nargue d'abord la fouineuse, se moquant de ses questions. En résultent des tortures plus physiques. Dans un premier temps, un linge est placé sur son visage et un agent de la sécurité l'attrape par les cheveux pour plier sa nuque vers l'arrière. De l'eau est versée sur le tissu, puis s'infiltre à travers les fibres pour pénétrer ensuite par son nez et sa bouche quand elle tente de respirer. Je vois qu'elle lutte. Elle tousse plusieurs fois, manquant de se noyer, son corps se tord sur la chaise. Elle demeure cependant muette comme une tombe ou alors part dans un rire hystérique. Mon organisme tremble légèrement, mais je m'évertue à ne pas montrer l'angoisse qui s'empare de mes tripes. Mon cœur commence à cogner dans ma poitrine et j'ai l'impression que mon souffle est coupé.

Néanmoins, le plus dur reste à venir. Je regrette ma décision : celle d'avoir demandé à Laxos de ne pas m'accompagner. Il a pourtant beaucoup insisté et j'en comprends très vite la raison. Lucinda fait un signe de tête à un garde qui se saisit d'une grosse pince et d'un nouvel outil, posés sur une table non loin de la chaise où Lexi remue et gémit. L'instrument n'est autre qu'un écarteur qui oblige ma mère à garder sa mâchoire ouverte pendant que l'agent lui arrache une dent. Le sang s'échappe de sa bouche et au lieu de répondre aux questions, elle crache le liquide rouge foncé sur la chemise de Lucinda. Un nouveau coup d'œil au garde l'incite à s'emparer d'une pince plus fine aux extrémités plus longues. Il s'avance vers Lexi, agrippe l'une de ses mains et d'un coup sec lui arrache l'un de ses ongles.

Instinctivement, je pousse un hurlement. Mon cœur est parcouru d'un spasme violent. Une boule remonte dans ma gorge et des larmes jaillissent malgré moi dans un torrent sans fin.

Talia presse aussitôt un bouton du tableau de commande et l'écran devient noir. Je ferme les paupières afin d'arrêter ces spasmes incontrôlés, mais mon corps ne veut rien entendre.

– Allez chercher Laxos, ordonne Talia au sous-chef Puris.

Il ne se fait pas prier et sort en courant de la pièce.

– Elle a réalisé ses propres choix et a décidé elle-même de son sort. Tu n'as pas à suivre la même voie. Tu n'es pas elle.

– Qu'est-ce que vous en savez ? craché-je à Talia, la voix rauque.

Je la regarde avec dédain, ne trouvant pas quoi dire. Je ressens tant de rage en moi. Du bruit nous parvient du couloir, puis j'aperçois Laxos qui passe précipitamment la porte et qui vient m'entourer de ses bras protecteurs.

– Tu veux que je te donne un conseil, Chani ? demande la superbe Talia avant de s'en aller.

– Elle n'en a pas besoin, intervient mon père.

Elle fait néanmoins fi de sa réponse, me regardant d'une étrange façon, comme avec une certaine admiration.

– Ne perds jamais ce feu qui t'habite.

10

Hash

— Je peux entrer ?

J'acquiesce d'un signe de tête en revêtant ma veste de costume bleu nuit. Je me regarde dans le miroir en me demandant ce que je suis en train de faire de ma vie.

Ma mère s'approche de moi avec un sourire amical. Ses cheveux sont tirés en un parfait chignon et ses lèvres sont rehaussées d'un rouge carmin qui tranche avec le noir de sa crinière stricte. Elle effleure avec lenteur le pan de mon blazer du bout des doigts et pose ensuite ses yeux sur moi.

– Tu es beau dans ton costume à la couleur du ciel étoilé.

Je feins un sourire complaisant puis me détourne pour admirer ces fameuses étoiles. Elle paraît hésiter, fait un pas vers la porte et revient vers moi.

– Est-ce que tout va bien ? Tu ne sembles pas dans ton assiette.

– Tu es sérieuse ? Depuis quand t'intéresses-tu à ce que je ressens ?

– Depuis quand ? Depuis toujours ! Tu es mon fils ! Mon héritier unique.

– Tu… Je n'ai pas envie de me disputer avec toi.

– Mais qu'est-ce que tu racontes ?

– J'ai souffert en silence pendant plus d'un cycle. Ta présence m'était nécessaire. J'avais besoin de toi ! Seulement, tu n'étais pas là. Tu avais mieux à faire que de soutenir ton fils et de l'accompagner durant ses traitements.

– Écoute, je…

– Les premières fois, je t'ai attendue. Après, je me suis fait une raison et j'ai compris que, quoi que je fasse, tu ne serais jamais satisfaite. J'ai tenté pourtant, j'ai essayé très longtemps…

Ma voix s'étrangle dans un sanglot en ravivant ces souvenirs douloureux. Elle se poste devant moi et ses doigts passent dans mes cheveux ébouriffés.

– Je ne pouvais pas te voir dans cet état, c'était au-dessus de mes forces. En tant que mère, j'aurais voulu m'approprier ta douleur. Je me sentais si inutile et désarmée. Je me disais que pour que tu puisses rester solide, il fallait que je le sois aussi. Je ne pouvais décemment pas te regarder souffrir et demeurer là sans rien faire. Je pensais que la seule solution était de tout conserver à l'intérieur.

– C'est cet exemple que tu souhaites me donner ?

– C'est le seul que je connais.

– C'est ce que tu as fait ? Garder tout pour toi ?

– Je me suis protégée comme j'ai pu, depuis ce jour…

– Ce jour ? De quel moment parles-tu ?

– Celui où mes parents sont morts, Hash. J'étais si jeune, dit-elle avec tristesse, perdue dans ses pensées.

– Que s'est-il passé ?

– C'était durant la dernière rébellion. C'est loin maintenant. Je ne vais pas t'ennuyer avec cette histoire la soirée de l'annonce de tes brillants résultats. Et de ceux de Myra Lissanne, elle s'est aussi distinguée.

Et c'est reparti pour un tour avec la fille du conseiller !

– Hash, qu'y a-t-il ?

– Tu sais que je ne suis pas amoureux de Myra, n'est-ce pas ?

– Tu ne me l'avais jamais clairement énoncé.

– Eh bien, je te le dis maintenant, je ne suis pas amoureux de Myra.

– Hash, je…

– Et ce prix que je vais recevoir ce soir, je ne le mérite pas. Tu en es consciente ?

– Tu vas encore parler d'elle…

– Chani. Chani Erati, la coupé-je à nouveau. Oui, c'est elle qui l'aurait mérité, si elle avait pu jouer à la loyale.

– On ne peut pas en être sûr, mon fils, tes résultats sont exceptionnels.

– J'aimerais que tu sortes. Je vais finir de me préparer afin de participer à cette comédie dans laquelle toi et papa m'avez poussé.

Décontenancée, elle ne bouge pas, alors je pointe la porte du revers de la main. Je suis en rage. Non pas contre elle, mais contre moi-même. Je ferme les yeux avant de m'appuyer contre le bureau. Je tente de réguler ma respiration et d'y calquer les battements de mon cœur.

Sans crier gare, de jolis yeux cuivrés viennent m'ensorceler. Comment a-t-on pu en arriver là ? Malgré nos différences, nombreuses et flagrantes, nos sentiments étaient sincères. Du moins, j'ose l'espérer. Je la chérissais comme un fou.

Je l'aime toujours, à vrai dire. Qu'en est-il de Chani ? Que ressent-elle à présent ?

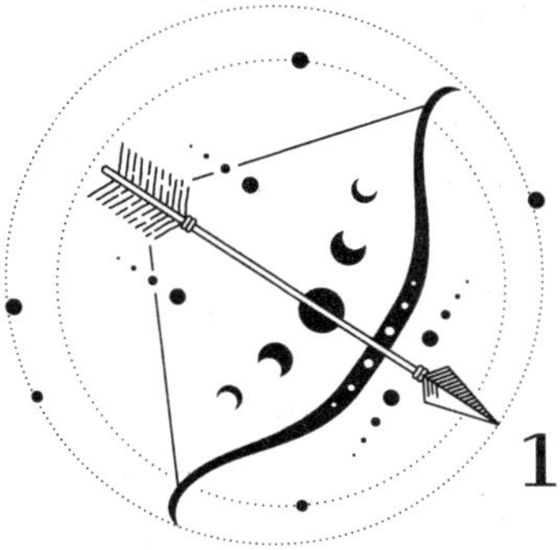

11

Chani

Les résultats des examens viennent d'être publiés, je suis admise au troisième cycle. Mon père m'a chaudement félicitée et m'a fait livrer un magnifique paquet enrubanné, me disant que c'était destiné au bal de ce soir. Quant à mon demi-frère, il m'a offert un immense sachet d'artys et un temple miniature afin de décorer le superbe aquarium que je prends tant de plaisir à admirer.

J'ai envoyé un coursier en informer Sami, même si je n'ai plus de ses nouvelles depuis la dernière missive. J'ai renoncé à trop de choses pour accepter de le perdre, quand bien même notre relation ne serait plus jamais pareille.

Après une interminable douche, je me sèche et fais boucler ma chevelure d'ébène que je décide de laisser détachée sur mes épaules. J'ai envie d'être moi-même à cette réception. Je passe la magnifique robe de soirée prune que je découvre dans la fameuse boîte cadeau, ainsi que les sandales vert sauge assorties aux pendants d'oreilles. Je me maquille peu, le reflet que je surprends dans la psyché est hallucinant. On dirait que cette toilette a été créée pour moi. Sa coupe met joliment mes courbes en valeur et la fente sur le côté laisse entrevoir ma cuisse laiteuse. Si l'on y regarde de plus près, on peut encore percevoir des traces de quelques cicatrices dessinées par le filet qui a permis de me hisser hors de l'eau. Je ne me reconnais pas vraiment, mais je me sens belle, et presque sereine.

C'est étrange d'avoir cette pensée après tous les événements survenus, la souffrance endurée et la tentative de mettre fin à mes jours. Le plus surprenant a été le conseil de la mère de Hash. Ses paroles ont cheminé en moi à tête reposée. Pour une fois, elle avait raison.

Je ne suis pas elle. Je décide de qui je veux être. Elle a choisi elle-même sa voie. Je ne suis pas coupable.

Toutes ces réflexions, combinées au soutien et à l'amour de mon père biologique, m'ont libérée de cette culpabilité que je ressentais et aussi de cette peine de ne pas être désirée.

Est-ce que je suis enfin à ma place ? Je ne sais pas. Peut-être.

C'est au bras de Laxos que je fais mon entrée, sous les regards médusés des autres étudiants et de certains Élus. Lucinda Bravi et ses agents viennent nous saluer. À mon grand étonnement, la fouineuse me remercie personnellement au nom de son équipe pour le rôle majeur que j'ai tenu afin de déjouer les plans de la faction rebelle et, de ce fait, sauver les habitants et les ressources de la Cité d'Émeraude. Je hoche la tête poliment en signe de gratitude puis abandonne tout ce beau petit monde sur place pour rejoindre les autres boursiers.

Perdue dans mes pensées, je suis sur le point de heurter une autre personne, quand je me rends compte qu'il s'agit de la mère de celui qui peuple mes rêves.

– Pardon, lâché-je spontanément.

– Chani Erati, prononce-t-elle en insistant sur chaque syllabe de mon nom.

– Madame Bless, réponds-je du tac au tac.

Elle m'offre un grand sourire en m'examinant de la tête aux pieds.

– Ravissante, conclut-elle le plus sérieusement du monde, me laissant interdite. Je n'étais pas certaine de te retrouver à cette soirée après notre dernière rencontre.

– Je viens fêter mon admission au troisième cycle et assister aux nominations des meilleurs étudiants, précisé-je avec une pointe de sarcasme.

– Hash est destiné à un poste à haute responsabilité.

Elle marque une courte pause avant d'ajouter :

– Si seulement tu étais une Élue et non une Sombre, Chani, je t'aurais accueillie à bras ouverts.

12

Hash

Je suis terré dans un coin depuis que je suis arrivé, à l'ombre de la foule et de leur déballage de faux sourires et de politesses. Myra fait ensuite son entrée dans une robe dorée pailletée qui ne cache plus grand-chose. Elle attire de nombreux regards et de grandes bouches ouvertes qui bavent devant son décolleté et son échancrure du dos.

Je ne ressens absolument rien. Pas la moindre inclination. Pas la moindre excitation. Pas le moindre frémissement.

Et puis *elle* arrive, au bras de son père, et la salle s'illumine. Sa robe prune met sa jolie peau ivoire en évidence et contraste avec ses cheveux d'ébène. Ils sont un peu plus bouclés que d'habitude et je n'ai qu'une envie, passer la main à l'intérieur et les tirer pour dégager son cou afin d'y plonger ma bouche.

Je soupire presque de plaisir en la voyant. Je me rends compte qu'elle m'a terriblement manqué ces derniers jours.

Je me tends quand la fouineuse puis ma mère lui adressent quelques mots, mais heureusement ça ne dure pas longtemps. Puis Chani rejoint Elis au bar et discute avec lui. Son sourire est affectueux. Je sais qu'elle est très proche de ce boursier et qu'elle compatit beaucoup à son chagrin.

– Nous allons bientôt nous réunir et être appelés sur l'estrade, déclare mon père en me donnant une petite tape dans le dos.

Je ne l'ai pas vu venir. Elle accapare toute mon attention. Elle ne m'a pas encore aperçu. J'ai peur des émotions que je vais ressentir dès qu'elle posera ses magnifiques yeux noisette sur moi.

– J'arrive, dis-je sur un ton sec. J'ai mal au crâne.

Mon père veut répliquer, mais un autre dirigeant l'invite à rencontrer son fils qui a obtenu son diplôme et il s'éclipse pour mon plus grand bonheur.

Chani se trouve toujours devant le bar, mais elle est seule à présent. Elis a visiblement rejoint Iman et le petit cercle du professeur de biogéologie.

Elle commande un alcool au serveur et le vide cul sec. Ma mémoire fait un bond en arrière. Je la revois au bal des Élus, dans cette même salle de l'Empire Consort, vêtue de sa robe noire.

Le signal retentit, me ramenant de plein fouet à la réalité et au moment présent. Les dirigeants sont invités à rejoindre l'estrade. J'aperçois Myra qui tourne la tête dans tous les sens, probablement à ma recherche.

Je me retourne une dernière fois en direction de Chani. Elle n'est plus là. Le bar se vide rapidement. Je balaie la salle du regard. Aussitôt, sa robe prune capte mon attention. Elle se dirige en sens inverse des convives vers le balcon.

L'histoire se répète.

13

Chani

La température extérieure est bien plus agréable que la dernière fois au bal des Élus. La ville est à nouveau tout illuminée. J'admire les petites ruelles qui brillent de mille feux et les arbustes aux vives couleurs qui nous dévoilent leurs plus belles senteurs, allant des notes florales aux accents poudrés jusqu'aux effluves boisés et vanillés.

La population parle toujours de la Cité d'Émeraude, plutôt que de la communauté du Sud. Cette dénomination n'est pas seulement due à la pierre précieuse récoltée. L'Empire Consort, monument symbolique et dominant au cœur de la ville, est conçu principalement avec des vitres en aluminium transparent. Les rayons du soleil le transforment en un immense miroir qui scintille dans de nombreux tons de vert. La vision est à couper le souffle, comme si un dieu lui rendait grâce de sa présence. Autant la vue de l'océan depuis les falaises est magistrale, autant la Cité d'Émeraude est paradisiaque avec ses bâtiments modernes et les couleurs disséminées à travers les arbustes floraux.

J'ai cru pouvoir y arriver, mais c'est au-dessus de mes forces d'assister à la proclamation. Et puis, je ne souhaite pas voir de la pitié dans les yeux de Hash. Mon cœur pleure, je tente de réprimer cette boule qui monte le long de ma trachée et qui va bientôt me faire hurler. Mon corps commence lentement à sangloter. J'avale à grand-peine ma salive, libérant cette pression qui obstrue en totalité ma gorge. Je ne peux me retenir et laisse échapper quelques larmes.

J'aurais dû tout lui révéler quand il m'a avoué son affection, tout lui déclarer au risque de faire du tort à mes proches. Car, en fin de compte, c'est à lui que j'ai fait du mal, la personne qui comptait le plus dans ma vie, l'homme que j'aime de tout mon cœur.

Tout est terminé à présent. Je prends appui contre la rambarde. Il existe plusieurs sortes de chagrin, mais certains vous emportent loin et capturent un petit bout de votre âme.

Des pas derrière moi me sortent de ma torpeur, je n'ose pas y faire face. Je ne veux pas qu'Iman me voie dans cet état, il a eu son lot de souffrances lui aussi.

– Chani.

La voix suave et ronde qui murmure mon prénom m'envoie une onde de chaleur qui me parcourt des pieds à la tête. Je me tourne à son appel pour *le* découvrir sur le balcon, à deux pas de moi. Son regard est intense. Il demeure immobile, observant mes pleurs en silence.

J'ai l'impression de le voir réellement pour la première fois, comme si j'ouvrais enfin les yeux et que je m'apercevais de la profondeur de son âme qui me scrute, s'insinue, me dévore et se répand en moi.

– Pourquoi n'es-tu pas sur l'estrade ? arrivé-je juste à formuler.

– Parce que je t'aime, Chani Erati. De tout mon cœur. Je m'en veux tellement, si tu savais…

Sans attendre un instant, je franchis la distance qui nous sépare et fonds contre son torse. Mes lèvres se posent sur les siennes avec une voracité nouvelle, comme si elles souhaitaient lui révéler les sentiments que j'éprouve pour lui. Ses bras passent autour de ma taille, pressant nos corps l'un contre l'autre. Mes mains caressent ensuite ses cheveux soyeux et sa nuque tandis que les siennes descendent plus bas dans mon dos pour venir empoigner mes fesses. Des gémissements s'échappent de ma gorge dans une note gutturale.

Je n'ai pas envie de rompre ce baiser si passionné, mais je veux, à mon tour, lui avouer toute la tendresse que j'éprouve pour lui, avant qu'une personne ou un événement ne parvienne à tout gâcher. Je m'écarte doucement, posant mes paumes sur son torse musclé. Je sens ses battements affolés à travers la pulpe de mes doigts et je dois me retenir pour ne pas l'embrasser à nouveau.

– Je n'ai jamais voulu te mentir ou te cacher quoi que ce soit, je ne savais pas comment t'avouer la vérité au sujet de mes parents ou encore d'Iman. Mais je suis sûre d'une chose : je t'aime, Hash. Tu as capturé mon cœur.

14

Hash

Elle prononce ces mots et plus rien d'autre n'a d'importance. Je l'aime de tout mon être, de toute mon âme. Jamais je n'aurais pensé ressentir cette extase extraordinaire que je vis à cet instant présent.

Je plonge mes yeux dans ses prunelles et viens coller mon front au sien. Nos souffles sont erratiques.

– Je t'aime, Chani. Je t'aime comme un fou.

Elle ferme les paupières, je vois ses lèvres s'étirer délicatement dans un sourire mêlé de soulagement et de ravissement. Plus rien n'a d'importance désormais. Plus rien, à part nous. Ce que nous représentons l'un pour l'autre, ce que nous ressentons l'un pour l'autre.

Je décide de laisser tomber ma carapace et de lui donner accès au chemin qui mène à mon cœur. Même mon âme est imprégnée de la couleur de Chani, une nuance douce et chaude qui s'introduit et se faufile dans mon esprit pour l'éclairer.

– Je crois qu'il est temps de nous enfuir, dis-je dans un léger rire en agrippant ses doigts fuselés.

– Tu es sûr ? Tu ne pourras pas revenir en arrière.

– Je n'en ai pas l'intention.

Je lui presse la main et l'entraîne dans l'escalier du balcon jusqu'au rez-de-chaussée, le cœur léger.

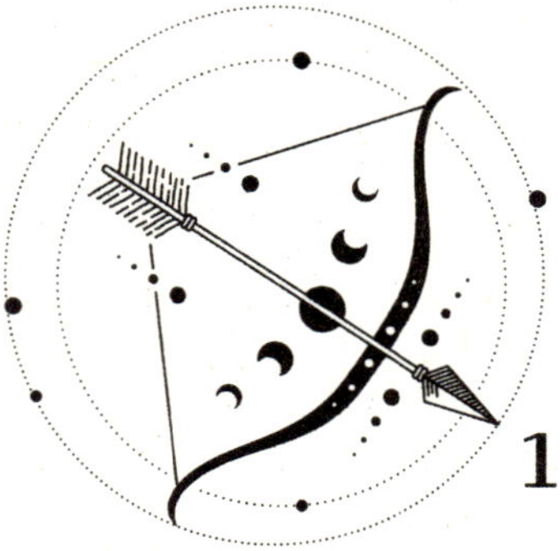

15

Chani

Nous courons à perdre haleine à travers les ruelles jusqu'au bâtiment des boursiers. Un grand sourire sur le visage, Hash tient fermement ma main dans la sienne. Arrivés au pied des logements, nous sommes essoufflés, mais cette course nous a exaltés tant et si bien que ses bras se referment sur moi et que nos bouches fusionnent à la vitesse de l'éclair.

Nous entrons dans l'immeuble puis montons les marches quatre à quatre en riant. Je me sens légère, presque autant que la caresse de la brise en haut des falaises, et c'est si bon de goûter à nouveau à cette insouciance retrouvée.

Je tente de tirer le verrou pour fermer la porte de ma chambre, c'est compter sans les ardeurs de Hash. Ses mains se faufilent sensuellement sous ma robe par la longue fente sur le côté et glissent lentement le long de ma cuisse jusqu'à ma culotte. Je laisse échapper un petit cri de plaisir, puis son torse se colle à mon dos.

Sa langue lèche le lobe de mon oreille pendant que sa poigne m'enserre la gorge, m'obligeant à poser la tête contre son épaule. Ses doigts continuent à caresser la partie sensible à travers le tissu, je suis émoustillée comme ce n'est pas permis. Je frotte instinctivement mes fesses contre son entrejambe et je sens nettement une protubérance se dresser dans son pantalon.

– Tu m'as tant manqué, Chani. Te respirer, te toucher, être en toi… J'aime être en toi, te posséder, t'entendre gémir mon nom. Dis-le.

– Hash, articulé-je de façon plaintive tant j'ai besoin de plus. Hash.

Sa main autour de ma gorge s'écarte pour faire descendre les bretelles. Soudain, il remarque que je ne porte rien d'autre sous la robe que ma culotte.

– Oh ! Bordel, Chani ! sort-il dans un râle.

Il empoigne l'un de mes seins et roule le mamelon durci entre son pouce et son index. Je m'enflamme un peu plus et passe mes bras à l'arrière pour attraper sa nuque. J'ai besoin de le toucher à mon tour.

– Hash, répété-je en suppliant.

Il me lâche le temps de me retourner puis fait tomber ma robe sur le sol. Il descend en douceur mon sous-vêtement, s'abaissant sans me quitter du regard, ses doigts effleurant mes chevilles. Il retire délicatement la sangle de mes sandales, il m'a tellement aguichée que j'envoie valser ces satanées chaussures à travers la pièce. Son rire chaud et grave insuffle une frénésie nouvelle dans toutes les fibres de mon être.

Sa bouche remonte le long de mes jambes qui tremblent sous ses baisers chatouilleux. Sa langue vient me titiller et je ne suis plus que fièvre et envie.

Après lui avoir enlevé sa chemise, je m'agenouille face à lui. Je dégrafe lentement son pantalon afin de l'ôter en même temps que son sous-vêtement. Son membre se dresse fièrement devant moi. Je suis hésitante, j'ai peur de mal faire. Aussitôt, il remarque cet instant de flottement.

– Chani, tu n'es pas obligée de…

Avant qu'il ne puisse achever sa phrase, je me lance, refermant mes lèvres sur sa virilité.

– Oh, bordel ! lâche-t-il une nouvelle fois, alors que je m'affaire à lui donner du plaisir. C'est trop bon, Chani ! Attends, ajoute-t-il après plusieurs mouvements. Je veux qu'on prenne notre temps. Avant de te posséder, j'ai bien l'intention de baiser le moindre centimètre carré de ton anatomie.

– Oh ! m'exclamé-je, les joues rougies par ses paroles.

Il me relève et me soulève tout en m'embrassant. Nos langues s'entremêlent et le désir se fait plus présent. Néanmoins, Hash agit avec lenteur et dextérité, comme il l'a promis. La pulpe de ses doigts et le bout de ses lèvres parcourent ma peau de part en part, provoquant tantôt des frissons, tantôt des spasmes de plaisir.

Ses longs doigts gesticulent en moi, m'emmenant une première fois au bord d'un orgasme qui me foudroie. Quand il me pénètre ensuite, je passe mes jambes par-dessus ses hanches pour approfondir notre étreinte. Nos corps bougent presque en communion. Nous ne formons plus qu'un, les yeux dans les yeux, front contre front, nos souffles entremêlés.

Je voudrais que ce moment dure pour l'éternité, tant il est parfait. Je me sens si proche de lui que des larmes de bonheur jaillissent de mes yeux. Il les embrasse avec douceur avant de s'emparer de ma bouche, comme il sait si bien le faire.

– Je t'aime, Chani, confirme-t-il après avoir joui bruyamment. Je ne laisserai plus rien ni personne nous séparer à nouveau.

Mon cœur cogne fort dans ma poitrine. Je ne pensais plus pouvoir être heureuse, mais je dois bien admettre que Hash possède les clés de toutes les portes qui mènent non seulement à l'orgasme, mais aussi à mon bonheur.

– C'est une promesse ? interrogé-je tout bas.

– C'en est une, sois-en sûre.

– Moi, je te promets de ne plus jamais te mentir, Hash.

16

Hash

Notre fusion a été incroyable cette nuit. Ses caresses ont déchaîné un feu brûlant en moi et je lui ai fait l'amour jusqu'à plus soif. Ses gémissements m'ont profondément troublé. Cette fille me rend fou.

Comment ai-je pu douter d'elle à ce point ? Est-ce que la jalousie peut nous pousser à des actes si insensés ? Il aurait suffi qu'on se fasse confiance, mais nous avons laissé tant de facteurs extérieurs nous influencer. Moi le premier.

Chani s'est endormie dans mes bras et son sommeil paisible réchauffe mon cœur. Elle m'apporte cette paix tant convoitée que je n'ai jamais pu trouver, et en même temps, je sais qu'elle peut m'embraser tout entier d'un simple regard.

Mon bracelet émeraude me semble si futile à présent. Elle m'a fait prendre conscience que je suis bien plus que cela, et surtout, que je ne suis bien qu'avec elle, peu importe l'endroit.

Je n'ai aucune idée des événements qui surviendront dans l'avenir, ou de la réaction qu'auront mes parents quant à ma fugue d'hier soir, mais je suis certain d'une chose : je veux être avec elle, même si je dois perdre tout ce que je possède.

J'admire tant la force intérieure de Chani. Elle est si déterminée malgré les épreuves qui se sont dressées sur son chemin. Trahir les siens a été une décision compliquée, même si elle incluait sa propre survie. Ses espérances pour le futur de notre île et sa motivation me poussent à me surpasser, je veux être une meilleure personne pour elle.

Quand Elis m'a parlé de son geste, j'ai cru que j'allais mourir, tant mon cœur s'est brisé. J'ai compris que je ne pourrais pas vivre sans elle, que je n'étais qu'un idiot, qu'il était temps que j'ôte définitivement mon armure et que je la laisse entrer en toute impunité au plus profond de mon âme.

Je remonte doucement le drap et elle soupire de satisfaction, un léger sourire dessiné sur ses lèvres roses. Ça m'apaise de la regarder dormir. Je resserre un peu mon étreinte dès que je somnole à mon tour, j'ai bien trop peur de la perdre si j'ai le malheur de rompre notre lien.

Des cris au loin me réveillent en sursaut. Chani est toujours profondément assoupie, aussi, je m'extirpe délicatement du lit pour gagner la baie vitrée. Le soleil commence juste à poindre le bout de son nez et je me demande d'où peuvent provenir ces éclats de voix.

J'enfile mon caleçon boxeur puis entrouvre la fenêtre. Des rugissements me parviennent de façon plus claire et m'inquiètent. J'entends clairement des coups de feu : des affrontements ont lieu à l'extérieur, et si je me fie à mon ouïe, ce ne sont pas des querelles de fêtards. Je mettrais ma main à couper que c'est exactement ce que nous redoutions : des représailles. Je rejoins à la hâte Chani et la réveille sans ambages.

– Que se passe-t-il ? s'informe-t-elle, anxieuse, en découvrant mon regard affolé.

Un hurlement la fait se dresser dans le lit et ses yeux s'écarquillent de stupeur. Elle fronce les sourcils, attendant ma réponse.

– Je crois bien qu'on nous attaque.

– Quoi ?

– Je vais retourner chez moi et m'assurer que mes parents se portent bien. Ne bouge pas d'ici et enferme-toi.

– Non, ne me laisse pas.

– Chani…

– Je viens avec toi, me coupe-t-elle.

– Il est hors de question que tu te mettes en danger.

– Mais toi, oui ?

– J'ai été entraîné pour ce type d'affrontement.

– Ce n'est pas négociable. Où tu vas, je te suivrai. Tu m'as promis hier que rien ne nous séparerait, ajoute-t-elle en s'habillant à la va-vite.

Je comprends qu'elle ne changera pas d'avis et j'avoue que la laisser seule ici ne m'enchante pas non plus. J'acquiesce d'un signe de tête et, après avoir avalé un verre d'eau, nous nous précipitons dans le hall de l'immeuble.

Nous tombons sur Elis vêtu d'un simple pantalon de sport. Il tente de contacter des camarades grâce à sa tablette, sans résultat. Il semble affolé et nous explique qu'il croit avoir entendu des coups de feu. Je lui enjoins de rester dans la résidence et de regrouper les pensionnaires, pendant que nous tentons de traverser les ruelles pour rejoindre le quartier des hauts dirigeants.

– Il ne faut pas sortir, c'est dangereux.

– Elis, nous devons savoir ce qui se passe dans la cité et nous assurer que le service de sécurité est passé en code alarme.

Il est complètement perdu, mais je ne prends pas le temps de m'attarder. Plus nous attendons, plus nous risquons de tomber sur les rebelles.

Je n'en ai pas la preuve, mais c'est le plus probable : les dissidents de la faction rebelle attaquent la cité.

Ma mère souhaitait faire des meneurs de la faction des exemples, mais elle avait en fin de compte révisé son jugement. Lucinda Bravi lui avait bien fait part du danger d'en faire des martyrs. Les familles n'ont jamais su les tortures qu'ils ont subies, mais la sentence de mort sans aucun procès a pu suffire à attiser la haine.

Chani enlace Elis avec tendresse afin de le rassurer et nous sortons du bâtiment alors que le ciel vire doucement au rose orangé.

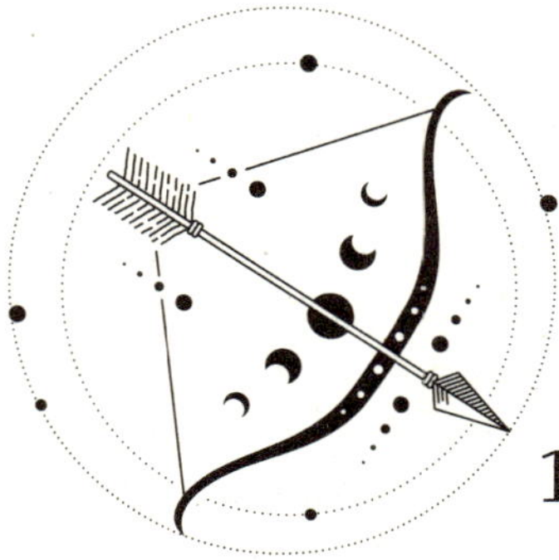

17

Chani

Je ne reconnais pas la deuxième ruelle que nous empruntons. La situation à laquelle nous faisons face est de loin beaucoup plus horrible que ce que j'aurais pu imaginer. Je serre comme une cinglée la main de Hash. Je sens la colère et aussi la peur s'emparer de mon corps à la vitesse de la lumière. Mon cœur bat à présent à un rythme soutenu.

Nous avançons avec prudence, en état d'alerte maximum. Les deux premiers cadavres que nous rencontrons appartiennent à des agents de la sécurité. Nous les identifions de façon rapide grâce à leur uniforme. Ils sont allongés dans une mare de sang. Ils ont visiblement été abattus par une arme à feu. L'un a pris une balle dans la poitrine et l'autre a été touché en plein milieu du front, les yeux grands ouverts. Hash ferme les paupières de l'agent avant de prononcer quelques mots dans un murmure affligé. Les pistolets à plasma ont été abandonnés près des victimes. Les rebelles ont dû se rendre compte qu'ils ne fonctionnaient qu'à partir des empreintes digitales.

– Je pensais que tout le plomb avait été réquisitionné et qu'il n'y avait plus de minerai exploitable sur l'île.

Hash hausse les épaules, ne sachant quoi répondre. Il paraît aussi surpris que moi.

– Ils ont dû en fabriquer avec un noyau en acier ou un chemisage tout en cuivre.

Plus loin, d'autres corps gisent sur les pavés de la ruelle, répandant un liquide rouge foncé visqueux dans les joints. Nous nous attardons auprès des dépouilles de trois individus.

La première est celle d'un homme qui doit approcher les 50 lunes, cheveux châtains grisonnants, une barbe bien coupée et la gorge tranchée, probablement à l'aide d'un sabre ou peut-être d'un grand poignard. Il porte un bracelet jaune et nous pensons qu'il s'agit d'un commerçant qui travaillait dans la Cité d'Émeraude. Cette hypothèse est plausible, à en croire les vêtements qu'il porte.

La deuxième victime est une jeune femme d'une trentaine de lunes. Ses longs cheveux blonds sont éparpillés autour de son visage qui laisse transparaître des grimaces de souffrance. C'est une Élue au bracelet émeraude et sa robe crème est barbouillée de sang coulant au niveau du ventre. Son agonie a dû être douloureuse. Ses mains sont posées sur les nombreuses plaies causées sans aucun doute par une lame tranchante. À ses côtés, un sac tissé est ouvert, laissant échapper quelques légumes à feuilles vertes. Une personne innocente qui était en train de faire ses courses dès l'aube.

Mais le plus dur reste à venir. Un petit corps frêle à la peau douce et hâlée, face contre terre. Hash saisit délicatement la dépouille par les épaules et la retourne pour s'assurer du décès. C'est un jeune Élu, et la vision de ses blessures me provoque un haut-le-cœur. Il a été embroché et entaillé à plusieurs endroits.

Comment un homme peut-il faire cela à un enfant ? La venelle suivante offre le même décor, alors je me décompose au fur et à mesure de notre avancée. C'est une véritable boucherie !

Qui a bien pu faire ça ? Des rebelles, comme le pense Hash ? Les communautés sont-elles à ce point en colère et en souffrance ? Au point d'en oublier leur humanité ?

Le trajet dans les artères du centre de la ville lumière ne m'a jamais paru si long qu'à cet instant. L'agitation et les cris de terreur semblent provenir du cœur de l'agglomération. Hash me propose de rejoindre le bâtiment annexe de l'Empire Consort. En effet, cet édifice est sécurisé et comporte des vitres en aluminium, plus résistantes à l'impact de balles. De plus, nous pourrions nous mettre à couvert et contacter les membres fondateurs de la cité.

Des bruits de bagarre au coin de la rue du temple nous poussent à emprunter deux étroits sentiers pour rejoindre notre abri. Il nous reste à parcourir la place à gauche de l'Empire Consort, qui est malheureusement à découvert. Mon Élu ose un coup d'œil derrière le buisson d'allangas au bord du chemin. Il ne voit aucun mouvement sur l'esplanade et alentour. Les éclats de voix se rapprochent de plus en plus, nous allons devoir prendre un risque et traverser le terrain, malgré l'exposition au danger.

Alors qu'il m'étreint une dernière fois dans ses bras fermes et musclés, l'alarme se met en route dans la cité. Nous venons de passer en code alerte, tous les bâtiments de contrôle vont être bouclés dans quelques minutes.

Je serre la main de Hash de toutes mes forces et nous fonçons droit vers l'entrée de l'immeuble. Quelques coups de feu dans notre dos nous font redoubler d'énergie. Nous ne sommes plus qu'à quelques mètres quand nous apercevons les portes qui se rabattent par automatisme.

Tandis que nous atteignons le sas, le passage est trop étroit pour nous permettre de nous y engouffrer tous les deux. Dans un dernier effort, je lâche les doigts de Hash et le pousse sans ménagement dans l'ouverture avant que le système ne se referme. Il a juste le temps de retirer sa main pour ne pas se faire broyer par cette épaisse vitre légèrement teintée.

Il prend directement son badge et le promène plusieurs fois devant le lecteur, sans succès. Les portes restent hermétiques, je suis bloquée à l'extérieur.

L'ironie de la situation me frappe de plein fouet. Récemment, je m'envolais vers la mort au nord de l'île et me voilà maintenant à courir pour sauver ma vie dans le Sud.

Nos deux âmes viennent à peine de se reconnecter. Doivent-elles à nouveau être séparées ? Aurons-nous un jour l'opportunité et le temps de nous aimer ?

Je relève la tête pour découvrir ses magnifiques yeux noirs qui me fixent avec souffrance. Un étau m'enserre la gorge, mais je reste digne. Je me dois d'être forte pour nous deux. Son regard passe de l'affolement à la frustration pour ensuite refléter une peine immense. Il frappe des poings sur les carreaux de toutes ses forces et je le vois crier sans vraiment l'entendre. Soudain, ses yeux s'agrandissent en scrutant l'espace derrière moi pendant que ses prunelles s'ancrent dans les miennes avec désespoir.

Avant de me retourner, je colle mon front contre la vitre.

– Je t'aime, murmuré-je.

18

Hash

Son « Je t'aime » silencieux me transporte autant qu'il me bouleverse. Elle est prise au piège, tel un gotra pourchassé qui fonce droit vers les pics enterrés. Je l'ai conduite dans cet endroit et je le regrette à un point inimaginable. J'ai beau actionner mon badge ou taper de toutes mes forces sur les carreaux en aluminium, elle reste de l'autre côté, à la merci du dissident qui vient d'apparaître derrière elle. Cette pensée me rend fou. L'air reste coincé au fond de ma gorge, je peine à respirer.

C'est un cauchemar, je vais me réveiller !

Elle retire son front et ses mains de la porte vitrée puis se retourne pour faire face, avec force et courage. L'homme armé, d'une trentaine de lunes, la peau aussi claire que celle de ma petite Sombre, pointe son viseur dans notre direction, mettant Chani en joue. Un ouragan éclate au plus profond de moi, avec une telle intensité que je pense crever sur place ! Avec fureur et rage, je hurle ! Mon cri résonne dans le sas à me faire vriller les tympans.

Alors que je crois que c'est la fin, le canon du fusil bouge vers une autre cible sur la droite et revient ensuite vers Chani. Ce mouvement alterné provoque en moi de violents soubresauts. L'impuissance que j'éprouve à ce moment précis est manifeste et destructrice. J'ai l'impression de couler dans un océan sans fin et de ressentir en même temps le poids de l'eau qui m'écrase.

Je suis tiré de ma léthargie lorsque j'aperçois Iman courir vers Chani. Il porte le jogging gris foncé de l'Institut, surmonté d'un tee-shirt de la même couleur que les baies sauvages. Je vois ses lèvres bouger, mais l'épaisseur de la vitre pare-balles m'empêche d'entendre les paroles qu'il lance à Chani tout en agitant les bras.

Il a juste le temps de se positionner entre Chani et le rebelle avant que ce dernier n'appuie sur la gâchette. La balle siffle dans les airs et vient se loger dans le dos de l'Élu qui s'écroule sous le coup.

Je n'ai qu'une seule envie : défoncer le crâne de ce rebelle et lui arracher le cœur. Le mien bat à une vitesse phénoménale sous l'effet d'une montée en flèche d'adrénaline, rendant mes mains moites.

Je n'ai pas le temps d'imaginer d'autres sévices que sa tête explose sous un tir latéral. Son corps est presque projeté sur le sol. L'équipe de sécurité fait irruption sur la place, menée par le sous-chef Sandro Puris. Le code du sas désactivé, je me précipite au-dehors. Chani est à genoux sur le sol, à côté d'Iman. Elle le berce dans ses bras, lui demandant de ne pas abandonner. Sa voix est parcourue de sanglots.

– Tu dois l'aider ! Je t'en conjure, sauve-le ! C'est mon frère et ton ami, implore-t-elle.

Je réquisitionne la tablette de Sandro Puris pour contacter le service d'urgence spécial, réservé aux hauts dirigeants.

– Hash Bless, code 12RT153.

– Vous avez besoin d'un secours d'urgence ? demande la voix féminine à l'autre bout de la communication.

– Oui, assistance priorité maximale pour Iman Altar.

– Vous êtes bien conscient que votre code est unique et que vous ne pourrez plus l'employer à l'avenir ? s'enquiert la femme un ton plus bas.

– Nous perdons un temps précieux, lui fais-je remarquer, passez cette demande en priorité, et que l'équipe médicale se tienne prête à l'hôpital.

Les paupières d'Iman se ferment alors que son corps s'affaisse sur le sol. Le cri que pousse Chani me transperce le cœur.

19

Chani

Tout est sens dessus dessous dans les couloirs de la clinique. Les blessés affluent dans l'allée centrale et le personnel est surchargé. Des geignements s'élèvent des brancards poussés vers les salles de radiographie ou d'intervention par les agents de la sécurité indemnes.

Hash me fait asseoir sur la banquette dans le corridor qui mène à la salle d'opération des urgences. Des sillons humides sont dessinés sur mes joues. Je me sens entièrement vidée. De toute énergie. De toute combativité. De toute envie. Je tourne mes paumes vers le haut, examinant à nouveau tout ce liquide visqueux écarlate en train de coaguler. Le sang de mon frère.

Une voix m'interpelle au loin. C'est Laxos, les traits tendus, qui me rejoint en quelques enjambées. Je me lève péniblement de ma place, les jambes tremblotantes. J'ose à peine le regarder dans les yeux. Pourtant je dois être sincère, il le mérite.

– C'est ma faute, murmuré-je d'un timbre atone, Iman est intervenu pour me secourir. C'est moi qui devrais être au bloc opératoire. Moi, pas lui.

– Chut, prononce-t-il tout bas, alors qu'il me serre avec tendresse dans ses bras. Il ne se serait jamais pardonné de n'avoir rien fait pour aider sa sœur. Il a agi en son âme et conscience.

Il passe doucement la main dans mon dos pour me réconforter. Son odeur est proche de celle de mon frère, aussi, je ferme les yeux pour l'imaginer à mes côtés, souriant et farceur.

– Iman est un Altar, il possède cette force intérieure. Tu es bien placée pour comprendre ce dont je parle. Tu es passée plusieurs fois par là. Il va s'en sortir. Nous devons avoir la foi.

Le temps semble s'être suspendu. Son discours calme et posé devrait me rassurer. De sa poitrine, j'entends cependant les battements fous de son cœur et le mien se serre un peu plus à la pensée que mon frère pourrait nous quitter.

– J'ai déjà perdu ma femme, chuchote-t-il ensuite, comme s'il se parlait à lui-même. Je ne peux pas le perdre. L'Univers ne le permettra pas.

Je relève la tête vers ses yeux vert émeraude. Ils sont baignés de larmes. Mon père tente de se contenir comme il le peut. S'il se laisse gouverner par ses sentiments, les digues vont s'ouvrir et ses pleurs vont s'écouler dans des torrents sans fin. Tant de chagrin. Tant de souffrance. Je ne peux pas m'empêcher de penser que je suis le dénominateur commun à ces deux événements qui le bouleversent.

Laxos resserre son emprise et nous nous enlaçons de concert. Je me laisse enfin aller contre son épaule. Ses doigts caressent avec douceur mes cheveux alors que mes pleurs redoublent. Je crois que c'est aussi dû à toute cette pression que je tente de relâcher dans ses bras. Mon souffle court s'allonge petit à petit et j'ai la sensation de pouvoir à nouveau respirer.

– Je dois te dire quelque chose, me dit mon père, la voix brisée.

Je le questionne du regard en haussant les sourcils. Sa grimace de compassion me fait comprendre que la nouvelle est cruelle et funeste. J'attends son verdict en essayant de ne rien ressentir. Je le vois pincer les lèvres avant de souffler profondément par le nez.

– Parle, je t'en prie.

– C'est… c'est Elis. Il est… il est mort, finit-il par avouer.

– Non, ce n'est pas possible. Tu dois te tromper. Je t'en prie, dis-moi que c'est une erreur. Dis-moi que ce n'est pas lui. Dis-moi qu'il va bien…

Ma voix s'étrangle dans ma gorge et je pleure à nouveau. J'ai l'impression de ne plus faire que ça, depuis que j'ai découvert le plan de Lexi et sa vengeance. J'ai un tel ressentiment à son égard, une haine qui parcourt mes veines et qui me dévore de l'intérieur. Dire que j'ai culpabilisé en avouant ses crimes au conseil et que je me suis sentie responsable en visionnant le début de son interrogatoire. J'étais encore crédule, mais je ne le suis plus maintenant. Plus après cette tuerie dont j'ai été témoin dans ces petites ruelles sanguinolentes. Plus après cette balle qui a atteint mon frère que j'aime de tout mon être. Plus après cette terrible nouvelle.

– Il a été poignardé non loin de l'Empire Consort.

– Il a souffert ?

– Pas longtemps.

Je hoche la tête pour acquiescer. Mon ami est mort. C'est un véritable cauchemar.

Je sens une certaine forme de rage m'envahir et je la laisse sillonner mon corps. Je m'en nourris à l'extrême. Je ne veux plus verser de larmes. J'en ai assez de pleurer et de m'apitoyer sur moi-même. Je décide de changer d'attitude et de réagir. Il est temps que je m'implique pour mes principes et mes idéaux, quel que soit le prix à payer. La trêve n'est plus une option, il faut que ça s'arrête, ici et maintenant.

20

Hash

La colère ne m'a pas quitté depuis cet incident. Chani a failli mourir, Iman est entre la vie et la mort, et moi, je brûle de le leur faire payer. J'aspire à les anéantir, un par un. J'ai besoin d'évacuer cette fureur qui m'anime et me consume. Je n'ai jamais ressenti un tel sentiment, si vif, si brutal, une sorte de soif inextinguible.

Ma mère arrive en trombe à l'hôpital. Elle a été avertie de l'activation de mon code. Je lui explique que je m'en suis servi pour tenter de sauver mon ami. Je m'attends à une réaction virulente de sa part, mais elle s'enquiert uniquement de mon état.

– Tu aurais dû nous contacter après avoir activé ton code, j'étais très inquiète. Les révolutionnaires ont attaqué la cité en masse ce matin. Le moment était idéal pour eux. La protection était minimale après la fête. Ils ont dû être renseignés.

– Comment ont-ils pénétré l'enceinte ?

– Nous ne le savons pas encore, mais l'offensive a engendré des morts et de nombreux blessés. J'ai eu tellement peur pour toi.

– Je vais bien, je te rassure. Je… je désirais mettre Chani en sûreté, mais finalement, c'est elle qui m'a poussé et qui s'est sacrifiée, déclaré-je en montrant ma petite Sombre de la tête en pleine discussion avec Laxos juste à côté des urgences.

Ma mère acquiesce en silence puis m'explique que la cellule de sécurité est en train de s'organiser. La plupart des rebelles ont été abattus dans la cité par les forces spéciales. Lucinda Bravi et sa troupe se mobilisent pour traquer le groupe de dissidents qui a fui et qui se dirige à l'ouest, vers la montagne.

– Je vais rejoindre l'équipe de Lucinda. Je ne peux pas rester ici sans rien faire.

– Hash…

– Maman, la coupé-je, c'est ma décision, je ne reviendrai pas dessus.

– Quand est-ce arrivé ? demande-t-elle en passant les doigts dans mes cheveux en bataille.

– Je ne comprends pas.

– Quand es-tu devenu un homme ? Je n'ai pas encore eu le temps de tout t'apprendre et…

Elle semble perdue et pose son front contre mon épaule. Je la maintiens contre moi une poignée de secondes. J'ai autant besoin de son réconfort qu'elle de mon soutien.

– Fais attention à toi, prononce-t-elle avec sincérité en serrant affectueusement mes mains dans les siennes alors que je recule d'un pas.

J'ai l'impression que cela fait une éternité qu'elle n'a pas été si prévenante. Je ne la reconnais pas, mais je dois bien admettre que son comportement m'apporte un courage sans bornes et une motivation à toute épreuve. Elle m'accorde enfin son soutien, et qui plus est, sa confiance. J'en ai tant besoin.

– Je t'accompagne, intervient Chani qui rejoint notre duo.

– Il est hors de question que tu viennes ! Je te l'ai dit, j'ai été entraîné durant les dernières lunes à manier différentes armes, ajouté-je pour la convaincre, mais c'est compter sans sa détermination inébranlable.

– Ce n'était pas une demande, assène-t-elle. Il est temps de choisir mon camp. Je vais rejoindre l'équipe pour aller combattre. Moi aussi, j'ai été formée par… Lexi, finit-elle par admettre.

Je tombe presque sur le cul quand ma mère déclare à Chani :

– Hash a raison, ça peut être très dangereux. Tu as déjà surmonté beaucoup d'épreuves ces deux dernières lunes.

Je vois naître dans leur relation une sorte de connivence que je ne m'explique pas. Cela me rend plus heureux que je ne l'aurais imaginé.

Je suis d'ailleurs étonné que ma mère, cette femme autoritaire, n'ait fait aucune remarque sur ma fuite hier soir, du genre « Tu as brillé par ton absence », ce serait pile dans ses cordes.

– Mon père… Laxos, spécifie-t-elle, vient de m'apprendre qu'Elis a été poignardé près de l'Empire Consort. Il est décédé de ses blessures. Ma décision est prise.

Sa voix est posée et ferme. Néanmoins, au fond de ses magnifiques prunelles cuivrées, je décèle une immense peine et c'est un véritable supplice pour moi de la voir subir un nouveau choc. Elle a raison, il est temps d'agir afin que tout ce tumulte s'arrête. Il est temps pour chacun de choisir son camp et de laisser parler son cœur.

21

Chani

Nous rejoignons sans plus tarder l'équipe de sécurité au cœur du centre de détention. Les membres sont en train de se munir d'armes à feu et de revêtir une armure, réalisée dans du Vlarke, un polymère thermoplastique plus léger que l'acier et bien plus souple pour faciliter les mouvements.

Lucinda nous informe que leur stock d'armes ne sera pas suffisant pour équiper des intervenants supplémentaires. Hash décide de choisir un *compound*, cet arc à flèches avec un système de poulies et un viseur de précision, afin de se poster sur les hauteurs, à distance, pour protéger l'équipe. Il se dote en sus d'un poignard à la ceinture, ainsi que d'un petit couteau de survie dentelé, arrimé à sa cheville droite.

Je passe également une combinaison de sécurité puis réalise quelques mouvements amples pour tester les limites de l'armure. En revanche, je ne suis pas assez entraînée sur le type d'arc pour lequel Hash a opté, je penche pour un *recurve*, muni d'un viseur à pointe, adapté à ma carrure.

– Tu ne pourras pas viser d'assez loin avec cet arc, annonce Hash.

Je le sais très bien et je m'en veux de ne pas pouvoir être à ses côtés durant le raid, mais je n'envisage pas d'être inutile. Je le dois à Iman. Je le dois à Elis. Je me retourne vers Hash, offrant un sourire pincé affectueux.

– Chani, je ne vais pas te laisser approcher des rebelles avec cet équipement de base en guise d'atout.

– Ils ne doivent plus avoir beaucoup de munitions. Certains ont même abandonné leur arme en battant en retraite.

– C'est une simple supposition de votre part, lâche Hash à l'intention de Lucinda. À l'origine, ils n'étaient déjà pas censés posséder des armes à feu.

– Je vais aussi me munir de *tantō* bien aiguisés à la ceinture arrière pour un éventuel combat rapproché, glissé-je pour le rassurer.

– Un combat rapproché ? Non, mais tu n'y penses pas ! répond-il, énervé. Il en est hors de question !

– Je n'ai pas besoin de ta permission. Je suis probablement plus entraînée que toi, en fin de compte.

– Chani, prononce-t-il alors sur un ton plus mielleux, reste ici, je t'en prie.

– Il est temps que tu me fasses confiance, Hash.

– Je te fais confiance, mais j'ai peur pour toi.

– Et moi pour toi, murmuré-je, caressant sa pommette du bout des doigts.

Il ferme un instant les yeux avant de m'attraper par les épaules pour me serrer contre lui. Je sens son souffle tiède sur ma tempe ainsi que sa joue brûlante posée sur mon front en sueur.

– Je ne veux pas te perdre.

– Tu ne me perdras pas, le rassuré-je avec tendresse.

– Je m'inquiète pour toi.

Je glisse les mains dans sa chevelure ébène et me mets sur la pointe des pieds pour lui offrir un baiser ardent. Maintenant, plus que jamais, j'ai besoin de son amour et de sa passion. Ma langue cherche frénétiquement la sienne, alors ses doigts enserrent avec force ma nuque, presque avec brutalité, rendant cette étreinte plus vorace, comme si demain n'existait pas.

Quand nos corps se séparent, nous sommes à bout de souffle, tandis que nos regards s'accrochent de façon éperdue. Les mots semblent dérisoires, nos yeux parlent pour nous.

– Il est temps d'y aller, intervient Lucinda, rompant brutalement le charme de ce moment.

Je me rapproche une dernière fois de lui, appliquant la paume contre son torse qui se gonfle à chaque respiration.

– C'est plutôt à eux de s'inquiéter, ajouté-je pour conclure.

22

Chani

Notre groupe est rassemblé dans un des grands transporteurs, en route vers la montagne à l'ouest de la cité. Le silence règne dans l'habitacle, tout le monde semble concentré. Je sens sur moi le regard pénétrant de l'Élu de mon cœur. Son air est imperturbable, mais je le connais trop bien maintenant pour savoir qu'un véritable volcan l'anime à l'intérieur.

C'est d'ailleurs ce qui me fait le plus peur. Qu'il perde son sang-froid et qu'il se mette inutilement en danger.

Je contemple de nouveau la paume de mes mains. Le sang écarlate a disparu. Néanmoins, j'ai encore la sensation de palper ce liquide tiède et visqueux. Soudain, une nausée m'envahit, je ferme les yeux pour me recentrer dans ma bulle. J'ai besoin d'un instant, juste un moment pour assimiler tout ce qui se passe et surtout pour pouvoir pleurer mon ami.

Elis était d'ailleurs plus qu'un ami, c'était un peu comme un grand frère qui veillait sur moi. Depuis qu'il avait raclé bruyamment la chaise au restaurant de l'Institut pour se poster devant moi en m'offrant son plus beau sourire, j'avais compris que ma solitude allait somme toute prendre fin.

Ce Céleste possédait un physique des plus avantageux, à faire se damner n'importe quelle Élue, même s'il était bien trop respectueux et droit pour débaucher une fille sans éprouver de sentiments pour elle. Je crois que son cœur a toujours appartenu à Nissa, en fin de compte. Son côté farceur trouvait constamment les paroles adéquates pour vous remonter le moral. Mais c'était avant tout un jeune homme authentique et généreux, qui donnait de sa personne sans rien attendre en retour. Il avait réussi à se construire une grande place dans mon cœur. Je l'aimais et je l'admirais pour toutes ses qualités, et aussi pour tous ses petits défauts qui le rendaient en quelque sorte un peu plus accessible.

Pourquoi n'était-il pas resté dans le quartier des boursiers ? Avaient-ils tous été en danger et dans l'obligation de quitter les lieux ?

– Dix minutes, crie Lucinda.

Les événements s'accélèrent, j'ai l'impression de les subir plutôt que de les vivre réellement. Il faut que je me réveille et que j'intervienne dans cette révolte sanglante.

Je suis cependant sceptique quant à ma capacité à pouvoir tuer une autre personne. Malgré nos communautés respectives, nous sommes tous des Cyrians, des descendants de l'ancien continent, des survivants.

Comment tout a-t-il pu dégénérer si vite ? Il ne reste que cette île viable sur notre planète et, pourtant, ses habitants s'entretuent. Pour quoi ? Principalement pour le pouvoir. Je sens néanmoins que notre génération est prête au changement. Je ne peux pas expliquer cette sensation, c'est comme une certitude qui m'a toujours poussée et stimulée.

– Cinq minutes.

– Ça va, Chani ? demande Hash en appuyant la paume sur ma cuisse.

Mes paupières restent closes pendant que je secoue la tête, mais je sens des larmes affluer au coin de mes yeux. Hash doit les apercevoir, aussi je dépose la main sur la sienne et nos doigts s'entremêlent.

– Deux minutes.

Encore un instant, j'en implore le ciel. J'ai besoin d'un moment.

Mais le temps est un luxe que nous ne possédons pas. Aucun sursis ne nous sera accordé. Pendant ce court instant, je prie en mon âme et conscience pour mon frère qui se bat à l'hôpital, suppliant à nouveau l'Univers pour qu'il lui vienne en aide.

Je frotte à tour de bras les dernières traces de larmes sur mon visage avant de visser mon casque de protection et sortir du véhicule. Lucinda distribue les ordres, expliquant sommairement les manœuvres à effectuer. Les rebelles ont emprunté le sentier pour grimper dans la montagne. Nous allons sur-le-champ escalader le côté opposé pour atteindre le premier pic le plus vite possible. Nous enfilons d'abord des chaussons avec une bonne semelle d'accroche. La fouineuse nous rappelle les quelques règles de base pour progresser aisément et sans trop se fatiguer. Conserver toujours les jambes en flexion, pousser sur ses membres inférieurs, garder les bras tendus au maximum pour ne pas forcer et éviter ainsi d'ankyloser la partie supérieure du tronc, maintenir trois points d'appui. Puisque la hauteur n'excède pas dix mètres, nous grimperons sans nous assurer. Deux agents sont en train d'installer un immense matelas d'air, gonflé grâce à un ventilateur et alimenté par les batteries du transporteur. Il servira à absorber les chocs si l'un de nous rate sa prise et tombe dans le vide. Il a visiblement été testé pour une altitude de vingt-cinq mètres. L'équipe a l'air rassurée, ce qui apaise réellement Hash.

Pour ma part, la grimpette, ça me connaît. Plus jeune, avec les garçons de la communauté Sombre, nous avons gravi des milliers de fois des parties de falaise et, même si plusieurs se sont dans certains cas blessés, aucun d'entre nous n'en est mort. Nous étions peut-être téméraires, mais pas stupides.

Lucinda nous interroge sur notre niveau pour établir un ordre d'escalade et je me retrouve dans le peloton de tête avec trois autres ascensionnistes. Hash est inquiet, mais je lui donne rendez-vous en haut du pic avec un petit clin d'œil en l'invitant à ne pas traîner. J'inspire et expire profondément quelques fois avant de franchir le rocher. La concentration, c'est le fondement de cet exercice périlleux.

Au fur et à mesure que je prends de la hauteur, je me rends compte que les mouvements de base ainsi que la pratique de ce sport sont inscrits dans nos cellules et reviennent par automatisme. L'effort est intense, mais heureusement il est de courte durée. Les prises sont assez positives et facilitent l'ascension.

Nous sommes une bonne quarantaine à monter sur le rocher. Quatre agents sécurisent la plateforme de saut et le transporteur. Aux dires de la section de surveillance, seule une petite centaine d'assaillants ont pu s'enfuir. Les autres ont tous été tués ou appréhendés dans la cité.

Nous avons un avantage considérable avec les pistolets à canon plasma, cela devrait suffire à couvrir la différence d'hommes. Beaucoup de combattants ont été blessés lors de l'attaque et les rescapés ont formé deux groupes. Le premier pour défendre la ville fortifiée et le second pour intervenir dans la montagne.

Deux tireurs d'élite se placent à couvert sur le sommet du pic, s'offrant une vue dégagée sur le sentier entre le feuillu des plantes odorantes et les arbres proéminents de la forêt. C'est à cet endroit que j'abandonne Hash avec son *compound* qui lui permet de décocher ses flèches avec dextérité et précision à plus de soixante-dix mètres. Il me retient quelques secondes par le poignet en effleurant mes lèvres d'un rapide baiser.

– Ne te mets pas en danger inutilement. Reste assez éloignée. Avec ton arc, tu peux sans effort tirer à vingt-cinq mètres.

Je lui offre un large et tendre sourire qui se veut réconfortant. Nous descendons silencieusement la pente et nous plaçons à couvert, derrière les arbres, pour tendre une embuscade. Et nous attendons.

La patience est la vertu des forts, disait souvent Lexi. Quand j'y repense, sa vengeance s'est construite sur vingt et une lunes. Tout ce temps à ruminer ses regrets, à attiser sa rage et à déchaîner sa fureur. Toute cette énergie dépensée, gaspillée à susciter chez les autres des sentiments de jalousie et de rivalité envers les Élus. Alors je ne sais pas si la patience est la vertu des forts, mais ce que je peux dire, c'est qu'elle n'en manquait pas.

23

Hash

L'attente me semble interminable. Le seul avantage est que nous avons eu le temps de nous désaltérer et de reprendre un peu de force. Nos tireurs et combattants ont été répartis selon leurs capacités et leur adresse, ainsi que les armes et munitions.

Lucinda est en première ligne avec le sous-chef Puris. Heureusement, Chani est à l'arrière, je la distingue sans encombre de mon promontoire. Je vais pouvoir assurer sa protection d'où je suis positionné.

Les forces de sécurité ont reçu l'ordre d'abattre en priorité les dissidents munis d'une arme à feu. Nos agents ont tous été entraînés et ne feront pas de quartier. Les cartouches de gaz et le bloc d'alimentation des pistolets à plasma qui doivent être remplacés pour recharger les engins sont malheureusement limités.

Les deux tireurs d'élite embusqués non loin de moi, équipés de leur bon vieux fusil à lunette avec une portée de tir de six cents mètres, se tiennent prêts à faire un carton. Je peux lire dans leur regard toute la détermination et aussi toute la rage contenue. Ils sont ici pour venger leurs frères d'armes abattus et égorgés dans la Cité d'Émeraude.

Des bruits de branches qui craquent mettent tout notre petit groupe sur le qui-vive. Quelques têtes apparaissent au loin et les battements de mon cœur s'emballent sous le coup de la pression qui s'empare de moi. Je me sens aussi exalté que nerveux. Je me borne, non sans mal, à suivre les instructions : les laisser s'approcher suffisamment pour les avoir tous à portée de tir. Je remarque que les hyperviseurs se parlent par signe avec leurs doigts. J'ai des difficultés à comprendre leur langage, mais je pense qu'ils sont en train de déterminer les cibles et de se les répartir.

Je risque un coup d'œil dans le sentier en pente. Un nuage de poussière se déplace rapidement, la terre est sèche en cette saison. Seul l'envol de quelques oiseaux multicolores trahit le petit groupe de dissidents qui s'engage dans le plus grand silence sur ce sol aride. J'ai les mains moites, je les frotte énergiquement sur ma combinaison avant de ganter ma main gauche. Plus que quelques mètres, et la tête du peloton arrivera à hauteur des chefs de sécurité.

Je me suis souvent exercé à la cité au cours de diverses simulations, mais ce que je ressens à cette seconde n'est en rien similaire à toutes les expérimentations vécues. Mes sens sont décuplés et l'adrénaline parcourant mon corps pulse dans mon sang à une vitesse prodigieuse, augmentant ma fréquence cardiaque de façon phénoménale.

Le groupe au complet va bientôt dépasser nos premiers agents, ce qui nous permettra de les encercler et de les prendre légèrement à revers. Le signal d'alarme, sifflé par l'agent Curtis, déclenche la mêlée. Tout se passe à vive allure. Les tirs des hyperviseurs perforent un trou béant dans le crâne des deux meneurs et la troupe se disperse dans la forêt, tentant d'échapper aux décharges provenant des canons à plasma. Les plus enclins à manier une arme ripostent et font feu sur nos hommes, blessant le sous-chef Puris qui titube et s'étale au pied d'un arbre.

Je tends mon arc pour décocher des flèches à plusieurs reprises. J'arrive à toucher certaines cibles, mais elles bougent trop vite pour que mon tir soit précis. Les snipers sont plus efficaces. Ils doivent cependant se mettre à l'abri, car l'autre clan les prend pour objectif prioritaire.

Je vérifie de temps à autre la position de Chani. Elle est toujours en retrait et lance ses flèches à la volée, tentant d'atteindre le plus de dissidents avant qu'ils ne soient trop proches de nos combattants. Un projectile fait voler en éclats un morceau d'écorce de l'arbre qui la protège et elle se rabat, le dos contre le conifère résineux.

Une bataille s'engage alors entre les troupes. Je vois Lucinda qui lacère, entaille et transperce tout ce qui se présente devant elle avec une facilité qui me déconcerte. On dirait qu'elle a fait ça toute sa vie. La terre se gorge de sang à ses pieds. Soudain, un grand type brun se détache derrière elle et bondit avec une hache. Arrêté par les balles des snipers en plein dans le crâne et la poitrine, il s'écroule sur le sol. Lucinda jette un œil dans notre direction et lève le pouce. Je souris, regonflé à bloc par cette intervention.

Ma joie est cependant de courte durée. À peine a-t-elle tourné la tête qu'un autre rebelle est déjà sur elle. Elle ne parvient pas à parer l'attaque et une lame d'acier la transperce malgré son armure en Vlarke. Les traits déformés par la souffrance, elle se fige avant de tomber à genoux.

Je cherche frénétiquement Chani du regard. Tandis que mes yeux s'habituent à la pénombre de la forêt, je repère sa queue-de-cheval haute et les deux *tantō* qui brillent dans ses mains. Elle s'apprête à combattre.

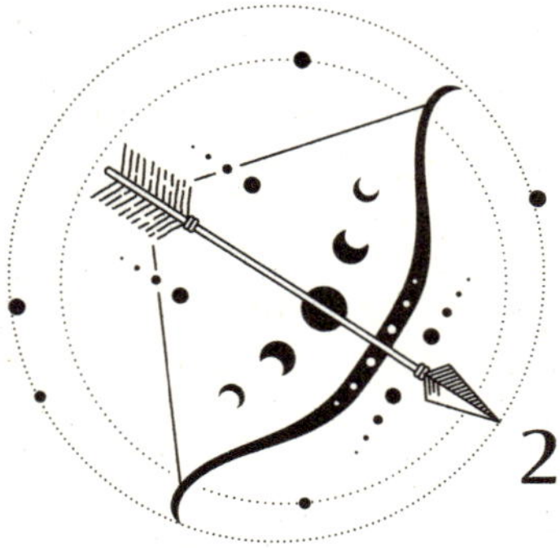

24

Chani

Le bruit des épées qui s'entrechoquent se mêle à la poussière dans l'air et aux branchages piétinés par les combattants qui s'entretuent. Je rassemble mon courage pour affronter cette agitation assourdissante, en attrapant fermement les poignées des *tantõ*, ces petits sabres plus faciles à manipuler pour mon envergure.

Je ne peux en effet plus décocher de flèches sans risquer de toucher nos hommes. De plus, mon carquois est quasi vide. Je m'avance et me heurte directement à un jeune assaillant. Il doit avoir, tout au plus, 16 lunes.

– Tu n'es pas obligé de faire ça, lui précisé-je d'emblée, au vu de son âge.

– Je vais te crever ! crie-t-il, progressant vers moi, le pommeau de son épée agrippé à deux mains.

Je contre son attaque, m'abaisse avec souplesse, glisse sur mes genoux et sectionne avec l'une de mes lames le tendon de ses chevilles. Il hurle et s'affaisse sur la mousse. J'ai juste le temps de me relever avant de voir atterrir devant moi un barbu d'une bonne trentaine de lunes, le regard noir, un rictus déformé par la haine.

Je parviens tant bien que mal à repousser sa lame ensanglantée avec mes deux sabres, mais le choc me fait reculer et perdre l'équilibre. Mon corps est entraîné dans l'escarpement, j'arrive toutefois à interrompre ma chute en plantant le métal dans la terre qui se craquelle tout du long.

Mon assaillant se rue à nouveau sur moi. Je roule sur le côté, évitant de justesse qu'il ne me fende le casque et le crâne par la même occasion. Il se redresse puis rit à gorge déployée.

– Tu vas mourir, assène-t-il, triomphant.

Son épée pourfend l'air et vient percuter mes lames courbées. L'impact se répercute jusqu'aux poignées des sabres qui vrillent dans mes mains, m'obligeant à lâcher prise. Nos armes atterrissent deux mètres plus loin. Je tente de me retourner pour aller les récupérer, mais un coup de poing s'abat sur mon crâne et me fait mordre la poussière. Ma combinaison est tirée vers l'arrière, il me chevauche, ses jambes sur mes bras, bloquant mes mouvements. Je souffle, de colère, de frustration et aussi de fatigue. Il s'empare d'un poignard attaché à son ceinturon, le hisse de ses deux mains au-dessus de mon buste. Son regard noir parcourt mon corps une dernière fois, comme s'il jugeait de son trophée. C'est la fin. Je ferme les yeux.

Un liquide tiède gicle sur mon visage tandis que l'odeur du sang remplit mes narines. Je ne ressens aucune douleur. J'ouvre les paupières pour découvrir une petite lame dentelée en train d'égorger le barbu. L'autre main posée sur son front, Hash finit de lui trancher la gorge et l'envoie valser sur le côté.

Je n'ai jamais été aussi heureuse de voir mon Élu. Il semble plus dans son élément que moi et je comprends à présent ses craintes de me savoir sur le terrain. Une balle tirée vient heurter Hash qui se plaque au sol, m'entraînant avec lui.

– Oh ! Mon Dieu ! Tu es touché, crié-je.

– Je n'ai rien, me rassure-t-il en tournant le visage vers moi. Le projectile m'a seulement éraflé.

J'aperçois en effet une écorchure sur son front et un mince filet de sang qui est déjà en train de sécher. J'aimerais tant que le temps s'arrête afin de me blottir contre lui. Juste être dans ses bras, mais des couinements proches me ramènent à la réalité.

– Remonte vers les hyperviseurs, ordonne Hash.

– Et toi ? demandé-je en agrippant son biceps.

– Fais ce que je te dis, ma petite Sombre, prononce-t-il sur un ton à la fois affectueux et suppliant.

Je n'essaie pas de jouer les héroïnes, je n'en ai plus la force. Je l'abandonne à regret en grimpant le long des arbres près du sentier pour être suffisamment à couvert mais néanmoins visible des tireurs de notre camp. Je récupère mon arc au passage pour lancer une ultime flèche. Je me laisse ensuite choir, m'appuyant contre le dernier conifère de la forêt, avant d'atteindre le pic. Je place les mains sur les oreilles pour faire cesser ces grognements sourds qui alourdissent mon cœur.

De longs doigts chauds viennent finalement caresser le dos de mes mains et je laisse les bras retomber vers le sol. Tandis que je lève les yeux vers l'homme que j'aime, je remarque sa combinaison couverte d'un liquide écarlate.

– Hash, crié-je, n'osant pas toucher son torse.

– Ce… ce n'est pas mon sang.

25

Hash

Chani passe les bras derrière mon cou pour se réfugier contre moi, malgré le flot d'hémoglobine qui s'écoule le long de mon armure. Je la rassure comme je peux. Je lui dis que je l'aime. Mes paroles semblent l'apaiser, elle embrasse ma tempe du bout des lèvres.

– Il faut la descendre en rappel et vite ! crie l'agent Curtis.

Le sous-chef Puris est décédé de ses blessures, de même que six autres membres que je ne connaissais que de visu. Lucinda Bravi est toujours en vie. Son pouls est très faible, mais elle lutte de toutes ses forces. Elle est transportée délicatement par trois types de la sécurité, pendant qu'un jeune agent aux cheveux roux collés de sueur appuie sur la plaie qui saigne, avec sa combinaison qu'il a ôtée. Elle ne semble pas vraiment réagir. Ils la déposent au pied du pic en attendant les instructions de Curtis.

Beaucoup d'entre nous sont blessés, mais heureusement, l'armure en Vlarke a fait son œuvre et les lésions ne sont pas graves. Quant aux rebelles, ils sont tous morts ou sur le point de l'être, j'aperçois l'un des tireurs s'en assurer, une lame forgée dans un alliage léger en main.

Un véhicule d'urgence attend dans la plaine, en bas du rocher. À l'aide de cordes, nous remontons une civière à laquelle nous attachons d'une main ferme la cheffe Bravi afin de la faire descendre en rappel de façon coordonnée. Nous aidons aussi les blessés à rejoindre le convoyeur qui les amènera à l'hôpital pour être soignés. Les premiers secours sont apportés à Lucinda dans le transporteur.

Pour le reste de l'équipe, nous nous laissons tomber un à un sur le matelas de récupération. Nous patientons ensuite à l'extrémité du rocher en nous désaltérant, de manière à guetter le retour de notre éclaireur. Nous en profitons pour panser nos coupures et vérifier l'état de nos armes. Ces dernières se font précieuses, nous ne pourrons contrer une nouvelle attaque pour l'instant.

L'éclaireur revient serein. Il n'a repéré aucune trace d'autres groupes ou de rebelles, que ce soit au pied de la montagne ou dans les sentiers escarpés. Il s'en est assuré grâce au drone miniature équipé d'une caméra panoramique. Le combat, conjugué à la chaleur ambiante, nous a exténués. La sueur retenue dans les combinaisons et l'odeur du sang métallique offrent un sacré mélange de parfums dans le transporteur.

L'agent Curtis décide néanmoins de faire route vers la communauté Sombre avant de retourner à la Cité d'Émeraude. En effet, les fusils et les munitions dont les rebelles se sont servis n'ont pu être fabriqués qu'à partir de matériel spécifique qu'on ne peut trouver que chez les artisans du Nord.

26

Chani

L'agent Curtis pense que la communauté du Nord cache des presses de chargement qui ont servi à fabriquer les munitions des fusils auxquels les rebelles ont eu recours. Me voilà donc de retour dans ma ville natale. J'ai l'impression que cela fait une éternité que je ne suis plus venue, alors qu'il y a environ trente jours, j'effectuais le grand plongeon du haut de la falaise.

Hash se rend compte de mon trouble et entremêle ses doigts aux miens. Le silence est aussi pesant que lors du voyage vers le mont des Célestes. La mort du sous-chef Puris et des autres combattants a dégradé considérablement le moral du groupe. Aucun ne l'avoue, mais je pense sincèrement qu'ils redoutent de perdre Lucinda Bravi. Sa bravoure, sa loyauté et son autorité ne sont plus à démontrer et elle est appréciée à sa juste valeur dans la section sécurité, pour ne pas dire admirée. Je suis un peu plus mitigée au vu de ma propre expérience. Je dois cependant admettre qu'elle a la faculté de reconnaître ses torts avec franchise et qu'elle ne manque ni de courage ni d'assurance.

Quand nous arrivons aux abords de la ville, le feu au brasier de la tour de guet s'allume, et nous comprenons aussitôt qu'il s'agit d'un signal envoyé à la communauté. Les traits de mes compagnons se figent, nous sommes tous sur nos gardes à présent.

Je conseille au commandant Curtis de stationner le transporteur à l'arrière de la salle en plein centre. En effet, à l'avant du bâtiment, des dissidents rebelles pourraient tendre une embuscade depuis les fenêtres du bâtiment, ou encore en hauteur, depuis le temple situé tout près. Mais, derrière l'immeuble, aucun guet-apens n'est possible. On y trouve une cour vide, prolongée de plantations de diverses herbes aromatiques, tels du thym, du basilic ou de la menthe. Un tapis vert bien trop bas pour cacher des révolutionnaires.

Nous débarquons toutefois pistolet ou fusil à l'épaule et armes blanches au ceinturon. On dirait un commando d'élite prêt à assassiner tout sur son passage. Ce n'est à vrai dire pas si loin de la réalité. Les hommes sont à cran, il ne faudrait pas grand-chose pour que la situation dégénère. J'espère autant pouvoir sauver notre groupe que protéger les Sombres qui n'ont rien à voir avec tout ça.

Nous longeons en file indienne la grande salle dans laquelle les Sombres ont l'habitude de se réunir pour faire la fête. À cette réflexion, je regarde mon bracelet, de la même couleur que les habitants de cette communauté. Je réalise cependant que je suis devenue une fille de la Cité d'Émeraude, que mon cœur est là-bas, avec Hash, mon père biologique, mon frère, mes quelques amis. Dans ce tourment, la pensée d'avoir trouvé ma place m'apaise.

Je repense ensuite à Elis et la colère m'envahit à nouveau. Je ne suis plus que haine à l'égard des rebelles. Curtis a raison, il faut en finir, aujourd'hui, maintenant, tant que les hommes tiennent encore debout et que la hargne les maintient d'attaque.

Malgré l'opposition de mon Élu, je propose de servir d'intermédiaire avec le groupe de Sombres qui s'est réuni devant le sanctuaire. Ils doivent être une bonne vingtaine, mais ne semblent pas armés. Je progresse lentement, les mains en l'air, en plein milieu de la place, suivie de quelques mètres par les agents en demi-cercle, pistolet en main. Je reconnais aussitôt l'énorme gaillard brun qui se démarque de la bande en avançant d'un pas.

– La félonne est de retour !

– Panos, le salué-je sèchement.

– Tout est ta faute, sale morveuse ! lâche-t-il en enfouissant la main dans la poche de son pantalon.

Le cliquetis des armes derrière moi se fait entendre, je me tourne doucement en secouant la tête. Je bouillonne intérieurement et pourtant, je me remémore les paroles de Talia.

Je ne suis pas elle. Je peux choisir ma voie. La violence n'engendre que la violence.

– Lexi nous a tous trahis ! crié-je, sans me départir de mon calme. Mon père et moi y compris. La révolte ne servait qu'à assouvir sa vengeance personnelle.

– Qu'est-ce que tu racontes ? Tu essaies de nous embobiner ?

– Laisse-la parler, intervient une voix pleine et chaude.

L'attention des autres membres du groupe est directement attirée par l'arrivée de Sami qui vient se positionner à mes côtés, devant le regard interdit des forces de sécurité. Tout le monde est sur le qui-vive.

– Lexi Santos et Alia Grassi avaient prévu de détruire la Cité d'Émeraude. Des charges explosives avaient été réparties sous plusieurs édifices, entre autres l'hôpital, l'Institut, mais aussi l'épurateur d'eau.

J'entends des petits cris de surprise poindre des Sombres rassemblés. J'en profite pour leur signaler :

– Ah oui, j'oubliais de parler du sacrifice de sa fille. Parce que votre cheffe si bienveillante était prête à faire couler son propre sang et celui des autres boursiers pour arriver à ses fins.

Je vois Sami, tout penaud, qui baisse les yeux vers ses chaussures. Je comprends qu'elle l'ait berné si facilement. C'est quelqu'un de gentil qui s'est laissé asphyxier par sa femme. Plus qu'étouffé, dans son cas, dévoré. Elle l'a mangé tout cru et il l'a laissée faire.

– C'est vrai, ce qu'elle dit ? demande Panos à Sami.

Il acquiesce, le regard fuyant, et les hommes, au départ enragés derrière Panos, paraissent à présent étonnés, chuchotant entre eux à voix basse.

– Je peux le prouver, déclaré-je d'une voix puissante afin qu'ils m'entendent malgré leurs messes basses.

Je fais signe au conducteur du transporteur de m'apporter le colis que je lui ai confié en partant de la cité. J'invite Panos et ses compagnons à me suivre dans la salle pour visionner un enregistrement. Ils hésitent, comme s'ils appréhendaient un piège.

– Les forces de sécurité resteront dehors, proposé-je pour les convaincre.

Après discussion, ils décident d'accepter mon offre. Du plat de la main, j'arrête Hash qui tente de me rejoindre. J'articule silencieusement le mot « confiance » en le regardant droit dans les yeux. Je vois qu'il se bat avec lui-même pour accéder à ma demande puis hoche finalement la tête avec un rictus contrarié.

J'enclenche la vidéo qu'Elis avait réussi à filmer chez Alia. Je connais par cœur la scène et les répliques, les acteurs et leurs buts, les tenants et les aboutissants. Néanmoins, c'est avec une certaine appréhension et une boule au ventre que je regarde les images projetées sur le mur du fond.

Au fur et à mesure de l'enregistrement, l'effervescence du début est remplacée par de l'incompréhension, de la gêne ou encore du dégoût. Je pense que ce n'est pas le fait que Lexi ait choisi de sacrifier sa fille qui les choque le plus, mais plutôt qu'elle ait menti et caché la vérité à son bras droit. Son mari. Un homme auquel la communauté s'identifie. Un homme que la communauté était prête à suivre. Un meneur. Mais voilà, la réalité est tout autre. Celle qui décidait, c'était Lexi. Elle et Alia, pour être précise.

J'avais appris depuis cette fameuse soirée où tout avait basculé qu'Alia Grassi en voulait terriblement aux Élus d'avoir relégué sa famille au rang de Célestes. Elle leur reprochait la mort de son époux qui était décédé des causes d'un virus inconnu. Toutes ces lunes, elle avait été persuadée qu'il aurait pu être sauvé s'il avait reçu les soins adéquats à la Cité d'Émeraude. Depuis ce drame, elle nourrissait une vengeance personnelle, mais aussi un profond désir de pouvoir. C'était une femme aigrie en qui Lexi avait trouvé une alliée de taille.

Bien qu'Iman ait expliqué à mon père le contenu du fichier, je remarque qu'il se décompose minute après minute. Je me rends compte que cela ne m'attriste pas, pas plus que cela ne me réjouit. Je me fais simplement la réflexion qu'il est juste que Sami voie de ses propres yeux de quoi Lexi était capable. Il est crucial qu'il comprenne les souffrances endurées, et aussi les combats que j'ai dû mener sans lui.

– Je vous laisse l'enregistrement afin que vous puissiez le montrer aux membres de notre communauté, ajouté-je en appuyant sur le « notre » avec mon bracelet en évidence. Il serait sage de fournir une copie aux différentes régions par la suite. Vous n'êtes pas sans savoir qu'une offensive a eu lieu à la cité ce matin et que bon nombre d'Élus ont été massacrés. Pas seulement des Élus, spécifié-je, mais aussi des personnes natives d'autres communautés qui ont eu le malheur d'être présentes. J'y ai assisté, c'était une véritable boucherie.

– Et vous venez directement dans la communauté des Sombres pour appréhender les révolutionnaires ?

– Le sang sur mon armure et dans mes cheveux ne provient pas de l'attaque de la ville, mais bel et bien d'un combat avec le dernier groupe de rebelles réfugié dans la montagne des Célestes. Notre venue parmi vous s'explique par la production des munitions que les rebelles ont utilisées.

J'entends de nouveau des hoquets de stupeur chez les membres présents et certaines discussions commencent à s'envenimer. Je décide d'intervenir à nouveau afin de mettre les choses au clair, sans ambages, avec le plus de sincérité possible.

– Assez ! crié-je pour attirer leur attention. Nos ancêtres se retourneraient dans leur tombe s'ils nous voyaient. Nous avons eu la chance d'échapper au cataclysme le plus important que notre planète ait connu. Comment remercions-nous ceux qui ont tout donné pour notre survie ?

– Les Élus croient qu'ils sont supérieurs ! lâche un grand blond dans la salle.

– Qui te parle d'Élus ? riposté-je sèchement en le tutoyant. Je mentionne nos racines, nos aïeux, ceux qui ont travaillé sans relâche pour bâtir les communautés. J'ai passé deux lunes aux côtés des Élus et si certains sont détestables, d'autres vouent leur vie à la conservation de notre espèce, comme les chercheurs, les médecins, les informaticiens.

– Comment peux-tu combattre des Sombres, des gens de ton propre clan ? intervient un jeune de la communauté dont je n'ai pas de souvenir.

– Je ne me bats pas contre des personnes de mon clan. Je m'oppose à des révolutionnaires qui mettent notre technologie et notre avenir en péril, quelle que soit la couleur de leur bracelet. Vous croyez qu'on peut survivre combien de temps sans eau potable ? Et que ferez-vous quand l'épidémie de fièvre noire refera son apparition ? Combien d'entre nous pourront y résister sans vaccin ?

– Ma fille a raison, déclare enfin mon père. Nous avons besoin des recherches menées et aussi de certains procédés instaurés. Je n'étais pas au courant du fait que les engins placés sous les bâtiments étaient des bombes. Je n'ai jamais signé pour cette tuerie. Je pensais que les appareils allaient créer une interférence dans leurs signaux, le temps de prendre le pouvoir.

– Justement, poursuit le jeune, c'est toujours eux qui ont l'autorité !

– Le temps est venu, dis-je alors sur un ton solennel. Le changement arrive, mais il ne se fera pas dans la haine, la peur ou la vengeance. Il se mettra en place doucement, avec un objectif à long terme pour les générations futures. Ce sera une réforme dans la bienveillance, le partage et l'amour.

– Parce que tu crois que ce sont les changements qu'ils souhaitent ?

– Peut-être pas, mais je vais m'assurer qu'ils n'aient pas le choix.

27

Hash

— Que vont dire tes parents en rentrant ? On aurait dû aller chez moi.

– Chani, je n'aurais pas pu être à l'aise chez ton père.

– Laxos est à l'hôpital, au chevet d'Iman. La maison est vide.

– Peut-être, mais comment veux-tu que je sois en mesure de te sauter là-bas ?

– Me sauter ? répète-t-elle en gloussant. Parce que tu crois qu'ici, moi je suis sereine ?

– On l'a bien fait dans ma chambre la première fois, juste là, dans ce lit, indiqué-je en lui montrant d'un signe de tête mon lit, et ensuite dans la salle de bains et…

– Oui, ça va, j'ai compris, intervient-elle dans un léger rire cristallin.

Je l'aide à ôter sa combinaison crasseuse et entreprends d'enlever la mienne, sans la lâcher des yeux.

– Je crois qu'on va faire l'inverse et démarrer par une petite douche, proposé-je tandis que je la vois mordiller sa lèvre inférieure.

Sous l'eau chaude, nos muscles se décontractent, j'en profite pour laver ses magnifiques cheveux ébène et lui retirer le sang agglutiné à la sueur et la poussière. Elle frotte à son tour mon front avec douceur en s'assurant de nettoyer la maigre plaie. Heureusement, celle-ci est superficielle. Si la balle avait atterri un centimètre plus loin, je ne serais plus de ce monde et je ne pourrais pas jouir du plus beau spectacle qui soit : Chani, nue sous ma douche, en train de me regarder avec des yeux qui n'appellent qu'à une chose, me fondre en elle.

En revenant de la communauté Sombre, je n'aspirais qu'à me reposer. Je souhaitais laisser retomber les tensions de la dure journée qui venait de s'écouler. Le corps de ma petite Sombre m'appelle, contre toute attente, à la luxure. Je suis du regard l'eau chaude qui caresse ses courbes et mon cœur accélère ses battements. Je suis d'un coup submergé par une énergie nouvelle, animée par cette attirance ardente et insatiable.

Ma bouche s'empare de la sienne et je l'embrasse presque avec brutalité, tant j'ai besoin qu'on ne fasse plus qu'un. En tâtonnant de la main, j'arrive à couper le jet d'eau chaude. Je la soulève ensuite, encore toute dégoulinante, en l'empoignant par les fesses.

– On est trempés, énonce-t-elle en riant.

– Hmm, grogné-je.

Je la dépose sur le lit, mes doigts caressent sa joue puis sa bouche entrouverte. Elle referme les lèvres sur mes doigts qu'elle entreprend de sucer. Mon sang bouillonne dans mes veines. La découvrir qui s'abandonne, audacieuse et impudique, fait monter mon désir en flèche.

– Oh, bordel, Chani !

Ma langue reprend possession de sa bouche, pendant que ma main s'aventure le long de sa gorge pour atterrir sur son sein et conquérir son mamelon. Elle pousse un petit cri et se cambre. Réalise-t-elle à quel point j'ai envie d'elle ? Je rêve de la prendre sauvagement. J'en rêve depuis qu'on est entrés dans la douche. Mes doigts se faufilent plus bas, alors elle m'imite. Je me laisse tomber sur le côté et nous nous dévisageons en haletant, chacun s'occupant de donner du plaisir à l'autre. Nous atteignons l'orgasme rapidement.

Je la serre dans mes bras et l'embrasse à nouveau, délicatement, longtemps. J'aime la goûter. J'aime la douceur de sa langue et la façon sensuelle dont elle la fait bouger. Nos corps finissent par se rapprocher un peu plus et mon membre se dresse fièrement contre son bas-ventre. Elle rit de plus belle.

Mais quand elle commence à se frotter lentement contre moi, je ne peux plus me retenir et m'enfonce en elle d'un seul mouvement. Elle pousse sur mes épaules et me fait rouler sur le dos pour se retrouver à califourchon sur moi. J'effleure du bout des doigts la peau laiteuse de son ventre et remonte jusqu'à ses seins que je saisis à pleines mains. Son bassin se met à onduler et je deviens fébrile. Cette fille me rend dingue.

– Je te veux, déclaré-je tandis que le feu brûle en moi.

– Je suis à toi.

Je la retourne à la vitesse de l'éclair, passe ses jambes par-dessus mes épaules et la prends avec fougue. Ses gémissements répétés me font accélérer la cadence et je ne peux retenir plus longtemps ce que je ressens.

– Choisis-moi, Chani !

– Quoi ? lâche-t-elle dans un soupir.

– Unis-toi à moi !

– Tu es complètement fou.

– C'est toi qui me rends fou, ajouté-je sur un ton enjoué.

Ses prunelles mordorées s'arriment aux miennes et ses lèvres s'étirent avec douceur en un sourire chaleureux.

– Tu es sûr ? demande-t-elle alors sérieusement.

– Oui.

Ses yeux se remplissent de larmes. Dieu, comme je l'aime !

– Oui, souffle-t-elle en rougissant.

– Ma petite Sombre.

– Mon Élu.

Plus tard dans la nuit, je la contemple dormir. Sa respiration m'apaise. Elle soupire et se retourne au milieu du lit, me laissant le loisir de contempler son dos et la courbe de ses fesses à travers la faible lueur des deux lunes. Je passe un bras en travers de sa taille et la ramène vers moi. J'enfouis mon nez dans son cou pour respirer l'odeur de sa peau, savant mélange de fruits résultant de la fragrance du savon de douche.

Après notre folle communion, nous nous sommes couchés sur le côté, les yeux rivés dans ceux de l'autre. Nos regards échangés ont parlé pour nous. Son sourire attendrissant et affectueux m'a fait fondre et, étrangement, après ces dernières heures de rudes épreuves, je me suis senti heureux. Heureux d'être à ses côtés. Heureux qu'elle soit en vie. Heureux qu'elle ait accepté ma demande.

J'ai fait beaucoup d'erreurs ces derniers temps et je compte bien mettre celui qu'il me reste à profit. Me réconcilier avec mon ami d'enfance est une de mes priorités.

Lorsque je ferme les yeux, des souvenirs enfouis réapparaissent comme par magie.

– Chut, sifflé-je en pointant l'index devant mes lèvres, refrénant un rire malicieux.

Ma mère fait les cent pas dans la maison et crie après nous. J'offre un clin d'œil amusé à Iman qui semble apeuré.

– On est trop à l'étroit, murmure-t-il en rapprochant le plus possible les genoux de son thorax.

– Encore quelques instants, elle va bien finir par partir.

Les portes du placard s'ouvrent en grand, laissant apparaître le visage furibond de ma mère.

– Qu'est-ce que vous fabriquez là-dedans ?

– Sus à l'ennemi, crié-je en attrapant la main de mon ami, l'entraînant avec moi dans le couloir vers la sortie.

Derrière nous, la grande Talia jure et nous nous échappons en courant de la maison dans un fou rire bon enfant.

– Tu vas te faire disputer en rentrant, dit Iman alors que nous effectuons une halte dans notre parcours endiablé.

– Je n'aurais raté notre sortie pour rien au monde.

Nous atterrissons au sud de la muraille. Mon meilleur ami échange avec le garde deux cartes pour des paires de chaussures piquées dans la réserve de son père. Ces tickets sont nos billets pour grimper sur le rempart afin de profiter de la vue quelques instants. De là-haut, nous imaginons des histoires de super-héros et nous refaisons le monde.

– Le capitaine Frégate a réussi l'abordage de l'île et les pirates débarquent au pied des rochers !

– Ils n'arriveront jamais à atteindre la muraille, haut commandant Bless.

– Oh, mon Dieu, haut commandant Altar, regardez ce qui se déroule sous nos yeux ! Ces sauvages ont des grappins et s'apprêtent à escalader les récifs.

– Appelons les forces de l'ordre afin qu'ils déversent l'acide avec les drones sur les envahisseurs venus de l'ancien continent.

– C'est une excellente tactique, haut commandant Altar. Vérifiez par vous-même, la peau de ces malotrus fond comme glace au soleil.

– Mais quelle image sanglante, haut commandant Bless ! Toute cette chair qui se dissout au pied de l'océan ! Allons avertir…

– Les enfants, intervient le garde, je suis désolé de vous interrompre dans vos expéditions, mais je vais devoir regagner mon poste.

– Agent Tarco, répliqué-je d'un ton autoritaire du haut de mon mètre quarante, appelez-nous hauts commandants, si vous ne souhaitez pas passer devant le conseil des justes.

– Haut commandant Bless, pourriez-vous descendre de la muraille avec le haut commandant Altar, je vous prie, afin que je récupère mon service ?

– Ah ! C'est mieux, agent Tarco. Nous allons accéder à votre demande.

L'agent lève les yeux au ciel, mais ne me contredit pas. Il fait deux pas en arrière et nous convie à emprunter l'échelle en indiquant le chemin de la main.

28

Chani

Mes yeux s'humidifient quand je découvre tous les appareils auxquels mon demi-frère est branché ainsi que l'immense bandage autour de son torse. Je cours vers lui pour le serrer dans mes bras, mais me ravise à la dernière seconde en scrutant le cathéter et le tube qui sort de la plaie. Agitée, j'agrippe alors sa main pour le réconforter.

– Je vais bien, ne t'inquiète pas.

– Non, tu ne vas pas bien, tu as pris une balle. Une balle qui m'était destinée.

– Destinée, destinée… visiblement non, puisque je suis arrivé à la choper, dit-il en plaisantant.

– Tu as failli mourir.

– Dans mon malheur, le projectile s'est bien logé.

– Tu aurais pu mourir, Iman. Ne fais plus jamais ça.

– C'est une menace ? plaisante-t-il.

– Oui, c'en est une, confirmé-je avant que mes lèvres se plissent en un sourire en coin.

Nous parlons en détail de son opération et des conséquences, puis de la mission dans la montagne. La porte s'ouvre alors sur Hash qui demande la permission d'entrer d'un signe de tête.

– Je suis heureux que tu sois sain et sauf. Tu nous as fait peur.

Hash parle sur un ton empli de sincérité et de sollicitude, ça me rassure sur le futur de leur relation. Je les laisse s'expliquer sur les erreurs du passé, les malentendus, les non-dits et les regrets qui en découlent.

Devant les excuses de Hash, Iman est au bord des larmes. Instinctivement, son ami d'enfance s'avance pour l'enlacer sans détour et avec force.

– Hash, tu vas lui faire mal, fais attention, tu le serres trop fort, soufflé-je en agrippant ses épaules pour le tirer en arrière.

Soudain, Iman éclate de rire et Hash le suit dans son élan.

– Deux gamins ! lâché-je dans un profond soupir en haussant les sourcils.

29

Hash

— Tu oses nous annoncer ton union avec cette femme, grommelle Tanos Lissanne en regardant Chani d'un air de dégoût, alors que sa génitrice comptait tous nous exterminer.

– Oui, renchérit mon paternel, tu as refusé sa proposition. Pourquoi revenir sur cette union maintenant ? De plus, tu es parti sans un mot du bal…

– Je suis désolé d'avoir fait faux bond à la proclamation. En réalité, je ne méritais pas ce prix.

Je me remémore la mise en garde d'Iman à l'hôpital, plus tôt dans la journée. Alors, je pèse mes mots afin que le comité reste ouvert à notre proposition. Je sais que le conseiller avait prévu de m'unir à sa fille avec le soutien de mes parents.

– Tu es un Bless… commence mon père, mais il est interrompu sans ménagement par ma mère.

– Tu as demandé audience auprès du comité, nous sommes prêts à écouter ce que tu as à dire.

Son visage est impassible. Je ne sais pas si elle me donne la parole pour mieux me couper l'herbe sous le pied ou si elle est prête à appuyer ma demande. Quoi qu'il en soit, j'ai décidé de suivre mon cœur et de lui faire confiance. C'est nouveau pour moi, mais étrangement, je me sens soulagé et apaisé.

Chani est entrée dans ma vie telle une tornade et a tout chamboulé. Mes croyances, mon assurance, ma fatuité aussi. J'ai admiré, et même jalousé, sa témérité et son courage à toute épreuve.

Du temps de l'ancien monde, il existait des bateaux qui prenaient la mer et qui voguaient de port en port. La plupart d'entre eux étaient ornés, à la partie située à l'extrême avant du vaisseau, d'une sculpture de forme humaine, animale ou fantastique qu'on appelait figure de proue. C'est l'image qu'elle représente pour notre génération. La figure de proue du changement.

Nous avons réuni le conseil pour leur faire part de notre envie d'unir les communautés et de leur redonner espoir. Je ne sais pas comment nos aînés vont le prendre, cependant, je suis persuadé d'être sur la bonne voie pour améliorer la relation entre les communautés et instaurer enfin une ère de paix.

Quelle que soit leur décision, mes sentiments pour Chani ne vont pas changer. Je ne laisserai d'ailleurs plus personne interférer dans ma vie privée ou me pousser dans une autre liaison. Il a fallu que je sois confronté aux dangers de la rébellion, et surtout aux conséquences qu'elle peut entraîner, pour saisir la profondeur de mon amour.

Chani a failli mourir, plusieurs fois quand j'y pense bien. Déjà au cours de sa maladie, ensuite lors de son plongeon de la falaise. Si Iman n'était pas intervenu devant le sas, deux jours plus tôt, elle ne serait peut-être pas là, debout, à côté de moi, les cheveux relevés dans une queue haute et le menton droit et fier visant le haut conseil. C'est un sacré bout de femme, et bientôt elle sera mienne. En réalité, elle l'est déjà, mais dans peu de temps, elle le sera aux yeux de tous.

Je fais part au comité de notre plan d'avenir et d'évolution. Je leur explique qu'un changement est nécessaire pour dissiper les tensions entre les communautés et rétablir l'ordre. Les dissensions étant plus importantes entre le Nord et le Sud, notre union pourrait en quelque sorte représenter une opportunité de fusion, comme une promesse d'entente. Nos fiançailles amorceraient la réforme.

– Un Élu, fils des dirigeants de Cyria, et une Sombre, fille de la défunte cheffe des rebelles et de Sami Erati pour qui les Sombres ont le plus grand respect. Chani Erati n'a pas hésité à s'opposer aux plans des révolutionnaires, quitte à trahir les siens pour nous sauver, car c'est ce qu'elle est en réalité : notre sauveuse. C'est tout un monde de possibilités qui s'ouvre pour les communautés, et aussi le premier pas de la Cité d'Émeraude vers la communauté du Nord.

– Tous des gotras galeux et…

– Cela suffit ! assène ma mère en levant la paume vers le conseiller Lissanne. Je ne pense pas qu'une telle attitude soit tolérée au sein du comité et soit bénéfique pour le futur de notre île. Hash a raison, nous devons revoir notre façon de gouverner. Si Mlle Erati ne nous avait pas prévenus, les explosions dans la cité auraient causé un vrai massacre et elles auraient engendré un point de non-retour. Notre espèce aurait été en péril. Nous nous devons dès lors de remettre en cause nos principes ainsi que nos décisions.

– Vous voulez dire que vous soutenez cette démarche ?

– Non seulement je l'approuve, mais je l'appuie. C'est visiblement aussi bien un choix de cœur qu'un choix de raison.

Mais où est passée ma mère, tranchante, opportuniste et insensible ?

Les membres du conseil ont l'air tout aussi dubitatifs que moi, aussi, Chani en profite pour rebondir directement sur les propos de Talia.

– Je pense que nous devrions annoncer nos fiançailles devant les habitants de la cité, depuis le haut des marches de l'Empire Consort, et inviter les personnes les plus influentes et respectées des trois autres communautés. Il est important de faire retomber les tensions entre les habitants, notre union peut mettre un terme aux hostilités actuelles.

L'Empire Consort a toujours été le bâtiment le plus emblématique depuis sa construction, reflétant pouvoir, richesse et futur. L'édifice est certes assez moderne et regorge de diverses technologies de pointe.

– Le message doit être clair et direct, ajouté-je. C'est plus qu'une union entre deux habitants de l'île, c'est une offre de réconciliation en vue d'une paix durable.

30

Hash

— Tu t'es mis le comité à dos.

– Ce ne sera pas la première fois, répond Talia d'un ton railleur.

Notre projet d'union n'a pas convaincu tous les membres du haut conseil, particulièrement quand j'ai mentionné des mots comme transformation ou renouvellement. Tout changement a le don d'effrayer les gens qui vivotent dans les hautes sphères de la société. Les Élus ne souhaitent en aucun cas perdre leurs prérogatives ou les pouvoirs alloués. J'étais d'ailleurs agréablement surpris de récolter l'aval de ma propre mère.

– Pourquoi ?

– Pardon ?

– Pourquoi as-tu soutenu notre proposition et surtout accepté si facilement notre union ? Alors qu'il y a peu de temps encore, tu mettais tout en œuvre pour me tenir éloigné de Chani. Du plus loin que je me souvienne, tu as toujours eu une aversion démesurée pour les Sombres.

Elle se laisse choir sur le canapé vert menthe du salon dans un profond soupir. Elle lisse sur ses cuisses le tissu froissé de son pantalon et replace une petite mèche qui s'est détachée de son chignon. Redressant la tête, elle me fixe avec un air presque coupable.

– Il est possible que ma vision sur certains événements se soit modifiée, ou plutôt, disons qu'une personne a réussi à influencer mon point de vue.

– Tu parles de Chani ?

– Ah, dit-elle en soupirant, Chani Erati, un vrai phénomène ! Je l'ai observée résister à la torture, trahir les siens pour nous sauver, s'opposer à sa mère. Et puis, j'ai vu l'enregistrement vidéo où elle t'a poussé dans le sas pour te sauver. C'était... comment dire ? Déroutant. Impressionnant, mais à la fois déconcertant.

– Elle est forte et courageuse, c'est un modèle pour la nouvelle génération.

– Tu l'aimes vraiment, n'est-ce pas ?

– Je serais prêt à mourir pour elle.

– Et elle pour toi, visiblement. L'autre jour, au centre, j'ai pu admirer la profonde compassion de cette jeune boursière. Sa mère l'avait trahie, la condamnant à une mort certaine, et elle, elle ressentait de la peine pour le traitement que subissait la rebelle. Elle a une lumière en elle qui chasse la part d'ombre chez les autres.

– Quand tu parles des autres, tu parles de toi ?

– Quelle leçon elle m'a donnée tout ce temps ! Je ne peux plus rester aveugle. Je ne dois pas laisser un événement du passé décider de tout mon avenir et du tien par-dessus le marché.

Un sourire compatissant dessiné sur le visage, ma mère pose la main sur ma joue, caressant l'arrondi de ma mâchoire de la pulpe du pouce. Sa douceur me surprend autant qu'elle me réconforte. Je me laisse bercer par cette proximité naissante, espérée depuis tant de temps. Elle me serre avec affection dans ses bras et je me retrouve des lunes en arrière, dans la peau de ce petit garçon qui faisait tout ce qui était en son pouvoir pour attirer l'attention de cette femme intransigeante et qui aurait donné tout ce qu'il possédait pour qu'elle lui avoue enfin son amour.

L'étreinte de ma mère prend fin et je me risque à lui reposer cette question restée sans réponse.

– De quel événement parles-tu ? Pourquoi détestes-tu autant les Sombres ?

– Quelle importance ?

– Je t'en prie, ne fais pas ça. Ne me rejette pas maintenant. J'ai besoin de savoir. Chani est une Sombre et je l'aime, tu comprends ? Dis-moi la vérité.

– Parce qu'ils ont assassiné mes parents, lors de la révolte menée en lune cent vingt.

Elle s'interrompt alors que la porte d'entrée claque. Les pas de mon père résonnent dans le hall et il atterrit au milieu du salon, le visage fermé et l'air furieux.

– Mais que t'est-il passé par la tête ? Tu penses que nous allons soutenir ton union avec cette Sombre ?

– Elle s'appelle Chani.

– Oh ! Ne commence pas, mon fils, sache que ta mère et moi ne sommes pas d'accord…

– Siun, le coupe Talia, le menton haut et fier, ne parle pas en mon nom sans m'avoir sollicitée au préalable.

Les sourcils levés, il tourne la tête vers elle, interdit. Ses yeux sont écarquillés, se demandant pourquoi sa femme intervient. Il n'a pas longtemps à attendre, car elle lui dévoile ses pensées.

– Notre fils a ma bénédiction quant à son union avec Chani Erati ou, devrais-je dire, Chani Altar. J'estime que c'est la compagne idéale pour son épanouissement personnel et professionnel.

– Tu crois que c'est la conjointe qu'il lui faut ? répète mon père sur un ton un peu sarcastique.

– Une jolie jeune femme, intelligente, déterminée, courageuse et dont l'ambition est la paix sur cette île. De plus, elle a risqué sa vie pour sauver notre fils.

Elle expire profondément par les narines puis enfonce les mains dans le canapé pour se lever. Elle vient se positionner face au haut dignitaire et lui offre un sourire forcé.

– Je suis convaincue que c'est la femme parfaite pour notre fils.

31

Chani

Laxos est au chevet de mon frère quand j'entre dans la chambre. Je me hâte d'aller les embrasser tour à tour. Depuis l'attaque de la cité, je réalise la chance que j'ai de les avoir à mes côtés et que ça peut s'arrêter du jour au lendemain. Je m'enquiers de la santé d'Iman et de sa capacité à bouger. Ce dernier devine tout de suite mon trouble.

– Que se passe-t-il, Chani ?

– J'ai… j'aimerais vous parler au sujet de…

Mes yeux se posent sur ces deux hommes, l'extrémité de mes doigts commence à picoter tant je suis nerveuse.

– Tu veux nous parler de ton union avec Hash ? demande calmement mon père.

Un peu surprise, je hoche la tête avec lenteur avant de m'asseoir à l'autre bout du lit.

– Ce n'est pas parce que je n'étais pas présent au conseil que je ne sais pas ce dont il a été question.

J'inspire un grand coup et j'empoigne mon courage à deux mains. Je me rappelle ma bonne résolution : plus de mensonges ou de cachotteries aux gens que j'aime.

Je prends mes propres décisions et je les assume.

– Nous souhaitons que notre engagement soit le reflet du désir du comité d'unir les communautés, en particulier celles qui nous identifient, à savoir les Élus et les Sombres. Elles sont aux antipodes l'une de l'autre. Mon bracelet a toujours été noir. J'ai donc l'intention de me présenter comme la fille de Sami Erati.

– Bien entendu, répond Laxos sur un ton tranquille et pondéré.

– Je ne pourrai jamais mettre en avant le fait que je suis une Altar, spécifié-je, sinon ma position en tant que Sombre n'aura plus aucun crédit.

– Je comprends.

Pourquoi est-il si calme, comme résigné ? Est-ce qu'il m'en veut ?

– Pourtant c'est ce que je suis au fond de mon cœur, lâché-je en même temps que des larmes perlent au coin de mes yeux.

Je ne sais pas pourquoi je me mets dans cet état, ou plutôt si, je le sais très bien, mais je ne veux pas me l'avouer. J'ai peur. Vraiment peur. Je suis effrayée à l'idée de perdre leur amour et de renoncer à ce lien qui nous unit.

Laxos se lève et fait le tour du lit pour me prendre dans ses bras. L'une de ses mains se positionne dans le bas de mon dos, pendant que l'autre passe sur ma nuque et loge ma tête contre son épaule.

– Tout va bien, ma fille, me rassure-t-il. Nous savons tous les trois qui tu es et c'est là l'essentiel, qu'importe le nom que tu portes. Tu auras toujours ta place parmi nous, car c'est là où tu es censée être.

Je relève les yeux et croise les iris émeraude bienveillants d'Iman. Il secoue la tête avec un large sourire affectueux. Ma main s'étire vers lui et il la saisit pour nouer ses phalanges autour des miennes. Les paupières closes, je profite de cet instant de plénitude. J'éprouve de la reconnaissance pour leur bonté et leur dévouement.

– Iman, tu me fais mal, soufflé-je, alors qu'il comprime tellement mes doigts que le sang a des difficultés pour circuler dans mes veines.

– Oh, pardon, murmure-t-il, gêné, relâchant sa prise.

Notre père part dans un fort éclat de rire et, même si nous n'en connaissons pas la cause, cette joie est communicative, aussi, nous nous laissons aller à cette soudaine allégresse.

– Je te l'avais dit, me chuchote-t-il ensuite dans l'oreille, c'est un grand coriace.

– Je t'entends, éructe Iman, agacé.

Sa mine outrée m'arrache un léger rire tandis que Laxos pouffe à son tour. Iman souffle pour montrer son énervement, mais il se détend devant notre amusement, riant lui aussi, jusqu'à ce que ses muscles meurtris le rappellent à la raison.

32

Hash

— J'aimerais te demander une faveur avant que Chani n'arrive.

Ma mère fronce les sourcils en faisant volte-face du plan de la cuisine. Elle m'examine des pieds à la tête en silence et avance ensuite le menton pour me signifier de continuer.

– C'est la robe de Chani, expliqué-je en tendant le sac dont le tissu pourpre s'échappe. J'aimerais que tu te charges de la confection d'une tenue pour l'annonce publique de notre union.

Son sourire s'agrandit, mais il risque d'être de courte durée.

– Je la veux dans le trevour que tu as précieusement conservé toutes ces lunes.

– Mais tu es devenu fou, ma parole !

– Maman, tu as bien dit que tu me soutenais et que tu me faisais confiance, c'est le moment de le prouver.

– Hash…

– Talia, j'interviens sur le même ton.

– C'est un risque… commence-t-elle.

– Que je suis prêt à courir ! terminé-je avec une grimace audacieuse.

– Tu ne vas pas juste annoncer tes fiançailles. Tu as prévu autre chose.

– Oui, il est temps que je m'implique dans les combats que je souhaite mener. J'espère avoir ton soutien, mais sache que ce n'est pas une condition sine qua non. Je suis en mesure d'effectuer mes propres choix.

– C'est ce que je constate, mon fils.

La sonnerie de la porte d'entrée nous surprend, alors ma mère part cacher le sac dans sa chambre. Je me presse d'ouvrir la porte à ma Sombre adorée, l'accueillant dans une étreinte passionnée.

– En quel honneur, ce baiser ? demande-t-elle, tout sourire, en mordillant sa lèvre inférieure.

Rien qu'à voir son petit air mutin, je suis d'avance tout émoustillé et je me sens à l'étroit dans mon pantalon en tissu bleu nuit. J'aurais dû enfiler un jogging.

– Je vais t'expliquer ça en détail dans la chambre, réponds-je en rigolant comme un gosse.

Il n'y a qu'elle pour me faire retomber en enfance et me faire rire comme un idiot.

Elle croise ma mère dans le hall et se sent embarrassée de m'accompagner dans la chambre. Je crois même qu'elle rougit un peu. Je trouve ça adorable, voire excitant, car une trique d'enfer se pointe à l'horizon sans prévenir. J'écourte leur échange, attrape avec fermeté ses doigts menus et l'entraîne à ma suite dans mon antre.

Dès que la porte se referme, je l'enserre par la taille pendant que mes lèvres fondent sur les siennes. Elles sont fraîches et douces. Je ne sais pas si la température corporelle de ma petite Sombre est un rien plus basse que la mienne, mais sa peau paraît toujours plus froide. Elle est aussi bien plus veloutée, mes doigts en profitent pour s'aventurer avec lenteur sous son chemisier. Je veux jouir du moment, caresser son ventre et effleurer ses côtes, empoigner ses seins et faire durcir ses tétons. Les légers râles de plaisir qu'elle émet pendant que je la touche me troublent à un point inimaginable. A-t-elle conscience de l'effet qu'elle produit sur moi ? Comme si mon corps était un instrument programmé pour répondre à son appétit. Et je dois avouer qu'il est sacrément bien configuré.

– Oh, Chani ! soufflé-je. Tu ne peux pas savoir toutes les choses que j'ai envie de te faire là, maintenant, tout de suite.

– Et si tu me le montrais, plutôt ?

Ses lèvres s'étirent en un sourire en coin très malicieux et mon désir devient urgent. J'ai besoin de sentir sa peau tout contre la mienne. Je déchire presque ses vêtements en les enlevant tant je suis fébrile. Elle m'aide à ôter les miens et nos corps se rapprochent tels des aimants. Je ressens ses battements de cœur irréguliers comme si c'étaient les miens et ils m'indiquent qu'elle est dans le même état que moi.

– Je t'aime, Hash, laisse-t-elle échapper, à bout de souffle.

J'ancre mes pupilles dans la couleur cuivrée de ses yeux et je la fais mienne.

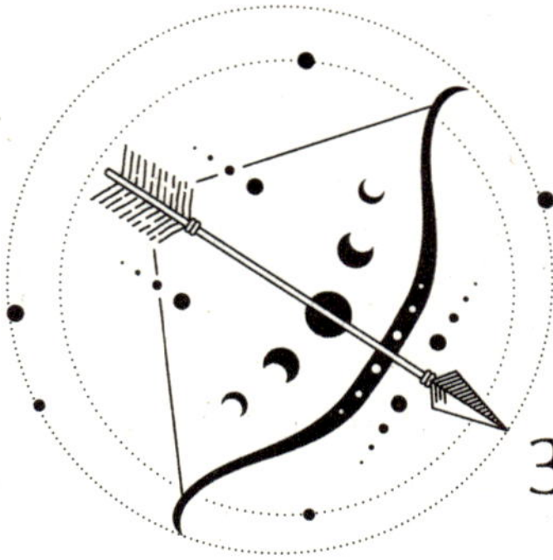

33

Chani

Je suis anxieuse ce matin malgré le calme revenu sur l'île. Je sais que le feu peut reprendre à la moindre étincelle. Les corps des insurgés et des forces de la sécurité seront incinérés dans la centrale en fin de journée.

Avec l'aval du comité, nous avons prévu un petit discours d'hommage à tous ces disparus, espérant faire entendre raison à tous ceux qui sont rongés par la haine et la vengeance. Je suis un élément clé de la lutte des classes : boursière de la communauté Sombre, fille de la cheffe des rebelles et pourtant sauveuse de la cité, voire traîtresse pour certains. Quant à Hash, ses deux familles ascendantes représentent la suprématie des Élus. Quel plus bel exemple pouvons-nous donner par notre rapprochement et par la confiance que nous nous accordons ?

Si l'on m'avait dit il y a trois lunes que je m'unirais à un Élu, je n'aurais pas voulu le croire, encore moins à Hash dont les yeux m'avaient foudroyée le premier jour. N'empêche qu'il m'avait troublée, dès le départ, énervée aussi.

L'attitude de Talia a commencé à évoluer quand j'ai révélé le complot des rebelles. Elle a en outre accepté la troisième condition de ma demande. À cet instant, j'ai saisi que la paix de la cité passait avant tout.

Depuis, son comportement n'a cessé de me questionner. J'ai même eu peur, lors de notre échappée au bal, que des membres de la sécurité ne débarquent au quartier des boursiers pour défoncer la porte de ma chambre afin d'emmener Hash. Peut-être a-t-elle finalement choisi d'abandonner son projet et de laisser son fils prendre ses propres décisions ?

Il est certain que l'attaque qui a suivi a tout remis en question. La sûreté au sein de la Cité d'Émeraude, le contrôle des communautés, le fonctionnement du pouvoir en place.

À la clinique, je n'ai plus vu cette femme austère qui méprisait le petit peuple, juste une mère angoissée qui s'inquiétait pour son enfant. Hash m'a confessé que ses grands-parents maternels étaient tous deux décédés lors d'un assaut de dissidents en lune cent vingt. Elle a probablement dû revivre ce traumatisme et elle s'est sans conteste métamorphosée, plaçant de nouvelles priorités, dont le bonheur de son fils.

Mon amoureux m'a fait livrer un paquet enrubanné qui m'a fait penser à celui de Laxos offert pour le bal. Je suis curieuse, mais aussi un peu stressée de découvrir son contenu. Le petit mot l'accompagnant est équivoque :

Le temps est venu de faire tomber les barrières.

– Tu ne l'ouvres pas ?

– Papa, lâché-je, surprise de le voir à cette heure à la maison. Qu'est-ce que tu fabriques là ?

– On se sent désiré, répond-il en plaisantant.

– Tu ne vas pas à la clinique ?

– Si, je vais y faire un saut après un bon petit déjeuner avec toi, et je reviendrai me changer pour la cérémonie de cet après-midi. Je veux être présent pour te soutenir, même si c'est en tant que membre du conseil.

Son sourire chaleureux me pousse à me blottir dans ses bras. Il arrive à m'apaiser par sa simple présence. Je me sens aimée pour ce que je représente, au plus profond de moi, et cette considération n'a pas de prix.

Nous mangeons en silence avec de courtes œillades de connivence. D'un signe de tête, il m'invite à ouvrir la boîte. Je lui montre la petite carte qui l'intrigue autant que moi.

Je défais le nœud, ôte le couvercle puis pousse un cri dès que la couleur de la robe se révèle. Je reste stupéfiée un moment, même mon père demeure sans voix. Je promène délicatement la pulpe de mes doigts sur l'étoffe. La sensation est très agréable. Le tissu est doux, lustré et moelleux, on a envie de le caresser. Certes, l'étoffe est un peu chaude pour cette saison, mais je sais pourquoi Hash l'a choisie. Et ce n'est pas à cause de sa rareté. S'il souhaite faire passer un message, on peut dire que celui-ci sera visuellement parlant.

– Tu devrais l'essayer, intervient mon père qui me voit pensive.

– Tu crois ?

– Cela ne t'engage à rien de la passer. Toutefois, si Hash t'en a fait présent, c'est pour une bonne raison.

Je l'enfile avec précaution pour ne pas l'abîmer. L'image que me renvoie le miroir est étonnante. Ce vert émeraude prononcé fait ressortir mes cheveux noirs et ma peau pâle. Je me sens étrangement belle. Cette sensation est très déroutante.

– Tu es magnifique, ma fille.

Il s'approche pour placer ses paumes sur mes joues devenues légèrement cramoisies, avant de m'embrasser le front de façon paternaliste.

– Tu devrais la garder. Elle a été confectionnée pour toi.

– J'ai peur, lâché-je sans réfléchir. Je sais que le changement est indispensable, mais je ne suis pas sûre que la plupart le voient d'un bon œil. J'aimerais tellement qu'ils le perçoivent à travers mes yeux. Cette projection prodigieuse d'un avenir heureux.

– Ce sera à toi de les convaincre, de leur expliquer les bienfaits et la nécessité de ces réformes.

J'acquiesce d'un signe de tête et me contemple à nouveau dans le miroir. Les battements de mon cœur s'accélèrent. Serai-je à la hauteur de cette attribution ?

– Je ne veux surtout pas décevoir les gens qui croient en moi.

– Tu aimes Hash ? Tu désires cette union ?

– Bien sûr !

– Visiblement, il croit en toi au point de remettre toutes nos lois en doute en t'offrant cette robe de fiançailles. C'est un point de non-retour qu'il est déterminé à franchir avec toi. La question à se poser est : toi, es-tu prête ?

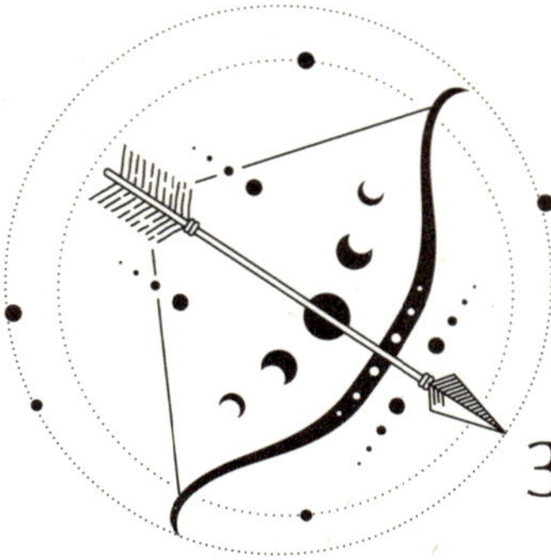

34

Chani

Les paroles de mon père ont mûrement cheminé, jusqu'à ce que mon cœur s'apaise et que je sois en paix avec ma décision. Je ferme les yeux pour me concentrer sur ma respiration, me rappelant les embruns et le vent des terres du Nord avant d'admirer le reflet des rayons du soleil dans les immenses miroirs de l'Empire Consort.

J'enfile les escarpins assortis à la tenue et les jolies boucles d'oreilles offertes par Erynda à l'occasion de mon anniversaire. Mon regard s'attarde sur mon bracelet noir. Je décide de glisser à mon poignet celui de mon ami. Elis ne méritait pas de finir poignardé dans la ville des Élus. Il avait sacrifié une partie de sa jeunesse pour intégrer l'Institut et pouvoir réaliser ses rêves. Il me manque énormément.

Je rassemble mes idées en vue de rejoindre l'agent Curtis, venu me chercher en biplace. Ses yeux s'agrandissent en me voyant, mais il a la bienséance de ne faire aucune remarque.

Le vent s'engouffre dans mes cheveux aussi foncés que la teinte du charbon des falaises et je sens à mon poignet les bracelets noir et blanc danser sur ma peau.

Je suis prête.

Je l'ai toujours été.

35

Hash

Quand Chani pénètre dans le salon, mon cœur rate un battement. Elle est magnifique, l'étoffe épouse ses formes et le vert profond fait ressortir son teint d'albâtre. Ses cheveux lâchés semblent voler sur ses épaules. Elle n'est que très peu maquillée et c'est ainsi que je la préfère, naturelle et spontanée.

Si je n'étais pas déjà fou d'elle, je tomberais amoureux d'un simple regard, surtout quand ses incroyables prunelles mordorées me fixent de la sorte. Je n'ai qu'une envie : plonger dans ses yeux et m'y perdre, fusionner et rester avec elle pour l'éternité.

– Tu es sublime, prononcé-je en l'accueillant d'un fougueux baiser.

– Cette couleur te va à ravir, souligne Talia.

– Je… je vous remercie, répond ma petite Sombre d'une voix plus timide que d'habitude. Je ne suis pas certaine que les autres descendants des fondateurs soient de votre avis.

– S'ils sont encore en vie, c'est grâce à toi. Tu représentes la figure du changement, et il est grand temps que je t'accompagne dans ta destinée, dis-je en la couvant des yeux.

– Tu penses ce que tu dis ? Tu crois que c'est mon avenir ?

– C'est toujours ce que tu as pressenti, non ? Que tu étais là pour une bonne raison ?

Elle hoche la tête, l'air songeur. Je commence à la connaître, je sais que son cerveau carbure à toute allure.

– Chani, dis-moi ce que tu ressens.

– Petite, beaucoup pensaient que ma naissance était un signe, car les planètes se sont superposées au moment où je suis venue au monde.

– C'est donc tout naturellement que tu dois suivre ton chemin.

– Et toi ? C'est risqué de te présenter habillé de noir avec une étudiante du Nord vêtue de vert émeraude.

– Je ne prends pas notre union à la légère, et j'ai l'espoir que nous pourrons amorcer un changement bénéfique afin d'éveiller les consciences.

– Chani a raison d'angoisser, certains ne seront pas réceptifs, ils ne veulent pas amoindrir leur pouvoir ou perdre les avantages acquis grâce à leurs ancêtres.

– Et toi, qu'en penses-tu ? Tu étais l'une des premières opposantes aux réformes de nos lois.

– C'était avant.

– Avant quoi ?

– Avant ce nouveau soulèvement, avant vous deux, avant Chani.

– Que s'est-il passé exactement lors de la révolte en lune cent vingt ? J'ai besoin de le savoir, maman. Il est nécessaire de connaître l'histoire et ses conséquences pour s'aviser de la situation et être au fait des idéologies contre lesquelles nous nous battons. Je t'en prie, ajouté-je face à son hésitation.

Elle s'assied dans le canapé et nous invite à en faire autant. Elle se sert un verre d'eau, sa paume tremble un peu. Ce trouble émotionnel ne lui ressemble pas. Le moment est venu pour elle de se libérer et de rompre sa cuirasse. Je me lève et me range à ses côtés, prenant avec délicatesse sa main dans la mienne pour lui montrer toute ma compassion.

– J'avais 10 lunes à l'époque, commence-t-elle d'une voix triste et nostalgique. Je m'en souviens néanmoins comme si c'était hier. Les cris, les supplications et aussi cette odeur, un certain mélange de sapin et de transpiration qui se dégageait de ces hommes, ces Sombres.

Son regard se perd un instant dans le vague avant de s'assombrir peu à peu. Sa respiration devient plus lourde, j'ai le sentiment qu'elle revit une période déchirante de son enfance. Quand on a une carapace si épaisse que la sienne, c'est souvent pour faire taire la douleur qu'on n'arrive plus à supporter.

– Le grand portail au côté ouest était encore en bois. Ils ont réussi à le défoncer à l'aide d'une sorte de bélier monté sur un transporteur volé pour rentrer de force dans la cité. Une partie des rebelles avaient fait diversion à la porte nord et nos agents, bien moins nombreux en ce temps-là, s'étaient regroupés pour défendre cette entrée. Ceux qui ont pénétré par la porte à l'ouest étaient les mieux entraînés. Entre 20 et 30 lunes, bien bâtis, agiles et futés, ils ont progressé aussitôt vers les demeures les plus reculées, dans le quartier des hauts fonctionnaires. L'alerte avait donc été donnée dans la ville depuis au moins une heure et nous nous étions réfugiés à l'étage en barricadant la porte.

– Qui était avec toi ?

– Mes parents et ma grand-mère. On a entendu des bruits de verre brisé, et après, des pas dans le couloir. La chambre parentale était aménagée comme une petite suite avec un coin salon. Mon père a demandé de l'aide à ma mère pour soulever la pierre qui recouvrait la table basse. Il m'a ordonné de me cacher dans le socle. Les arêtes avaient été sculptées dans le bois et les côtés étaient tissés à l'aide de fines tiges de trassi. Je ne voulais pas me retrouver là, j'avais peur. Il a ajouté de ne pas faire de bruit et de ne sortir sous aucun prétexte. Il a attrapé le foulard de ma mère et m'a demandé d'en recouvrir ma bouche, afin d'étouffer le bruit de ma respiration hachurée. Ils ont replacé la tablette puis ont regagné l'autre pièce. La porte a cédé et ils sont entrés. Ils étaient trois.

Son ton change, il se charge de haine et de douleur. Elle déglutit, aspirant presque l'entièreté de ses joues entre ses mâchoires. Elle secoue le visage, mais aucun son n'en sort. Ses yeux gris acier se baignent de larmes, mais elle les retient. Elle tente de réguler sa respiration avant de poursuivre.

– Ma grand-mère a hurlé. L'un d'eux, un grand barbu à la crinière rousse et à la peau diaphane, l'a attrapée par les cheveux et lui a fracassé la tête de son poing sur le chambranle qui séparait les deux pièces. Elle est tombée inerte sur le sol. Mon père s'est défendu comme il le pouvait, mais il ne faisait pas le poids face à ces enragés. Il a pourtant eu le temps de tirer avec le pistolet à plasma et en a touché un en plein front, qui s'est effondré en même temps que sa cervelle a repeint les murs. Mais ils étaient trop rapides. Le plus musclé s'est élancé vers mon père et l'a poignardé dans le ventre à plusieurs reprises, pendant que le roux propulsait ma mère dans le salon d'une seule gifle. J'étais sur le point de réagir. Elle se trouvait à un mètre de moi. Elle s'est doucement relevée à quatre pattes et, avant qu'il ne l'empoigne par ses longs cheveux noirs, m'a fait un signe discret de la tête pour me dire de ne pas bouger. J'ai entendu son « Je vous en prie » et puis des bruits sourds qui cognaient contre la table. J'ai plaqué le foulard contre ma bouche et mon nez. J'ai cru que j'allais mourir, de peur, de suffocation, qu'ils allaient finir par me trouver et me faire du mal. Le corps de ma mère a chuté contre le sol, de la même manière qu'un objet qu'on laisse tomber. Son visage était recouvert de sang. Son front semblait comme éclaté et ses yeux, grands ouverts, fixaient le plafond. Il s'est penché sur son œuvre et il a frotté sa main remplie du fluide vital de ma douce mère sur sa belle robe verte. Il riait. Mon regard a été attiré par le bracelet à son poignet, plus que par ses traits. Un bracelet noir. Le blond baraqué lui a donné une tape sur l'épaule, lui intimant de partir et de continuer leur voyage. Les dirigeants n'ont jamais été témoins d'une telle hécatombe. Ils avaient décidé d'annuler pour une période de vingt lunes la loi de l'enfant unique.

– Tu ne m'en avais jamais parlé avant. Je savais que tes parents étaient morts lors de la révolte qui a eu lieu il y a trente-cinq lunes, mais… je n'étais pas au courant des circonstances de leur décès ni du fait que tu y avais assisté.

– Lorsque Tanos a parlé de gotras galeux, il n'était pas si loin de la vérité, en tout cas cette nuit-là. Finalement, ma grand-mère n'est pas décédée de ses blessures, et quand elle a demandé le lendemain où je me trouvais, personne ne le savait.

– Tu es restée terrée tout ce temps sous la table ?

– Quand ils m'ont dénichée, il paraît que j'étais en boule, le regard hagard. Je n'ai plus parlé pendant des mois. Des cauchemars m'ont hantée pendant des lunes. Je revoyais le visage fracassé de ma mère, j'entendais sa supplication avant les bruits sourds, et après, le ricanement de cette ordure. Ils finissaient toujours de la même façon. Il frottait sa main ensanglantée sur la robe en trevour et ensuite ses phalanges s'insinuaient à travers les tiges de trassi pour m'attraper.

– Je suis désolée.

La voix chevrotante de Chani me donne des frissons. Beaucoup pensent que son empathie est une faiblesse, mais elle symbolise l'entraide, le partage et la coopération.

– Tu n'as pas à l'être, Chani. Ce serait plutôt à moi de te présenter des excuses pour ce que nous t'avons fait endurer. La haine est un sentiment qui dévaste tout. Elle m'a très longtemps habitée, et puis je t'ai rencontrée. Une tête brûlée, mais avant tout une idéaliste qui se bat pacifiquement pour ses convictions et qui souhaite améliorer le monde. Je t'ai suivie dans ton parcours, et le moins que l'on puisse dire, c'est que cela a été très instructif pour moi. Tu m'as fait réaliser que l'amour est une force, et le pardon, une bénédiction. Je ne te remercierai jamais assez pour ça. Je n'ai jamais vu mon fils si combatif et passionné. Il te chérit de tout son cœur et je me dois de le soutenir dans ses décisions, à présent.

– Maman…

– Laisse-moi finir, tu veux bien, mon fils. Je te présente aussi des excuses. Je t'ai poussé à toujours te surpasser et à ne pas t'attacher afin que tu ne souffres pas et que tu ne deviennes pas une victime. Et tout ce temps, je n'ai pas imaginé que j'étais celle qui t'apportait cette souffrance que j'espérais t'épargner. Quelle ironie !

La porte d'entrée s'ouvre à la volée et mon père apparaît sur le seuil. Il semble surpris de nous voir rassemblés dans le salon, surtout quand il découvre nos mines affligées.

– C'est quoi cette farce ? grogne-t-il après avoir pris connaissance de nos tenues vestimentaires.

Je me lève et tire sur la veste de costume d'un noir profond. Je redresse le dos et bombe le torse avant de m'adresser au chef de la sécurité.

– C'est le futur qui est en route.

36

Hash

L'agent Curtis ouvre la porte centrale de l'Empire Consort, nous marchons en silence jusqu'au cœur du plateau en haut de l'escalier. Chani me broie les doigts, alors je caresse le dos de sa main de mon pouce pour la calmer.

Une brise douce et fraîche s'est levée, comme pour saluer cette annonce et rendre ce temps ensoleillé supportable au pied de cette tour de miroirs. La foule est réunie en bas des marches. Même de loin, j'arrive à discerner les habitants des différentes communautés. Ceux de la cité se sont parés de leurs plus beaux ornements vert émeraude, en plus de leur bracelet distinctif. Les autres ont revêtu des tuniques à la couleur de leur région. Parfois, il suffit d'examiner la façon de se coiffer ou le teint hâlé de leur peau pour deviner de quel coin de l'île ils proviennent. Même leur stature parle pour eux. Le corps dévoile beaucoup plus sur une personne qu'on l'imagine. Sa réaction traduit souvent la crainte ou la joie, de même que la tristesse ou la haine.

Les yeux de Chani m'ont révélé toute sa ténacité, mais aussi toute l'arrogance et la fierté dont elle faisait preuve en intégrant l'Institut. Étrangement, je me suis reconnu en elle.

Je scrute ses iris à présent et je me plonge dans toute la tendresse qu'elle éprouve, un peu comme si elle m'ouvrait son cœur, et ce que j'y lis me transporte et me rassure.

Le brouhaha de la foule s'arrête dès que les habitants nous aperçoivent. J'avance au bord des marches en entraînant ma petite Sombre. Pendant que les membres des communautés nous examinent, leurs yeux s'écarquillent au fur et à mesure de leurs observations. Ils se rendent compte que notre tenue vestimentaire ne correspond pas à nos bracelets. J'en vois certains faire des messes basses, d'autres s'exclamer plus franchement.

Talia vient alors se positionner à mes côtés tandis que Sami Erati rejoint Chani. Le silence s'établit à nouveau dans l'assemblée, jusqu'à ce que ce rageux de Frerik Brissor tonitrue :

– Vous bafouez nos lois ! Elle n'a pas le privilège de porter cette couleur, pas plus que le bracelet blanc à son poignet.

Ma mère avance d'un pas pour prendre la parole, mais je l'arrête dans son élan, secouant la tête de façon déterminée. Je lâche les doigts de Chani et lève la main droite pour faire taire les personnes réunies qui palabrent à présent dans tous les sens depuis le petit numéro de Frerik.

– Je vous remercie d'être présents en cette heure, vous, les représentants de nos quatre communautés. Les Sombres, comme cette merveilleuse jeune femme qui se tient auprès de moi. Les Solaires, représentés entre autres par Irina, la grand-mère de mon ami. Les Célestes, inspirés par la sagesse incarnée d'Amina. Et les Élus, dont ma famille fait partie. Je ne vais pas vous mentir, c'est un triste jour que celui-ci. Le jour où nous allons rendre à la terre nos semblables qui se sont battus lors de cette troisième rébellion. Des pertes qui endeuillent des foyers aux quatre coins de l'île. Nous déplorons autant de blessés et de disparus dans la Cité d'Émeraude que dans les autres communautés. Il est temps de mettre un terme à ces carnages. Trois insurrections en cent cinquante-cinq lunes, c'est trois de trop. Nous sommes les seuls rescapés de cette planète qui se meurt et nous ne sommes pas capables de nous rendre compte à quel point la vie est précieuse, à quel point nous sommes bénis d'avoir pu échapper à ce cataclysme.

– Bénis ? intervient un type de l'Est en brandissant son bracelet jaune, vous possédez tous les pouvoirs et tous les avantages.

– Oui, vous avez raison, mais c'est sur le point de changer. Le temps de la guerre est terminé. Définitivement. Une politique de renouveau devient indispensable à notre survie.

Cette déclaration n'est pas au goût de l'entièreté du conseil, aussi, je m'empresse de continuer mon allocution avant d'être interrompu ou, pire, arrêté.

– Je ne suis pas là pour faire le procès de quiconque, je serais mal avisé de me placer en juge. Je suis ici pour vous annoncer que je vais m'unir à Chani Erati.

Des cris de stupéfaction montent dans les airs et la voix de Brissor se fait entendre par-dessus le flot des nombreuses onomatopées.

– Tu vas t'unir à une Sombre alors qu'elle n'a pas encore gagné l'attribution de son bracelet ! Elle porte une robe…

De rage, j'ôte mon bracelet vert émeraude, attrape le bras de Chani, arrache les deux bracelets qu'elle porte au poignet et les envoie valser à travers les marches en direction de Brissor. Cette action a l'avantage de le faire taire sur-le-champ. Son corps est figé, ses yeux sortent de ses orbites. Je viens de capter l'attention de la foule.

L'un des conseillers fait signe à une poignée de gardes de procéder à mon arrestation, mais Curtis les en empêche d'un seul regard. Il est loyal à la famille Aiden depuis toujours.

– Au diable ces couleurs et ces bracelets, vociféré-je. Ils représentent des marques de clivage et des choix qui s'avèrent obsolètes. Nous avons tous besoin de changement. Nous le devons à toutes ces personnes à qui nous allons dire adieu cet après-midi.

– Et tu vas choisir pour femme la fille de la cheffe des rebelles ? demande Frerik, qui commence sérieusement à m'exaspérer. Tout le monde est au courant pour son implication.

– Justement ! Chani Erati n'est pas coupable des décisions ou des actions de sa mère. Elle a choisi en son âme et conscience de sauver la cité. C'est à chacun que revient la démarche d'aider nos communautés et notre prochain. Ma préférence va vers cette femme, parce que je l'aime et parce que je l'admire. Je suis émerveillé de voir sa détermination et sa combativité pour améliorer le système en place. Elle a été et est toujours pour moi un exemple. Un modèle de courage et de force. Alors je veux croire en cet avenir meilleur, en ce futur plus égalitaire, en cette vie de partage et de paix. Il est temps que nous bâtissions un véritable fleuron pour notre descendance. Un monde où chacun trouvera sa place et se sentira utile. Avec Chani, nous souhaitons personnifier cette évolution et nous espérons surtout nous en montrer dignes. Nous avons pour ambition de réaliser des projets incluant les quatre communautés afin d'avancer ensemble dans la même direction.

Mon cœur pulse à un rythme endiablé. Je m'attends à me faire incendier par mes pairs ou lyncher par les Sombres. Contre toute attente, Amina, la chamane des Célestes, frappe son bâton de sourcier sur le sol et se dirige vers le bas des marches. Elle se penche, récupère les trois bracelets et les enlace dans sa paume.

– Les esprits aspirent à la sérénité. Vous avez tout mon appui.

– Beaucoup d'entre nous se sont égarés. J'espère qu'ils retrouveront le chemin vers la paix, enchérit Irina chez les Solaires.

– Ma femme a ruminé une vengeance et une haine qui nous a détruits à petit feu. Je veux donner une chance à la nouvelle génération. Je crois en ma fille et en ceux qui l'ont soutenue et aidée.

Ma mère observe Sami Erati d'un œil critique, mais ne l'interrompt pas. Il n'y a qu'une poignée de personnes qui sont au courant du rôle qu'il a joué dans la révolte et ce n'est pas le meilleur instant pour mettre de l'huile sur le feu.

– Nous fêterons leur union dans dix jours, conclut-elle.

Dans dix jours, Chani sera mienne. Je sais qu'elle l'est déjà, dans son cœur et dans sa tête, mais ce sera officiel et elle sera mienne pour l'éternité. Je me tourne vers elle, découvrant ses pupilles affolées. Dix jours, c'est court, et je comprends l'inquiétude qui la gagne.

Je lève le bras pour effleurer sa joue du dos de la main. Elle est fraîche malgré les rayons du soleil qui se reflètent dans le doré de ses yeux.

– Tout va bien se passer, lui chuchoté-je, je t'aime, Chani.

37

Chani

Je remarque qu'ils attendent tous que je parle, mais j'ai besoin d'une poignée de secondes supplémentaires pour calmer ce déchaînement d'émotions qui déferle en moi. Mon bref silence questionne l'assemblée.

– Est-ce qu'elle envisage vraiment de s'unir à un Élu ? interroge un jeune homme avec une voix forte.

Ce timbre ne m'est pas inconnu. Je ne mets pas longtemps à le reconnaître, malgré ses cheveux coupés court à présent.

– Oui, Drax, je le veux. Ce n'est pas une obligation ou une stratégie mise en place, c'est avant tout un choix de cœur. Mais c'est aussi une promesse pour l'avenir. Je vous en prie, ne répétons pas les erreurs du passé. Non seulement la politique du régime sur l'ancien continent, mais de plus, les fautes que chaque communauté a commises depuis son arrivée sur l'île. Si Lexi Santos avait mené à bien la rébellion, elle aurait signé la fin de notre espèce. Nous ne pouvons pas nous permettre de perdre les technologies que nous avons pu sauver ou développer. Presque huit cent mille personnes ont péri lorsque la météorite s'est écrasée sur le continent, et nous, après cent cinquante-cinq lunes, nous sommes toujours en train de nous faire la guerre. Mais qu'avons-nous appris des erreurs du passé ?

Ma voix s'étrangle en même temps que la colère me gagne. Je repense à toutes ces morts inutiles, je revois le visage lumineux d'Elis et son sourire étincelant, et ce souvenir me broie le cœur.

– Mon ami, Elis Tarque, a été poignardé non loin d'ici alors qu'il n'était pas armé. Il venait de la communauté Céleste et c'était un boursier à l'Institut. Il rêvait de paix et d'un monde meilleur. Il avait intégré l'académie afin d'étudier la médecine, mais avait bifurqué ensuite vers la géobiologie en vue d'améliorer la vie des habitants de notre île.

Je marque une pause, mon cœur est prêt à exploser. Toute l'assemblée est tournée vers moi, aussi, je dois essayer de trouver les bons mots qui pourront les toucher et leur faire comprendre l'urgence de la situation ainsi que l'importance du changement.

– Je veux croire… Non, j'ai besoin de croire qu'il n'est pas mort pour rien. Nous sommes avant tout des Cyrians, bien avant d'être des Sombres, des Solaires, des Célestes ou des Élus. Je suis fière d'être une Sombre. J'aime le Nord, ses falaises noir charbon, les gouttelettes salées que le vent transporte et dépose en fine pluie sur nos cheveux, l'effluve camphré des conifères de la forêt, l'émanation d'ambre et de musc dégagée par les champignons et la douceur de la mousse fraîche sous nos pieds en plein été. J'aime les gens du Nord qui bâtissent des édifices et créent de leurs doigts habiles toutes sortes d'objets. Ce sont des personnes entières, téméraires et dégourdies. J'aime leur franc-parler, leur rire gras et leur peau laiteuse.

Sami avance de quelques pas, entourant mes épaules de ses bras aux muscles saillants. Son geste apporte un poids supplémentaire à mes propos.

– J'aime l'Est, ses champs de céréales à perte de vue qui se balancent au gré du vent, ses grandes prairies humides où les enfants courent et jouent en s'amusant, la musique des compositeurs qui enchante les ruelles et leurs chansons qui trottent dans nos têtes pour des dizaines de cycles, les réalisations des peintres et des sculpteurs qui enrichissent et embellissent les quatre coins de l'île, les chorégraphies des danseurs qui nous rappellent à quel point nous sommes émotion et énergie. J'aime les gens de l'Est qui nous procurent joie et rêve par leur imagination fertile. J'aime leur sensibilité, leur ouverture, leur simplicité et leurs cheveux blond doré comme les blés.

Mes lèvres s'étirent en un sourire amical et bienveillant envers les envoyés des communautés Solaire et Céleste, qui écoutent avec le plus grand respect mes paroles.

– J'aime l'Ouest, ses bâtisses d'un blanc éclatant parsemées d'allangas bleues et violettes, son temple méditatif et les multiples enseignements que l'on peut en retirer, sa montagne qui se perd dans les nuages et sa source relaxante près du lac vivifiant. J'aime les gens de l'Ouest qui allient sagesse et connaissance pour développer bien-être et paix afin d'atteindre une parfaite félicité. J'aime leur regard bienveillant, leur générosité, leur accueil chaleureux et la sérénité d'esprit qu'ils nous apportent.

Je me dégage doucement des bras de Sami et rejoins en deux enjambées mon Élu élégamment vêtu dans son costume noir.

– J'aime le Sud, sa Cité d'Émeraude aux mille lumières et aux senteurs florales incomparables, son Institut et son immense bibliothèque numérique qui me donne le tournis, ses petites ruelles commerçantes et tapageuses, ses vêtements aux étoffes plus légères qu'une plume ou plus douces qu'une peau de bébé, ses créations de bijoux composées de pierres étincelantes et ses tavernes aux mets parfumés et originaux. J'aime les gens du Sud qui sont les gardiens de notre passé et qui conservent le peu de souvenirs de notre terre ancestrale. J'aime leur détermination et leur combativité, leur esprit vif et critique, leur sens du devoir et leur respect de la hiérarchie.

Mon cœur bat toujours la chamade, j'ai néanmoins retrouvé une paix intérieure qui m'aide à peser mes paroles afin de rassembler nos communautés et d'apaiser les dissensions au sein des membres présents.

– Aujourd'hui, plus que jamais, j'appelle à l'unification et au pardon. Notre âme ne peut être libérée que dans l'indulgence et dans l'amour de l'autre. Le cheminement n'est pas aisé, il n'est pourtant pas insurmontable. Songeons aux générations futures, préservons nos ressources et développons nos technologies pour améliorer la vie de tous.

– Pensez-vous que le conseil ou la sécurité n'a plus sa place au sein de votre système parfait ? lance un haut dignitaire de la cité.

– Bien sûr que si, mais dans une version plus juste. Il est nécessaire de fixer des limites, d'établir des lois et de les faire respecter pour éviter l'anarchie.

Hash me rejoint sur la dernière marche et enroule ses doigts aux miens. Son regard est affectueux et compatissant. Je lui laisse le soin de poursuivre la conversation.

– Nous prônons un conseil composé de mandataires des quatre communautés. Les habitants pourront choisir des personnes afin de les représenter. Ces émissaires traiteront les dossiers importants et évalueront les sujets sensibles. Il est nécessaire que chaque collectivité puisse faire entendre sa voix et ses desiderata.

– Vous voulez tout modifier ? demande alors le père de Hash. Vous ne siégez même pas au conseil.

– Les transformations s'effectueront petit à petit, argumenté-je, en accord avec toutes les parties mises en place. Nous désirons que tous aient accès aux connaissances afin de pouvoir décider de leur avenir et de se former pour l'activité requise. L'érudition de la population ne peut être que bénéfique pour notre peuple et son développement futur. Nous sommes conscients du fait que ces idéaux rencontreront des obstacles dans la pratique. Voilà pourquoi nous souhaitons dans un premier temps bâtir une cellule de travail au sein de l'Institut en vue de rencontrer les habitants des quatre communautés et établir avec eux une liste des priorités et des améliorations souhaitées. Nous sommes persuadés que la génération à venir dispose d'une profonde envie d'étendre et de parfaire le système actuel. Nous ne souhaitons pas siéger au conseil, nous espérons pouvoir nous occuper de cette cellule, véritable lien entre les communautés. Sa gestion par nos soins reste un peu prématurée au vu de notre parcours d'apprentissage, mais Hash et moi sommes déterminés et motivés.

– Vous pensez que c'est aussi simple que cela ? tempête Siun Bless. Qu'il suffit de changer la couleur de vos vêtements et de retirer votre bracelet pour que tout bascule !

– Mes parents sont morts durant la deuxième révolte, certains ont perdu leur famille lors de cette troisième attaque. Notre génération, ainsi que les précédentes, doit pouvoir se remettre en question. J'avoue que ce serait faire preuve de fourberie de ne pas donner une chance à nos enfants de perfectionner le modèle effectif. Je bénis l'union de mon fils avec Chani Erati et je suis toute disposée à examiner leurs propositions.

J'ai toujours des difficultés à croire en ce revirement de situation. L'attitude et les paroles de Talia Aiden semblent pourtant bien démontrer l'inverse. La relation établie avec Hash entraîne des réactions auprès de nos proches et influe de façon considérable et positive sur nos projets.

Alors que nous descendons les marches pour nous mêler aux membres des quatre communautés, mon Élu m'attrape par la taille et pose un chaste baiser sur ma tempe. Il en profite pour me taquiner.

– Chani, la figure de proue du changement, murmure-t-il au creux de mon oreille, tandis que ses lèvres effleurent le lobe. Ma petite Sombre.

– Mon idiot d'Élu, chuchoté-je avec une pointe de sarcasme.

Ses pupilles s'accrochent aux miennes, m'offrant un sourire radieux et charmeur qui, lentement, s'élargit en coin. Il ne me tient pas rigueur de ma maigre vanne stupide. Au contraire, ses yeux me font comprendre qu'il n'a qu'une seule envie : me prendre sur-le-champ et se fondre en moi. Je sens le rouge me monter aux joues, mais, malgré la foule et le sérieux de la situation, Hash ne peut s'empêcher d'être joueur.

– Avoue que tu aimes ça, souffle-t-il dans mon oreille, avant que sa langue n'en lèche discrètement le contour.

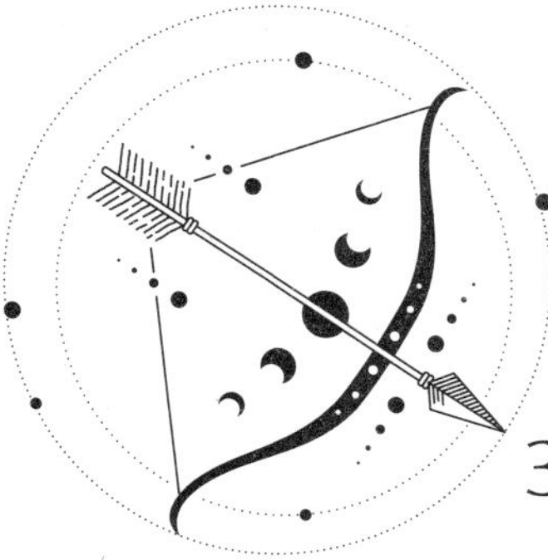

38

Chani

Ces dix derniers jours ont filé à la vitesse de l'éclair. Une multitude de détails à régler m'ont bien pris la tête. Heureusement que j'ai pu compter sur la mère de Hash, elle a tout orchestré d'une main de maître. Les noces auront lieu en grande pompe dans la salle de bal de l'Empire Consort. Tous les membres du conseil de la cité sont invités, ainsi que les émissaires des autres communautés. Avec Hash, nous avons convié quelques connaissances de l'Institut et une petite poignée d'amis d'enfance à se joindre à la fête.

Iman est sorti de la clinique depuis une semaine et j'en ai profité pour passer du temps en sa compagnie. D'abord, parce qu'il a failli m'être enlevé, et ensuite, parce que je vais quitter la maison dès ce soir. Parler de notre foyer alors que je n'y ai vécu qu'une infime partie de mon existence me paraît étrange, mais cette demeure symbolise un pur moment de paix et de joie profonde que j'ai pu partager avec mon père et mon demi-frère.

Je réunis la tenue et les accessoires pour la cérémonie. Une pièce a été aménagée à l'Empire Consort pour me préparer.

Dans le local prévu à cet effet, j'enfile la longue tunique noire que la couturière de Talia Aiden a confectionnée avec soin selon mes mesures. Je repense à la robe d'union de Lexi que Nora avait reprise pour mon premier bal à l'Institut. J'étais encore si crédule et cette couleur portée évoquait tant d'espoir. Je ne vois plus les choses sous le même jour.

Je suis persuadée d'avoir fait le bon choix en acceptant de m'unir à Hash. Je sais dorénavant que notre amour peut résister à toute difficulté et réduire à néant les obstacles qui s'érigeront sur notre parcours.

Je jette un œil à l'immense miroir mural qui se dresse devant moi. Mes cheveux noirs ont été rassemblés dans un chignon apprêté, serti de minuscules perles et d'émeraudes que Hash a souhaité que je porte. Mon maquillage est léger et frais, ma robe en bustier met en valeur les courbes de ma silhouette. Les petites boucles d'oreilles m'ont été offertes par Talia. Elle les arborait déjà à ses propres noces, ce sont des bijoux qui appartiennent à sa famille depuis des générations. J'ai été honorée et aussi agréablement surprise qu'elle me les prête pour ce jour spécial. Les talons de mes sandales semblent un poil trop hauts et j'espère pouvoir les supporter suffisamment longtemps sans attraper d'ampoules.

J'entends la porte qui s'ouvre derrière moi, alors je me dépêche de saisir la bague offerte par mon Élu pour nos noces. Je me plie en avant vers la table basse quand un impact sur le miroir fait voler le verre poli en des milliers d'éclats. Certains se fichent dans ma chevelure tandis que d'autres rebondissent sur ma tenue. Seul l'un d'entre eux érafle mon visage, causant une petite coupure sur ma joue droite. Mon instinct de préservation prend le dessus et je me jette sur le côté, tout en regardant dans la direction opposée.

Frerik Brissor se tient sur le seuil de la pièce, un pistolet à la main. Ses yeux m'envoient des éclairs et des injures sortent de concert de sa bouche grimaçante. Il grommelle et je comprends qu'il râle, car il a raté son coup. Je distingue un « Saloperie de Sombre » avant le bruit aigu que lance le pistolet pour avertir qu'il est à nouveau chargé et prêt à être utilisé. Je me suis redressée sur ces entrefaites, prête à balancer la chaise devant moi à toute volée afin d'écarter son arme. Je m'arrête net dans mon élan quand je découvre l'énorme vase qui s'abat sur le crâne en sueur de mon assaillant. Le choc l'assomme sur le coup et sa tête heurte violemment le sol.

Talia se tient debout, dans sa magnifique robe en soie gris acier d'une teinte comparable à ses magnifiques prunelles déconcertantes, et paraît stupéfaite de se retrouver avec le quart du récipient en terre cuite dans la paume des mains. Elle finit par lâcher ce morceau d'amphore avant de me rejoindre en quelques enjambées. Elle n'hésite pas à franchir le corps de Frerik sans prêter la moindre attention à sa figure ensanglantée.

– Tu n'as rien ? s'assure-t-elle en prenant mon visage en coupe, le tournant d'un demi-tour vers la droite et ensuite vers la gauche.

Elle lâche un petit cri en apercevant ma coupure. Je lui explique brièvement que ce n'est pas grave et qu'elle n'est pas profonde, tout en vérifiant que Brissor reste évanoui. Peut-être est-il mort ? Un léger gémissement m'informe de son état.

La porte s'ouvre à nouveau, révélant l'agent Curtis qui cherche sa supérieure. Quelle n'est pas sa surprise d'identifier des morceaux de verre qui jonchent le sol, et parmi eux, le corps presque inanimé d'un jeune Élu ! Ses yeux écarquillés viennent ensuite se poser sur les mains de Talia qui encerclent mes joues, pour finir par s'agrandir quand il remarque le petit filet de sang qui coule doucement le long de ma pommette.

Je sors de ma torpeur et me penche pour ramasser l'arme que tenait Brissor quelques minutes auparavant. Je la tends à Curtis en expirant profondément.

– Aucune information ne doit s'échapper de cette pièce, lancé-je à son intention malgré son statut d'autorité.

Il m'observe, ébahi, ne sachant comment réagir.

– Cette union est cruciale pour l'entente des communautés. Apprendre qu'un Élu a cherché à m'abattre déstabiliserait les Sombres présents et mettrait en péril la promesse d'un avenir meilleur, que Hash et moi avons tenté de leur transmettre.

– Je comprends bien, commence Curtis, mais il n'a probablement pas agi seul. Comment a-t-il pu s'équiper d'une telle arme et passer les portails de la sécurité ?

– Curtis a raison. Qui lui est venu en aide ? Une autre menace pèse peut-être sur la cérémonie ou l'assemblée ? Même peut-être sur Hash !

– Ne nous affolons pas. Je vais soigner cette éraflure pendant que vous prévenez vos agents d'un potentiel danger. La priorité est la protection de Hash.

– Et la tienne aussi, intervient Talia. C'est toi qui étais visée.

– Je vais justement vous réclamer une faveur, celle d'aller avertir avec discrétion votre fils. Capitaine Curtis, ne changeons pas les plans, cela mettrait la puce à l'oreille des membres présents. Pourriez-vous renforcer le périmètre et vérifier la légitimité des personnes qui assistent à la cérémonie ?

– Je vais demander à Siun de dresser en vitesse la lignée de ce Brissor afin d'écarter tout participant avec un lien de parenté, réplique Talia.

– Heureusement que nous n'avons pas laissé entrer les invités dans la salle. Nous allons tous les fouiller, y compris les dirigeants du haut conseil. Seuls les agents dont je me porte garant garderont leur arme. S'il devait vous arriver malheur, que ce soit à vous ou au jeune Bless, je ne me le pardonnerais pas et Lucinda m'écharperait, peu importe l'état dans lequel elle est encore à l'heure actuelle.

Talia se tourne vers moi et hésite à partir. Je lui fais un signe de la tête et lui demande de faire venir Laxos. Je le mettrai au courant de la situation.

– Et ton… Sami Erati ?

– Je préfère qu'il ne sache rien. Je ne lui fais plus confiance.

Curtis appelle un de ses agents, lui ordonnant de rejoindre avec un sédatif et des liens de serrage la pièce où je me prépare.

39

Hash

Je suis sur le qui-vive depuis mon arrivée dans la salle. Iman me lance des œillades perplexes, il doit se demander pourquoi Laxos est allé retrouver Chani. Sur requête de ma mère qui plus est. La pression que je ressens est à son comble. Je ne me serais jamais douté de l'extrémisme de mon camarade de classe.

Brissor était un fervent défenseur de notre cité et des avantages accordés aux Élus, mais de là à transgresser les lois et à tenter d'abattre une Sombre, *ma Sombre*, il va s'en mordre les doigts. Dès que notre union aura été prononcée, j'irai le trouver, et il va très vite comprendre la signification du mot douleur.

Curtis apparaît au fond de la salle, hochant discrètement la tête pour mentionner que tout est sous contrôle. Je me méfie cependant des invités présents, à l'exception de notre famille et de nos amis. Les hauts dirigeants ont été conviés par mes parents et je ne serais pas surpris que l'un d'entre eux soit venu en aide au serpent Brissor.

Je les scrute à tour de rôle. Certains semblent quelque peu énervés d'avoir subi une fouille en bonne et due forme. D'autres, uniquement présents pour faire bonne figure devant mon père et Laxos Altar, deux membres éminents du conseil, soupirent presque d'ennui.

Le père de Myra me toise d'un air supérieur, j'aperçois néanmoins sa bouche se tordre en une drôle de grimace, comme s'il était inquiet.

Mon cerveau carbure à plein régime pour déterminer la probabilité que Tanos Lissanne ait commandité l'assassinat. Quelle que soit la réponse, sa dernière opportunité vient de s'envoler.

Je suis sur le point de signaler son comportement singulier à l'agent Curtis quand les portes principales s'ouvrent pour laisser entrer ma promise. Sa longue robe noire sertie d'émeraudes et leur modeste rappel dans ses cheveux de jais tranchent avec sa peau claire. Elle est d'une beauté à couper le souffle. Malgré la tension ressentie et la peur au ventre, plus rien n'a d'importance, sauf elle. *Ma petite Sombre. Ma promise. Ma Chani.*

Elle s'avance tandis que ses lèvres s'étirent en un merveilleux sourire. Quand elle ne se trouve plus qu'à deux pas de l'estrade, je remarque la légère entaille qu'elle a dû camoufler avec du maquillage. Je lève la tête vers l'assemblée, la parcours en vitesse des yeux et pose un regard dur sur le dirigeant Lissanne qui ne bronche pas. L'agent Curtis s'est faufilé à la hauteur de sa famille, se tenant prêt à toute éventualité.

Je reporte mon attention sur Chani qui me rejoint sur la scène. J'attrape sa main pour l'aider à monter la marche. Le tissu danse sur le sol à sa traîne. J'en profite pour lui demander si elle va bien. Son sourire se fait plus chaleureux, elle me répond un « Je t'aime » qui vaut toutes les étoiles du ciel. D'ailleurs, elles se bousculent toutes à présent dans ses magnifiques iris mordorés. Ses doigts s'entremêlent ensuite aux miens et le monde alentour disparaît. Je m'unis à cette merveilleuse femme et je suis le plus heureux des hommes.

ÉPILOGUE

Chani
Trois lunes plus tard

La Faculté de philosophie affiche complet et les étudiants affluent des quatre coins de l'île. Quand nous avons débuté cette ère de changements avec Hash, jamais nous n'aurions pu espérer un engouement aussi considérable de la part de la nouvelle génération.

Nous avons laissé la politique au haut conseil, dirigé maintenant depuis trois lunes par des membres de chaque communauté. Ils ont été choisis par la population pour un mandat de deux cycles, renouvelable par scrutin. La façon d'attribuer ces places semblait plus pertinente et équitable avec cette récente loi.

Peu se sont montrés intéressés par cette fonction importante dans nos anciennes communautés Solaire et Sombre. Je crois que l'ampleur et la responsabilité d'un tel poste leur faisaient peur. Il faut avouer que nous sortions juste d'une rébellion qui a coûté de nombreuses vies, et les gens avaient perdu la foi.

Seuls quelques-uns étaient décidés à faire évoluer le système et avaient choisi de s'investir personnellement pour leur collectivité. Les adolescents étaient les plus enclins au renouveau. Ils ressentaient le besoin de tester de nouvelles technologies ou d'apprendre d'autres métiers. Ils avaient soif de connaissances.

Nous avons été agréablement surpris de découvrir le pourcentage de jeunes Élus qui ont intégré la Faculté de philosophie ou qui se sont préinscrits à l'Académie de musique et à l'Académie des arts. La réussite de ce projet a dépassé de loin nos attentes, encore plus lorsque certains ont décidé de rejoindre l'Académie des métiers et l'internat récemment mis en fonction.

Je dois apprendre à ne plus prononcer ces anciens termes, comme les Élus ou les Sombres ; ils ont été interdits par le nouveau conseil, car jugés trop dangereux ou péjoratifs. La loi de l'enfant unique a également été abolie jusqu'à nouvel ordre. Les multiples décès au cours de la révolte ont fait chuter le nombre d'habitants, mais cette dérogation a surtout été autorisée pour rendre un peu d'espoir et d'humanité à un peuple désenchanté.

Je me fraie un chemin dans le couloir de la faculté, à travers les étudiants de premier cycle qui bavardent avec légèreté et entrain. À leur accent, je pourrais identifier leur provenance. Ils sont néanmoins mélangés pour le cursus et par bonheur, cela ne semble poser aucun problème. Leur ouverture d'esprit est déjà tournée vers le partage et la tolérance. Tout ce que je pressentais est en train de se réaliser, et en faire partie est la meilleure récompense pour ce travail acharné que nous menons avec mon mari depuis de nombreux mois.

À aucun moment je n'ai pensé m'unir pour la vie à un âge aussi jeune, avec un Élu arrogant qui plus est ! Cette pensée me fait sourire de façon spontanée. Je n'ai jamais été si heureuse, je dois l'avouer.

Nous avons sillonné les quatre coins de l'île pour nous entretenir avec les diverses générations afin de connaître leurs attentes et y répondre le mieux possible. Ces nombreux voyages et discussions nous ont enrichis, tant du point de vue relationnel que du point de vue émotionnel. Nous avons profité de chaque instant dans les différentes contrées.

Dans le Nord, je me suis ressourcée au centre de la forêt. J'ai retiré mes sandales en peau tannée de gotra et j'ai marché sur la mousse fraîche et douce, respirant le parfum des fleurs sauvages et l'odeur légèrement camphrée des beaux arbres. J'ai contemplé les grands pins se balancer au chant du vent et me suis imprégnée de cette nature sauvage. Ma relation avec Sami, qui m'a élevée et choyée durant mon enfance, ne s'est pas vraiment améliorée. Je le côtoie régulièrement, car il est l'un des maîtres artisans à l'Académie des métiers, mais nos rapports sont assez distants. Il ressent une vive amertume envers mon père biologique. La conflictualité qui les oppose n'est pas près de s'éteindre.

De façon étrange, c'est dans la cité de l'Ouest que je me suis sentie le plus en phase, calme et sereine. Le temple et les méditations orientées d'Amina me procurent chaque fois une paix intérieure salvatrice des tourments de mon âme. Cette facette chaotique, un peu torturée, je la dois principalement à Lexi. On ne ressort pas vraiment indemne d'une telle relation avec sa génitrice. Tant de questions qui restent sans réponse. Peut-être est-ce préférable. Je n'aurais sans doute pas aimé les explications.

Le soleil m'accueille à la sortie de la faculté. J'emprunte le petit sentier qui rejoint le sanctuaire et qui longe l'ancienne demeure de la famille Grassi. Elle a été réaménagée, deux cycles auparavant, en un aérium pour les enfants et adolescents malades. La salle principale est devenue une aire de jeux, et deux jeunes artistes en herbe ont réalisé des fresques murales représentant les quatre coins de l'île. C'est magnifique à voir. En un quart de tour, on peut passer de l'ardente cité de lumière aux nombreux champs de céréales bercés par le soleil couchant, et de fascinantes falaises au pied de l'océan à la montagne céleste qui s'élève en contrebas du temple.

J'entre par l'arrière du bâtiment afin d'aller saluer Coralina et prendre des nouvelles d'Iman. Il vient de s'installer dans l'aile nord du temple pour une longue retraite régénératrice. En effet, il présente encore des séquelles à la suite de sa blessure lors de l'offensive dans la cité. Il va suivre au calme un nouveau traitement mis au point par notre père pour atténuer les douleurs présentes. Les injections prévues risquent de l'affaiblir ou de l'assommer un peu.

Iman est installé dans une chaise longue recouverte d'un épais coussin et tapote sur sa tablette. Il ne m'entend pas arriver, trop concentré dans sa lecture, et j'en profite pour l'observer avec discrétion.

Il est toujours aussi beau, même s'il semble avoir perdu un peu de poids. Ses cheveux un peu plus longs lui confèrent un aspect vaguement sauvage. Il porte un pantalon en lin crème surmonté d'une chemise noire dans une matière identique. Cette couleur foncée fait ressortir la blondeur de ses boucles ainsi que la flamme émeraude de ses iris.

Il me sourit avec tendresse quand il m'aperçoit et pose sa tablette sur la table basse à ses côtés. Je m'assieds sur un petit pan de la chaise avant de le serrer dans mes bras. Nos retrouvailles me remplissent d'allégresse et de félicité. Mes récents voyages m'ont soustraite à sa compagnie trop longtemps. Je laisse échapper un soupir de plaisir qui le fait aussitôt pouffer.

– Ne te moque pas, lâché-je en lui tapotant l'épaule.

– Je n'oserais pas.

Nous éclatons de rire, mais un autre résident nous demande poliment de faire moins de bruit, ce qui nous rend encore plus hilares. Nous peinons à nous calmer, trop heureux de retrouver cette complicité qui nous liait quand nous nous sommes connus.

La jeune sœur d'Erynda pénètre dans le local avec un petit plateau contenant deux verres de thé glacé et des biscuits en forme d'étoile faits maison. Elle dépose le support sur la table basse avant de plonger dans mes bras. Ses lèvres s'agrandissent, dessinant d'adorables fossettes.

– Je te remercie, Neva, c'est vraiment gentil.

– En réalité, c'était pour Iman, répond-elle, un peu gênée. Il doit bien s'hydrater après son injection. Mais tu peux prendre mon verre, je vais aller en chercher un autre.

– Ce n'est pas la peine, installe-toi et tiens-lui compagnie, j'y vais moi-même et j'en profiterai pour récupérer les évaluations d'Amina sur les différents cours proposés à la faculté.

Je me lève puis jette un rapide coup d'œil à cette jeune femme. Elle est assise, les jambes croisées, sur la chaise en face de mon demi-frère, le dos droit, sourire aux lèvres. Soudain, elle tourne le visage en baissant les yeux, ses joues virant au rose cramoisi.

On dirait bien qu'elle n'est pas insensible aux charmes d'Iman. Je décide de les laisser seuls et passe voir Amina qui se soucie visiblement plus de mon éveil spirituel que du cursus de l'école.

Hash m'attend pour tester l'acoustique de l'Académie de musique, mais Talia peut s'occuper sans problème de remplir l'évaluation. Elle est très investie depuis mon union avec son fils et nous nous sommes rapprochées, au grand dam de mon père biologique. Il n'apprécie pas vraiment la mère de Hash, à raison d'ailleurs. Son comportement a nettement évolué, elle me traite à présent avec respect. Elle n'arrive pas à se débarrasser de son attitude un peu rigide et froide, mais elle fait preuve de gentillesse à mon égard et nous travaillons de concert avec efficacité.

Talia connaît de façon approfondie le système en place et la manière de l'améliorer. Elle a renoncé à sa position au sein du conseil des hauts dirigeants pour se focaliser sur l'enseignement et l'éducation. Son esprit regorge d'idées pour les établissements, tant sur le plan de l'aménagement qu'en ce qui concerne la pédagogie ou encore les programmes. Je présume qu'elle aurait pu être une incroyable professeure, stricte certes, mais légitime et enthousiaste.

Iman me raccompagne jusqu'au transporteur et durant notre conversation, je décide de lui demander ce qu'il pense de Neva.

– C'est une très gentille fille, répond-il, un peu évasif.

– Tu l'intéresses beaucoup aussi, dis-je en insistant sur le dernier mot, lui faisant comprendre que j'ai saisi son attirance pour Neva.

– Ne dis pas n'importe quoi, c'est encore une enfant.

– Une enfant ? Elle va sur ses 19 lunes !

Je laisse cet idiot cogiter et monte dans le transporteur privé pour la communauté de l'Est. Durant le trajet, j'étudie le projet de l'équipe informatique. Assembler deux drones pour supporter un poids plus important et permettre de transférer un Cyrian pour une plongée sous-marine dans l'océan. Ces explorations sont la prochaine étape vers le monde extérieur.

Le Pr Mirar, qui a rejoint le groupe de recherche en physique et mathématiques, a d'ailleurs imaginé envoyer un drone vers l'ancien continent, pour s'assurer qu'il ne reste aucune vie ou terre habitable. La puissance nécessaire est colossale et le capteur solaire dont le drone est pourvu n'est pas assez efficace. Il propose d'employer une bonne partie de l'énergie accumulée par les batteries à décharge lente. Cette option ne plaît pas à tous les scientifiques qui préfèrent utiliser cette énergie stockée pour progresser dans la technologie de pointe en matière de santé.

Je passe la paume sur ma nuque afin d'effectuer un automassage et libérer les tensions des derniers jours. La semaine prochaine, les astres se superposeront et je fêterai mes 25 lunes. Le bruit de mon estomac se fait entendre et cela me rappelle les nombreux repas à l'Institut en compagnie de mon meilleur ami. Elis plaisantait souvent sur la quantité de nourriture que j'arrivais à ingurgiter. Je revois encore cette assiette appétissante qu'il m'avait apportée avec de la viande de penet et une montagne de sauce et de compote de fruits. Soudain, je ne me sens pas bien. Je demande au conducteur de stopper le véhicule, même si nous nous trouvons en plein désert rocailleux. Je m'extirpe prestement de l'habitacle et rends ma collation dans un râle écœuré.

– Tout va bien, madame Bless ?

– Oui, merci, Sacha, ça va mieux.

– Fille ou garçon ?

– Je vous demande pardon ?

– Je suis désolé, je ne voulais pas être indiscret. Vous avez eu des nausées plusieurs fois cette semaine, j'ai supposé que…

Il se tait devant ma mine ahurie. J'étais si accaparée par les restructurations dans les universités que je n'ai pas fait attention aux signaux que mon corps m'envoyait. Plongée dans mon travail, j'ai complètement oublié de renouveler ma puce contraceptive.

Mon premier réflexe est de me demander quelle sera la réaction de Hash, mais je sais d'avance qu'il sera un père formidable, et cette certitude m'emplit de bonheur. J'inspire profondément puis lève les yeux vers le ciel qui étincelle de mille feux. Le vent s'engouffre dans mes cheveux et, au beau milieu de ce désert de pierres, je prends conscience de la vie en moi, de ce petit être dont je vais être responsable. Et je lui promets un monde meilleur.

Pour ne rien manquer
des éditions Addictasy, suivez-nous
sur les réseaux sociaux.

Autrice : Luna Sol

Edisource – Éditions Addictasy
1 bis, avenue de la République – 75011 Paris
Imprimé par FINIDR – Lipova cp. 1965 – 737 01 Cesky Tesin,
République tchèque
Dépôt légal : janvier 2025 – Achevé d'imprimer : décembre 2024
ISBN : 978-2-487267-10-7
Réf. contrat : ZHAS_001